그때 내 딸이 사라졌다
THEN SHE WAS GONE

그 때
내 딸 이
사 라 졌 다

리사 주얼 장편소설 | 원은쥬 옮김

THEN SHE WAS GONE

왼쪽주머니

로어에게

차 례

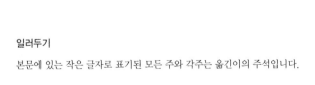

일러두기

본문에 있는 작은 글자로 표기된 모든 주와 각주는 옮긴이의 주석입니다.

프롤로그

엘리가 사라지기 전 몇 달간, 그 몇 달간은 최고의 시절이었다. 말 그대로 인생 최고의 시절. 매 순간이 선물처럼 다가와 '내가 왔어. 또 다른 완벽한 순간이야. 날 봐. 너무 사랑스럽지 않아?'라고 속삭이는 것 같았다. 엘리는 아침마다 부산스럽게 마스카라를 바르고 등교 준비를 했다. 학교 정문 앞에 다가갈수록 맥박이 빨라지다 그 아이를 발견한 순간에는 가슴이 벅차올랐다. 학교는 더 이상 새장이 아니었다. 환상적인 러브 스토리가 펼쳐지는, 스포트라이트가 환히 켜진 활기찬 영화 세트장이었다.

엘리 맥은 테오 굿맨이 자신을 선택했다는 게 믿어지지 않았다. 테오 굿맨은 11학년 전체에서 제일 잘생긴 남자아이였다. 10학년 때도, 9학년 때도, 8학년 때도. 물론 7학년 때는 아니었다. 7학년 때는 잘생긴 남자아이가 한 명도 없었다. 다들 커다란 신발에 헐렁한 재킷을 입고 다니는 키 작고 눈이 동그란 아기였으니까.

테오 굿맨은 여자친구를 한 번도 사귄 적이 없어서 다들 테오가 게이일지 모른다고 생각했다. 남자애치고 예쁘장한 얼굴에 몸매는 호리호리했다. 성격은 정말, 정말 좋았다. 엘리는 테오가 게이이든 아니든 그 애와 데이트를 하는 게 꿈이었다. 그저 친구 사이만 돼도 좋겠다고 생각했다. 젊고 예쁜 테오의 엄마는 매일 걸어서 테오를 학교까지 데려다줬다. 운동복 차림에 포니테일로 머리카락을 묶은 테오의 엄마는 작고 하얀 개를 데리고 다녔다. 테오는 그 개를 들어 뺨에 뽀뽀하고 살며시 인도 위에 내려놓은 다음, 엄마에게도 키스하고 느긋하게 정문으로 걸어 들어갔다. 테오는 누가 보든 신경 쓰지 않았다. 솜털 뭉치 같은 강아지도, 엄마도 부끄러워하지 않았다. 자존감이 강한 아이였다.

그러다 작년 여름방학이 끝난 직후의 어느 날, 테오가 엘리에게 말을 걸었다. 난데없이. 점심시간에 학교 숙제 이야기를 나누었고, 연애에 대해 아무것도 모르던 엘리도 그 즉시 테오가 게이가 아니며 자신을 좋아해 말을 걸었다는 사실을 알았다. 너무나도 분명했다. 그렇게 난데없이 둘은 사귀는 사이가 되었다. 엘리가 생각했던 것보다 간단했다.

하지만 잘못 디딘 한 발, 어긋난 시간 약속 한 번 때문에 모든 게 끝났다. 두 사람의 러브 스토리뿐 아니라 모든 것이. 청춘, 인생, 엘리 맥까지 모든 게 사라졌다. 모든 게 영원히 사라졌다. 시간을 되돌릴 수만 있다면, 털실 타래를 죄다 풀어 다시 감을 수만 있다면 엉킨 매듭을, 경고 사인을 볼 수 있을 텐데. 이제 와 뒤돌아보면 모든 게 분명했다. 하지만 당시에는 아무것도 알지 못했고, 무엇이 다가오는지 보지 못했다. 눈을 멀쩡히 뜬 채로 그것을 향해 곧장 걸어갔다.

1부

1

로럴은 딸의 단화를 꿰신었다. 비교적 화창한 날인데도 집 안은 어둡고 음산했다. 앞유리창은 잔뜩 뒤엉킨 등나무에 뒤덮였고, 아파트 뒤편은 자그마한 숲에 완전히 가려 해가 들지 않았다.

충동구매한 집이었다. 직장에서 첫 보너스를 받은 해나가 돈이 헛되이 증발해버리기 전에 확실한 것에 투자하기로 한 것이다. 전 주인은 아름다운 물건으로 집 안을 채워놓았지만 해나는 가구를 사러 다닐 시간이 없어서 아파트 안은 이혼녀가 혼자 사는 집처럼 썰렁하고 삭막했다. 집을 비운 사이에 엄마가 들어와 청소를 해도 신경 쓰지 않는다는 건, 이 집이 해나에게는 비싼 호텔방에 지나지 않는다는 증거였다.

로럴은 습관적으로 어두컴컴한 복도를 성큼성큼 지나 주방으로 곧장 들어간 후 싱크대 밑에서 청소 도구를 꺼냈다. 해나가 어젯밤에 집에 들어오지 않은 것 같았다. 싱크대 안에 시리얼 그릇이 없었고, 조리대 위에 우유가 튄 자국도 없었으며, 창턱에 놓인 화장용 확대 거울 옆에 반쯤 열린 마스카라 튜브도 없었다. 싸늘한 기운이 로럴의 등골을 훑고 지나갔다. 해나는 항상 집에 왔다. 해나는 달리 갈

곳이 없다. 로럴은 손가방에서 휴대폰을 꺼내 떨리는 손가락으로 해나의 번호를 눌렀고, 해나가 직장에 있으면 항상 그렇듯 음성 메일로 넘어가자 당황해 휴대폰을 놓쳤다. 휴대폰이 떨어지면서 신발 가장자리에 부딪쳤지만 깨지지는 않았다.

"젠장." 로럴은 짜증을 내며 휴대폰을 집어 들고 멍하니 바라보았다. "젠장."

전화할 사람이 없었다. 전화해서 '혹시 해나를 봤어요? 해나가 어디 있는지 알아요?'라고 물어볼 사람이 한 명도 없었다. 그게 로럴의 삶이었다. 아는 사람이라고는 한 명도 없고, 여기저기에 점처럼 찍힌 섬 같은 삶.

해나가 남자를 만났을 수도 있다고 생각했지만 그럴 가능성은 낮았다. 해나는 남자친구가 없었다. 단 한 번도 없었다. 누군가는 여동생이 남자친구를 사귈 수 없으므로 죄책감 때문에 남자를 만나지 못하는 거라는 의견을 내기도 했다. 해나의 볼썽사나운 아파트와 비사교적인 삶 역시 그게 원인일지도 모른다.

로럴은 자신의 반응이 과민 반응인 동시에 과민 반응이 아니라는 걸 알았다. 어느 날 아침, 걸어서 15분 거리에 있는 도서관에서 공부를 한다며 책이 잔뜩 든 배낭을 메고 나갔다가 다시는 돌아오지 않은 아이의 부모에게 과민 반응이란 존재하지 않는다. 싱크대 안에 시리얼 그릇을 두지 않은 성인이 된 딸에게서 도랑에서 죽은 딸의 시체를 상상하는 건 그녀의 경험에 미루어 지극히 이성적이고 합리적인 것이었다.

로럴은 검색창에 해나의 회사 이름을 검색한 다음 전화번호 링크를 눌렀다. 교환원이 해나를 연결해주었고, 로럴은 조마조마한 마음으로 신호음을 들었다.

"해나 맥입니다."

해나의 무뚝뚝하고 무미건조한 목소리가 흘러나왔다.

로럴은 아무 말 없이 통화 종료 버튼을 누르고 휴대폰을 가방에 넣었다. 주방의 식기세척기를 열어 그릇을 하나씩 꺼냈다.

2

10년 전, 아이가 둘이 아닌 셋이었을 때 로럴의 삶은 어땠던가? 매일 아침 눈을 뜰 때마다 살아 있다는 환희에 찼던가? 아니다, 그렇지 않았다. 로럴은 항상 비관적인 사람이었다. 가장 즐거운 상황에서도 불평거리를 찾아내고, 좋은 소식을 듣는 즉시 새로운 걱정거리를 만들어 한순간의 기쁨으로 압축시켰나. 매일 이침 잠에서 깰 때마다 제대로 못 잔 느낌이었고, 그렇지 않더라도 배가 너무 나와서, 머리카락이 너무 길거나 너무 짧아서, 집이 너무 크거나 너무 작아서, 통장 잔고가 얼마 없어서, 남편이 너무 게을러서, 아이들이 너무 시끄럽거나 너무 조용해서, 아이들이 집을 떠날까 봐 혹은 떠나지 않을까 봐 걱정했다. 잠에서 깨면 침실 뒤편 의자에 걸어둔 검은색 치마에 붙은 하얀 고양이 털과 사라진 슬리퍼 한 짝, 해나의 눈 밑에 낀 다크 서클, 한 달 전부터 드라이클리닝을 맡기려고 쌓아둔 옷더미, 복도 벽지의 찢어진 부분, 제이크의 턱에 난 커다랗고 빨간 여드름, 오래된 고양이 사료 냄새, 아무도 비우려 하지 않고 단지 게으른 손으로 눌러놓아 꽉 차버린 쓰레기통이 로럴의 신경을 건드렸다.

로럴이 보는 자신의 완벽한 인생은 그랬다. 악취들과 마무리하지 못한 일들, 사소한 걱정거리들, 연체된 고지서의 연속이었다.

그러던 어느 날 아침, 로럴의 소울메이트이자 자부심이자 기쁨인 막내딸이 집을 나가 돌아오지 않았다.

딸이 사라진 직후 고통스러운 몇 시간 동안 로럴은 어떤 감정을 느꼈던가? 사소한 걱정거리들 대신 어떤 것이 그녀의 머리와 심장을 채웠던가? 공포. 절망. 슬픔. 두려움. 고통. 혼란. 상실감. 과장되고 극단적인 단어들이지만, 이 단어들로도 다 표현할 수가 없다.

"테오네 집에 있을 거야. 테오네 엄마에게 전화해봐." 폴은 이렇게 말했다.

로럴은 딸이 테오네 집에 없다는 사실을 이미 알고 있었다. 딸이 남긴 마지막 말은 이랬다.

"점심때까지 집에 올게. 라자냐 남은 거 있어?"

"1인분은 돼."

"해나 언니가 못 건드리게 해! 제이크 오빠도! 꼭이야!"

"알았어."

그러고는 현관문이 찰칵 닫혔고, 한 사람이 줄면서 집 안에는 갑작스러운 적막이 감돌았다. 설거짓거리를 식기세척기에 넣어야 하고, 전화를 걸어야 하고, 위층에 있는 폴에게 감기약을 가져다주어야 했다. 폴이 감기에 걸렸다는 사실이 그녀의 삶에서 가장 짜증스러운 일 같았다.

"폴이 감기에 걸렸어요."

그 이후로 며칠 동안 얼마나 많은 사람에게 그 이야기를 했던가. 지친 한숨을 짓고 눈을 돌리면서. "폴이 감기에 걸렸어요." *나의 짐.*

나의 삶. 가련한 내 신세.

어쨌든 테오의 엄마 베키 굿맨에게 전화를 걸었다.

"아니요. 네, 정말 안타깝네요. 테오는 온종일 집에 있었고 엘리 얘기는 전혀 못 들었어요. 혹시 내가 도울 일이라도 있으면……."

오후 해가 서서히 저무는 동안 엘리의 친구들에게 차례로 전화를 하고, 도서관에 가서 CCTV 영상을 확인했다. 엘리는 그날 도서관 에 가지 않았다. 해가 지기 시작해 집 안이 서늘한 어둠에 잠기고, 이따금 하얀 빛줄기가 조용한 전기 폭풍처럼 머리 위를 지나갈 때쯤 되자, 마침내 로럴은 온종일 몸 안에서 커지던 두려움에 굴복하고 경찰서에 전화했다.

로럴은 그날 저녁 처음으로 폴이 미웠다. 폴은 가운에 맨발 차림으로 침대보 냄새를 풍기며 콧물을 흘렸다. 세속 훌쩍거리다가 코를 풀면 콧구멍 안에서 콧물이 그르렁거리는 소리가 났고, 거친 숨소리는 잔뜩 예민해진 로럴의 귀에 괴물이 숨넘어가는 소리 같았다.

"옷 입어, 제발." 로럴은 툭 쏘아붙였다.

폴은 주눅 든 아이처럼 묵묵히 그 말을 따랐고, 잠시 후 여름휴가 때나 입을 법한 짧은 반바지에 밝은색 티셔츠 차림으로 아래층에 내려왔다. 모든 게 엉망이었다. 전부 엉망이었다. 전부.

"코도 제대로 풀어. 코가 다 나오게."

다시 폴은 로럴의 지시에 따랐다. 폴이 휴지를 공처럼 돌돌 뭉치며 쓰레기통에 넣으려고 주방을 터덜터덜 걸어가는 모습을 로럴은 경멸스러운 표정으로 지켜보았다.

그런 후 경찰이 도착했다.

그런 후 그 일이 시작됐다.

그 일은 절대 끝나지 않았다.

로럴은 이따금 생각했다. 혹시 폴이 그날 감기에 걸리지 않았다면, 폴이 처음 건 전화를 받자마자 세련된 양복이 구겨진 채 다급한 모습으로 직장에서 돌아왔다면, 폴이 옆에 똑바로 앉아 그녀의 손을 꼭 잡아주었다면, 폴이 입으로 숨을 쉬지 않고 코를 훌쩍거리지 않고 겁먹은 표정을 짓지 않았다면 모든 게 달라졌을까? 둘이 함께 힘든 시간을 헤쳐나갈 수 있었을까? 아니면 또 다른 이유로 폴을 미워하게 됐을까?

경찰은 8시 30분에 돌아갔다. 경찰이 떠난 직후 해나가 주방 문 앞에 나타났다.

"엄마, 나 배고파." 해나가 미안한 목소리로 말했다.

"미안." 로럴은 주방에 걸린 시계를 흘끗 쳐다보았다. "시간이 벌써 이렇게 됐네. 진짜 배고프겠다." 로럴은 무거운 몸을 억지로 일으켜 딸과 함께 일단 냉장고 안을 살폈다.

"이거 먹을까?" 해나가 남은 라자냐가 든 플라스틱 통을 꺼냈다.

"안 돼." 로럴은 그 통을 잡아챘다. 너무 세게. 해나가 눈을 깜빡거리며 엄마를 쳐다보았다.

"왜 안 돼?"

"그냥 안 돼." 이번에는 목소리를 조금 누그러뜨렸다.

로럴은 해나에게 통조림 콩을 얹은 토스트를 만들어주고 의자에 앉아 먹는 모습을 바라보았다. 해나. 해나는 둘째 아이였다. 까다로운 아이, 피곤한 아이, 무인도에 함께 좌초되고 싶지 않은 아이. 그리고 무서운 생각이 머릿속을 스쳐 지나갔다. 너무 빠르게 스쳐 지나가 본인도 거의 인지하지 못할 정도로.

네가 실종되고 엘리가 토스트를 먹고 있어야 하는데.

로럴은 손바닥으로 해나의 뺨을 부드럽게 쓰다듬고 주방에서 나갔다.

3

그때

엘리는 우선 수학 시험을 망치지 말았어야 했다. 더 열심히 공부했다면, 더 똑똑했다면, 시험 날 그렇게 피곤하지만 않았더라면, 다른 데 정신이 팔리지만 않았더라면, 수업 시간에 하품을 덜 하고 더 집중했더라면, B⁺가 아닌 A를 받았더라면 그런 일은 일어나지 않았을 것이다. 아니, 수학 시험 이전의 더 과거로 돌아가서 테오가 아니라 수학을 못하는 남자애나 야망이라곤 없는 남자애에게 반했더라면, 아니 차라리 아무에게도 반하지 않았더라면, 테오만큼 잘해야 한다는 압박감도 느끼지 않았을 테고 B⁺로 만족했을 것이며, 그날 저녁 집에 돌아와 엄마에게 수학 과외를 시켜달라고 조르지도 않았을 것이다.

바로 그 순간이었다. 처음으로 실타래가 꼬인 순간. 1월의 어느 수요일 오후 4시 30분경.

엘리는 화가 난 채 집에 돌아왔다. 화가 나서 집에 돌아오는 경우가 종종 있었다. 그럴 생각은 없었지만, 그냥 그렇게 됐다. 엄마를 보거나 엄마의 목소리를 듣는 순간 견딜 수 없이 짜증이 치밀었고,

하루 종일 학교에서 말하거나 하지 못했던 모든 것들—학교에서 엘리는 착한 아이로 알려져 있었고 일단 그런 평판을 얻으면 그에 부합해서 행동하기 때문이다—을 엄마에게 쏟아냈다.

"우리 수학 선생님 거지 같아." 엘리는 현관의 긴 나무 의자에 가방을 툭 내려놓으며 투덜거렸다. "진짜 별로라니까. 너무 싫어."

사실은 싫어하지 않았다. 싫은 건 시험을 잘 보지 못한 자신이었지만, 그런 말은 할 수 없었다.

엄마가 싱크대 앞에 서서 대꾸했다. "무슨 일이야, 우리 딸?"

"방금 말했잖아!" 말하지 않았지만 그건 중요하지 않았다. "우리 수학 선생님 진짜 별로라고. 이러다 GCSE 시험(중등 교육 자격 검정 시험)도 망칠 거야. 나 과외 시켜줘. 나 진짜, 진짜 과외 받아야 해."

엘리는 성큼성큼 주방으로 들어가 의자에 널썩 주저앉았다.

"과외 시켜줄 돈 없어. 방과 후 수학 동아리에 들어가지 그러니?"

두 번째로 실타래가 꼬인 순간이었다. 엘리가 응석받이가 아니었다면, 엄마가 마법 지팡이를 휘둘러 모든 문제를 해결해주길 바라지 않았다면, 부모의 경제 사정에 대해 조금이라도 알았다면, 엘리가 자신밖에 모르는 아이가 아니었더라면 대화는 거기서 끝났을 것이다. '알았어, 엄마. 이해해. 그렇게 할게'라고 말했을 것이다.

하지만 그러지 않았다. 조르고, 조르고, 또 졸랐다. 용돈으로 과외비를 내겠다고 했다. 반 친구 중 **훨씬** 더 가난한데도 개인 과외를 받는 아이들 예를 들었다.

"학교 선배에게 부탁해볼래? 3학년 선배한테 부탁하면 몇 파운드에 케이크 한 조각으로 해결되지 않을까?"

"뭐! 말도 안 돼! 싫어. 그런 부탁을 창피하게 어떻게 해?"

그렇게 스스로를 구할 기회는 스르르 사라져버렸다. 완전히. 그리고 그때는 그 사실을 미처 알지 못했다.

4

엘리가 집에 돌아오지 않은 2005년 5월의 그날부터 정확히 2분 전까지, 엘리의 실종과 관련된 구체적인 단서는 하나도 나오지 않았다. 단 하나도.

10시 43분에 스트라우드 그린 로드의 CCTV에 찍힌 엘리의 마지막 모습은 잠시 서서 자동차 창문에 얼굴을 비춰보는 모습이었다. 경찰은 한동안 엘리가 그 자동차에 탄 사람에게 무슨 말을 하려고 멈춘 거라는 가설을 세웠지만, 자동차 소유주를 추적해보니 엘리가 실종될 당시 그는 휴가 중이었으며 차는 휴가 내내 그곳에 주차되어 있던 것으로 밝혀졌다. 그리고 그게 전부였다. 엘리에 관한 기록은 그것으로 끝이었다.

인근 동네를 집집마다 수색하고, 경찰 기록에 남은 소아성애자들을 소환해 조사하고, 스트라우드 그린 로드의 모든 가게 주인에게 CCTV 영상을 받고, TV에 나간 로럴과 폴의 호소 영상을 대략 800만 명이 시청했지만, 차창에 비친 자기 모습을 확인하던 10시 43분 영상이 엘리의 마지막 모습이었다.

엘리가 사건 당일 검은색 티셔츠와 청바지 차림이었던 게 경찰

수사를 어렵게 만들었다. 엘리가 금발이 섞인 머리카락을 대충 하나로 묶어 올린 것도. 엘리가 멘 배낭이 남색인 것도. 엘리가 신은 운동화가 슈퍼마켓에서 흔히 살 수 있는 흰색 운동화인 것도. 마치 눈에 띄지 않으려고 작정한 사람 같았다.

경위 두 명이 소매를 걷어붙이고 두 시간 동안 엘리의 침실을 샅샅이 조사했다. 엘리가 평소와 달리 가져간 것은 없는 것 같았다. 속옷을 챙겨갔을 가능성도 있었지만 로럴은 서랍에서 무엇이 없어졌는지 알 도리가 없었다. 갈아입을 옷을 가져갔을 가능성도 있었지만 엘리는 대다수의 열다섯 살 소녀처럼 옷이 너무 많았다. 로럴이 알지 못하는 옷이 너무 많았다. 하지만 돼지 저금통 안에는 매년 생일 때마다 꼭꼭 접어 억지로 구겨 넣었던 10파운드짜리 지폐들이 아직 들어 있었다. 욕실에 칫솔도, 디오더런트도 그대로였다. 엘리는 남의 집에서 잘 때면 칫솔과 디오더런트를 꼭 챙겼다.

2년이 지나자 경찰은 수색을 축소했다. 로럴은 경찰이 무슨 생각을 하는지 알았다. 엘리가 가출했다고 생각하는 것이다.

기차역이나 버스 정류장, 혹은 엘리가 사라진 곳에서 어느 쪽으로든 걸어가는 모습이 찍힌 CCTV 영상이 하나도 나오지 않았는데 어떻게 가출했다고 생각할 수 있는 걸까? 수색을 축소한다는 건 로럴에게 커다란 충격이었다.

더 충격적인 것은 이에 대한 폴의 반응이었다.

"사실상 수사를 종결하는 것 같아."

바로 그 말…… 그 말이 백골이 담긴 관 같던 둘의 결혼 생활에 마지막 못을 박아 넣었다.

그러는 동안에도 아이들은 시간에 맞춰 운행하는 기차처럼 일상을 살아갔다. 해나는 A 레벨 시험(한국의 수능에 해당하는 대학 입학 자격 시험)을 봤다. 제이크는 웨스트 컨트리에 있는 대학의 건축학과를 졸업했다. 폴은 직장에서 승진해 새 양복을 사고, 자동차를 바꿀 계획을 세우고, 여름 특별 할인가로 인터넷에 뜬 호텔과 리조트들을 로럴에게 보여주었다. 폴은 나쁜 남자가 아니었다. 좋은 남자였다. 로럴은 항상 계획했던 것처럼 좋은 남자와 결혼했다. 그러나 엘리가 사라지면서 그들의 삶에 생긴 커다란 구멍에 대처하는 모습을 보면, 폴은 로럴이 원하는 만큼 성숙하거나 강하지 않았다. 무엇보다 너무 멀쩡했다.

그 외에도 인지하지 못할 만큼 아주 사소한 것들에서 로럴은 폴에게 실망했다. 그로부터 1년 후 폴이 집을 나갔지만 아무렇지 않았다. 로럴에게는 사소한 문제에 불과했다. 지금 돌아봐도 기억나는 게 거의 없다. 당시에 기억나는 거라고는 수색을 계속해야 한다는 절박한 마음뿐이었다.

"가택수색을 한 번만 더 해주실 수 없을까요? 가택수색을 한 지 1년이 지났잖아요. 오랜 시간이 지났으니까 전에 발견하지 못한 게 나올 수도 있지 않을까요?" 로럴은 경찰에게 애원했다.

형사가 미소를 지으며 대답했다. "저희도 의논해봤는데, 경찰력을 낭비하는 거라는 결론이 났어요. 이번에는 곤란하고 1년 후쯤 다시 해보죠. 그러는 게 좋겠어요."

그러다 난데없이 올해 1월에 경찰서에서 연락이 오더니 〈크라임 워치〉 10주년 특별 방송을 촬영한다고 했다. 다시 한번 엘리 실종 사건을 재구성했다. 5월 26일에 방송됐다. 새로운 증거는 하나도 나오지 않았다. 새로운 목격자도 없었다.

아무것도 변하지 않았다.

지금까지는.

전화를 건 형사의 목소리가 조심스러웠다. "아무것도 아닐 수 있지만, 그래도 경찰서로 와주셨으면 합니다."

"뭘 찾았는데요? 시신이 나온 건가요? 뭐예요?"

"일단 경찰서로 와주세요, 맥 부인."

10년간 아무것도 나오지 않더니, 이제야 무언가가 나왔다.

로럴은 핸드백을 들고 집을 나섰다.

5

그때

근처에 사는 이웃이 그녀를 추천했다. 이름은 노엘 도널리였다. 초인종 소리에 엘리가 자리에서 일어나 현관 쪽을 흘끗 보았고, 엄마가 문을 열었다. 노엘은 나이가 꽤 많다. 마흔쯤 돼 보였고 아일랜드나 스코틀랜드 출신 특유의 억양이 있었다.

"엘리! 엘리, 나와서 인사해." 엄마가 불렀다.

노엘은 옅은 빨간색 머리카락을 뒤로 틀어 올려 핀으로 꽂고 있었다. 노엘이 미소를 지으며 엘리를 내려다보았다. "안녕, 엘리. 두뇌 스위치는 켰겠지?"

엘리는 그게 농담인지 아닌지 몰라 덩달아 미소 짓지 않고 고개만 끄덕였다.

"좋아." 노엘이 대답했다.

둘은 엘리의 첫 과외수업을 하기 위해 주방 한구석에 앉았다. 엘리의 방에서 여분의 램프를 가져오고 잡동사니를 치운 뒤 유리잔 두개와 물병, 검은색과 빨간색 물방울무늬가 찍힌 필통을 놓았다.

로럴은 노엘에게 차를 내주러 주방으로 들어갔다. 노엘이 피아

노 의자에 앉은 고양이를 보고 멈춰 섰다.

"세상에, 덩치가 크기도 하지. 이름이 뭐야?"

"테디예요. 테디베어인데 줄여서 테디라고 불러요."

노엘에게 처음 건넨 말이었다. 절대 잊지 못할 것이다.

"왜 그렇게 부르는지 알겠다. 커다랗고 북슬북슬한 게 곰 같아!"

그때 노엘을 좋아했던가? 기억나지 않았다. 그저 노엘을 보고 미소 지으며 고양이의 북슬북슬한 털을 쓰다듬었다. 고양이를 좋아했던 엘리는 고양이가 그곳에 있어 다행이라고 생각했다. 낯선 사람과 엘리 사이의 완충제가 되어주었으니까.

노엘 도널리에게서 식용유와 감지 않은 머리카락 냄새가 났다. 청바지와 북슬북슬한 카멜색 스웨터 차림, 주근깨가 있는 손목엔 타이맥스 시계를 찼고 갈색 가죽 부츠를 신었고, 목에 녹색 끈이 달린 독서 안경을 걸고 있었다. 어깨는 유난히 넓고 목은 살짝 굽은 데다 뒤에 혹 같은 게 나 있었고, 다리는 굉장히 길고 가늘었다. 평생 천장이 낮은 곳에서 산 사람 같았다.

"자." 노엘이 독서 안경을 쓰고 갈색 가죽 서류 가방 안을 뒤지며 말을 꺼냈다. "옛날 GCSE 시험지를 가져왔어. 일단 이것부터 풀어보고 네가 뭘 잘하고 뭐에 약한지 알아보자. 하지만 무엇보다도 네가 직접 어떤 부분이 걱정되는지 말해주면 좋겠어. 자세하게."

엄마가 들어와 차가 든 머그잔과 초콜릿칩 쿠키를 몇 개 담은 접시를 탁자 위에 조용하고 신속하게 올려놓았다. 마치 엘리와 노엘 도널리가 데이트 중이거나 일급 비밀회의를 하는 것처럼 굴었다. 엘리는 이렇게 말하고 싶었다. *여기 있어, 엄마. 나랑 함께 있어. 이 낯*

선 아줌마와 단둘이 있을 마음의 준비가 안 됐단 말이야.

엘리는 살그머니 방에서 나가 조용히 문을 닫는 엄마의 뒤통수를 뚫어져라 쳐다보았다. 미안한 듯 부드럽게 찰칵 문이 닫혔다.

노엘 도널리가 엘리를 바라보며 미소 지었다. 이가 굉장히 작았다. "자, 그럼." 노엘이 좁은 콧날에 다시 안경을 썼다. "어디까지 했더라?"

6

핀스버리 파크의 경찰서를 향해 제한속도에 가깝게 달리는 동안 로럴은 온 세상이 불길한 조짐으로 가득한 것 같았다. 거리의 사람들도 사악하고 불길한 느낌이었다. 모든 사람이 당장이라도 무서운 범죄를 저지를 것처럼 느껴졌다. 세찬 바람에 나부끼는 차양들은 맹금류의 날개 같았고, 광고판들은 도로 위로 떨어져 그녀를 덮칠 것만 같았다.

피로를 뚫고 아드레날린이 솟구쳤다.

로럴은 2005년 이후로 제대로 자본 적이 없다.

7년 동안은 혼자 살았다. 처음에는 원래 살던 집에서 살다가, 폴이 3년 전 다른 여자를 만나면서 화해의 가능성을 완전히 차단해버리자 아파트로 옮겼다. 그 여자는 폴에게 자신의 집에 들어오라고 제안했고 폴은 수락했다. 폴이 어떻게 그럴 수 있었는지, 모든 게 부서지고 무너진 잔해 속에서 어떻게 건강한 연애 감정을 찾아냈는지 로럴은 도무지 이해할 수가 없었다. 하지만 폴을 탓하지는 않았다. 조금도. 로럴 스스로도 그러고 싶었다. 커다란 여행 가방을 두 개 싸서 자신에게 그동안 수고했다고 말하고, 작별 인사와 함께 행복한 인생을 살기를 빌어주고, 마지막으로 딱 한 번 애정 어린 시선으로 자신을 바라본 후 조용히 현관문을 닫은 다음, 고개를 들고 머리 위로 아침 햇살을 맞으며 밝고 새로운 미래로 떠나고 싶었다. 당장이라도 그러고 싶었다. 당장이라도.

물론 제이크와 해나도 이사를 나갔다. 10년 전에 그런 일만 없었다면 그렇게 빨리 나가진 않았을 거라고 생각했다. 아직 자식들이 집에 있는 동갑내기 친구들도 있으니까. 친구들은 투덜거렸다. 냉장고에 텅 빈 오렌지 주스 통을 넣어놓는다, 애인을 집에 데려와 밤에 시끄럽게 군다, 새벽 4시에 술에 취해 소란스럽게 집에 들어와 개를 깨우고 밤잠을 방해한다. 로럴은 새벽에 쿵쾅거리는 자식들의 발소리가 간절히 듣고 싶었다. 설거지하지 않은 그릇과, 속옷과 함께 벗어놓은 구겨진 운동복 바지가 바닥에 널려 있기를 간절히 바랐다. 하지만 로럴의 자녀들은 집에서 나간 후 절대 뒤를 돌아보지 않았다. 제이크는 데번에서 그의 곁을 한시도 떠나지 않으려 하고 만난 지 겨우 1년 됐을 때부터 아기를 가지자고 조르는 블루라는 아가씨와 살았고, 해나는 로럴의 집에서 1.5킬로미터 떨어진 작고 음울한 아파트에 살면서 오로지 돈을 버는 게 인생의 목적인 사람처럼 평일이며 주말이며 하루에 열네 시간씩 일만 했다. 둘 다 즐겁지 않은 인생을 살고 있지만, 요새 그렇지 않은 젊은이가 어디 있을까? 한때 발레리나와 팝 스타, 콘서트 피아니스트, 획기적인 것을 발견하는 과학자가 되겠다는 꿈과 희망을 품었던 아이들이 전부 사무실에 처박혀 있지 않은가. 하나같이 모두가.

로럴은 바넷의 신축 아파트에 살았다. 침실 하나, 손님방 하나,

화분 몇 개와 테이블 하나와 의자들을 놓을 수 있는 넉넉한 발코니가 딸렸고, 주방 싱크대는 반짝거리는 빨간색이었으며, 차도 한 대 세울 수 있다. 꿈꾸던 집은 아니었지만 편하고 안전한 집이었다.

이제 무얼 하며 살아야 할까? 자식들도 다 떠났고 남편도 떠났는데? 로럴의 곁을 지켜주려고 거의 스물한 살까지 버텼던 고양이마저 떠났는데? 로럴은 일주일에 사흘은 일을 했다. 하이 바넷의 쇼핑센터 홍보팀에 근무했다. 일주일에 한 번은 엔필드의 양로원에 있는 엄마를 만나러 갔다. 일주일에 한 번은 해나의 아파트를 청소했다. 나머지 시간에는 중요하다고 생각하는 일을 했다. 꽃집에서 발코니를 꾸밀 화분을 사거나, 친구들을 만나 좋아하지도 않는 커피를 마시며 아무런 관심도 없는 이야기를 나누었다. 일주일에 한 번은 수영을 하러 갔다. 건강을 위한 게 아니라, 항상 하던 것이고 그만둘 이유를 찾지 못했기 때문이다.

진짜 중요하고 다급한 일로 집을 나서는 건 정말 오랜만이라서 낯설었다.

경찰이 무언가를 보여줄 것이다. 어쩌면 뼛조각이나 피 묻은 천 조각, 깊은 물속에 떠 있는 부푼 시신의 사진일지도 모른다. 10년간 아무것도 모른 채로 살다가 곧 무언가를 알게 될 것이다. 딸이 살아 있다는 증거를 보게 될지도 모른다. 아니면 딸이 죽었다는 증거일지도 모른다. 영혼의 추는 후자 쪽으로 기울었다.

핀스버리 파크를 향해 달리는 동안 로럴의 심장은 두방망이질치고 호흡이 가팔라졌다.

7

그때

  겨울 동안 일주일에 한 번씩 노엘 도널리가 엘리의 집을 방문하면서 엘리는 그녀가 조금씩 마음에 들기 시작했다. 많이는 아니라 조금. 노엘은 훌륭한 교사였고, 이제 엘리는 반에서도 최고 중의 최고로 A 혹은 A⁺를 받을 수 있을 정도로 성적이 올랐기 때문이다. 노엘은 종종 엘리에게 작은 선물을 주었다. 클레어 액세서리 가게에서 산 귀걸이 한 쌍, 과일 향이 나는 립밤, 진짜 좋은 펜. '가장 우수한 학생'에게 주는 선물이라고 했다. 엘리가 손사래를 치면 "브렌트 크로스 쇼핑몰에 간 김에 산 거야. 별거 아니니까 그냥 받아" 하고 쥐여주었다.

  노엘은 그 집을 두 번째나 세 번째 방문했을 때 잠깐 만난 테오의 안부도 항상 물었다. "그 잘생긴 친구는 잘 있어?" 당황스럽게 느껴질 수 있는 질문이었지만 그렇지 않았다. 사랑스러운 아일랜드 억양 덕분에 노엘이 하는 말은 더 장난스럽고 가볍게 느껴졌다.

  "잘 있어요." 엘리가 대답하면 노엘은 살짝 냉소적인 미소를 지으며 이렇게 말했다. "그런 애는 절대 놓치면 안 돼."

이제 GCSE가 코앞이었다. 3월이었고 시험은 몇 달이 아니라 몇 주 앞으로 다가왔다. 화요일 오후마다 하는 과외수업 덕에 엘리의 두뇌는 한껏 잘 돌아가게 되었고 중요한 내용과 공식들을 더 쉽게 흡수했다. 수업에 탄력이 붙고 활기가 넘쳤다. 그래서 3월 첫째 주 화요일에 노엘의 기분이 평소와 다르다는 사실을 엘리는 즉시 알아차렸다.

"안녕, 아가씨." 노엘이 테이블에 가방을 놓고 지퍼를 열었다. "잘 지냈어?"

"네."

"그래, 그거 다행이구나. 숙제는 다 했고?"

엘리는 다 한 숙제를 노엘 쪽으로 밀었다. 평소라면 노엘은 독서 안경을 쓰고 즉시 점수를 매겼을 텐데, 오늘은 종이 위에 손가락 끝을 올려놓고 멍하니 두드렸다. "착해. 넌 정말 착한 아이야."

엘리는 의아한 눈빛으로 노엘을 흘끗 쳐다보며 수업을 시작한다는 신호를 기다렸다. 하지만 신호는 오지 않았다. 노엘은 멍하니 숙제를 바라보고 있었다.

"말해봐, 엘리." 마침내 노엘이 이렇게 말하며 엘리를 빤히 바라보았다. "네게 일어난 일 중 가장 끔찍한 일이 뭐였니?"

엘리는 어깨를 으쓱했다.

"응?" 노엘이 집요하게 물었다. "키우던 햄스터가 죽었다든가 그런 거 말이야."

"햄스터 키운 적 없어요."

"하, 그렇다면 그거겠네. 햄스터를 키우지 않은 게 네게 일어난

일 중 가장 끔찍한 일이지 않을까?"

엘리는 다시 한번 어깨를 으쓱했다. "햄스터 키우고 싶었던 적 없는데요."

"그럼 뭘 가지고 싶었어? 네가 정말 가지고 싶었는데 가지지 못한 게 뭐니?"

주방의 TV 소리와 위층에서 엄마가 청소기를 미는 소리, 언니가 누군가와 통화하는 소리가 희미하게 들렸다. 가족들은 각자 자신의 삶을 살고 있었다. 수학 과외 선생과 햄스터에 대한 이상한 대화를 나눌 필요 없이.

"아무것도 없어요. 그냥 남들처럼 평범하게 돈, 옷 같은 것 빼고는요."

"개를 키우고 싶은 적 없었어?"

"네, 별로요."

노엘은 한숨을 쉬며 엘리의 숙제를 앞으로 끌어당겼다. "그렇다면 너는 정말 운 좋은 아이구나. 정말이야. 네가 얼마나 운 좋은 아이인지 너도 알고 있겠지?"

엘리는 고개를 끄덕였다.

"좋아. 너도 내 나이가 되면 원하는 게 수도 없이 많고 다른 모두가 그것들을 가지는 걸 보게 될 거야. 그래서 이번에는 내 차례가 분명하다고 생각하지. 반드시 내 차례일 거라고. 그런데 내가 원하던 게 석양과 함께 사라지고 말아. 내가 할 수 있는 일은 아무것도 없어. 그냥 지켜보는 수밖에."

일순간 무거운 침묵이 내려앉았고 마침내 노엘이 천천히 코에 안경을 쓰고 엘리가 한 숙제의 첫 장을 펼쳐보며 말했다. "좋아. 우리 우등생이 이번 주에는 어떻게 했나 보자."

"엘리, 네 꿈과 희망은 뭐야?"

엘리는 속으로 한숨을 쉬었다. 노엘 도널리가 또 기분이 별로인 모양이다.

"GCSE를 잘 보면 좋겠어요. 그리고 A 레벨도요. 그런 다음 명문 대학에 들어가고 싶어요."

노엘이 혀를 차며 눈을 굴렸다. "왜 너 같은 10대 아이들은 대학에 집착하는 걸까? 내가 트리니티 칼리지에 들어갔을 때도 잔치가 벌어졌었지! 난리도 아니었어. 우리 어머니는 사방에 자랑을 하고 다녔어. 외동딸이 트리니티 칼리지에 들어갔다고! 그런데 지금 날 봐. 주변 사람들 중에 내가 제일 가난해."

엘리는 어색한 미소를 지으며 무슨 말을 해야 하나 고민했다.

"똑똑한 아가씨, 대학이 인생의 전부가 아니야. 졸업장과 자격증이 다가 아니라고. 나도 그런 건 넘치도록 많이 갖고 있어. 그런데 날 봐. 사랑스럽고 아늑한 네 집에 너와 함께 앉아 얼그레이 차를 마시며 쥐꼬리만 한 돈을 받고 내 지식을 네게 전해주고 있잖아. 수업이 끝나면 아무것도 없는 집으로 돌아가야 해." 노엘이 고개를 홱 돌려 엘리를 빤히 바라보았다. "아무것도 없어. 정말로." 그러더니 한숨과 함께 미소를 지었고, 코 위에 안경을 얹은 채 엘리를 바라보았다. 수업을 시작한다는 뜻이었다.

수업이 끝나고 엘리는 주방에 있는 엄마에게 말했다.

"엄마, 나 과외 그만두고 싶어."

엄마가 고개를 돌려 의아한 표정으로 바라보았다. "그래? 왜?"

엘리는 사실대로 말할까 생각했다. *노엘이 이상한 말을 해서 무섭고, 이제 매주 한 시간씩 노엘과 단둘이 있고 싶지 않아.* 엘리는 엄마에게 진실을 말하고 싶었다. 진실을 말했더라면 엄마가 모든 문제를 해결해줬을지도 모르고, 그랬더라면 모든 게 달라졌을 텐데. 하지만 왜인지 사실대로 말하지 않았다. 시험이 코앞인데 그렇게 사소한 이유로 과외를 그만둔다는 걸 엄마가 이해하지 못할 거라고 생각했는지도 모른다. 아니면 노엘을 곤란하게 만들고, 상황을 복잡하게 만들고 싶지 않았는지도 모른다. 엘리는 엉뚱하게도 이렇게 말했다. "노엘 선생님한테는 더 배울 게 없어. 선생님이 준 연습 문제지도 다 가지고 있으니까 그것만 계속 풀면 돼. 돈도 아낄 수 있잖아." 엘리는 의기양양하게 미소를 지으며 엄마의 대답을 기다렸다.

"하지만 이제 시험이 코앞인데 그만둔다고?"

"그래서야. 지금은 다른 과목에도 신경을 써야 해. 지리 같은 과목. 과외할 시간에 지리를 좀 더 공부하려고."

100퍼센트 거짓말이었다. 엘리는 모든 과목 성적이 우수했다. 일주일에 한 시간 더 다른 과목을 공부한다고 달라질 건 없었다. 그래도 엄마가 좋아하는 미소를 지으며 대답을 기다렸다.

"그래, 우리 딸이 원한다면 그렇게 해야지."

엘리는 반갑게 고개를 끄덕였다. 노엘의 무거운 말들, 오래된 음식 냄새와 감지 않은 머리카락 냄새, 변덕스러운 기분과 뜬금없고 약간 부적절하기까지 한 질문들이 엘리의 머릿속에서 메아리쳤다.

"정말 그래도 되겠어? 과외비 몇 푼이라도 아낄 수 있으면 엄마야 좋지만."

"당연하지. 그렇게 해요." 안도감이 밀려왔다.

"알았어." 엄마가 냉장고 문을 열어 볼로네즈 소스통을 꺼내고 다시 문을 닫았다. "내일 선생님한테 전화해서 얘기할게."

"좋아." 엘리의 목소리가 가벼워졌다. 영혼을 무겁게 짓누르던 기이하고 추악한 것을 덜어낸 기분이었다. "고마워, 엄마."

8

로럴을 맞이한 양복 차림의 경찰은 젊고 피곤해 보였고, 손은 축
축했으며 약간 긴장한 기색이었다. 경찰은 로럴을 면접실로 안내했
다. "와주셔서 고맙습니다." 오지 않는 선택도 가능했다는 것처럼
말했다. *미안하지만 오늘은 할 일이 많은데 다음 주에 가도 될까요?*

누군가가 로럴에게 물 한 컵을 가져다주었고, 잠시 후 문이 열리
며 폴이 들어왔다.

맙소사, 물론 폴도 불렀겠지. 미처 폴 생각은 하지 못했다. 로럴
은 자신만의 일인 것처럼 반응했다. 그런데 경찰서의 누군가는 폴
을 생각한 모양이었다. 폴이 벌컥 안으로 들어왔다. 축 늘어진 은발
에 구겨진 양복 차림이었고, 피부에 박힌 런던 도심의 건조한 냄새
가 났다. 폴이 곁을 지나가며 로럴의 어깨를 잡았지만, 로럴은 고개
를 돌려 아는 척할 수가 없었다. 두 사람을 지켜보고 있을 사람들을
위해 작은 미소만 억지로 지었다.

폴이 로럴의 옆자리에 앉았다. 손으로 넥타이를 누르며 몸을 숙
여 의자에 앉았다. 누군가가 자판기에서 뽑은 차를 폴에게 가져다
주었다. 로럴은 그 차가 기분 나빴다. 폴이 기분 나빴다.

"도버 근처에서 조사를 했습니다. 개를 산책시키던 사람이 신고를 했어요. 테리어가 땅속에서 가방을 발견했다고요." 데인이라는 형사가 말했다.

가방. 로럴은 맹렬하게 고개를 끄덕거렸다. 시신이 아니라 가방이다.

두꺼운 봉투에서 가로 25센티미터, 세로 20센티미터쯤 되는 사진 몇 장을 꺼낸 데인 형사가 그 사진들을 로럴과 폴 쪽으로 밀었다.

"혹시 이 중에 알아보시는 게 있습니까?"

로럴은 사진들을 앞으로 가져왔다.

엘리의 가방이었다. 엘리의 배낭. 10년 전 엘리가 도서관에 간다며 집을 나설 때 어깨에 메고 나간 그 배낭이었다. 경찰이 중요하다고 강조했던 빨간색의 작은 로고도 있었다. 그날 엘리에게서 유일하게 눈에 띄는 특징이었다.

두 번째 사진은 보트넥에 캡 소매가 달린 헐렁한 검은색 티셔츠였다. 안쪽 라벨에는 '뉴 룩'이라고 적혀 있었다. 엘리는 그 티셔츠의 앞부분만 청바지에 넣어 입었다.

세 번째 사진은 브라였다. 검은색의 작은 물방울무늬가 찍힌 회색 면 브라. 안쪽 라벨에는 '애트머스피어'라고 적혀 있었다.

네 번째 사진은 청바지였다. 연청색 청바지 안쪽 라벨에는 '톱숍'이라고 적혀 있었다.

다섯 번째 사진은 꾀죄죄한 흰색 운동화였다.

여섯 번째 사진은 흰색 끈이 달린 평범한 검은색 후드 티셔츠였다. 안쪽 라벨에는 '넥스트'라고 적혀 있었다.

일곱 번째 사진은 집 열쇠가 달린 열쇠고리였다. 열쇠고리의 작은 플라스틱 부엉이 인형은 배의 버튼을 누르면 눈에 불이 들어왔다.

여덟 번째 사진은 습기를 먹어 녹조가 끼고 썩은 연습 문제집과 교과서 더미였다.

아홉 번째 사진은 필통이었다. 검은색과 빨간색 물방울무늬가 찍힌 필통에는 볼펜과 연필이 가득 들어 있었다.

열 번째 사진은 팬티라이너였다. 물에 부풀고 음란해 보였다.

열한 번째 사진은 작은 가죽 지갑으로 보라색과 빨간색 패치워크가 들어 있고, 3면으로 돌아가는 지퍼 끝에 빨간 폼폼이 하나 달려 있었다.

열두 번째 사진은 작은 노트북 컴퓨터였다. 구식에 약간 낡은 모습이었다.

마지막 사진은 여권이었다.

로럴은 그 사진을 가까이 끌어당겼다. 폴이 로럴 쪽으로 몸을 숙이자, 로럴은 그 사진을 둘 사이에 놓았다.

여권.

엘리는 여권을 가져가지 않았다. 엘리의 여권은 아직 로럴이 가지고 있다. 이따금 엘리의 소지품이 든 상자에서 여권을 꺼내 멍하니 딸의 얼굴을 바라보며 그 애가 가지 못할 여행들을 생각했다.

로럴은 그 여권 사진을 뚫어져라 바라보다 그게 엘리의 여권이 아니란 사실을 깨달았다.

해나의 것이었다.

"이해가 안 돼요." 로럴이 입을 열었다. "이건 우리 큰딸 여권인데 잃어버린 줄 알았어요. 이게……" 로럴은 다시 그 사진을 바라보며 손가락으로 사진 가장자리를 만졌다. "여기에 있네요. 엘리 가방 안에. 이걸 어디서 찾았어요?"

"울창한 숲속에서요." 데인 형사가 대답했다. "페리 선착장에서 그리 멀지 않은 곳입니다. 엘리가 유럽으로 가려 했을지도 모른다는 게 저희의 가설 중 하나입니다. 여권을 고려하면요."

로럴은 화가 벌컥 솟구쳤다. 경찰은 엘리의 가출 설을 뒷받침할 증거를 찾고 있다. "하지만 엘리의 가방 안에는…… 열다섯 살 때 가지고 나간 물건들뿐이잖아요. 그걸 들고 유럽으로 가려고 했다고요? 10년이 지난 후에? 말이 안 돼요."

데인 형사는 거의 다정한 시선으로 로럴을 보았다.

"옷을 분석해봤는데 오랫동안 입은 흔적이 있습니다."

티끌 하나 없이 깨끗하고 신선하고 향긋한 냄새만 풍기던 완벽한 딸이 오랫동안 같은 옷을 입고 돌아다니는 모습을 떠올리며 로럴은 가슴을 움켜쥐었다.

"그래서…… 우리 딸은 어디 있어요? 엘리는 어디 있죠?"

"찾는 중입니다."

폴이 자신을 쳐다보는 게 느껴졌다. 뒤죽박죽 섞인 정보를 이해하려면 그녀의 도움이 필요한 것이다. 그러나 로럴은 폴의 눈길을 마주할 수 없었다. 자신의 아주 작은 일부도 그에게 내어줄 수가 없었다.

"엘리가 실종되고 몇 년 후에 집에 도둑이 든 적이 있어요. 당시 경찰에게 엘리인 것 같다고 했었죠. 사라진 물건들도 그렇고, 무단

침입한 흔적도 없고⋯⋯." 로럴은 근거 없는 느낌을 늘어놓지 않으려 입을 다물었다. "그때 해나의 여권을 가져간 게 분명해요. 분명히 엘리가⋯⋯."

로럴은 말꼬리를 흐렸다. 혹시 경찰의 주장이 맞는 건 아닐까? 엘리가 정말 가출한 거라면? 엘리가 탈출을 계획한 거라면?

하지만 무엇으로부터? 어디로? 왜?

그 순간 문이 열리더니 또 다른 경찰이 안으로 들어왔다. 그는 데인 형사에게 다가가 귓속말을 했다. 두 경찰 모두 로럴과 폴을 바라보았다. 곧 허리를 더 곧게 편 데인 형사가 넥타이 매무새를 가다듬고 입을 열었다. "사람의 유해가 발견됐답니다."

로럴의 손이 본능적으로 폴의 손을 잡았다.

너무 세게 움켜쥐어 폴의 손뼈가 뒤틀리는 게 느껴졌다.

9

그때

"우리 올여름에는 뭐 할까?"

엘리의 무릎을 베고 누워 있던 테오가 고개를 돌려 엘리를 올려다보며 미소를 지었다. "아무것도. 우리 아무것도 하지 말자."

엘리는 책을 내려놓고 테오의 뺨에 손을 얹었다. "안 돼. 난 다 하고 싶단 말이야. 공부만 하자는 게 아니야. 패러글라이딩 하고 싶어. 같이 해볼래? 패러글라이딩 하러 갈래?"

"그러니까 이번 여름 계획은 **죽는** 거네?" 테오가 웃음을 터트렸다. "넌 진짜 이상해."

엘리는 장난스럽게 테오의 뺨을 살짝 때렸다. "나 이상한 애 아니야. 하늘을 날고 싶을 뿐이라고."

"말 그대로?"

"그래, 말 그대로. 아, 참. 엄마가 그러는데 원하면 며칠간 우리 할머니네 집 써도 된대."

테오가 엘리를 보며 환하게 미소 지었다. "정말? 우리 단둘이?"

"아니면 친구 몇 명 불러도 되고."

"아니면 우리 둘만 가도 되고?" 테오가 열성적으로 고개를 끄덕이며 장난스러운 표정으로 쳐다보자 엘리는 웃음을 터트렸다.

"그래, 그래도 돼."

5월의 토요일 오후였다. GCSE 시험 일주일 전. 둘은 엘리의 침실에서 시험공부를 하다 잠시 쉬는 중이었다. 바깥에서는 태양이 빛났다. 고양이 테디베어는 옆에 누워 있었고 공중에는 꽃가루와 희망이 가득했다. 엘리의 엄마는 항상 5월은 여름의 금요일 밤 같다고 했다. 앞에 좋은 일들만, 밝고 빛나는 것들만이 기다리고 있는 것 같다고. 엘리는 시험이라는 어두운 터널의 반대쪽에서 그녀를 부르는 모든 게 느껴졌다. 따뜻한 밤과 긴 낮, 아무것도 하지 않아도 되고 아무 데도 가지 않아도 되는 가벼움이. 인생의 이 장만 마친다면 그 모든 것들을 할 수 있을 거라 생각했다. 그동안 읽지 못했던 책들을 읽고, 소풍을 가서 맛있는 것들도 먹고, 유원지에 가고, 쇼핑을 하러 가고, 방학에 파티까지. 순간 엘리는 숨이 가빠졌다. 가슴이 벅차고 뱃속이 울렁거리고 심장이 두근거렸다.

"너무 기대돼. 이 모든 게 끝나는 순간이 너무 기대돼."

10

오래전에 일어났던 로럴의 집 강도 사건은 경찰이 조사했지만 아무런 소득도 없었다. 집 안에서 낯선 지문은 하나도 발견되지 않았고, 로럴이 집을 비운 두 시간 동안 촬영된 CCTV 영상을 확인했지만 엘리 혹은 비슷한 10대 소녀로 보이는 인물은 한 명도 없었다. '강도'는 오래된 노트북 컴퓨터와 폴의 옛날 휴대폰, 로럴이 속옷 서랍 안에 숨겨둔 약간의 현금, 한때 가깝게 지냈던 매우 부유한 친구가 결혼 선물로 준 아르데코 은제 촛대 한 쌍, 해나가 하루 전에 구워서 아이싱을 하려고 주방 싱크대 위에 올려둔 케이크를 가져갔다.

로럴의 보석에는 손도 대지 않았다. 서너 달 전부터 끼지 않고 침실 서랍장 위에 떡하니 올려둔 결혼반지와 약혼반지도. 낡은 노트북보다 훨씬 새것이고 더 비싼 애플 맥 컴퓨터도 가져가지 않았고, 로럴이 거리에서 소매치기를 당할까 봐 주방 서랍에 넣어둔 신용카드도 가져가지 않았다.

"시간이 없었을지도 몰라요." 로럴이 신고하고 10분 후에 현관에 도착한 경관 중 한 명이 말했다. "아니면 필요한 것만 훔쳤을 수도 있습니다. 무엇을 누구에게 팔 수 있는지 미리 파악해둔 거죠."

"뭔가 이상해요." 로럴은 팔짱을 꽉 끼었다. "마치…… 모르겠어요. 제 딸이 4년 전에 실종됐어요." 로럴은 눈을 들어 두 경관의 눈을 똑바르고 단호하게 바라보았다. "엘리 맥, 기억하세요?"

눈길을 교환하던 두 경관이 다시 로럴을 보았다.

"엘리의 기운이 느껴졌어요. 집 안에 들어갔을 때 내 딸의 기운이 느껴졌어요." 딸을 염려하는 여자가 아니라 미친 여자가 할 법한 말 같았다.

경관 둘이 재차 눈빛을 나눴다. "따님의 물건 중에 없어진 게 있나요?"

로럴은 고개를 젓고 어깨를 으쓱했다. "그렇진 않은 것 같아요. 엘리 방에 들어가봤는데 전과 똑같더라고요."

경관들은 잠시 침묵하다 어색하게 한 발에서 다른 발로 무게중심을 옮겼다.

"자물쇠나 창문을 부순 흔적은 전혀 없습니다. 강도가 어떻게 집에 들어갔을까요?"

로럴은 천천히 눈을 깜빡였다. "모르겠어요."

"혹시 창문을 열어두셨나요?"

"아니요, 전……." 그건 생각해보지도 않았다. "아닌 것 같아요."

"열쇠를 두고 나가시나요?"

"아니요. 절대로요."

"이웃이나 친구에게 맡기시나요?"

"아니요, 절대로요. 우리 집 열쇠는 우리만 가지고 있어요. 저와 남편, 우리 아이들만요."

입 밖으로 말이 나오는 순간 로럴의 심장이 다시 두근거리고 손바닥이 축축해졌다. "엘리, 엘리도 열쇠를 가지고 있었어요. 실종되었을 때요. 배낭에 들어 있었죠. 혹시 그 애가……?"

경관들이 기대하는 눈길로 로럴을 바라보았다.

"혹시 엘리가 돌아온 거라면요? 어디에 있었든 그 애가 돌아온 거라면요? 절박한 상황이었을지도 모르잖아요? 그래서 우리가 신경 쓰지 않을 물건들만 가져간 걸지도 몰라요. 엘리는 내가 그 촛대를 좋아하지 않는 걸 알아요. 내가 툭하면 언젠가 〈앤티크 로드쇼〉에 보낼 거라고 했거든요. 어마어마한 돈이 될지도 모른다고요. 그리고 케이크도요!"

"케이크요?"

"네. 주방 싱크대 위에 초콜릿 케이크가 있었어요. 내 딸이 만든 거예요. 큰딸이요. 어떤 도둑이 케이크를 가져가겠어요?"

"배고픈 도둑이요?"

"아니요." 로럴은 자신의 이론을 재빨리 사실로 굳혔다. "아니요, 엘리예요. 엘리가 가져간 거예요. 엘리는 해나가 만든 케이크를 좋아했어요. 엘리가 제일 좋아하는 거였어요. 엘리가……." 로럴은 입을 다물었다. 너무 빠르게 말하고 있었고, 도우러 온 사람들을 난감하게 만들고 있었다.

평소와 다른 이상한 것을 목격한 이웃은 아무도 없었다. 강도가 들었던 시각에는 대부분 집에 있지도 않았다. 집에서 훔쳐간 물건들은 하나도 발견되지 않았다. 그것으로 끝이었다. 또 다른 막다른 골목이었다. 로럴의 인생에 생긴 또 다른 구멍이었다.

하지만 엘리가 다시 돌아올지 몰라서 그 후로도 몇 년간 로럴은 거의 집에 붙어 지냈다. 잠깐 밖에 나갔다 돌아오면 잃어버린 딸의 냄새를 찾아 공기를 들이마셨다. 결국에는 그 몇 년 사이에 남은 아이들마저 잃어버리고 말았다. 로럴에게는 아이들에게 줄 게 하나도 남지 않았고, 아이들은 기다리다 지쳐버렸다.

3년 전에 로럴은 마침내 엘리가 집에 돌아올 거라는 기대를 버렸다. 단순한 강도 사건일 뿐이었고, 새로운 장소에서 새로 시작해야 한다는 사실을 받아들였다. 마지막으로 잃어버린 딸의 침실에서 나오며 아주 조심스럽게 문을 닫았다.

3년간 엘리를 머릿속에서 지우려 애썼다. 마치 구속복을 입은 것처럼 새로운 일상에 맞추어 살았다. 3년간 광기를 속에만 가두고 그 누구와도 공유하지 않았다.

그런데 이제 그 광기가 돌아왔다.

로럴은 경찰서 근처에서 자동차에 올라 후진 기어를 넣은 채 잠시 그대로 멈추고, 돌아온 광기를 최대한 깊숙이 들이마셨다.

지금 이 순간에 고무장갑을 낀 낯선 이들의 손에 들린 비닐봉지에 담겨 있을 딸아이의 뼈가 떠오르자, 꾹꾹 눌러 담았던 광기가 터져 나오면서 조용하던 차 안이 끔찍한 포효로 가득 찼다. 주먹으로 운전대를 내리치고, 또 내리쳤다.

그러다 길 건너편에서 자신의 자동차로 걸어가는 폴을 보았다. 끔찍하게 일그러진 얼굴에 어깨가 축 처져 있었다. 폴이 로럴을 바라보았다. 로럴의 분노를 알아챈 순간 폴의 눈에 놀란 기색이 깃들었다. 폴이 그녀 쪽으로 걸어오기 시작하자 로럴은 기어를 넣고 최대한 빨리 그곳을 빠져나갔다.

11

그때

엘리는 마지막 수업 이후로 노엘 도널리 생각을 그리 많이 하지 않았다.

엄마의 말에 따르면, 노엘은 '조금 짜증스러운' 반응을 보이며, 엘리의 과외가 이렇게 빨리 끝날 줄 알았다면 이 일을 수락하지 않았을 것이고 이제 빈 시간을 채울 다른 일을 찾아야 한다, 이런 식으로 갑자기 그만두는 건 예의가 아니다 등등 불평을 늘어놓았다. 엘리가 선생님에게 미안한 마음이 든다고 하자 엄마는 그럴 필요 없다고 했다.

"괜찮아. 원래 발끈하는 성격인가 봐. 괜찮을 거야. 시험이 코앞이니까 다른 학생을 금방 구할 수 있을 텐데 뭐. 다급한 마음에 연락하는 학부모가 분명 있을걸."

엘리는 엄마의 말에 안심하고, 머릿속에 남아 있던 노엘 도널리를 곧장 지웠다. 사실 곧장 지웠다는 건 과장이다.

5월 중간 방학의 목요일 아침에 번화가에서 노엘 도널리와 마주쳤을 때 알아보는 데 잠시 시간이 걸렸다. 엘리는 도서관에 가는 길이었다. 언니 친구가 집에 놀러 왔는데 목소리가 너무 크고, 웃음소리가 너무 거슬렸다. 조용하고 평화로운 곳이 필요했고, 19세기의 구빈원에 대한 책도 필요했다.

이제 와 돌이켜보면 그 순간 집에 놀러와 시끄럽게 웃은 언니의 친구 탓으로 돌릴 수 있지만, 그러고 싶지 않았다. 남의 탓으로 돌리는 건 가끔은 지치는 일이니까. 남을 탓하다 보면 미쳐버릴지도 모른다……. 사소한 결과들이, 수백만 갈래의 길 중 내가 무심코 선택한 길이 절대 돌아오지 못할 곳으로 나를 데려가는 법이다.

엘리를 본 노엘이 복잡한 미소를 지었다. 엘리는 일순간 머릿속을 뒤져 필요한 것을 찾아내고 마주 보며 미소를 지었다.

"우리 우등생이네!" 노엘이 말했다.

"안녕하세요!"

"어떻게 지내니?"

"좋아요, 정말 잘 지내요! 수학 공부도 아주 잘되고 있고요."

"그거 다행이구나." 일기예보에 따르면 따뜻하고 건조한 날인데도 노엘은 카키색 방수 외투 차림이었다. 빨간 머리카락은 집게핀으로 틀어 올렸고, 싸구려 검은색 운동화를 신고 어깨에 아이보리색 캔버스 가방을 메고 있었다. "시험 준비는 다 됐어?"

"그럼요, 완벽해요." 엘리는 과장해서 말했다. 노엘에게 과외를 그만두었다고 꾸짖을 빌미를 주고 싶지 않았다.

"화요일이든가?"

"네, 아침 10시요. 그리고 일주일 후에 두 번째 시험이에요."

노엘이 엘리에게서 눈을 떼지 않은 채 고개를 끄덕였다. "다른 학생들과 공부하는 연습 문제가 있는데, 다들 그게 큰 도움이 되었다고 하더라. 소문에 따르면 올해는 겹치는 문제가 많을 거라던데, 괜찮으면 너한테도 한 부 줄까?"

아니요, 엘리는 속으로 비명을 질렀다. *싫어요. 선생님의 연습 문제지는 받고 싶지 않아요.* 하지만 올 여름방학에 패러글라이딩을 하고 순결을 잃고 싶으며, 오늘 밤 피자를 먹고 내일 아침에 남자친구를 만날 엘리는 이렇게 말했다. "그럼요. 저야 좋죠."

"어디 보자." 노엘이 집게손가락으로 입술을 눌렀다. "오늘 저녁에 들를게. 너희 집 근처에 갈 일이 있으니까."

"네, 저는 좋아요."

"아니면…… 혹시……" 노엘은 손목시계를 보더니 잠시 뒤를 돌아보았다. "우리 집이 바로 저기야" 하며 한 골목을 가리켰다. "몇 집만 지나면 우리 집인데 지금 잠깐 들렀다 갈래? 10초면 될 텐데."

그날 목요일 아침에는 거리가 분주했다. 사람들이 두 사람 양쪽을 계속 지나갔다. 나중에 엘리는 이 사람들을 생각하면서 혹시 이 중 한 명이라도 카키색 방수 외투에 아이보리색 숄더백을 멘 여자와 이야기하는 검은색 티셔츠와 청바지 차림에 배낭을 멘 소녀를 보거나 무의식 어딘가에서 기억하는 사람이 있을지 궁금했다. 〈크라임워치〉가 이 순간을 재연하는 걸 상상했다. 자신의 역은 누가 맡을까? 아마 해나 언니가 맡겠지. 이때쯤 둘은 키가 거의 같았다. 그리고 빨강 머리에 보기 흉한 녹색 외투를 입은 여성 경관이 노엘 역을 맡을 것이다.

재연 장면이 끝나면 진행자 닉 로빈슨이 카메라를 심각하게 바라보며 이렇게 말할 것이다. '5월 26일 목요일 아침에 그곳에 계셨습니까? 엘리 맥과 이야기를 나누는 빨간 머리의 중년 여성을 보셨습니까? 두 사람은 스트라우드 그린 로드의 적십자 중고 매장 앞에 있었습니다. 오전 10시 45분경이었죠. 그날 날씨도 기억나실지 모르겠습니다. 런던에 심한 뇌우가 내린 날이었습니다. 녹색 외투를 입고 엘리 맥과 함께 할로 로드로 걸어가던 여성을 보셨습니까?'

화면이 바뀌며 엘리와 노엘이 스트라우드 그린 로드를 걸어가는 거친 CCTV 영상이 나올 것이다. 영상 속의 엘리는 작고 연약해 보일 테고, 멍청이 중에 상 멍청이처럼 마지막 모퉁이를 돌아 운명을 향해 다가갈 것이다. 그리고 다시 닉이 이렇게 말할 것이다.

'그날 아침의 일이 기억나는 분이 있다면, 혹시 할로 로드에서 엘리 맥을 보셨다면 연락 주세요. 여러분의 전화를 기다리고 있습니다.'

하지만 그날 아침에 아무도 엘리를 보지 못했다. 아무도 엘리가 빨간 머리 여자와 이야기하는 걸 알아채지 못했다. 아무도 엘리가 할로 로드 쪽으로 걸어가는 걸 보지 못했다. 아무도 노엘 도널리가 벚꽃이 활짝 핀 벚나무가 있는 작고 지저분한 집 안으로 들어가며 엘리에게 "어서 안으로 들어와" 하고 말하는 걸 보지 못했다. 아무도 엘리가 그 안으로 들어가는 걸 보지 못했다. 아무도 엘리 뒤로 문이 닫히는 소리를 듣지 못했다.

12

나른한 늦더위가 끝날 무렵인 어느 화창한 오후, 폴과 로럴은 경찰이 찾은 딸의 유해 일부를 묻었다. 엘리의 대퇴골과 정강이뼈, 두 개골이었다.

부검 보고서에 따르면 엘리는 자동차에 치였고 숲까지 상당한 거리를 끌려간 다음 땅에 얕게 묻혔으며, 덕분에 동물들이 엘리의 뼈를 가져가 숲 전체에 흩트려놓았다. 엘리의 유해를 몇 조각이라도 더 찾으려 수색견을 풀어 며칠간 숲을 샅샅이 뒤졌지만, 아무것도 찾지 못했다.

경찰은 사람을 치고 수리한 차를 찾으려고 그 지역 정비소들 기록을 샅샅이 뒤졌다. 주변 지역에 전단을 돌리며 탐문 조사를 했다. 여성 히치하이커나 버스에 탄 여성, 남색 배낭을 멘 젊은 여성을 본 적이 있습니까? 그 여성이 당신의 호스텔에, 혹은 당신의 집에 묵은 적이 있습니까? 노숙하는 걸 본 적이 있습니까? 열다섯 살짜리 소녀의 얼굴을, 혹은 컴퓨터로 만든 스물다섯 살의 예상 얼굴을 본 적이 있습니까?

집에서 사라진 촛대 사진도 돌렸다. 이 촛대를 파는 사람을 본 적 있습니까? 이 촛대를 보거나 산 적이 있습니까? 그러나 아무도 나오지 않았다. 목격자는 아무도 없었다. 아는 사람은 아무도 없었다. 12주간의 분주한 수사가 끝나자 다시 모든 게 조용해졌다.

그리고 이제 엘리는 죽었다. 가능성은 사라졌다. 가족은 뿔뿔이 흩어졌고 로럴은 혼자다. 아무것도 남지 않았다. 말 그대로 아무것도.

엘리의 장례식이 끝나고 한 달이 지난 어느 날, 로럴은 플로이드를 만났다.

2부

13

로럴은 머리를 감겨준 젊은 아가씨에게 2파운드짜리 동전을 건네며 다정하게 미소 지었다. "고마워요, 도라."

그리고 미용사에게 5파운드 지폐를 건네며 인사했다. "고마워요, 타니아. 머리가 마음에 쏙 드네요. 정말 수고 많았어요."

로럴은 마지막으로 한 번 더 벽에 걸린 전신 거울 속에 비친 자신의 모습을 바라보았다. 어깨까지 오는 금발이 반짝이며 찰랑거렸다. 그 아래 머릿속과는 정반대의 모습이었다. 스트라우드 그린에 있는 누군가가 머릿속까지 반짝거리고 찰랑이게 만들어줄 수 있다면 80파운드라도 기꺼이 낼 것이다.

바깥은 바람이 거센 가을의 오후였다. 머리에 감기는 머리카락이 실크처럼 가벼웠다. 식사 때를 놓쳐 배가 고팠고, 집에 갈 때까지 참을 수가 없어 미용실 근처의 카페 문을 열고 들어가 치즈 토스트 샌드위치와 디카페인 카푸치노를 주문했다. 급하게 먹느라 빵에서 딸려 나온 치즈가 끊어지며 턱에 척 붙었다. 치즈를 닦으려고 종이 냅킨을 턱에 가져간 순간 한 남자가 카페 안으로 들어왔다.

남자는 평범한 키와 체격으로 쉰 살쯤 돼 보였다. 짧게 자른 머리카락은 관자놀이 부분이 하얗게 셌고, 더 검은 정수리 부분은 벗겨지고 있었다. 비싼 청바지에 근사한 셔츠를 입고, 구두끈이 있는 구두에 호피무늬 뿔테 안경을 썼다. 폴과 비슷한 차림이었다. 지금 폴에 대한 감정이 어떻든—둘은 갈등을 겪고 있고 매우 혼란스러운 상태이지만—폴이 항상 근사한 모습인 건 인정할 수밖에 없다.

로럴은 문을 열고 들어온 그 남자를 넋 놓고 쳐다보았고, 그런 자신이 당황스러웠다. 그에게는 무언가가 있었다. 절제된 자신감과 대범함이라고 할까? 눈에 반짝거리는 무언가가 있었다. 로럴은 카운터 앞에 서 있는 남자의 모습을 조금 더 자세히 살펴보았다. 납작하지만 부드러운 배, 잘생긴 손, 다른 쪽보다 살짝 더 튀어나온 한쪽 귀. 전통적인 미남은 아니었지만 자신의 신체적 한계를 오래전에 받아들이고 개성을 부각하는 데 집중하기로 한 남자의 분위기가 풍겼다.

당근 케이크 한 조각과 블랙커피를 주문한 남자는—억양으로 어디 사람인지 판단하기 어려웠는데, 미국인 같기도 하고 미국인에게서 영어를 배운 외국인 같기도 했다—주문한 게 나오자 로럴의 옆 테이블로 가지고 왔다. 로럴은 숨을 멈췄다. 로럴의 눈길을 알아채지 못한 것 같은데도 텅 빈 테이블이 널린 카페에서 굳이 로럴과 가장 가까운 테이블을 선택했다. 로럴은 당황했다. 자신도 모르는 사이에 무의식적으로 그 남자의 관심을 유발한 것 같았다. 로럴은 그 남자의 관심을 원하지 않았다. 그 누구의 관심도 원하지 않았다.

잠시 둘은 그렇게 나란히 앉아 있었다. 남자는 로럴을 단 한 번도 쳐다보지 않았지만, 로럴은 그에게서 뿜어져 나오는 일종의 관심이 느껴졌다. 남자는 스마트폰을 만지고 있었다. 로럴은 치즈 샌드위치를 천천히 조금씩 다 먹었다. 잠시 후에는 모든 게 자신의 상상에 불과할지도 모른다는 생각이 들기 시작했다. 커피를 마저 마시고 자리에서 일어나려 했다.

그 순간 남자가 말했다. "머리가 예쁘네요."

로럴은 고개를 돌렸다. 남자의 말에 놀라 "아" 하고 감탄사를 뱉었다.

"정말 예뻐요."

"고마워요." 로럴은 무심코 자신의 머리카락을 만졌다. "방금 미용실에 다녀와서 그래요. 원래는 이렇지 않은데."

남자가 미소를 지었다. "여기 당근 케이크 먹어본 적 있어요?"

로럴은 고개를 저었다.

"진짜 맛있어요. 한 입 먹어볼래요?"

로럴은 초조하게 웃었다. "고맙지만 괜찮아요. 난······."

"여기 깨끗한 스푼도 있어요." 남자가 로럴 쪽으로 쓰지 않은 스푼을 밀었다. "어서요. 혼자서는 이거 다 못 먹어요."

순간 손전등처럼 밝은 한 줄기 빛이 카페 안을 가로질렀다. 그 빛줄기가 닿은 스푼이 반짝거렸다. 케이크에는 포크 자국이 있었다. 묘하게 친밀한 기분이 든 로럴은 본능적으로 뒤로 물러나 이곳을 떠나고 싶었다. 하지만 은색 스푼이 반짝이는 걸 보니 내부에서 무언가가 스멀스멀 솟아나기 시작했다. 희망 같은 무언가가.

로럴은 스푼을 집어 들고 남자가 건드리지 않은 반대편 케이크를 조금 떴다.

남자의 이름은 플로이드였다. 플로이드 던. 플로이드는 손을 내밀며 말했다. "만나서 반가워요, 로럴 맥." 단단하고 따뜻한 손이었다.

"어디 출신이에요?" 로럴은 의자를 그의 테이블로 조금 더 가까이 끌어당기며 물었다. 뒤통수로 따뜻한 햇살이 느껴졌다.

"아." 플로이드가 종이 냅킨으로 입을 닦았다. "한 군데만 딱 짚어 말하기가 어려워요. 우리 부모님은 전 세계를 돌며 일자리와 돈을 좇는 야심 찬 미국인이었죠. 미국에서 4년. 캐나다에서 2년. 다시 미국에서 4년. 독일에서 4년. 싱가포르에서 1년. 마지막으로 영국에서 3년. 부모님은 미국으로 돌아가셨고 전 여기 남았어요."

"그럼 여기 산 지 오래됐어요?"

"내가 여기 산 지가……" 플로이드는 눈을 찡그리며 계산했다. "37년 됐네요. 영국 여권이 있고, 영국인 아이들이 있고, 영국인 전처가 있죠. BBC 라디오 드라마 〈아처스〉를 듣고요. 영국인이 다 됐어요."

플로이드가 미소를 짓고 로럴은 웃음을 터트렸다.

갑자기 로럴은 정신이 번쩍 들었다. 대낮에 카페에 앉아 낯선 남자와 대화를 나누며 그의 농담에 웃음을 터트리다니. 왜 오늘 이런 일이 일어난 것일까? 엘리가 사라지고 어두웠던 수많은 날이 지난 오늘에야? 이런 게 결말일까? 마침내 자식을 묻고 나면 이런 일이 생기는 것일까?

"이 근처에 살아요?" 플로이드가 물었다.

"아니요. 바넷에 살아요. 몇 년 전까지는 이 근처에 살았어요. 그래서 이 옆에 있는 미용실에 온 거예요." 로럴은 근처 미용실 방향을 머리로 가리켰다. "낯선 사람이 내 머리를 만지는 게 싫어서 매 달 여기로 와요."

"음······" 플로이드가 로럴의 머리를 바라보았다. "그럴 만한 가 치가 있는 것 같네요."

추파를 던지는 듯한 어조에 로럴은 그가 이상한 사람은 아닌지 자문해보아야 했다. 이상한 사람인가? 뭔가 수상한 구석이 있나? 경고 사인을 미처 보지 못한 건 아닐까? 사기꾼이나 강간범, 납치 범, 스토커는 아닐까? 미친놈일까? 나쁜 남자일까?

로럴은 사람을 만날 때마다 속으로 이런 질문들을 던졌다. 사람 을 쉽게 믿는 성격이 아니었다. 실종된 딸이 10년 만에 죽은 채 돌 아오기 전부터 그랬다. 폴은 항상 로럴이 어려운 여자라고 했다. 로 럴은 폴의 마음이 바뀌어 등기소에서 결혼하는 날 바람을 맞을까 봐 제이크가 걸음마를 뗄 때가 돼서야 폴의 청혼을 승낙했다. 물론 요 즘에는 이런 질문을 더 자주 던진다. 최악의 상황이 언제든 발생할 수 있다는 사실을 알기 때문이다.

다만 회색 눈에 회색 머리카락, 부드러운 피부에 비싼 구두를 신 은 이 남자에게서 이상한 구석은 하나도 발견할 수 없었다. 자신에 게 말을 걸고 있다는 사실만 빼고 말이다. "고마워요." 로럴은 플로 이드의 칭찬에 대답했다. 그런 다음 의자를 자신의 테이블 쪽으로 뺐다. 자리를 떠나고 싶기도 했고, 동시에 그가 붙잡아주었으면 싶 기도 했다.

"가야 해요?" 플로이드가 물었다.

"네." 로럴은 핑곗거리를 생각했다. "딸을 만나러 가려고요."

딸을 만나러 갈 생각은 없었다. 한 번도 딸을 만나러 간 적이 없었다.

"아, 딸이 있어요?"

"네, 그리고 아들도요."

"딸 하나, 아들 하나군요."

"네. 한 명씩이에요." 죽은 딸의 존재를 부정하는 고통이 심장을 찔렀다.

"난 딸만 둘이에요."

로럴은 고개를 끄덕이며 어깨에 가방을 멨다. "몇 살이에요?"

"한 명은 스물하나이고, 한 명은 아홉 살이죠."

"같이 살아요?"

"아홉 살짜리는요. 스물한 살짜리는 제 엄마와 같이 살고요."

"아."

플로이드가 미소를 지었다. "복잡해요."

"사는 게 다 복잡하잖아요?" 로럴은 마주 보며 미소 지었다.

그러자 플로이드가 테이블 위에 놓인 신문 귀퉁이를 찢더니 외투 주머니 안에서 펜을 꺼냈다. "당신과 이야기 나눠서 정말 즐거웠어요. 이렇게 빨리 헤어져야 하다니 아쉽네요. 언제 저녁 식사 같이하죠." 플로이드는 종이 위에 번호를 갈겨써서 로럴에게 건넸다. "전화해요."

전화해요.

아주 자신만만하고, 아주 간단하고, 아주 직설적이었다. 로럴은 어떻게 사람이 이럴 수 있는지 상상이 되지 않았다.

로럴은 그 종이를 받아 들고 손가락 끝으로 문질렀다. "네." 그런 다음 덧붙였다. "생각해볼게요."

플로이드가 웃음을 터트렸다. 때운 이가 많았다. "꼭 생각해봐요. 기다릴게요."

로럴은 뒤도 돌아보지 않고 재빨리 카페에서 나왔다.

그날 저녁 로럴은 전에 한 번도 하지 않은 행동을 했다. 예고 없이 해나를 방문한 것이다. 현관 앞에 서 있는 엄마를 발견한 순간 큰딸의 얼굴에는 놀란 표정이 90퍼센트, 걱정스러운 표정이 10퍼센트였다.

"엄마?"

"안녕, 우리 딸."

해나는 엄마가 찾아온 이유가 근처에 있기라도 한 듯 엄마의 뒤쪽을 바라보았다.

"엄마, 괜찮아?"

"응, 괜찮아. 그냥, 근처를 지나다 너 본 지도 오래된 것 같아서."

"일요일에 봤잖아."

해나가 오래된 노트북 컴퓨터를 주러 들르긴 했지만 집 안에 들어오지도 않았다.

"그래, 알아. 하지만 그때는 얼굴도 제대로 못 봤잖니."

해나는 맨발의 무게중심을 다른 발로 옮겼다. "안에 들어올래?"

"그러면 좋지, 고맙다."

해나는 운동복 바지에, 앞면에 '체리'라는 글자가 새겨진 딱 붙

는 흰색 티셔츠 차림이었다. 해나는 옷에 관심이 없었다. 출근할 때
는 바나나 리퍼블릭에서 산 검은 정장을 입고, 집에서는 싸구려 캐
주얼을 입었다. 딸과 함께 저녁때 외출한 적이 없어 그 시간대는 뭘
입는지 모른다.

"차 마실래?"

"차 마시기에는 늦은 시간이라."

해나가 눈을 굴렸다. 로럴이 카페인에 민감하게 굴 때마다 참기
힘들었다. 자신의 짜증을 돋우려고 일부러 그러는 것 같았다.

"난 커피 마실 건데. 그럼 뭐 줄까?"

"정말 아무것도 필요 없어. 엄만 괜찮아."

로럴은 딸이 작은 주방을 돌아다니며 찬장을 열었다 닫는 모습을
지켜보았다. 너무 폐쇄적이고 닫힌 몸짓이었고, 자신과 해나가 가
까웠던 적이 한 번이라도 있었는지 궁금했다.

"어디 갔다 오는데?" 해나가 물었다.

"뭐라고?"

"지나가는 길이었다며?"

"아, 그래. 맞아. 미용실에 갔다 왔어." 머리카락을 만지던 로럴
은 거짓말을 하는 데 죄책감을 느꼈다.

"머리 예쁘네."

"고마워."

주머니에는 휘갈겨 쓴 전화번호와 '플로이드'란 이름이 적힌 신
문지 조각이 들어 있었고, 로럴은 그 종이를 만지며 입을 열었다.

"희한한 일이 있었어."

해나는 겁에 질린 시선을 던졌다. 엄마가 대화를 시작할 때마다 해나는 항상 이런 시선을 던졌다. 자신이 감정적으로 감당할 수 없는 일에 끌려들어갈까 봐 두려운 것처럼.

"어떤 남자가 나한테 전화번호를 주더라. 같이 저녁 먹재."

겁에 질린 표정이 경악으로 바뀌었고, 로럴은 이 대화를 해나가 아닌 엘리와 나눌 수만 있다면 무엇이라도 내주고 싶은 심정이었다. 엘리라면 환하게 미소를 지으며 환호성을 지르고, 엄마를 꽉 껴안고는 '정말 잘됐다'고 '신난다'고 말해주었을 것이다. 엘리라면 그렇게 해줬을 것이다.

"물론 전화하지 않을 거야. 물론 안 할 거야. 그런데 이런 생각이 들더라. 우리 가족 생각. 우리 가족이 떨어진 섬처럼 각자 흩어져 있잖니."

"그거야 그렇지." 해나의 목소리에 비난의 기색이 어려 있었다.

"이제 너무 오래된 일인데, 우린 아직도 다시 가족이 될 방법을 찾지 못하고 있어. 다들 과거에 머물러 있는 것 같아. 그날에 머물러 있는 것 같아. 너만 봐도 그래." 그 말이 입 밖에 나온 순간 해서는 안 될 말이란 사실을 깨달았다.

"뭐?" 해나가 자리에서 일어나며 손끝을 폈다. "내가 왜?"

"넌 잘 살고 있어, 정말 잘 살고 있지. 네가 열심히 일하는 거며 네가 성취한 것들, 다 엄마는 자랑스러워. 그런데 너는…… 네 삶이 너무 피상적이라는 생각 안 드니? 고양이 한 마리도 안 키우잖아."

"뭐! 고양이라고? 엄마 제정신이야? 내가 무슨 수로 고양이를 키워? 하루 종일 밖에 나가 있는데 무슨 수로 고양이를……."

로럴은 딸의 어깨에 한 손을 얹었다. "고양이 얘긴 잊어버려. 그냥 예를 든 것뿐이야. 네가 일만 하는 것 같아서. 사람들도 만나기는 해? 친구는? 남자는?"

딸이 로럴을 보며 천천히 눈을 깜빡였다. "남자 얘기는 왜 물어? 남자 만날 시간 없다는 거 엄마도 잘 알잖아. 난 다른 거 할 시간 따위 없어. 이런 대화를 할 시간도 없다고."

로럴은 한숨을 쉬며 자신의 목덜미를 만졌다. "엄마도 최근에 눈치챘어. 네 집 청소하러 왔다가. 전날 밤에 집에 안 들어왔던 것 같더라."

해나의 얼굴이 붉어졌다가 일그러졌다. "아. 그래서 나한테 남자친구가 생긴 줄 알았어?"

"그래. 혹시나 했지."

해나가 한심하다는 듯 미소를 지었다. "아니야, 엄마. 안타깝지만 아니야. 남자친구 같은 거 없어. 파티나 술자리 같은 거 때문이야. 친구네 집에서 잤어." 해나는 어깨를 으쓱하며 다시 손톱 주변의 거스러미를 잡아 뜯었다.

로럴은 눈살을 찌푸렸다. 파티라고? 해나가? 해나의 뻐딱한 몸짓 언어에 로럴은 그 말을 믿지 않았다. 그러나 밀어붙이지 않았고 억지로 미소를 지으며 대답했다. "아, 그렇구나."

그제야 해나의 태도가 누그러지며 엄마 쪽으로 몸을 숙였다. "나 아직 젊어, 엄마. 남자 만날 시간은 충분하다고. 고양이도. 그냥 지금은 안 돼."

로럴은 묻고 싶었다. *하지만 우리는? 이건 언제 멈추는 걸까? 언*

제가 돼야 우리는 다시 가족이 될 수 있을까? 언제가 돼야 죄책감을 느끼지 않고 진심으로 웃음을 터트리거나 진심으로 미소를 지을 수 있을까?

하지만 묻지 않았다. 대신 테이블 맞은편에 있는 해나의 손을 잡았다. "알아, 딸. 엄마도 잘 알아. 그냥 네가 행복하면 좋겠어. 우리 가족이 전부 행복하면 좋겠어. 엄마가 바라는 건……."

"엘리가 돌아오는 거겠지."

로럴은 놀란 눈으로 해나를 올려다보았다. "그래, 그래. 엘리가 돌아오면 좋겠어."

"나도 마찬가지야." 해나가 말했다. "하지만 이제는 다 알잖아. 엘리는 돌아오지 않을 테고, 우리는 그 사실을 받아들여야 한다는 거."

"그래. 그래, 네 말이 맞아."

로럴은 손가락으로 주머니에 있는 종잇조각을 찾았다. 종잇조각을 만지작거리자 등줄기에 전율이 일었다.

14

"안녕하세요, 플로이드. 로럴이에요. 로럴 맥."

"맥 부인."

미국인 특유의 부드럽고 느릿한 억양. 아주 나른하고 건조했다.

"혹시 기혼자가 아닌가요?"

"네, 아니에요." 로럴이 대답했다.

"그럼 맥 씨로 하죠. 전화 줘서 고마워요. 정말 기쁜데요."

로럴은 미소를 지었다. "다행이네요."

"저녁 약속을 잡을까요?"

"음, 네. 그렇게 하죠. 별일 없으면……."

"별일은 없어요. 혹시 염두에 둔 특별한 별일이 있나요?"

로럴이 웃음을 터트렸다. "아니요. 특별히 염두에 둔 건 없어요."

"그럼 좋습니다. 금요일 밤 어때요?"

"좋아요." 군이 스케줄을 확인할 필요도 없었다.

"불빛이 환한 시내로 나갈까요? 아니면 우리 동네 근처에서 볼까요? 그쪽 동네나?"

"불빛이 환한 게 좋겠어요." 로럴이 대답했다. 마치 소녀처럼 재잘거리는 목소리였다.

"나도 시내가 좋아요. 태국 음식 좋아해요?"

"네, 좋아해요."

"그럼 나한테 맡겨요. 아는 식당에 예약하고, 나중에 시간과 장소는 문자로 보내줄게요."

"네, 그래요. 당신 참⋯⋯."

"능숙하다고요?"

"네, 능숙하고⋯⋯."

"흥미진진하다고요?"

로럴이 다시 웃음을 터트렸다. "아니요, 그렇게 말하려던 건 아니에요."

"그런데 그게 사실이에요. 난 스릴 넘치는 남자거든요. 재미와 모험이 끊이지 않죠. 그게 내 삶의 방식이에요."

"재미있네요."

"고마워요."

"금요일에 봐요."

"그래요, 별일 없으면⋯⋯."

로럴은 항상 외모를 가꾸었다. 엘리가 실종된 직후 끔찍하던 시기에도 샤워를 하고 신중하게 옷을 고르고 값비싼 컨실러로 눈 밑의 그늘을 가리고 머리카락이 반짝거리도록 빗었다. 절대 자신을 방치하지 않았다. 그 시절 로럴에게 남은 건 자신뿐이었으니까.

그러나 오랫동안 예뻐 보이려고 노력한 적은 없었다. 사실 폴과 함께 살기로 한 1985년쯤부터 예뻐 보이려는 노력을 중단했다. 그런데 지금 로럴은 멍청한 얼굴로 거울을 보며 화장품 가방을 열어놓고 눈꺼풀에 아이라이너 대신 마스카라를 바르고, 자신의 얼굴을 끔찍할 정도로 자세히 살펴보며 늙어 보이고 예쁘지 않고 크리스터 털링턴처럼 우월한 유전자를 타고나지 않은 걸 한탄하고 있었다. 새로운 일이었다.

로럴은 인상을 찌푸리면서 클렌징 티슈로 마스카라를 지우고 입속으로 중얼거렸다. "미치겠네, 젠장."

로럴 뒤쪽의 침대에는 옷장의 옷이 전부 펼쳐져 있었다. 오늘 밤은 날씨가 이상했다. 이 시기에 늘 그렇듯 후덥지근한 날씨지만 소나기 예보가 있고 강한 바람이 불었다. 로럴의 몸매가 괜찮긴 하지만—표준 사이즈인 66사이즈였다—외출복은 전부 40대 때 산 것들이었다. 길이가 너무 짧거나 너무 꽃무늬거나 너무 팔이 많이 드러나거나 너무 가슴이 많이 드러났다. 마음에 드는 게 하나도 없었다. 결국에는 회색 긴팔 상의에 검은색 나팔바지를 입기로 했다. 따분하지만 적절했다.

어느새 7시 5분이었다. 플로이드하고 약속한 시간에 도착하려면 10분 후에는 집에서 출발해야 한다. 로럴은 재빨리 화장을 마무리했다. 상태가 더 나아지는지 더 나빠지는지 알 수 없었지만 당장 신경 써야 할 건 시간이었다.

아파트 현관문 앞에서 잠시 멈춰 섰다. 현관의 작은 콘솔 위에 세 아이의 사진들을 올려두었다. 집에 들어올 때나 나갈 때 그 사진을 보며 아이들과 인사하는 느낌이 좋았다. 로럴은 엘리의 사진을 집어 들었다. 엘리가 실종되기 전 10월 중간 방학 때 웨일스에서 찍은 사진이었다. 해변에서 바닷바람을 맞으며 오빠, 언니와 공놀이를 해 얼굴이 발갛게 상기되어 있었다. 입을 활짝 벌리고 있어 목구멍까지 다 보였다. 꼭대기에 커다란 방울이 달린 갈색 털실 모자를 쓰고, 두 손은 커다란 후드 티셔츠의 소매 안에 집어넣고 있었다.

"엄마 데이트하러 간다, 엘리. 좋은 남자야. 이름은 플로이드고 네 마음에도 들 거야."

로럴은 딸아이의 미소 짓는 얼굴과 커다란 모자 방울을 엄지로 쓰다듬었다.

잘됐다, 엄마. 축하해. 재미있게 놀다 와! 하는 딸아이의 목소리가 들리는 것 같았다.

"노력할게." 로럴은 허공에 대고 대답했다. "노력할게."

플로이드가 고른 레스토랑은 불빛이 부드러웠다. 벽은 검은색과 금색이었고 가구는 어두운색이었으며, 자수정 구슬을 엮은 램프 갓이 할로겐전구를 감싸고 있었다. 로럴이 약속 시간보다 2분 늦게 도착했을 때 플로이드는 이미 와 있었다. 로럴은 생각했다. 이곳의 조명 때문에 플로이드가 더 젊어 보이니까 나도 더 젊어 보일 거야. 이런 자신감으로 플로이드에게 다가갔고, 일어선 그가 자신의 양쪽 뺨에 키스하게 두었다.

"오늘 아주 우아하시네요."

"고마워요, 당신도요."

플로이드는 검은색과 회색 격자무늬 셔츠에 검은색 코듀로이 재킷 차림이었다. 처음 만난 이후로 머리카락을 살짝 다듬은 듯했고 백향목과 라임 향이 났다.

"레스토랑 마음에 들어요?" 플로이드는 짐짓 불안한 듯 물었지만 거기에 속을 사람은 아무도 없을 것이다.

"물론 마음에 들어요. 멋있네요."

"휴." 플로이드가 장난스럽게 안도의 한숨을 쉬었고 로럴은 그를 보며 미소 지었다.

"전에 와본 적 있어요?"

"있긴 한데 점심때만 와봤어요. 음울하고 어둡고 퇴폐적인 사람들이 가득한 저녁때 꼭 와보고 싶었죠."

로럴은 주변 사람들을 둘러보았다. 대부분이 사무실에서 곧장 오거나 데이트를 하러 온 사람들 같았다. "그렇게 퇴폐적인 사람들은 아닌데요."

"네, 그러게 말이에요. 정말 실망스럽네요."

로럴은 미소를 지었고 플로이드가 메뉴를 건넸다.

"배고파요?"

"배고파 죽겠어요." 로럴은 대답했다. 사실이었다. 너무 긴장해서 하루 종일 아무것도 먹지 못했다. 이제 플로이드를 만나고 그와 케이크를 함께 먹기로 한 이유, 그에게 전화한 이유, 그와 만나기로 약속한 이유를 떠올리자 식욕이 돌아왔다.

"매운 음식 좋아해요?"

"굉장히 좋아해요."

플로이드의 얼굴이 환해졌다. "다행이에요. 매운 음식을 좋아하는 사람이랑만 진짜 친해질 수 있거든요. 시작부터 예감이 좋네요."

메뉴를 보는 데만도 오랜 시간이 걸렸다. 플로이드는 수많은 질문을 던졌다. 무슨 일을 하느냐? 형제자매가 있느냐? 어떤 아파트에 사느냐? 취미는 뭐냐? 반려동물을 키우느냐? 그러다 음료가 나오기도 전에 아이들은 몇 살이냐고 물었다.

"아." 로럴은 냅킨을 접어 무릎 위에 올려놓았다. "한 명은 스물일곱이고 한 명은 스물아홉이에요."

"우와!" 그는 못 믿겠다는 표정으로 로럴을 보았다. "그렇게 큰아이가 있을 정도로 나이가 많은 줄 몰랐어요. 기껏해야 10대 아이가 있을 줄 알았죠."

로럴은 터무니없는 소리란 걸 알았다. 자식을 잃은 사람은 해변에서 줄담배를 피우며 산 사람보다 훨씬 빨리 늙게 마련이다.

"쉰다섯이 다 된 걸요. 그렇게 보이고요."

"아니요, 그렇게 보이지 않아요." 플로이드가 반박했다. "40대인줄 알았어요. 엄청난 동안이네요."

로럴은 어깨를 으쓱했다. 예의상 하는 말이 뻔했다.

플로이드는 미소를 지으며 근사한 재킷의 안주머니에서 독서 안경을 꺼내 썼다. "그럼 주문할까요?"

음식을 너무 많이 주문했다. 음식은 끝없이 나왔고 둘이 예상한 것보다 양이 많았다. 둘은 그날 저녁 상당 시간을 테이블에 자리를 만드느라 잔과 물병과 휴대폰을 치우는 데 할애해야 했다. "이제 다나온 거죠?" 새로운 음식이 나올 때마다 둘은 서로에게 물었다. "제발 저게 끝이라고 해줘요."

처음에는 맥주를 마시다 화이트 와인으로 바꾸었다.

플로이드는 큰딸의 엄마와 이혼한 이야기를 했다. 큰딸의 이름은 세라-제이드였다.

"난 세라-제인으로 하고 싶었는데 애 엄마가 제이드를 붙이고 싶어 했죠. 그래서 간단하게 타협했어요. 난 세라라고 부르고 애 엄마는 제이드라고 불러요. 큰딸은 자기를 SJ라고 하고요." 플로이드가 어깨를 으쓱했다. "아무리 내가 원하는 이름을 지어줘도 결국에는 자기 마음대로 하더군요."

"큰딸은 어떤 타입이에요?"

"세라요? 세라는⋯⋯" 처음으로 플로이드의 타고난 활기에 그늘이 살짝 드리웠다. "세라는 독특해요. 그 애는⋯⋯" 적절한 단어가 생각나지 않는 모양이었다. 그러다 마침내 입을 열었다. "글쎄요, 직접 만나보는 편이 낫겠어요."

"얼마나 자주 만나요?"

"아, 꽤 자주 만나죠. 자주 만나요. 아직 제 엄마와 같이 살고 있는데, 둘이 사이가 좋지 않아서 나를 탈출구로 삼고 있죠. 사실상 주말마다 오는데 좋기도 하고 나쁘기도 해요."

플로이드가 씁쓸한 미소를 지었다.

"둘째 딸은요? 그 애는 이름이 뭐예요?"

"포피요." 둘째 딸 이야기에 플로이드의 얼굴이 환해졌다.

"그 애는 어때요? 세라-제이드와는 많이 다른가요?"

"아, 그럼요." 플로이드가 느릿하고 과장되게 고개를 끄덕였다. "정말 많이 달라요. 포피는 정말 대단한 애죠. 수학 천재인 데다 아주 진지한 얼굴로 짓궂은 농담도 잘하고 다른 사람들 말은 신경도 쓰지 않아요. 그 애와 있으면 항상 긴장하게 되고 내가 최고가 아니란 걸 상기하게 되죠. 그 애는 모든 면에서 나를 압도하니까요."

"우와, 정말 대단한 아이인가 봐요!"

로럴은 잃어버린 자신의 딸을 떠올렸다.

"그럼요, 복덩이죠."

"어떻게 둘째 딸과 같이 살게 됐어요?"

"그게 복잡한 부분이에요. 포피와 세라-제이드는 엄마가 달라요. 포피의 엄마는…… 가벼운 관계로 시작했는데 선을 넘어버린 셈이에요. 무슨 말인지 알죠? 아이를 낳을 계획이 아니었어요. 전혀 아니었죠. 한동안은 평범한 부부가 돼보려고 노력했지만 성공하지 못했어요. 그러다 포피가 네 살 때 애 엄마가 사라졌어요."

"사라져요?" 그 말에 로럴의 심장이 마구 뛰었다. 로럴에게 큰 의미가 있는 말이었다.

"네. 포피를 내 집 현관 앞에 버리고요. 은행 계좌도 정리하고 집도 직장도 버리고 떠났죠. 그 후로 다시는 보지 못했어요."

플로이드가 와인잔을 들어 조용히 한 모금을 마셨다. 로럴의 말을 기다리는 것처럼.

로럴은 목에 손을 댔다. 모든 게 운명인 것 같았다. 묘하게 매력적인 이 남자와 만난 것이 우연이 아니라 서로의 인생에 난 구멍을 알아본 거라고, 인생에서 특별한 사람이 극적으로 이상야릇하게 사라지면서 생긴 구멍을 알아본 거라고 말이다.

"세상에, 포피가 안됐네요."

플로이드는 테이블보를 가만히 쳐다보며 손가락 끝으로 쌀알 하나를 굴렸다. "그렇죠, 그럼요."

"그 여자는 어떻게 된 걸까요?"

"포피의 엄마요? 글쎄요, 전혀 모르겠어요. 이상한 여자였어요. 어디서 어떤 결말을 맞이했는지는 아무도 몰라요. 아무도요."

로럴은 그를 바라보며 이런 질문을 해도 되나 고민했다.

"혹시 죽었을지도 모른다는 생각은 안 해봤어요?"

플로이드가 어두운 표정으로 로럴을 올려다봤고, 로럴은 너무 나갔다는 사실을 깨달았다. "누가 알겠어요? 알 수 없는 일이죠."

그러다 플로이드의 얼굴에 미소가 돌아왔고, 대화가 계속되었고, 추가로 와인을 한 잔씩 주문했고, 다시 즐거운 농담이 오갔고, 데이트는 계속되었다.

15

집에 돌아오자마자 로럴은 곧장 노트북을 켜고 독서 안경을 쓴
다음 구글에 '플로이드 던'을 검색했다. 둘은 레스토랑 직원이 다가
와 매우 정중하게 이만 나가달라고 부탁할 때까지 이야기를 나눴다.
다른 곳으로 장소를 옮기자는 점잖은 제안이 있었다. 플로이드 던
이 어딘가 클럽의 회원이라고 했지만 (플로이드의 말에 따르면 화
려한 데가 아니라 그냥 바에 안락의자가 있고 노인네들이 앉아 브
랜디를 마시며 불평을 늘어놓는 곳이었다) 로럴은 지하철이 끊기기
전에 하이 바넷으로 돌아가고 싶어 피커딜리서커스에서 작별 인사
를 나누었고, 노던 라인을 타고 집으로 가는 내내 지하철 창문에 비
친 자신의 얼굴을 멍하니 바라보며 미소 지었다.
  지금 로럴은 입에 칫솔을 문 잠옷 차림이다. 침대에 널어놓았던
옷가지들은 안락의자에 쌓여 있었고, 화장품들은 아직 화장대 위에
흩어져 있었다. 현실에 내어줄 에너지는 하나도 없었다. 오늘 밤 플
로이드와 함께 만든 환상 안에 머물고 싶었다. 현실이 틈을 비집고
들어오게 두고 싶지 않았다.
  몇 초 만에 플로이드 던이 저녁을 먹으며 말했던 대로 수학자일

뿐 아니라, 정수론과 수리 물리학 관련 저서를 여러 권 써서 호평받은 작가이기도 하다는 사실을 알아냈다.

로럴은 구글 이미지를 클릭해 삶의 다양한 단계에서 다양한 모습으로 찍힌 플로이드의 얼굴을 뚫어져라 바라보았다. 어떤 사진에서는 눈에 띄게 젊어 보였다. 30대 후반쯤 돼 보이고 긴 머리에 단추가 달린 브이넥 셔츠를 입은 사진도 있었다. 초창기에 쓴 책의 작가 사진이었는데 약간 불안정해 보였다. 80년대 초의 외로운 방송통신대학교 교수 같아 보이는 이런 모습이었다면 케이크 한 조각도 함께 나눠 먹지 않았을 것이다. 나중에 찍은 사진들은 조금 더 지금의 모습과 닮아 있었다. 좀 더 텁수룩한 머리카락이 한결 짙었으며, 옷은 그리 세련되지 않았지만 기본적으로 방금 전 저녁 식사를 함께 한 그 남자였다.

로럴은 플로이드에 대해 더 많은 걸 알고 싶었다. 플로이드와 그의 매력적인 세계로 자신을 뒤덮고 싶었다. 다시 그를 만나고 싶었다. 그리고 또다시. 그러다 폴과 그의 여자친구 보니가 떠올랐다. 폴이 자신을 찾아와 여자를 만났으며 둘이 함께 살기로 했다고 통보했을 때 느꼈던 망연자실함이. 로럴은 폴이 어떻게 가슴 두근거리는 행복한 연애를 하고, 다시 누군가와 계획을 세우고 손을 잡을 수 있는지 이해가 되지 않았다. 그런데 그 일이 지금 로럴에게 일어나고 있었고, 느닷없이 폴에게 간절히 전화하고 싶었다.

로럴은 폴에게 이렇게 말하는 자신을 상상했다. 폴, *나 멋진 남자를 만났어. 똑똑하고 재미있고 섹시하고 다정한 남자야.*

그리고 폴에게 엘리 외에 다른 이야기가 하고 싶은 건 몇 년 만에 처음이라는 사실을 깨달았다.

다음 날은 고통스러운 침묵뿐이었다.

토요일이면 대개 친구인 재키와 벨을 만났다. 포츠머스에서 학교를 다니던 시절부터 항상 붙어 다니던 삼총사였다. 30년 전쯤 셋다 20대고 런던에 살 때 로럴은 소호의 바에서 재키와 벨을 만났고, 둘은 로럴에게 커밍아웃을 하고 서로 사귀게 되었다고 털어놓았다. 그러다 11년 전 40대 중반일 때 벨이 쌍둥이 아들을 낳았다. 로럴이 자녀 양육에서 벗어나고 있을 때 둘은 육아에 돌입했고, 엘리가 실종된 이후로 몇 년 동안 기저귀와 플라스틱 장난감, 튜브에 든 분홍색 요거트가 가득한 에드먼턴의 두 친구 집이 로럴에게 피난처가 되어주었다.

하지만 이번 주말에 둘은 아이들을 데리고 슈롭셔에서 열리는 럭비 경기를 보러 갔다. 1분 1초가 한없이 느렸고 아파트 안의 공기가 무겁게 느껴졌다. 이웃들이 문을 닫는 소리, 아이들을 부르는 소리, 차에 시동을 거는 소리, 개를 산책시키는 소리에 혼자라는 외로움이 더욱 커졌다. 플로이드에게서 전화도 문자도 없었고, 연애를 다시 시작하기에는 너무 늙었다는 생각이 들었고, 토요일 밤이 됐을 때는 그만둬야 한다고 애써 마음을 다잡았다. 미친 짓이다. 말도 안되는 짓이다. 자신은 추악한 짐을 1톤이나 짊어진 망가진 여자고, 플로이드는 타고난 매력으로 한 여성을 유혹해 데이트한 것뿐이다. 어쩌면 매주 금요일 밤마다 다른 여성을 유혹해 데이트할지도 모른다. 어쩌면 지금도 어느 카페에 앉아 다른 누군가와 당근 케이크를 나눠 먹고 있을지도 모른다.

일요일에 로럴은 엄마를 방문하기로 했다. 보통 때는 목요일에 방문했다. 주중에 방문 일정을 끼워 넣으면 가지 않을 핑계를 찾기가 더 어렵기 때문이다. 그러나 하루 더 혼자 집에 있을 수가 없었다. 그럴 수가 없었다.

엄마가 있는 엔필드의 양로원은 자동차로 20분 거리였다. 빨간 벽돌로 지은 신축 건물에는 스모크 유리(연기를 쬐어 까맣게 만든 유리) 창문이 달려 있어 아무도 안을 들여다볼 수 없고, 자신들의 처참한 미래의 모습을 볼 수 없다. 로럴의 엄마 루비는 세 번이나 뇌졸중으로 쓰러져 언어장애가 있으며 반쯤 눈이 멀었고 매우 단편적인 것들밖에 기억하지 못한다. 또한 매우 불행해하며, 죽고 싶다는 바람을 표현하기 위한 단어를 찾으려고 애를 쓴다.

로럴이 11시 반에 도착했을 때 엄마는 의자에 앉아 있었다. 옆에는 네 살짜리 아이인 양 오트밀 비스킷 한 접시와 우유 한 잔이 놓여 있었다. 로럴은 엄마의 손을 잡고 양피지 같은 피부를 쓰다듬었다. 언제나 그랬듯 엄마의 검은 눈을 들여다보며 어릴 적 자신의 한 팔과 한 다리를 잡아 수영장에 던지던 엄마, 해변에서 자신의 뒤를 쫓아오던 엄마, 자신의 머리를 땋아주고, 미국 TV 쇼에서 보고 먹고 싶다고 한, 한쪽을 살짝만 익힌 달걀 프라이를 만들어주던 엄마를 찾으려 애썼다. 엄마는 활기가 넘치는 사람이었다. 곱슬거리는 검은 머리카락은 핀과 밴드에서 항상 흘러내렸으며, 아주 낮은 굽의 구두만 신어 버스를 타기 위해 달리고 담장을 뛰어넘고 강도의 뒤를 쫓을 수 있었다.

엄마가 처음 쓰러진 건 엘리가 실종되고 넉 달 후였고, 그 뒤로는 전과 같지 않았다.

"지난주에 데이트를 했어요." 로럴이 엄마에게 말했다. 엄마는 고개를 끄덕이며 입을 움직여 어색한 미소를 지었다. 무언가 말하려 했지만 적당한 단어가 생각나지 않는 모양이다.

"ス-ス-ス…… ス-ス-ス……."

"걱정 말아요, 엄마. 엄마가 기뻐하는 거 알아요."

"잘됐구나!" 마침내 엄마가 말했다.

"네." 로럴은 환하게 미소 지었다. "그렇죠. 그런데 지금은 너무 초조하고 불안해요. 마치 10대 시절로 돌아간 것 같아요. 계속 휴대폰만 쳐다보고 그 사람 전화만 기다려요. 한심하죠."

엄마가 다시 미소를 지었다. 망가진 뇌로 지을 수 있는 최대한의 미소를 지어 보였다. "이-이름?"

"그 사람 이름은 플로이드예요. 플로이드 딘. 미국인이고, 제 나이 또래고, 터무니없이 똑똑하고, 잘생기고, 재밌어요. 딸이 둘인데 그중 한 명은 같이 살고, 다른 하나는 다 컸대요."

엄마는 여전히 미소를 지은 채 고개를 끄덕였다. "너-너-너-너……."

로럴은 엄마의 손등을 엄지로 쓸며 격려하듯 미소 지었다.

"너-너…… 네가 전화해!"

로럴은 웃음을 터트렸다. "못해요!"

엄마가 고개를 저으며 혀를 찼다.

"정말 못해요. 처음에 제가 전화했단 말이에요. 제가 먼저 움직였으니 이젠 그 사람 차례예요."

엄마가 다시 혀를 찼다.

"그냥 고마웠다고 문자나 보내볼까요? 한번 해봐요?"

엄마가 고개를 끄덕이며 로럴의 손을 부드럽게 쥐었다.

로럴의 엄마는 폴을 좋아했다. 처음 만난 날에 이렇게 말했다.
"잘했어, 우리 딸. 좋은 남자를 찾았구나. 제발 그 사람에게 잘해.
그 사람이 널 떠나게 만들지 마." 로럴은 쓸쓸한 미소를 지으며 대
꾸했다. "두고 봐야죠." 로럴은 행복한 결말 같은 건 믿지 않았다.
폴과 로럴이 갈라설 때 엄마는 받아들이고 수긍했다. 엄마는 낭만
적인 동시에 현실적인 사람이었고, 그건 여러 면에서 완벽한 조합
이었다.

엄마가 손을 뻗어 로럴의 핸드백을 더듬거렸다. 안에 손을 넣어
로럴의 휴대폰을 꺼낸 뒤 그녀에게 건넸다.

"네? 지금요?"

엄마가 고개를 끄덕였다.

로럴은 무겁게 한숨을 쉬고 문자를 쓰기 시작했다.

"혹시 일이 잘못되면…… 엄마가 전부 책임져요." 로럴은 짐짓
엄포를 놓았다.

전송 버튼을 누른 로럴은 자신이 방금 한 짓에 놀라 재빨리 휴대
폰을 닫고 핸드백 안에 쑤셔 넣었다. "세상에." 로럴은 두 손으로 얼
굴을 쓸어내렸다. "못살아. 엄마 때문에 내가 이게 뭐하는 짓인지
몰라!"

엄마가 웃음을 터트렸다. 목구멍 위쪽에서 나오는 기이하고 뒤

틀린 소리였지만 웃음이었다. 엄마의 웃음소리를 들은 건 정말 아주 오랜만이었다.

몇 초 후 로럴의 휴대폰이 울렸다. 그 사람이었다.

16

로럴과 플로이드는 그 주 화요일에 두 번째 데이트를 했다. 이번에는 시내에 나가지 않고 로럴이 항상 가보고 싶었지만 그 집 창문에 별 세 개짜리 위생 등급이 붙어 있다고 폴이 절대 가지 않으려 했던 플로이드 집 근처이 에리트레아 레스토랑에서 만났다.

플로이드는 캐주얼한 차림으로 나왔다. 진녹색 폴로셔츠에 검은색 스웨터와 청바지 차림이었다. 로럴은 흰색 면 블라우스 위에 몸에 딱 맞는 리넨 점퍼 원피스를 입고, 핀으로 틀어 올린 머리카락에 검은색 스타킹과 검은색 부츠를 신었다. 세련된 수녀 같은 차림이었다. 플로이드를 만나고 나서야 로럴은 자신의 옷차림이 너무 엄격한 나머지 성직자 같다는 사실을 깨달았다.

"오늘 근사하네요." 플로이드는 옷 때문에 고군분투한 흔적을 하나도 보지 못한 모양이었다. "당신이 너무 세련돼서 난 비렁뱅이가 된 기분이에요."

"당신도 멋있어요." 로럴은 자리에 앉으며 말했다. "항상 멋있는 걸요."

로럴은 놀랍게도 마음이 편안했다. 지난주 첫 만남 때 그녀를 괴롭혔던 불안감은 전혀 없었다. 레스토랑은 너저분하고 불빛이 환했지만 자신의 외모가 어떤지, 늙어 보이지는 않는지 걱정이 되지 않았다.

로럴은 움직이는 플로이드의 손을 바라보며 그 두 손을 잡아채 자신의 얼굴에 가져다 대고 싶었다. 그의 머리 움직임을 눈으로 좇고, 눈가에 잡힌 주름을 응시하고, 폴로셔츠의 잠그지 않은 윗 버튼 사이로 튀어나온 가슴털을 이따금 흘끔거렸다. 로럴은 간절히 그와 자고 싶었고, 이 사실을 깨닫는 순간 충격을 받아 잠시 당황스러운 침묵에 잠겼다.

"괜찮아요, 로럴?" 플로이드가 갑자기 어색해진 분위기를 감지하고 물었다.

"아, 이런. 그럼요, 괜찮아요." 로럴은 대답하며 미소를 지었다. 플로이드는 이 말에 안심한 표정이었고 대화는 계속 이어졌다.

플로이드는 이 식당에 많이 와봤는지 웨이터에게 다정하게 말했고, 그들은 그를 잘 아는 듯했으며, 서비스 음식과 맛보기 음식을 내왔다.

"그런데 말이에요." 로럴은 플랫브레드 한 조각을 뜯어 양고기 스튜에 찍으며 말했다. "내 전남편은 여기 위생 등급이 낮다고 절대 오지 않으려 했어요." 문득 잘 알지도 못하는 낯선 사람 앞에서 폴을 이상한 사람으로 매도한 것 같아 미안한 기분이 들었다.

"글쎄요, 위생 등급이 어떻든 난 오랫동안 이곳에 왔는데 여기서 식사하고 나서 배탈 난 적은 한 번도 없어요. 여기 요리사들이 다 알아서 해요."

"그럼 이 근처에 산 지 얼마나 된 거예요?"

"아, 정말 오래됐죠. 부모님이 미국으로 돌아가신 후로요. 부모님이 돈을 조금 주면서 지저분한 곳이라도 도심에 집을 구하라고 하셨죠. 단칸방으로 잘게 쪼개 세를 주는 집에 들어갔는데 끔찍했어요. 사람 살 데가 아니었어요. 죽은 쥐가 나오고, 변기는 막히고, 벽에 똥칠이 돼 있고." 플로이드는 몸서리를 쳤다. "하지만 그게 내가 내린 최고의 결정이었어요. 그 집이 지금 값어치가 얼마나 나가는지 말해주면 못 믿을걸요."

로럴은 믿을 수 있었다. 몇 년 전에 스트라우드 그린의 집을 팔아봤기 때문이다. "미국으로 돌아갈 생각은 있어요?"

플로이드가 고개를 저었다. "아니요. 절대로요. 미국을 고향이라고 느껴본 적이 없어요. 여기 오기까지 그 어느 곳도 십이라고 느껴본 적이 없죠."

"부모님은요? 아직 살아 계세요?"

"넵. 건강하게 살아 계세요. 젊었을 때 절 낳으셔서 아직도 팔팔하시죠. 당신은 어때요? 부모님이 아직 살아 계세요?"

로럴은 고개를 저었다. "아버지는 내가 스물여섯 살 때 돌아가셨고, 엄마는 지금 양로원에 계세요. 상태가 많이 안 좋아서 내년 이맘때까지 살아 계실지도 잘 모르겠어요." 그러고는 미소를 지으며 덧붙였다. "사실 당신에게 전화하라고 한 사람이 엄마였어요. 일요일에요. 엄마는 말을 거의 못하시고 문장 하나를 만들려면 오랜 시간이 걸리죠. 평소에 엄마가 하는 말은 죽고 싶다는 얘기뿐인데, 그런 엄마가 당신에게 전화하라고 했어요. 당신을 만나서 잘됐다고 하셨죠. 내 손에 직접 휴대폰을 쥐어주셨다니까요. 그건……" 로럴은 자신의 무릎을 흘끗 내려다보았다. "지난 10년 만에 한 가장 엄마다운 행동이었어요. 몇 달 만에 한 가장 인간적인 행동이었고요. 감동적이었죠."

플로이드가 테이블 너머로 손을 뻗어 로럴의 손에 자신의 손을 얹고, 근사한 회색 눈으로 로럴의 눈을 마주 보며 말했다. "당신의 아름다운 어머니에게 신의 축복이 있기를."

로럴은 플로이드의 손에 깍지를 끼며 부드럽게 잡았다. 그의 손길은 부드러우면서 단단하고, 관능적이면서 다정했다. 플로이드의 손길은 로럴이 다시는 느끼지 못할 거라 생각했던 모든 것을 느끼게 했다. 그 느낌조차 잊고 있었던 모든 것을. 플로이드의 양손 엄지가 로럴의 손목을 타고 올라가 맥박이 뛰는 지점을 넘어갔다. 손가락 끝이 로럴의 팔 안쪽에서 위아래로 선을 그렸다. 로럴은 플로이드의 팔뚝에 난 부드러운 털을 잡아당기고, 그의 부드러운 울 스웨터 소매 깊숙이 손을 넣었다. 로럴이 플로이드의 팔꿈치를 잡았고 플로이드의 손이 그녀의 팔꿈치를 잡았다. 길고 강렬한 한순간, 둘은 테이블 너머로 서로를 꽉 잡고 있다가 천천히 서로에게서 떨어지며 웨이터에게 계산서를 달라고 했다.

플로이드의 집은 로럴이 오래전에 살던 집과 똑같았고, 그 옛 집에서 겨우 세 블록 떨어진 곳이었다. 한쪽 벽면이 옆집과 붙어 있는 빅토리아시대 주택으로, 네덜란드식 박공에 현관 앞에 작은 발코니가 딸려 있었다. 현관문까지는 바닥에 타일이 깔린 길이 이어졌고

길 양쪽으로 스테인드글라스 패널이, 위로는 스테인드글라스 채광창이 있었다. 작고 네모반듯한 앞마당은 깔끔하게 정돈되어 있고, 마당 아래쪽에 바퀴 달린 쓰레기통 두 개가 놓여 있었다. 로럴은 플로이드가 현관문에 열쇠를 끼우기 전부터 집 안이 어떤 모습일지 알았다. 자신이 살던 집과 똑같을 것이다.

역시나 로럴이 예상한 대로였다. 타일이 깔린 거실에 넓은 계단과 완만하게 소용돌이치며 돌아가는 난간이 앞에 놓여 있고, 넓고 바람이 잘 통하는 주방으로 내려가는 나무 계단도 있었다. 그리고 열린 문 사이로 책장과 TV의 불빛, 발목을 꼬고 있는 맨발이 보였다. 꼬였던 발이 풀리면서 줄무늬 바닥에 내려앉더니 얼굴 하나가 나타났다. 작고 불안해하는 얼굴과 충격적인 백금발, 귀걸이가 빼곡한 귓바퀴와 두꺼운 파란색 아이라이너를 바른 눈이 보였다. "아빠?"

거실에 선 로럴의 모습을 발견하자마자 재빨리 고개를 움츠렸다.

"안녕, 딸." 플로이드가 고개를 돌려 로럴에게 '세라-제이드'라고 입을 벙긋거린 다음 문 안으로 고개를 내밀었다. "오늘 저녁은 어땠어?"

"괜찮았어." 세라-제이드의 목소리는 부드럽고 낮았다.

"포피는?"

"포피도 괜찮았고."

"포피는 몇 시에 잠들었어?"

"아, 30분 전쯤. 일찍 왔네."

로럴은 섬세한 머리가 앞으로 살짝 숙였다가 다시 뒤로 확 젖혀지는 걸 보았다.

"세라." 플로이드가 로럴을 돌아보며 그녀의 손을 잡았다. "네게 소개할 사람이 있어." 플로이드가 로럴을 문 쪽으로 잡아당기더니 자신의 앞에 세웠다. "이쪽은 로럴이야. 로럴, 이쪽은 내 큰딸 세라-제이드예요."

"SJ예요." 안락의자에 앉은 자그마한 아가씨가 천천히 자리에서 일어나, 로럴에게 자그마한 손을 내밀어 악수하며 말했다. "만나서 반가워요." 그러고는 다시 안락의자에 털썩 주저앉아 파란 핏줄이 비치는 작은 발을 웅크렸다.

헐렁한 검은색 티셔츠에 검은색 벨벳 레깅스 차림이었다. 너무 나도 마른 몸을 보며 섭식 장애가 있는 건지, 원래 그런 체격인지 로럴은 궁금했다.

TV에서는 환하게 불이 켜진 레스토랑에서 소개팅하는 리얼리티 쇼가 나오고 있었다. SJ의 발 옆 바닥에는 토마토케첩이 묻은 빈 접시 하나와 빈 다이어트 콜라 캔 하나가 놓여 있었다. 의자 팔걸이에는 갤럭시 초콜릿바 포장지 하나가 구겨져 있었다. 로럴은 세라-제이드의 체격이 타고난 것이라 추정하고, 즉시 그녀의 어머니 모습을 상상했다. 눈이 커다랗고 44사이즈 청바지를 입는 자그마한 요정 같은 여자일 것 같았다. 순간 한심할 정도로 질투가 났다.

"우리는 주방에 있을게. 차 한잔 갖다줄까?" 플로이드가 물었다.

세라-제이드는 고개만 저을 뿐 아무 말도 하지 않았다. 로럴은 플로이드를 따라 주방으로 들어갔다. 로럴이 상상한 대로였다. 커다란 나무 손잡이가 달린 세련된 크림색 나무 싱크대에 진녹색 전자 레인지가 있고, 스툴 의자들이 쭉 놓인 아일랜드 식탁이 있었다. 로럴의 옛날 주방과 달리 식탁을 확장하지 않고 뒤편에 소나무 의자와 소나무 탁자를 놓았다. 탁자 위에는 서류와 잡지 더미들, 노트북 컴퓨터 두 대가 놓여 있고, 의자 하나에는 분홍색 모피 코트가, 다른 의자에는 양복 재킷이 걸려 있었다.

로럴은 스툴 의자에 앉아 플로이드가 자신에게 줄 카모마일 차를 끓여 머그잔에 준비하고, 커피메이커에서 커피를 따르는 모습을 보았다. "집이 근사하네요."

"고마워요. 그런데 당신이 앉은 바로 그 자리는 뒷방에 살던 남자가 요강을 두던 자리라는 것만 알아둬요. 그 남자가 이사 나갈 때 요강을 두고 가서 잘 알죠. 비우지도 않았더군요."

"세상에, 끔찍해라!" 로럴은 웃음을 터트렸다.

"그러게 말이에요."

"이 집은 내가 예전에 살던 집과 똑같아요. 정말 똑같다는 게 아니라 집 구조가요."

"이 동네에 있는 집들은 오래전에는 현대적인 건물이었고, 도시 근로자들을 수용하려고 동시에 올린 건물들이죠." 플로이드가 미소를 지으며 로럴에게 차를 건넸다. "우리 조상들이 부동산 개발 업자가 지은 집들에 매혹되어 애지중지했을지도 모른다고 생각하면 이상해요. '그 플라스틱 몰딩 함부로 건드리지 마. 귀중한 거야.'"

로럴은 미소를 지었다. "'전에 여기 살던 사람들이 거울 붙은 미닫이문이 달린 붙박이 옷장을 떼 가져갔대. 어떻게 그런 짓을 할 수가 있지?'"

플로이드가 웃음을 터트리며 애정 어린 눈으로 로럴을 보았다.

그러더니 웃음을 멈추고 유심히 로럴을 응시했다. 플로이드가 말했다. "구글로 당신을 검색해봤어요. 첫 데이트 후에요."

로럴의 얼굴에 떠오른 미소가 얼어붙었다.

"엘리에 대해 알아요."

로럴은 두 손으로 머그잔을 잡고 차를 마셨다. "아."

"내가 알 거란 거 알았죠?"

로럴은 슬픈 미소를 지었다. "모르겠어요. 생각은 해봤어요. 말해야겠다고요. 곧. 거의 말할 뻔했는데 첫 데이트에 꺼낼 만한 이야기는 아닌 것 같아서요."

"네, 이해해요." 플로이드가 부드럽게 대답했다.

로럴은 머그잔을 돌리고 또 돌렸다. 이제 무슨 말을 해야 할지 알 수가 없었다.

"정말 안타까워요. 나는 그저……" 플로이드가 말을 멈추고 무거운 한숨을 쉬었다. "나는…… 나는 상상도 안 돼요. 사실, 상상이 돼요. 너무 상상이 잘돼서 견디기가 더 힘들어요. 나와는 아무런 연관이 없는 일이지만…… 당신과…… 당신 딸을 생각하면…… 그냥. 맙소사." 플로이드가 무거운 한숨을 내쉬었다. "밤새 당신에게 말하고 싶었어요. 당신은 내가 그 사실을 안다는 것도 모르는데, 당신과 앉아서 아무렇지 않게 잡담을 나누는 게 당신을 속이는 것 같다는 생각이 들어서……."

"내가 바보 같았네요. 눈치챘어야 했는데."

"아니에요. 바보는 나예요. 당신이 내게 말할 때까지, 당신이 준비될 때까지 기다려야 했는데."

로럴은 미소를 지으며 플로이드의 그윽한 눈을 올려다보았다. 그런 다음 그의 손을 내려다보았다. 레스토랑에서 그녀의 팔을 너무나 유혹적으로 쓰다듬었던 두 손을. 그리고 따뜻하고 아늑한 집 안을 둘러보며 말했다. "이제 준비됐어요. 이젠 다 말할 수 있어요."

플로이드가 식탁 너머로 손을 뻗어 로럴의 어깨를 잡았다. 로럴은 본능적으로 그의 손에 뺨을 문질렀다. "정말이에요?"

"네, 정말이에요."

플로이드가 마침내 로럴을 침실 계단으로 데리고 올라간 것은 거의 새벽 1시가 다 될 무렵이었다. 세라-제이드는 자정에 택시를 타고 집에 가며 조용한 목소리로 아버지에게 작별 인사를 했고 로럴에게는 아는 체하지 않았다.

플로이드의 침실은 짙은 와인색이고, 이 집을 리모델링하면서 지하실에서 찾았다는 흥미로운 유화 추상화 몇 점이 걸려 있었다.

"흉한 그림이긴 하지만 난 마음에 들어요. 완전한 어둠 속에 묻혀 있던 걸 내가 해방시키고 살아 숨 쉬게 했으니까요."

"포피 방은 어디에요?" 로럴이 속삭였다.

플로이드가 위쪽 뒤편을 가리켰다. "아무 소리도 안 들릴 거예요. 게다가 잘 때는 누가 업어가도 몰라요."

플로이드가 로럴의 원피스 뒤 지퍼를 열었고, 로럴은 플로이드의 따뜻하고 부드러운 스웨터 소매를 잡아당겼고, 팔다리와 옷과 팬티스타킹이 한데 뒤엉켰다. 오래전 섹스는 끝났다고 생각했던 로럴은 인생 최고의 섹스를 했고 끝나자마자 간절히 다시 하고 싶었다.

침실 커튼 틈으로 칙칙하고 어두운 새벽이 밝을 때쯤 둘은 서로의 품에 안겨 잠이 들었다.

17

"안녕하세요! 아줌마가 로럴이에요?"

로럴은 조금 놀랐다. 아침 10시라 플로이드의 어린 딸은 지금쯤 학교에 있을 줄 알았다. "응." 로럴은 따뜻한 미소를 지어 보였다. "내가 로럴이야. 네가 포피구나?"

"네. 제가 포피예요." 아이는 로럴을 향해 환히 웃으며 들쑥날쑥한 이와 왼쪽 뺨의 작은 보조개를 드러냈다. 그 순간 로럴의 몸이 휘청하며 가장 가까이에 있는 문틀을 힘껏 잡았다. 순간적으로 할 말을 잃었다.

"이런." 마침내 로럴이 입을 열었다. "미안. 너는 참……." 그러나 차마 말을 잇지 못했다. 너는 참 내 잃어버린 딸을 꼭 닮았구나…… 보조개와 넓은 이마, 쌍꺼풀이 깊은 눈, 상대방이 무슨 생각을 하는지 알아내려고 할 때 고개를 한쪽으로 숙이는 모습까지. 대신 이렇게 말했다. "널 보니 누가 생각나서. 미안해." 그러고는 너무 크게 웃었다.

엘리가 사라진 후로 엘리를 닮은 아이들을 수도 없이 보았다. 영화에서처럼 길거리에서 딸의 이름을 부르며 아이의 뒤를 쫓아가 어깨를 붙들지는 않았다. 하지만 가슴이 울렁거리고 숨이 가빠지며 그녀의 세계가 기쁨과 안도감으로 폭발할 것 같은 기분이 들었다. 그 순간들은 언제나 순식간에 끝나버렸고, 몇 년 전부터는 그런 일이 없었다.

포피가 미소 지으며 물었다. "뭐 드릴까요? 차나 커피라도요?"

"아." 아홉 살짜리 여자아이가 집주인 역할을 이렇게 능숙하게 해낼 줄은 예상하지 못했다. "그래. 괜찮다면 커피 부탁할게." 로럴은 플로이드가 오지 않나 뒤를 쳐다보았다. 그는 2분 후에 내려오겠다고 했고, 딸이 여기 있을 거라는 말은 하지 않았다.

"아빠가 아줌마가 엄청 예쁘다고 했어요." 포피가 커피메이커에 물을 담느라 등을 돌린 채로 말했다. "진짜 예뻐요."

"어머나, 고마워. 그런데 지금 내 꼴이 엉망일 텐데." 로럴은 손으로 머리를 쓸며 지난밤 이 아이의 아빠가 헝클어놓은 머리카락을 정리했다. 플로이드의 티셔츠를 입고 있는 데다 음란한 냄새를 풍기고 있다는 걸 스스로도 잘 알았다.

"어제는 재미있었어요?" 포피가 원두 가루를 커피메이커 안에 떠 넣으며 물었다.

"그래, 고마워. 정말 재미있었어."

"에리트레아 식당에 갔었어요?"

"응."

"제가 제일 좋아하는 식당이에요. 제가 아주 어릴 때부터 아빠가 절 데려가셨어요."

"아. 너 대단한 미식가구나."

"전 못 먹는 게 없어요. 말린 자두만 빼고요. 그건 악마의 음식이에요."

포피는 파란색과 흰색 줄무늬가 들어간 헐렁한 원피스, 남색 울 팬티스타킹에 남색 가죽 펌프스 차림이었다. 갈색 머리카락은 뒤로 묶었고 작고 빨간 핀 두 개가 꽂혀 있었다. 어린 여자아이치고는 매우 격식을 갖춘 차림새라고 생각했다. 딸아이들이 그 나이 때였다면 다른 것으로 꾀어서 억지로 입혀야 할 옷이었다.

"오늘은 학교 안 가니?" 로럴이 물었다.

"네. 학교는 언제든 안 가요. 학교 안 다니거든요."

"아. 그러면…… 그러니까…….."

"아빠한테 배워요."

"항상 아빠가 가르쳐주서?"

"네, 항상요. 저는 세 살 때부터 초등학생용 동화책을 읽었어요. 네 살 때는 간단한 대수학 문제를 풀었고요. 절 감당할 수 있는 평범한 학교가 하나도 없었어요." 포피는 여성스럽게 깔깔 웃고는 커피메이커의 스위치를 눌렀다. "그래놀라와 요거트 좀 드실래요? 아니면 토스트?"

로럴은 고개를 돌려 다시 뒤를 살폈다. 여전히 플로이드는 나올 기색이 없었다. "뭘 먹기 전에 간단하게 샤워부터 해야 할 것 같아. 지금은 좀……." 로럴은 얼굴을 찡그렸다. "금방 나올게."

"그렇게 하세요. 가서 샤워부터 해요. 제가 커피 준비해놓을게요."

로럴은 고개를 끄덕이고 미소를 지은 다음 주방에서 나갔다. 계단에서 플로이드와 마주쳤다. 샤워해서 말끔했다. 축축한 머리카락은 뒤로 빗어 넘겼고 어제 자란 수염을 말끔하게 밀어 피부가 만질 만질했다. 플로이드가 두 팔로 로럴의 허리를 끌어안고 그녀의 어깨에 얼굴을 묻었다.

"포피를 만났어요." 로럴이 조용히 말했다. "홈스쿨링한다는 얘기 안 했잖아요."

"안 했어요?"

"네." 다시 애정 표시를 하려는 플로이드를 밀어냈다. "나 샤워하러 가요. 밤새 아빠랑 놀아난 헤픈 여자 같은 꼴로 당신 딸과 앉아 수다 떨 수가 없어요."

플로이드가 웃었다. "냄새 좋은데요." 플로이드의 손이 로럴의 다리 사이로 내려갔다. 로럴은 그 손에 몸을 맡기고 싶은 마음과 그 손을 찰싹 때리고 싶은 마음 사이에서 갈등했다.

"그만해요." 로럴이 다정한 목소리로 말하자 플로이드가 웃음을 터트렸다.

"우리 포피 어때요?"

"매력적이에요. 마음에 쏙 들어요."

그 말에 플로이드의 얼굴이 아주 환해졌다. "그렇죠? 정말 멋진 아이죠?"

플로이드는 허리를 숙여 로럴의 입술에 살짝 키스한 다음 계단을 내려가 주방 안으로 들어갔고, 이어서 플로이드의 목소리가 들렸다. "잘 잤어, 우리 똑똑한 딸? 오늘은 기분이 어때?"

로럴은 계속 계단을 올라가 연인의 침실에 딸린 욕실에서 길고 느린 샤워를 하며, 이유를 알 수 없지만 기묘하고 뭔가 잘못된 듯한 기분이 들었다.

그날 오후에 로럴은 청소하러 해나의 아파트에 갔다. 다른 사람들은 화병 밑에 놓인 30파운드를 보고 좀 이상하게 생각할지도 모른다. 로럴은 딸의 아파트를 청소하는 대가로 돈을 받는 게 완전한 정상은 아니란 걸 알았지만, 모든 가족에게는 나름의 별난 점이 있기 마련이고 이건 로럴 가족의 별난 점이었다. 매주 받는 30파운드는 특별 계좌에 저금해두었다가 언젠가 태어날 손주들에게 선물과 맛있는 걸 사줄 생각이었다.

로럴은 지폐를 접어 지갑 안에 넣었다. 그런 다음 해나의 아파트를 탐정처럼 뒤지기 시작했다. 해나가 외박을 시작하면서부터 비롯된 일이었다. 외박에 대한 해나의 해명이 아직도 믿기지 않았다. 갑자기 파티에 술자리를 즐기다니. 로럴이 아는 해나가 아니었다. 해나는 즐길 줄 모르는 아이였다.

특히 로럴의 관심을 끄는 건 꽃이었다. 마트에서 산 튤립 한 묶음이나 핑크색 백합 한 묶음이 아니라 꽃다발이었다. 은은한 색의 장미와 안개꽃, 라일락, 히아신스, 유칼립투스가 섞인 꽃다발. 줄기가 아직 나선형으로 고정되어 있는 걸 보면 노끈으로 묶여 있는 모양이었다.

주방에서 청소 도구를 꺼내고 실마리를 찾으려 조리대 위를 살펴보았다. 해나는 전날 밤 집에 돌아오지 않았다. 역시 시리얼 그릇과 화장한 흔적이 없다는 게 증거였다. 문제는 해나에게 남자가 있다면 자신의 집에 아무 증거가 남지 않도록 남자 집에서만 시간을 보

낼 거라는 점이었다. 로럴은 한숨을 쉬고 스윙 휴지통 위로 허리를
숙여 반쯤 찬 비닐을 꺼냈다. 해나에게 삶이 없는 만큼 비닐봉지도
가벼웠다. 비닐을 묶으려고 납작하게 누르는데 셀로판지가 부스럭
거리는 소리가 났다. 로럴은 재빨리 비닐 안에 손을 넣었고 꽃다발
포장지를 찾았다. 포장지를 꺼내 펼치니 작은 카드가 붙어 있었고,
손글씨로 휘갈겨 쓴 메시지가 있었다.

내일 너를 만나는 게 너무 기대돼. 절대로 늦지 마!
많이 사랑해.
T가

로럴은 엄지와 검지로 그 카드를 잡고 한동안 뚫어져라 쳐다보았
다. 그러다 카드를 다시 비닐봉지 안에 쑤셔 넣고 묶었다. 이거다,
로럴은 생각했다. 해나가 과거를 극복했다. 해나에게 남자가 생겼
다. 그런데 왜 엄마에게 이야기하지 않는 것일까?

18

로럴은 엘리의 장례식 이후로 폴을 만나지 않았다. 장례식장에서 둘은 나란히 섰다. 폴은 보니를 데려오지 않았고, 보니를 데려와도 되느냐고 묻지도 않았다.

그래, 폴은 좋은 남자였다.

어느 모로 보나 좋은 남자였다.

킨의 노래 '우리만 아는 곳에서(Somewhere only we know)'에 맞추어 커튼 사이로 유골 상자가 보였고, 로럴의 다리가 살짝 풀리자 폴이 그녀를 부축해주었다. 장례식이 끝난 후 그의 어머니 집에서 로럴에게 차를 따라주었고, 정원 구석에 있던 로럴을 찾아내 그녀가 가장 좋아하는 얼음을 넣은 베일리스 칵테일을 주겠다며 집 안으로 데려갔다. 모두가 떠난 뒤 둘은 잔에 담긴 얼음을 굴리며 같이 웃음을 터트렸고, 뒤틀리고 일그러진 로럴의 기분은 밝으면서도 어둡고, 빛나면서도 칙칙했다. 폴은 한 번도 휴대폰을 보지 않고 보니가 기다릴까 봐 걱정하지도 않았으며, 10시에 함께 그의 어머니 집에서 나와 도로를 덜컹거리며 달려오는 콜택시들을 향해 살짝 손을 흔들었다. 로럴은 폴의 품에 안겨 그의 가슴에 얼굴을 묻고 깨끗하고 익숙한 냄새를 맡으며 저민 스트리트에서 산 고급 셔츠의 부드러움을 느꼈다. 하마터면 고개를 들어 폴에게 키스할 뻔했다.

다음 날 아침 눈을 뜨니 세상이 완전히 뒤집히고 변해버린 기분이었다. 그 이후로 폴에게 연락하지 않았다.

하지만 이제 모호하던 상태가 완전히 해소된 기분이었다. 아무런 감정 없이 다시 한번 폴의 얼굴을 마주 볼 수 있을 것 같았다. 그래서 해나의 아파트를 나서며 폴에게 전화했다.

"안녕, 로럴." 폴이 다정하게 말했다. 폴의 말투는 원래 다정했다. 엘리가 실종된 동안 폴을 미워하게 된 여러 가지 요소 중 하나였다. 경찰과 기자들과 참견하기 좋아하는 이웃들에게 진심 어린 미소를 짓고 항상 두 손으로 사람들을 환영하고 상대방의 눈을 다정하게 마주 보며 안부를 묻고 힘든 심정을 달래주고 기분을 북돋아주려 했다. 그럴 때마다 로럴은 그의 부드러운 목을 두 손으로 잡고 죽을 때까지 조르는 상상을 했다.

이제는 폴의 다정한 목소리를 받아들일 수 있다. 이제는 폴을 새롭게 볼 수 있다. 사랑스러운 폴 맥. 정말 좋은 남자.

"어떻게 지내?" 폴이 물었다.

"잘 지내, 고마워. 당신은?"

"아, 당신도 알잖아."

물론 잘 알았다. 로럴이 다시 물었다. "다음 주에 해나와 내 생일인데 뭐라도 하면 어떨까 해서. 다 같이 만날까?"

해나는 로럴의 스물일곱 번째 생일날 자정을 2분 넘겨 세상에 태어났다. 가족들은 해나가 모두의 이목을 독차지하려 작심하고 태어난 모양이라고 했다.

"전부 다? 당신과 나, 아이들까지?"

"그래, 아이들도. 당신이 원한다면 파트너도."

"이야, 물론이지!" 공짜 자전거를 받은 소년처럼 신난 목소리였다. "정말 좋은 생각이야. 수요일 맞지?"

"응. 아직 해나한테 안 물어봤어. 해나가 바쁠지도 몰라. 그래도 드디어 엘리를 찾아 작별 인사를 했고, 그동안 우리가 너무 오래 소원하게 지냈으니까 어쩌면 이제는⋯⋯."

"다시 뭉칠 때도 됐지." 폴이 끼어들었다. "정말 좋은 생각이야. 난 좋아. 보니한테 얘기할게."

"애들힌데 얘기할 때까지 기다려. 애들이 워낙 바빠서 힘들지도 몰라. 그래도 한번 시도는 해봐야지⋯⋯."

"그래, 물론이지. 고마워, 로럴."

"아니야."

"오랜 여정이었지, 안 그래?"

"고된 여정이었어."

"당신이 너무 그리웠어."

"나도. 그리고 폴⋯⋯."

"응?"

로럴은 잠시 말을 멈추고 침을 꿀꺽 삼킨 후 폴에게 절대 하지 못할 줄 알았던 말을 꺼냈다. "미안해."

"미안하다니, 뭐가?"

"당신도 알잖아. 모르는 척하지 마. 내가 당신에게 못되게 굴었어. 사실이잖아."

"로럴." 폴이 한숨을 쉬었다. "당신은 못되게 군 적 없어."

"아니, 당신한테 내가 너무 심했어."

"당신은 엄마였을 뿐이야, 로럴. 그것뿐이야."

"다른 엄마들은 자식을 잃었다고 남편까지 잃지는 않아."

"날 잃은 거 아니야, 로럴. 난 아직도 당신 거야. 난 항상 당신 거라고."

"그건 사실이 아니잖아?"

폴이 다시 한숨을 쉬었다. "필요한 순간에는 당신 곁에 있을 거야. 우리 아이들의 아버지로서, 친구로서, 당신과 여정을 함께하고, 당신을 사랑하고 아끼는 사람으로서. 당신과 부부 사이가 아니라고 해도 그런 사람이 될 수 있어. 그게 부부보다 더 깊고 영원한 거야."

이제 로럴이 한숨을 쉬었다. 입가에 어색한 미소가 떠올랐다.

"고마워, 폴. 고마워."

전화를 끊은 로럴은 한동안 무릎 위에 올려놓은 휴대폰을 부드럽게 잡고 정면을 응시했다. 다시는 느끼지 못할 줄 알았던 평화가 느껴졌다.

의향을 묻는 건데도 해나는 짜증스러운 목소리로 대꾸했다.

"'전부 다'라니 그게 무슨 뜻이야?"

"나와 너, 아빠, 제이크, 보니, 블루."

"세상에." 해나가 앓는 소리를 냈다.

로럴은 단호하게 나갔다. 해나가 순순히 받아들이지 않을 거라는 건 알고 있었다. "네 말대로 이제는 앞으로 나아가야 할 때야. 우리 모두에게 치유가 필요하고 이것도 그 과정의 일부라고 생각해."

"엄마한테는 그럴지도 모르지. 엄마는 보니를 만나본 적도 없잖아. 얼마나 어색하겠어?"

"그런 일은 없을 거야. 나와 네 아빠가 그렇게 만들지 않을 테니까." 이 말을 해본 게 얼마나 오래됐던가? *나와 네 아빠.* "이젠 다들 성인이잖니, 해나. 핑계는 대지 마. 넌 스물여덟 살이 다 됐어. 나는 조금 있으면 노령 연금을 받을 나이고. 우린 엘리를 묻었어. 네 아빠는 만나는 사람이 있고 그 사람을 사랑해. 나는 그 사실을 인정하고 그 사람도 우리 가족의 일부로 받아들여야 하지. 제이크와 블루도 마찬가지야. 그리고 물론 네 애인도······."

"내 애인?"

"그래. 아름다운 꽃다발을 보낸 사람."

잠시 차가운 침묵이 흘렀다. "무슨 꽃?"

"주방 탁자에 놓인 꽃다발."

"꽃다발 같은 건 없어."

"그렇다면 상상의 분홍 장미가 섞인 상상의 꽃다발 말이야. 바로 저거."

해나가 혀를 찼다. "선물 받은 꽃다발 아니야. 내가 사온 거라고."

로럴은 한숨을 쉬고 가볍게 시치미를 뗐다. "아, 내가 실수했네. 미안."

"없는 남자친구 좀 만들어내지 마. 남자친구 없다니까, 알았어?"

"그래, 엄마가 미안해."

"그리고 온 가족이 모여 식사하는 것도 마음에 안 들어. 너무 이상하잖아."

"시간 돼?"

해나는 잠시 침묵했다가 대답했다. "아니."

"안 돼?"

"내 생일날에는 안 돼. 우리 생일에는 안 되지만, 다음 주 다른 날은 괜찮아."

"네 생일에는 뭐 할 건데?"

"그냥 일 끝나고 술이나 하려고. 특별한 계획은 없어."

로럴은 천천히 눈을 깜빡였다. 딸이 거짓말을 하고 있다는 걸 알았다. T라는 사람과 특별한 곳에 가려는 것이다. 하지만 아무 말 하지 않았다. "그렇다면." 로럴은 신중하게 생각했다. "금요일은 어떠니?"

"좋아. 금요일은 괜찮아. 하지만 분위기가 엉망이 되면 평생 엄마를 원망할 거야."

로럴은 미소를 지었다.

새삼스러운 일도 아니니까.

로럴은 목요일 밤에 다시 플로이드와 만날 약속을 했다. 이번에는 초조하며 안달할 필요가 없었다. 수요일 아침에 로럴이 플로이드의 집을 떠난 지 30분 만에 그가 문자를 보냈다. *어제는 지금까지 했던 데이트 중 최고의 데이트였어요. 그리고 포피가 당신이 마음에 든대요. 언제 다시 볼 수 있어요? 네? 내일?*

지하철이 터널을 통과해 이스트 핀칠리의 환한 햇살로 나아가는 순간 그 문자가 도착했다. 로럴은 솟아오르는 미소를 꾹 누르며 답장을 보냈다. *글쎄요. 별일 없으면……* ☺

자신의 아파트에서 저녁을 먹겠냐고 물었다. 플로이드는 좋다고 대답했고 SJ에게 포피를 맡기겠다고 했다.

그리고 지금 로럴은 장을 보러 나와 자신이 내려야 하는 수많은 결정에 놀란 동시에 신이 났다. 아주 오랫동안 필요에 의해 모든 걸 기계적으로 했다. 같은 코너에서 고른 같은 재료로 같은 음식을 만들어 먹었다. 로럴은 어느 정도 칼로리를 제한한 음식만 먹었다. 아침 식사는 300칼로리, 점심 식사는 400칼로리, 저녁 식사는 300칼로리였다. 그 정도면 직장에서 초콜릿바 하나 혹은 비스킷 몇 개를 먹고, 하루의 마무리로 와인 두 잔을 마실 여유가 남는다. 로럴은 음식을 칼로리로만 따졌다.

엘리가 실종된 날부터 폴과 아이들을 위해 요리하는 것을 그만두었다. 서서히 냉장고의 내용물이 비었고, 그다음에는 냉동고가 비었다. 어느 순간부터 폴과 해나가 아스다 슈퍼마켓에 가서 식료품—파스타, 통조림 생선, 소시지, 냉동육—으로 거대한 카트를 가득 채워 집에 가져왔고, 폴은 공식적인 인수인계나 협의도 없이 주방을 맡았다. 폴은 요리 실력이 형편없었다. 미각도 없고 균형 잡힌 식사가 뭔지도 전혀 몰랐다. 별로 맛은 없지만 선의에서 나온 음식을 가족들은 먹었고, 구루병에 걸리거나 영양실조에 걸린 사람은 아무도 없었다. 그거면 됐다고 로럴은 생각했다.

그러나 이제 로럴은 한 남자를 위해 요리를 해야 한다. 그녀와 섹스한 남자, 다시 섹스하고 싶은 남자를 위해. 딸이 걸음마를 할 때부터 에리트레아 식당에 데려간 남자를 위해. 어떻게 해야 할지 통감이 잡히지 않았다.

컴퓨터에서 검색해 인쇄한 제이미 올리버의 잠발라야 레시피를 움켜쥐었다.

쌀 요리라, 어려워봐야 얼마나 어려울까?

피망과 양파, 닭고기, 초리조를 카트에 넣었다. 문제는 다른 것들이었다. 간단한 간식과 전채, 푸딩. 와인. 감이 잡히지 않았다. 전혀. 로럴은 피타 빵과 렌틸로 만든 기이한 이름의 과자를 카트에 잔뜩 넣은 다음 만약의 경우에 대비해 짭짤한 워커스 과자를 몇 개 넣었다. 그러고는 타라마살라타, 후무스, 차지키 소스를 넣었다가 미국 음식과 어울리지 않는 소스라는 걸 깨닫고 제자리에 돌려놓았다. 그러면 미국 음식과 어울리는 게 뭘까? 뉴올리언스에서는 저녁 식사 전에 간식으로 뭘 먹을까? 로럴은 전혀 감이 잡히지 않았고, 대학생이 하우스 파티를 열 때 살 법한 텍스멕스 스타일(텍사스와 멕시코가 혼합된 스타일) 디핑 소스 셀렉션을 집었다.

푸딩을 만들 수 있는 건 전부 샀다. 플로이드가 미국인이라 뉴욕 스타일 치즈 케이크를 골랐지만, 또 영국 음식을 좋아하니 끈적한 토피 푸딩도 골랐다. 그런데 배가 불러서 푸딩을 먹지 못하면 어쩌지? 그가 푸딩을 좋아하지 않으면 어쩌지? 로럴은 '애프터 에이트 민트 초콜릿을 먹지 않으면 진정한 영국인이라고 할 수 없죠' 따위의 대화를 상상하며 애프터 에이트 민트 초콜릿 한 상자를 샀고, 마침내 카트에 한 가득 담은 짐을 계산하고 자동차 트렁크에 실은 후

안도의 한숨을 쉬었다.

로럴의 아파트는 또 하나의 난관이었다. 기본적으로는 괜찮았다. 특별히 지저분하지도 깔끔하지도 않았다. 10분만 청소기를 돌리고 쓰레기봉투를 치우면 누가 와도 부끄럽지 않았다. 걱정되는 건 개성이 부족하다는 점이었다. 로럴의 아파트는 깔끔하지만 영혼이 없었다. 반짝거리고, 새것이고, 천장이 낮고, 창문이 낮고, 특색이 없었다. 예전에 살던 집에 있던 물건들 대부분은 아이들이 가져가게 두었다. 자선단체에도 많이 기부했다. 이 아파트에는 최소한의 물건만 가져왔다. 잠시만 이곳에 머물 것처럼, 아무것도 남지 않을 때까지 이곳에서 서서히 죽어갈 것처럼.

로럴은 샤워를 하고 몸의 털을 밀고 뽑았다. 옷을 더럽히지 않으려고 잠옷 차림으로 요리했다. 재료를 썰고 무게를 재고 확인하고 맛보고 휘젓는 게 예상보다 더 즐거웠고, 과거에 이렇게 했던 게 기억났다. 매일 이렇게 요리를 했었다. 흥미롭고 맛있고 건강한 음식을 만들었다. 매일. 때로는 하루에 두 번씩. 가족을 위해, 가족에 대한 사랑을 보여주고 가족들의 건강과 안전을 지키기 위해 요리했다. 그러던 어느 날 딸이 사라졌다가 몇 조각의 뼈가 되어 돌아왔고, 로럴이 거의 16년 동안 키운 몸이 야생동물들에게 가리가리 뜯겨 축축한 숲 바닥에 흩어졌다. 그 아이를 위해 매일같이 근사한 요리를 했는데도 불구하고 그런 일이 벌어졌다.

그러니 굳이 애쓸 필요가 뭐 있을까?

그러나 이제 기억이 났다. 요리는 먹는 사람을 위한 것일 뿐 아니라, 요리하는 사람을 위한 것이라는 사실이.

7시가 되자 로럴은 옷을 갈아입었다. 검은색 민소매 셔츠에 빨간색 풀 스커트를 입고, 집 밖으로 나가지 않고 걸을 필요도 없으므로 빨간색 스틸레토 힐을 신었다. 7시 15분에 휴대폰이 울렸다.

망했어요. SJ가 약속을 펑크 냈어요. 포피와 함께 가거나 약속을 다시 잡아야 해요. 당신 결정에 따를게요.

로럴은 숨을 깊이 들이마셨다. 처음 반응은 짜증이었다. 강렬한 짜증. 이렇게 노력을 기울였는데. 온몸의 털을 다 밀고 뽑았는데. 게다가 침대 시트까지 갈았는데.

하지만 짜증은 곧 가라앉았고 안 될 것도 없다는 생각이 들었다. 플로이드와 그의 딸과 함께 저녁 시간을 보내지 못할 이유가 뭐람? 그의 딸과 조금 더 친해질 기회를 마다할 이유가 뭐람? 게다가 어차피 침대 시트는 갈아야 했다.

로럴은 미소를 지으며 답장을 썼다. *포피와 함께 와요. 그러면 정말 좋겠어요.*

플로이드가 즉각 답장을 보냈다.

정말 다행이에요. 고마워요. 한 가지만 말해둘게요. 포피는 다른 사람들 사진에 집착하는 경향이 있어요. 엘리 사진이 있다면 치워두는 게 좋을 거예요. 포피에게 엘리 얘기는 안 했고 포피가 모르는 편이 최선이라고 생각해요. 그래도 괜찮겠죠? ☺

19

포피는 무릎까지 오는 검은색 벨벳 원피스에 빨간색 볼레로 재킷 차림에 리본이 달린 빨간 구두를 신었는데, 다시 한번 로럴은 그 아이의 옷차림에 마음이 불편해졌다. 또래의 영향이나 엄마의 손길이 부족하다는 게 여실히 드러나는 옷차림이었다. 하지만 불편한 마음은 한쪽으로 치워두고, 촛불이 일렁거리며 하얀 벽에 춤추는 그림자를 드리우는 거실로 플로이드와 포피를 안내했다. 과자가 담긴 그릇들과 유리 접시에 담은 텍스멕스 스타일 디핑 소스들이 커피 테이블 위에 놓였고, 부드러운 배경음악이 작고 네모난 거실의 딱딱한 분위기를 누그러뜨렸으며, 쿨러에 담긴 까바 와인 한 병과 유리잔들이 촛불을 받아 반짝거렸다.

"집이 아늑하고 예뻐요." 플로이드가 로럴에게 와인 한 병을 건네며 포피에게 들고 있는 백합 다발을 건네라고 부추겼다.

"괜찮긴 해요. 기능적인 집이죠." 로럴이 대답했다.

포피는 잠시 주위를 둘러보고 창턱과 서랍장 위에 놓인 가족사진을 바라보았다. "아줌마 딸이에요?" 여섯 살이나 일곱 살 때쯤 찍은 해나의 사진을 보며 물었다.

"응. 이름은 해나야. 이제는 다 큰 어른이지. 다음 주면 스물여덟 살이 되거든."

"이 사람은 아들이에요?"

"응. 제이크야. 맏이고. 1월이면 서른 살이 돼."

"착하게 생겼어요. 착해요?"

로럴은 냉장고에 와인을 넣고 포피를 돌아보았다. "제이크는…… 글쎄. 응, 아주 착해. 안타깝게도 요즘에는 자주 볼 수가 없어. 데번에 살거든."

"여자친구 있어요?"

"응. 이름은 블루고, 둘은 작은 시골집에 살면서 정원에 닭도 키워. 제이크는 측량사고, 블루는 무슨 일을 하는지 잘 몰라. 뜨개질 비슷한 거였던 것 같아."

"블루가 별로예요? 왠지 마음에 들어하지 않는 것 같아서요."

로럴과 플로이드는 다시금 눈길을 교환했다. 로럴은 플로이드가 포피를 말리고 통제해주길 바랐다. 하지만 그러지 않았다. 어디까지 갈지 기대되는 듯 감탄스러운 표정으로 딸을 바라보고 있었다.

"블루에 대해서는 아는 게 거의 없어." 로럴은 어조를 누그러뜨리려 애썼다. "괜찮은 사람인 것 같은데 모든 걸 자기 마음대로 통제하려는 타입인 것 같아." 로럴은 어깨를 으쓱했다. "그렇지만 제이크는 다 컸고, 다른 사람에게 통제당하길 원한다고 해도 그 애가 알아서 할 일이지."

로럴은 두 사람을 커피 테이블로 안내해 과자를 권했다. 플로이드는 자리에 앉았지만 포피는 여전히 거실 안을 돌아다니며 훑어보고 있었다. "남편 사진도 있어요?"

"전남편." 로럴이 정정했다. "없어. 밖에 놔두진 않지만 어딘가에는 있을 거야."

"이름이 뭐예요?"

"폴."

포피가 고개를 끄덕였다. "어떤 사람이에요?"

로럴은 플로이드를 보며 미소를 지었다. 구해주길 바랐지만 플로이드는 딸만큼이나 폴에 대해 궁금한 표정이었다. "아, 폴? 좋은 사람이야. 정말 좋은 사람이지. 아주 상냥하고 친절한데 약간 바보 같은 구석도 있어."

"그런데 왜 헤이졌어요?"

아, 그러면 그렇지. 막다른 골목으로 걸어가고 있다는 사실을 깨닫지 못하다니 어리석었다. 플로이드는 여전히 로럴을 구해줄 생각이 없는지 그저 피타 칩을 소스에 찍어 입에 넣고 있었다.

"그냥…… 우리가 변했어. 서로 다른 걸 원했지. 아이들은 다 자라 집을 떠났고, 남은 평생을 둘이 보내고 싶지 않다는 사실을 깨달았어."

"그분은 다른 사람과 결혼했어요?"

"아니, 그런 건 아닌데 여자친구는 있어. 둘이 함께 살아."

"그 아줌마는 착해요? 마음에 들어요?"

"한 번도 만나본 적은 없어. 우리 애들은 만나봤는데 아주 상냥한 사람이라고 하더라."

마침내 포피가 만족하고 아빠 옆자리에 앉자, 플로이드는 '저 숙

녀분을 잘 닦달했다'고 칭찬하는 듯 아이의 무릎을 잡고 한 번 꽉 눌렀다. 그런 다음 플로이드는 커피 테이블 쪽으로 몸을 돌려 까바 와 인병을 잡았다. "마셔도 돼요?"

"그럼요. 뭐 타고 왔어요? 차 가져왔어요?"

"아니요, 지하철 타고 왔어요. 잔 하나 더 있어요?"

로럴은 잠시 어리둥절해 있다가 그가 포피에게 줄 잔을 원한다는 사실을 깨달았다. "아, 미안해요. 생각 못했네요. 프랑스식인가요?"

"프랑스식이 뭐예요?" 포피가 물었다.

"아이들도 술을 마시는 거야. 다른 나라에서는 그리 흔한 일이 아니지."

"샴페인만이에요." 플로이드가 덧붙였다. "한 모금 정도. 아주 특별한 경우에만요."

로럴이 까바를 따랐고 플로이드와 포피, 로럴, 그리고 약속을 어겨 포피가 늦게까지 자지 않고 멋진 원피스를 입고 외출하게 해준 SJ 를 위해 건배했다.

"원피스가 정말 예쁘다. 옷 살 때는 누구랑 같이 가니?"

로럴이 물었다.

"아빠요. 대부분은 온라인 쇼핑을 해요. 가끔 옥스퍼드 스트리트 에 가기도 하고요."

"네가 제일 좋아하는 가게는 어디야?"

"딱히 없어요. 막스 앤 스펜서도 좋고, 항상 가는 데는 존 루이스 예요."

"H&M은? 갭은?"

"전 그런 스타일이 아니에요. 청바지와 후드 티셔츠는 별로예요. 전…… 세련된 스타일이 좋아요."

플로이드의 손이 다시 포피의 무릎을 꽉 잡았다. '역시 우리 딸이야'라고 말하듯.

"홈스쿨링은 어때? 어떤 식으로 하는 거야?"

"학교와 똑같아요. 앉아서 공부해요. 다 배우고 나서 쉬고요."

"하루에 몇 시간이나 공부해?"

"두세 시간요. 아빠랑은 두세 시간 해요. 아빠도 일해야 하니까. 나머지 시간에는 혼자 하고요."

"외롭지는 않니? 또래 아이들이랑 어울리고 싶다는 생각은 안 들어?"

"전혀요오오." 포피는 강조하듯 고개를 저었다. "전혀요, 절대로 싫어요."

"포피는 사실상 마흔 살이나 다름없어요." 플로이드가 칭찬하듯 말했다. "마흔이 되면 평생 걱정했던 사소하고 어리석은 것들에 신경을 끄게 되잖아요. 포피는 이미 그 경지에 도달했죠."

"또래 아이들과 함께 있으면 저는 그 애들이 못마땅해 눈을 굴리면서 한심하다는 듯 쳐다봐요. 그러니 잘 지내기가 힘들죠. 애들은 제가 못됐다고 생각하니까요." 포피는 어깨를 으쓱하며 웃음을 터트리고 까바 와인을 한 모금 마셨다.

로럴은 고개를 끄덕였다. 이 침착한 아이가 또래 아이들에게 어떻게 보일지 알 것 같았다. 그러나 이런 식이어야 한다고는 생각하지 않았다. 또래 아이들을 보며 눈알을 굴리고 멀리하는 대신 함께 즐겁게 노는 법을 배울 수 있다. 어린아이답게 어린 시절을 보내는 법을 모르는 것뿐이다. 리본이 달린 반짝거리는 구두를 신고 또래 아이들을 보며 눈을 굴리는 건 성숙한 어른이라는 증거가 아니라, 성숙한 어른으로 가는 수많은 단계를 완전히 놓치고 있다는 증거다. 이 아이에게는 엄마가 필요하다는 생각이 문득 들었다. 그리고 로럴에게는 아이가 필요했다. 포피는 엘리와 많은 부분이 비슷했다. 예쁜 얼굴 생김새와 헤어라인, 두개골의 모양, 귀 모양, 입술이 움직이면서 완벽한 큐피드의 활 모양을 만드는 것까지. 둘은 쌍둥이처럼 똑같았다.

하지만 차이점도 두드러졌다. 포피의 눈썹이 더 두껍고 목은 더 길었으며, 가르마도 달랐고, 갈색의 색조가 달랐다. 엘리의 눈은 헤이즐 브라운인데 포피는 초콜릿 브라운이었다. 둘은 정확히 똑같지 않았다. 다만 놀랄 정도로 닮아 눈을 뗄 수 없는 무언가가 있었다.

"혹시 나랑 같이 쇼핑하러 갈래? 언제 날 잡아서 가자. 어떻게 생각해?" 로럴이 밝게 물었다.

포피가 허락을 구하듯 아빠를 보더니 고개를 돌려 로럴을 바라보았다. "꼭 그러고 싶어요. 네, 같이 가요!"

로럴은 금요일에 출근했다. 매주 월요일과 화요일, 금요일에 아파트 근처 쇼핑센터에 근무했다. 직책은 '마케팅 코디네이터'였다. 한심한 일, 가정주부나 하는 일, 사소한 일이었고 몇 시간 근무하고 옷이나 식료품 살 돈을 버는 정도였다. 출근해서 미소를 짓고 전화를 하고 이메일을 쓰고, 신경 쓰는 척해야 하는 하찮은 일들에 관한 회의에 참석한 다음 집에 돌아오면 다시 출근할 때까지 일 생각은 하지 않았다.

반면 오늘은 그곳에서 근무하는 게 기뻤다. 비록 피상적인 수준이더라도 자신을 좋아하고 자신을 아는 익숙한 사람들에게 둘러싸여 있다는 게 행복했다. 전날 저녁은 기묘하고 불안했으며, 잠에서 깼을 때 어쩌면 꿈이었는지도 모른다고 생각했다. 저녁 손님들이 떠나고 나자 로럴은 자신의 아파트가 기이하게 느껴졌다. 마치 자신의 것이 아닌 것 같았다. 소파 위의 쿠션들은 엉뚱한 순서로 놓여 있었다. 포피가 직접 정리하겠다고 나선 결과였다. 음식은 냉장고의 엉뚱한 부분에 보관되어 있고, 싱크대 안에는 설거짓거리가 잔뜩 쌓여 있있다. 로럴이 그럴 필요 없다고 말리는데도 포피가 굳이 설거지를 하겠다고 우기지만 않았다면 전부 식기세척기로 늘어갔을 것이다. 주방 탁자 위에 놓인 백합 다발은 기묘한 죽음의 향을 내뿜었고, 플로이드는 현관 앞에 목도리를 두고 갔다. 테드 베이커 라벨이 붙은 부드러운 회색 목도리가 검은 연기 기둥처럼 옷걸이에 걸려 있었다.

로럴은 아파트에서 벗어났다는 게, 지난밤과 어느 정도 거리를 둘 수 있다는 게 기뻤다. 하지만 컴퓨터를 켜고 커피에 넣은 설탕을 젓고 음성 메일의 메시지를 들으면서도 지난밤의 여파는 어두운 메아리처럼 존재했다. 무언가 잘못되었다. 플로이드와 포피와 관련한 무언가가. 콕 집어 말할 순 없었다. 포피는 확실히 기묘한 아이로, 매력적일 정도로 순진한 동시에 불안할 정도로 침착했다. 필요 이상으로 똑똑하지만, 동시에 그 애 본인이 생각하는 것만큼 영리하

118

지는 않았다.

그리고 플로이드. 단둘이 만날 때의 그는 완벽 그 자체였지만, 딸과 함께 있을 때의 그는 더 복잡한 존재였다. 마침내 로럴은 동료 헬렌과 그날 저녁 이야기를 나누며 문제점을 구체화했다.

"어떤 기분이었냐 하면, 친구와 술을 마시기로 했는데 애인을 데려와서 갑자기 내가 불청객이 된 느낌이었달까?"

그날 저녁은 포피가 주연을 맡은 플로이드와 포피의 쇼였고 로럴은 할 말을 잃은 관객이었다. 플로이드와 포피는 유머 감각이 비슷했고 서로 농담을 주고받았다. 플로이드의 눈은 항상 소중한 딸에게 고정되어 있었으며 감탄과 자부심으로 반짝거렸다. 포피와 포피의 의견이 관련되지 않은 대화는 하나도 없었고, 로럴은 단 한순간도 자신이 포피보다 더 중요하거나 더 특별하거나 더 흥미롭다는 느낌을 받지 못했다.

자정에 플로이드와 포피를 보내고 문을 닫을 때 로럴은 진이 다 빠지고 조금 멍한 기분이었다.

"전형적인 외동 신드롬 같은데." 헬렌이 복잡한 문제를 소화할 수 있는 한 입 거리의 상식으로 깔끔하게 정리했다. "게다가 부녀 관계가 유난히 돈독한 사람들이 있잖아? 파파걸이지. 그런 애들은 자라서 남자들이랑만 친구가 될 수 있어."

로럴은 반갑게 고개를 끄덕였다. 그래, 모든 게 말이 됐다. 유난히 사이가 좋은 부녀들을 본 적이 있다. 자신의 딸들은 아니었다. 엘리는 마마걸이자 파파걸이었고, 해나는 독불장군이었다. 어쩌면 이런 기분이 드는 건 자신의 문제 때문일 뿐, 플로이드와 포피와는 아무런 관련이 없는지도 몰랐다. 포피는 서툰 방식으로 분위기를 띄우려고 애썼고, 플로이드는 훌륭하고 다정하고 애정이 넘치는 아빠일 뿐이다.

5시 30분에 사무실을 나서서 지하 주차장의 자동차에 오를 때쯤 로럴은 머리가 맑아졌고 모든 게 바로잡힌 기분이 들었다.

한시라도 빨리 플로이드를 다시 만나고 싶었다.

로럴과 플로이드는 다음 주 주말 내내 같이 지냈다. 그러기로 계획한 건 아니었지만 그의 집을 떠날 이유가 없는 것 같았다. 금요일 밤에는 외식을 했고, 토요일 아침에는 늦은 아침 식사를 했고, 그날 오후에는 포피와 함께 영화관에 갔다가 M&S에 들러 새 속옷과 칫솔을 샀다. 토요일 밤에는 중국 음식을 포장해 집에서 먹었고, 일요일에는 집 근처 모퉁이의 한 카페에서 브런치를 먹은 다음 일요일 저녁이 돼서야 월요일 아침 출근 준비를 하기 위해 겨우 그의 집에서 나와 자신의 아파트로 돌아갔다.

사무실에서 로럴은 허물을 벗은 기분, 다시 태어난 기분이었고 이러한 변화를 기념비적인 방식으로 표현하고 싶었다.

로럴은 해나에게 전화했다.

"물어보고 싶은 게 있는데……" 로럴은 머뭇거리며 입을 열었다. "우리 생일 식사 때 내가 새로 사귄 남자친구를 초대하면 어떨까?"

침묵은 어둡고 무거웠다.

로럴이 덧붙였다. "네가 싫다고 해도 괜찮아. 엄마는 다 이해해. 그냥 앞으로 나아간다는 의미에서 생각해봤어. 새로운 세상으로 용감하게 나아간다는 의미에서."

침묵이 이어지며 깊이와 어둠이 더 커졌다.

"남자친구라고?" 마침내 해나가 입을 열었다. "언제부터 남자친구가 있었어?"

"그 남자야. 내가 전에 말했던 남자. 플로이드."

"그 남자 알아. 그 사람이랑 사귀는 줄은 몰랐지."

"네가 엄마 전화만 받았으면……."

해나가 한숨을 쉬었다. 로럴도 한숨을 쉬었다. 절대 하지 않겠다고 스스로 다짐했던 일을 방금 하고 말았다. 아이들이 어릴 때 로럴의 엄마는 전화를 자주 안 하고, 자주 찾아오지 않는다고 작지만 신랄한 비난을 가해 로럴의 양심에 작고 고통스러운 상처를 입혔다. *나는 우리 애들에게는 절대 죄책감을 심어주지 않을 거야,* 하고 맹세했었다. *아이들이 주는 것만 받고 그 이상은 절대 기대하지 않을 거야.*

"미안. 잔소리할 생각은 아니었어. 그냥, 그래, 모든 게 너무 빨리 진행되고 있어. 그 사람 아이들을 만났고, 그 사람 집에서 묵었어. 항상 대화를 나누고, 주말 내내 함께 지냈어. 난 그냥……." 터무니없어, 로럴은 문득 깨달았다. 터무니없는 생각이었다. "아니야, 내가 한 말은 잊어. 아직 플로이드에게 오겠냐고 물어보지도 않았거든. 가족 파티에 참석하느니 차라리 자기 다리를 톱으로 자르는 게 낫다고 생각할지도 몰라. 엄마가 한 말은 그냥 잊어."

다시 침묵이 흘렀다. 이번에는 더 부드러운 침묵이었다. "그 사람도 초대해. 난 상관없어. 어차피 엉망진창일 텐데 그 사람까지 오면 더 볼만하겠네."

플로이드는 오겠다고 했다. 당연히 그럴 줄 알았다. 두 번째 데이트가 끝나고 로럴이 집으로 돌아가려는 순간, 플로이드는 둘의 관계에 충실할 것이며 밀당에는 아무런 관심도 없다는 점을 분명히 선언했다.

"나야 좋죠. 당신 가족만 괜찮다면요."

폴도 괜찮다고 했다. 크게 놀라긴 했지만 괜찮다고 했다. 제이크도 괜찮다고 했다. 팔짝팔짝 뛰며 기뻐한 사람은 아무도 없었지만, 반대하는 사람도 없었다.

"포피는요? 포피도 오고 싶어할까요?"

로럴은 내심 플로이드가 아니라고 말하길 바랐다.

"굉장히 좋아할 거예요. 안 그래도 당신 아이들을 만나보고 싶다고 노래를 불렀어요."

"내 전남편과 전남편의 여자친구도요?"

"전부 다요."

전부 다. 완벽한 난장판이겠군.

로럴은 이즐링턴의 레스토랑에 전화해 8시에 테이블 하나를 예약했다. 어퍼 스트리트의 좁은 자갈길 골목에 있는 유명한 고급 레스토랑이었다.

내가 미친 게 분명해, 로럴은 혼잣말로 중얼거렸다. 완전히 정신이 나간 게 분명했다.

20

생일날 로럴은 플로이드에게서 커다란 보라색 히아신스와 월계수(영어로 월계수는 laurel[로럴]이다) 꽃다발을 받았다. 폴도 항상 꽃다발을 줄 때 월계수를 넣곤 했다. 그렇다고 해서 플로이드의 사려 깊은 태도에 대한 즐거움과 놀라움이 빛을 바라지는 않았다. 그리고 전남편과 비교하는 건 전혀 나쁜 일이 아니다. 전혀.

플로이드는 로럴을 '샴페인&프로망주'라는 코벤트 가든의 바로 데려갔고, 그곳은 이름에 걸맞은 메뉴를 내놓았다. 저녁 내내 로럴은 주변을 눈여겨보았다. 생일에 무얼 할 계획이냐고 물었을 때 '친구들과 시내에 나갈 것'이라고 대답했던 해나의 모습을 볼 수 있을까 싶어서였다. 그러나 해나의 모습은 어디에서도 보이지 않았고, T라는 남자에 대한 미스터리도 계속되었다.

"당신은 생일이 언제예요?"

로럴이 나이프로 타르틴을 자르며 물었다.

"7월 31일이에요. 대략적으로."

"대략적으로?"

플로이드가 어깨를 으쓱하며 미소 지었다. "내가 태어날 때 상황이 조금 복잡했거든요."

"정말요?"

"네. 부모님은 단숨에 성공을 거둔 분들이에요. 밑바닥 삶을 살다 한순간에 스타가 된 셈이죠."

"밑바닥이라면……?"

플로이드가 눈을 가늘게 뜨고 숨을 작게 들이마셨다. "내가 태어났을 때 어머니는 열네 살이었어요. 아버지는 열여섯이었고요. 아무에게도 알릴 수 없었죠. 두 사람은 한동안 노숙을 했어요. 난 공중화장실에서 태어났다고 해요. 공원 공중화장실. 둘은 날 병원에 데려갔고…… 거기에 날 버렸어요."

로럴은 숨이 막혔다.

"난 파란색 옷을 입고 깨끗한 기저귀를 차고 담요에 싸여 있었대요. 부드러운 모자와 벙어리장갑도 끼었고요. 쿠션을 넣은 상자 안에 담겨 있었죠. 쪽지 위에 내 이름을 적었고요. '이 아이는 플로이드예요. 부디 잘 보살펴주세요.' 그리고 부모님은 3년 후에 날 찾으러 왔어요. 그땐 이미 응급 위탁 가정에 맡겨진 상태였죠. 버려진 아기를 양육할 능력이라곤 전혀 없는 비쩍 마른 10대 둘에게 아기를 돌려줄 리가 만무했어요. 부모님이 날 되찾기까지 거의 1년이 걸렸죠. 그 양육권 싸움 덕분에 우리 부모님의 야심에 불이 붙은 것 같아요."

"그건 어떻게 알았어요? 부모님이 말해줬어요?"

"네, 제게 말해줬죠. 맙소사, 툭하면 그 얘기를 했어요. 내가 버릇없이 굴 때마다 그 얘기를 꺼내는 거예요. '널 병원에 내버려둬야 했어. 다시 데려다놓을까? 응?'" 플로이드의 뺨 근육이 씰룩거렸다.

"그런데 당신은 그 일이 기억나요? 당시 상황 중에 기억나는 게 있어요?"

"전혀요. 최초의 기억은 아버지가 플라스틱 자동차를 집에 가져온 거예요. 작은 점화장치가 달려 있었고"—플로이드가 자물통에 열쇠를 넣고 돌리는 흉내를 냈다—"점화장치를 켜면 소음이 나면서 시동이 걸리는 거죠. 한 시간 어쩌면 그 이상 자동차 안에 앉아서 시동을 켜고 또 켰던 게 기억나요. 그때 내가 네 살쯤이었고 보스턴의 한 아파트에 살았는데, 아파트 발코니에서 시내 전경과 밝은 불빛들, 바다까지 다 보였죠. 그러니 나쁜 시절은 기억나지 않아요. 전혀 기억나지 않아요."

"내가 평생 만난 사람 중 자기 생일을 모르는 사람은 당신이 처음이에요."

플로이드가 미소를 지었다. "그건 나도 마찬가지예요."

로럴은 주변을 흘끗 둘러보았다. 오랫동안 로럴은 이야기의 주인공이었다. 딸이 실종된 여자, 기자회견을 하는 여자, 신문에 난 여자, 작은 뼛조각으로 돌아온 딸을 묻어야 했던 여자로. 그런데 이제 참담한 사연이 있는 또 다른 사람이 나타났다. 주변에는 또 어떤 사연들이 있는 것일까? 로럴은 궁금했다. 자신의 이야기에만 매몰되어 있는 동안 얼마나 많은 이야기를 놓치고 산 것일까?

"부모님이 대단한 분들 같아요." 로럴이 말했다.

플로이드는 눈을 깜빡거리며 애처로운 미소를 지었다. "여러 면에서 대단한 분들이긴 하죠." 그의 말에는 가시가 섞여 있었다. 로럴에게 말할 수 없는 슬프고 어두운 무언가. 그래도 상관없었다. 더 추궁할 생각은 없었다. 로럴도 모든 것을 다 이야기할 수 없으며, 모든 것을 다 공유할 수 없다는 사실을 잘 알고 있었다.

저녁 식사 후 둘은 플로이드의 집으로 돌아갔다. 세라-제이드가 또 커다란 안락의자에 웅크리고 앉아 허벅지에 노트북을 올려놓고 헤드폰을 쓰고 있었다. 로럴과 플로이드가 안으로 들어가자 세라-제이드가 살짝 놀랐다.

"생일 축하해요." 세라-제이드가 속삭이는 목소리로 말했다. "재미있었어요?"

로럴은 예상하지 못한 말에 당황했다.

"응, 그럼. 고마워. 즐거웠어."

플로이드가 로럴의 어깨를 꽉 잡으며 말했다. "나 화장실 좀 다녀올게요. 1분이면 돼요." 로럴과 SJ가 단둘이 대화를 나눌 수 있도록 일부러 자리를 비켜주려는 게 뻔했다.

"약간 알딸딸하네." 로럴이 SJ에게 말을 건넸다. "샴페인과 치즈 파는 데 갔었거든. 치즈보다 샴페인을 더 많이 마셨어."

SJ가 머뭇거리며 미소 지었다. "몇 살이에요? 물어봐도 돼요?"

"그럼, 당연히 괜찮지. 난 자기 나이를 부끄러워하는 사람들이 이해가 안 되더라. 나이 많은 게 무슨 죄라도 되는 것처럼. 난 쉰다섯이야. 그리고 몇 시간 더 됐어."

SJ가 고개를 끄덕였다.

"자고 갈 거니?" 로럴이 물었다.

"아니요. 집에 가서 제 침대에서 자려고요. 내일 일하러 가야 해
서요."

"아. 어떤 일을 해?"

"이런저런 일이요. 아기 돌보기, 개 산책시키기." SJ가 노트북 컴
퓨터를 닫고 다리를 폈다. "내일은 모델 일이에요. 라이프 드로잉
수업에서요."

"우와. 옷 입고 하는 거야, 아니면……?"

"누드예요. 나이 드는 게 부끄러운 게 아닌 것처럼 내 몸을 보여
주는 것도 전혀 부끄럽지 않아요. 해변에서 부르키니*를 금지해서
는 안 된다면, 완전한 누드도 금지하면 안 되는 거 아닐까요? 공공
장소에서 신체의 어느 부위를 보여도 되고, 어느 부위는 보이면 안
되는지 누가 결정하는 거죠? 한 여성에게 법적으로 가슴과 음부를
가려야 한다고 하면서, 다른 여성에게 팔다리를 가리면 안 된다고
하는 건 말이 안 되잖아요? 그건 도대체 무슨 논리예요?"

로럴이 고개를 끄덕이며 웃었다. "좋은 지적이야. 그런 건 생각
도 못해봤어."

"네. 요즘 사람들은 제대로 된 생각을 하지 않아요. 다들 트위터
에서 떠드는 걸 사실이라고 믿죠. 겉으로는 진보적이고 옳은 것처럼
제아무리 포장해도 전부 선전일 뿐이에요. 우린 양 떼에 불과해요."

로럴은 갑자기 확 취기가 오르는 것 같았고, '매애애애' 하고 울
고 싶은 유혹을 간신히 억눌렀다. 대신 진지하게 고개를 끄덕였다.

---

* 얼굴과 손, 발을 제외한 신체 전부를 가리는 이슬람식 수영복.

로럴은 지난 10년간 다른 사람의 의견을 받아들인 적이 거의 없다. 그녀는 양이 아니다.

"딸이 엘리 맥이죠?" 로럴의 생각을 읽은 것처럼 SJ가 물었다.

"그래." 로럴은 놀라며 대답했다. "아빠한테 들었니?"

"아니요. 구글로 검색해봤어요. 인터넷에 올라온 내용은 전부 다 읽었죠. 정말, 정말 슬픈 일이에요."

"그래, 정말 슬픈 일이지."

"정말 예쁘던데요."

"고마워. 그래, 예쁜 아이였어."

"포피와 똑 닮았던데, 그렇게 생각하지 않아요?"

로럴은 번쩍 정신이 들었고, 저도 모르게 방어적으로 대꾸했다.

"아니, 그렇진 않아. 입매가 조금 비슷할지는 몰라도, 세상에는 서로 비슷하게 생긴 사람들이 많잖아. 안 그래?"

"네. 그렇죠."

21

로럴은 다음 날 엄마를 방문했다. 지난 목요일에 방문했을 때 엄마는 생기 있어 보였고, 로럴의 연애에 관심을 보였으며, 딸의 손을 꼭 잡고 검은 눈을 반짝였다. 죽고 싶다는 말은 한마디도 하지 않았다. 텅 빈 시선으로 바라보는 일도 없었다. 로럴은 오늘도 어머니가 비슷한 상태이기를 바랐다.

하지만 그사이에 기쁨이 사그라들었는지 다시 기운 없고 텅 빈 모습이었다. 로럴에게 건넨 첫 마디는 이거였다. "이제 나한테 남은 시간이 많지 않은 것 같아." 멈추거나 머뭇거리지도 않고 한 문장을 매끄럽게 말했다.

로럴은 몸을 똑바로 일으켜 앉았다. "엄마, 기분이 좀 나아지신 줄 알았는데요."

"나아졌어." 엄마는 이렇게 말하고 고개를 끄덕였다. "나아졌지."

"그런데 왜 또 그런 말씀을 하세요?"

"그거야……" 엄마는 뻣뻣한 손가락으로 쇄골을 찔렀다. "늙었으니까."

로럴은 미소를 지었다. "네, 엄마는 늙었죠. 하지만 아직 엄마에게는 살날이 더 남았어요."

엄마가 고개를 저었다. "아니. 아니. 살날은 없어. 그리고 ㄴ-ㄴ
-너. 행복해. 이제."

로럴은 날카롭게 숨을 들이켰다. 엄마가 한 말의 의미를 알 것 같
았다. "날 위해 남아 계셨던 거예요?" 눈물이 나와 목이 멨다.

"그래. ㄴ-ㄴ-널 위해서. 그래."

"이제 내가 행복하니까 떠날 준비가 됐다고요?"

엄마의 얼굴에 환한 미소가 떠오르며 로럴의 손을 꽉 잡았다.
"그래. 그래."

로럴의 뺨 위로 굵은 눈물이 주르르 흘러내렸다. "아아, 엄마. 난
아직 엄마가 필요해요."

"아니야. 이제는…… 아-아니야. 엘리도 찾았고. 너 행복해. 나
는……" 엄마는 자신의 쇄골을 찔렀다. "나는 가야 해."

로럴은 손등으로 눈물을 닦고 억지로 미소를 지어 보였다. "이건
엄마의 삶이에요. 엄마가 언제 떠날지는 내가 결정할 수 없어요."

"그래. 아-아-아무도 할 수 없지."

그날 오후, 로럴은 포피와 함께 쇼핑하러 갔다. 비가 내려서 옥스
퍼드 스트리트 대신 브렌트 크로스에 가자고 제안했다.

포피가 세련된 바지에 청록색 라운드넥 카디건과 꽃무늬 레인코
트 차림으로 현관에서 로럴을 맞이했다. 양 갈래로 딴 머리카락을
어깨에 하나씩 늘어뜨리고 있었다. 포피는 로럴의 팔에 팔짱을 끼
고 길 맞은편에 세워둔 자동차까지 비를 뚫고 달렸다. 차에 타서 창

문을 내린 포피는 양말만 신고 문 앞에 서 있는 아빠에게 열성적으로 손을 흔들었고, 아빠 역시 마주 손을 흔들었다.

"기분이 어때?" 로럴이 출발하면서 포피를 흘끗 쳐다보았다.

"너무 신나요."

"다행이다."

"아줌마는 어때요?"

"아, 나도 좋아. 어젯밤 이후로 조금 피곤하긴 하지만."

"샴페인을 너무 많이 마셨어요?"

로럴은 빙그레 웃었다. "그래, 샴페인을 너무 많이 마셨어, 잠은 많이 못 잤고."

"뭐." 포피는 로럴의 손을 토닥였다. "생일이었으니까요."

"그래, 그랬지."

빗줄기가 거세 로럴은 헤드라이트를 켜고 와이퍼를 최고 속도로 올렸다.

"오늘 아침에는 뭐 했어요?" 포피는 조숙한 방식으로 대화를 이어나갔고, 로럴은 빠르게 그 아이의 방식에 익숙해지고 있었다.

"음. 우리 엄마를 만나러 갔었어."

"엄마가 있어요?"

"그럼, 물론이지! 엄마 없는 사람이 어디 있어!"

"난 없어요."

"아니야. 엄마를 만날 수는 없을지 몰라도 네게도 엄마가 있어. 어딘가에 있어."

"볼 수 없으면 존재하지 않는 거예요."

"그건 말도 안 돼."

"말 돼요."

로럴은 포피를 보며 눈살을 찌푸렸다. "그럼 뉴욕은? 내 눈에 안 보이는걸. 네 눈에도 안 보이지. 그렇다고 해서 뉴욕이 존재하지 않는 걸까?"

"그건 예외죠. 지금 수천 개의 웹캠으로 뉴욕을 볼 수 있잖아요. 뉴욕에 있는 사람에게 전화를 걸어 '뉴욕 사진을 찍어 보내달라'고 할 수도 있고요. 하지만 우리 엄마는 웹캠이나 사진으로 볼 수 없고, 전화도 걸 수 없고, 찾아갈 수 있는 무덤도 없어요. 그러니까 우리 엄마는 존재하지 않아요."

로럴은 당황스러워 숨을 훅 들이마셨다. "엄마가 있으면 좋겠어? 엄마가 보고 싶어?"

"아니요. 엄마 생각은 해본 적도 없어요."

"하지만 네 엄마잖아. 가끔은 엄마 생각을 해야 하지 않을까?"

"절대로요. 난 엄마가 미웠어요."

로럴은 포피를 흘끗 쳐다본 뒤 다시 앞의 도로를 응시했다.

"왜 엄마가 미웠어?"

"엄마가 날 미워했으니까요. 엄마는 비열하고 못생기고 게을렀어요."

"너처럼 예쁜 딸을 낳은 걸 보면 못생겼을 리 없어."

"엄마는 나랑 하나도 안 닮았어요. 엄마는 끔찍하게 생겼다고요. 기억나는 건 그게 전부예요. 끔찍하고 감자칩 냄새가 났어요."

"감자칩?"

"네, 머리카락이……" 포피가 빗물이 튀는 차창을 응시했다. "빨간색이었어요. 그리고 감자칩 냄새가 났어요."

로럴은 어떻게 대답해야 할지 몰랐다. 머리카락에서 기름 냄새를 풍기는 못생긴 여자는 그녀가 상상하던 차분하고 단정하며 빛나는 소녀의 엄마 모습과 너무나도 달랐기 때문이다. 플로이드의 연애 상대로는 말할 것도 없고. 그러다 온라인에서 본 플로이드가 좀 더 젊고 지저분해 보이던 시절의 사진들을 떠올렸고, 사람이 활짝 피는 시기는 저마다 다르다는 사실을 떠올렸다. 플로이드는 지금이 활짝 핀 시기고, 어쩌면 한때 그의 삶은 훨씬 더 어두웠을지도 모른다.

"아빠가 그때보다 지금 더 행복한 것 같니, 포피?"

유도 질문이었지만 답이 듣고 싶었다. 플로이드를 알고 지낸 지 겨우 2주밖에 되지 않았다. 그는 어느 날 갑자기 케이크 가게 안으로 걸어 들어와 로럴의 인생을 바꾸어놓았다. 오랫동안 그의 곁에 있었던 사람의 의견을 조금이라도 들어보고 싶었다.

로럴이 들은 대답은 예상했던 것과 달랐다. 평범한 대답 대신 포피는 이렇게 말했다. "행복이 무슨 상관이에요? 우리는 아무런 이유도 없이 이곳에 왔어요. 로럴 아줌마도 잘 알잖아요, 안 그래요? 사람들은 더 큰 목적이 있는 것처럼, 숨은 의미가 있는 것처럼, 모든 것에 의미가 있는 것처럼 요란을 떨지만 사실은 그렇지 않아요. 우리는 전부 괴물에 불과해요. 그게 전부죠. 멍청하고 하찮은 괴물들이요. 우린 행복할 필요가 없어요. 평범해질 필요가 없어요. 살아 있을 필요도 없어요. 살아 있는 걸 원하지 않는다면요. 다른 사람을 해치지 않는 한 우린 뭐든 할 수 있어요."

로럴은 소리 내어 숨을 내쉬었다. "우와. 대단한 철학을 가지고 있구나."

"철학이 아니라 삶이에요. 일단 세상을 사는 법을 배우면, 세상을 이해하려는 시도를 중단하면 모든 게 분명하게 보이죠."

로럴은 고개를 홱 돌려 포피를 바라보았다. "넌 정말 특이한 아이야, 안 그러니?"

"맞아요, 전 특이해요." 포피가 단호하게 대답했다.

쇼핑센터에서 곧장 난도스(포르투갈식 닭 요리가 전문인 프랜차이즈 레스토랑)로 가 무얼 먹기로 했다. 엄마를 만난 뒤 점심을 거른 로럴은 허기가 졌다.

"SJ의 엄마와는 어떻게 지내?" 로럴은 의자에 앉아 음식이 나오길 기다리며 포피에게 물었다.

"케이트 아줌마요?"

"이름이 케이트야?"

"네, 케이트 버추. 좋은 사람이고 전 마음에 들어요. 아주 똑똑하지는 않지만 다정하고 상냥해요."

"SJ는? 둘이 친하니?"

"나름 친해요. 우린 서로 많이 다르거든요."

"어떤 점에서?" 로럴은 둘 다 조금 특이하다고 생각하며 물었다.

"음, 언니는 내향적이고 전 외향적이에요. 언니는 예술에 능하고, 저는 수학에 능하죠. 언니는 모든 것에 다 신경 쓰는데, 저는 아무 데도 신경 쓰지 않아요. 언니는 유머 감각이 없고, 저는 굉장히 재밌어요. 언니는 아빠와 친하지 않고, 저는 아빠와 굉장히 친하고요." 포피가 씩 웃었다.

"그 이유가 뭐라고 생각해?"

포피가 어깨를 으쓱했다. "제가 아빠를 더 좋아하는 거겠죠. 그게 다예요."

음식이 나오자 대화는 중단됐다. 로럴은 잠시 포피를 바라보았다. 케첩 병에 몰두한 얼굴, 이마의 헤어라인을 유심히 살펴보다 순간적으로 현재에서 과거의 한때로 돌아갔다. 로럴은 바로 이곳에서 엘리와 함께 있었다. 이 단편적인 장면 속에서 제이크와 해나는 어디 있는지 알 수 없었다. 엘리네 학교가 교사 연수로 쉬던 날인가? 로럴은 이곳에 앉고 엘리는 맞은편에 앉았으며, 모든 게 똑같았지만 동시에 모든 게 달랐다. 머리가 핑그르르 도는 것 같아 로럴은 테이블 가장자리를 움켜쥐고 심호흡을 하며 중심을 잡았다. 눈을 깜빡거리며 다시 포피를 보았다. 이제는 포피가 보였다. 분명히 포피였다. 엘리가 아니라.

로럴이 과거로 시간 여행을 다녀온 사실을 포피는 눈치채지 못했다. 케첩 병을 때려 케첩을 접시에 던 다음 뚜껑을 닫았다.

"내일 밤 아줌마네 가족을 만나는 게 너무 기대돼요. 다들 절 좋아할까요?"

로럴은 천천히 눈을 깜빡이며 은근슬쩍 한마디 했다. "넌 그런 거 신경 안 쓸 줄 알았는데."

"신경 안 써요. 그냥 아줌마 의견이 궁금해서 물은 것뿐이에요. 신경 쓰는 것과 관심 있는 건 별개의 문제니까요."

"그래." 로럴은 미소를 지었다. "응, 다들 널 좋아할 거야. 네가 있으면 분위기가 확 밝아질걸."

"다행이네요. 고마워요. 전 다른 사람들의 가족과 함께 어울리는 게 좋아요. 가끔은……."

로럴이 궁금한 눈길을 던졌다.

"아무것도 아니에요, 아무것도."

로럴은 포피를 뉴룩에 데려갔다. 갭에 데려갔다. H&M과 자라, 탑샵, 미스 셀프리지에 데려갔다. 그러나 포피는 유행하는 스타일은 전부 거부했다. 결국 존 루이스 아동복 매장에 갔고, 포피는 프린트 져지 원피스가 걸려 있는 쪽으로 곧장 다가갔다.

"이거요. 전 이게 마음에 들어요."

"이런 원피스는 있잖아?" 로럴은 그 주말에 포피가 입었던 원피스를 떠올리며 물었다.

"네." 포피는 대답하며 레일에 걸린 원피스 하나를 옆으로 밀었다. "저한테 이게 있는데, 이제 다른 무늬가 나왔어요. 보세요." 포피가 레일에서 또 다른 원피스를 꺼냈다. "이건 없어요."

로럴은 한숨을 쉬며 원피스 천을 만졌다. "아주 예쁘긴 한데, 이번에는 네 평소 스타일에서 조금 벗어나보는 게 어떨까?"

이번에는 포피가 한숨을 쉬었다. 애처롭게 그 원피스를 쳐다보고 다시 로럴을 올려다보았다. "그러기로 했었죠?"

로럴이 고개를 끄덕였다.

"하지만 다른 옷들과 다른 가게들은 전부 쓰레기예요. 후줄근하고요."

"하지만 넌 어리고, 그게 어릴 때 누릴 수 있는 즐거움이야. 어릴 때는 뭘 입어도 예쁘니까. 어릴 때는 후줄근한 옷을 입어도 예뻐. 싸구려 옷을 입어도 예쁘지. 쓰레기 같은 옷을 입어도 예쁘고. 세련된 옷은 내 나이 때를 위해 남겨둬. 가자." 로럴이 부추겼다. "한 번만 더 H&M을 돌아볼래? 날 위해서?"

포피가 환하게 웃으며 고개를 끄덕였다. "네, 좋아요."

둘은 패턴이 들어간 레깅스와 콧수염무늬가 들어간 부드러운 보트넥 스웨터, 저지 면 상의에 시폰 스커트가 붙은 회색 파티 원피스를 골랐다.

로럴은 아이들이 어린 시절 수많은 탈의실 앞에 서서 커튼이 걷히길 기다렸던 것처럼 탈의실 앞에 서서 기다렸다. 마침내 포피가 나왔다. 레깅스와 티셔츠 차림에 심각하고 불안한 표정이었다.

"제 꼴이 끔찍해요."

"아니." 로럴은 얼른 레깅스 허리 밴드를 잡아 뒤틀린 중심을 바로잡아주었다. "이거 받아." 로럴은 옷걸이에서 플란넬 셔츠를 벗겨 포피가 셔츠 소매에 팔을 끼우게 도와주었다. "이제 됐다. 다 됐어." 포피의 딸은 머리끝에서 머리끈을 빼고 머리를 풀어 곱슬곱슬한 머리카락을 어깨 위로 늘어뜨렸다.

"됐다." 로럴이 다시 한번 말했다. "이렇게 예쁘잖아. 너한테……."

순간 로럴은 고개를 돌려 주먹으로 입을 틀어막았다. 자신이 무슨 짓을 저지른 건지 깨달았다. 이 아이에게 죽은 딸과 똑같은 옷을 입힌 것이다. 그 결과는 무시무시했다.

"잘 어울려." 로럴은 살짝 떨리는 목소리로 겨우 말을 이었다. "그런데 네가 정 불편하다면 안 입어도 돼. 존 루이스에 다시 가서 그 원피스를 사자. 어서⋯⋯."

포피는 로럴의 말에 담긴 암시를 알아채지 못했다. 자리에 서서 가만히 거울 속의 자신을 바라보았다. 양쪽 옆으로 살짝 몸을 틀었다. 레깅스 천을 양손으로 훑고 셔츠 소매를 만지작거렸다. 포즈를 취하더니 그것과 다른 포즈도 취했다.

"사실 마음에 들어요. 이거 사도 돼요?"

로럴이 눈을 깜빡거렸다. "그럼, 물론이지. 정말 괜찮겠어?"

"진짜 괜찮아요. 달라지고 싶어요. 재미있을 거예요."

"그래, 그럴 거야."

"아줌마도 변신하는 거 어때요?"

"변신? 어떤 식으로?"

"항상 회색과 검은색만 입잖아요. 옷이 전부 유니폼 같아요. 산뜻한 옷을 사는 게 어떨까요?"

"산뜻한 옷?"

"네. 아니면 색이 있는 거요. 레이스가 달리고 꽃무늬가 있는 거. 예쁜 거요."

로럴은 미소 지었다. "나도 같은 생각을 하던 참이야."

22

금요일 저녁, 로럴은 차를 몰고 해나의 아파트로 향했다. 그곳에서 같이 택시를 타고 이즐링턴의 레스토랑에 갈 예정이었다.

"우와." 현관문을 연 해나가 감탄했다. "엄마, 오늘 근사한데."

로럴은 새로 산 스커트 자락을 펄럭였다. 검은색 바탕에 오리엔탈풍의 새와 꽃무늬가 들어간 스커트로 앞에 버튼이 달린 홀터넥은 실크 재질이었다. "고마워! 엘리가 골라준 옷이야."

메아리치는 침묵이 둘 사이를 맴돌았다.

"아. 내가 방금 엘리라고 했니?"

"응, 그랬어."

"엘리가 아니라 포피야. 당연하지. 미안. 어린 여자애와 쇼핑을 했더니 옛날 생각이 났나 봐."

"그랬겠지."

"너도 오늘 예쁘다." 로럴은 자신의 실수를 감추려 애썼다. "머리는 직접 했어?"

"응, 수요일에 좀 자르고 손질했어."

T와의 낭만적인 데이트를 위해 그랬겠지, 로럴은 생각했지만 입

밖으로 내지는 않았다. "잘 어울린다. 그 정도 길이가 딱 좋네."

둘은 택시 뒷좌석에서 아무 말 없이 앉아 있었다. 해나와는 항상 이런 식이었다. 굳이 바꿔야 할 필요를 느끼지 못했다. 엄마 노릇에 실패했기 때문이라는 자책감을 버리기까지 오랜 시간이 걸렸다.

레스토랑 바깥에서 로럴은 심호흡을 했다. 약속 시간보다 2분 일찍 도착했고, 안은 어떤 상황인지 누가 도착해 앉아 있을지 전혀 몰랐다. 어색한 조합일 수도 있으며, 그중에서도 가장 끔찍한 조합은 폴과 보니, 플로이드와 포피일 것이다. 생각만 해도 소름이 끼쳤고, 차라리 먼저 플로이드를 만나 같이 올 걸 그랬다는 후회가 들었다.

식당 안을 가로질러 예약해둔 유리 칸막이 안의 테이블 쪽으로 다가가면서 플로이드와 포피만 자리에 앉아 있는 걸 보고 안도의 한숨을 쉬었다.

플로이드가 자리에서 일어나 두 사람을 맞이했다. 오늘 밤에는 유난히 매력적이었다. 몸에 딱 맞는 짙은 남색 정장에 가느다란 검은색 넥타이 차림이었고, 희끗희끗한 머리카락은 헤어 제품을 이용해 뒤로 깔끔하게 넘겼다. 포피는 몸에 딱 맞는 저지 원피스 위에 체크 셔츠를 입고 검은색 가죽 레이스업 부츠를 신고 있었다. 딱 보기 좋다고 로럴은 생각했다. 우리와 비슷해 보인다고.

"만나서 정말 반가워요." 플로이드가 해나에게 손을 내밀며 인사했다. 그의 눈은 진심 어린 기쁨으로 환하게 빛났다.

해나가 플로이드의 손을 마주 잡았다. "저도요."

이어서 포피가 인사했다. "정말 예뻐요. 만나서 반갑습니다."

해나는 솔직한 칭찬에 살짝 얼굴을 붉히며 로럴이 알아들을 수 없는 말을 입속으로 중얼거렸다.

함께 자리에 앉았다가 폴과 보니, 제이크와 블루가 도착하자 전부 자리에서 일어섰다. 로럴은 양손을 꽉 쥐고 얼굴에 꾸민 듯한 미소를 지어 보였다. 해나와 제이크 모두 걱정할 것 없다고, 보니는 좋은 사람이고 엄마 마음에도 들 만한 상냥한 사람이라고 입을 모았지만, 처음 만나는 자리인 데다 자기가 남자친구도 데려와 서로 소개까지 해야 하는 바람에 열 배는 더 긴장이 되어버렸다. 로럴은 자신이 액체로 변해 바닥에 흥건히 깔리는 기분이었다.

혼자 땅을 파던 로럴을 다른 사람들이 구해주었다. 보니는 곧장 로럴에게 다가와 눈을 똑바로 마주 보며 로럴의 팔뚝을 잡고 제비꽃과 탤컴파우더 향이 나는 부드러운 몸으로 다정하게 감싸 안으면서 담배를 피우고 술을 마시고 울고 노래하는 여자처럼 허스키한 목소리로 말했다. "드디어 만났네요. 드디어 만났어요."

한편 플로이드는 폴에게 곧장 다가가 악수를 하며 만나서 영광이라고 말했고, 둘이 사실상 똑같은 옷차림인 데다 똑같은 폴 스미스 양말까지 신었다는 사실을 깨닫고 유쾌한 웃음을 터트렸다.

"이거 봐요." 폴은 플로이드에게 몸을 기대며 말했다. "우리 쌍둥이 같죠!"

이혼한 부부와 새로운 파트너들, 과거의 파트너들은 물론 그들의 아이들이 함께하는 자리였다. 로럴은 세상에서 그 무엇보다 힘든 자리라고 생각했다.

로럴은 플로이드와 보니 사이에 앉았다. 폴은 보니 옆에 앉았고 해나는 테이블 상석에 앉았으며, 맞은편에는 제이크와 포피, 블루가 앉았다. 블루는 이 자리에 와 있는 게 못마땅하고 짜증 나는 표정이라서, 로럴은 제이크가 오늘 밤 이곳에 오자고 블루를 설득하느라 얼마나 격렬한 논쟁을 벌였을지 상상이 되지 않았다. 블루의 고집을 꺾지 못했더라면 이 자리에 나오지 못했을 것이다.

하지만 이 모임의 오점은 블루뿐이었다. 로럴은 테이블을 둘러보았다. 최상의 상황이 펼쳐지고 있었다. 이 상황이 얼마나 기이하고 놀라운지 아무도 감히 추측하지도 알지도 못할 것이다. 해나조차 아빠와 이야기를 나누며 미소를 지었고 아빠가 준 선물을 로럴에게 펼쳐 보여주었다.

웨이터가 미리 주문해놓은 샴페인 두 병을 가져와 잔에 따랐다. 누군가가 자리에서 일어나 생일을 맞은 두 여자를 위해 건배를 청해야 할 것 같은 분위기였지만 다들 선뜻 나서지 못했다. 누가 나서야 한단 말인가? 플로이드가 없었다면 당연히 폴이 나섰을 것이다. 해나의 아버지이자 로럴의 전남편이었으니까. 그러나 플로이드가 있으니 폴이 선뜻 나서기도 힘들어졌고, 망설이는 분위기가 계속 이어지다가 예상치 못하게 포피가 자리에서 일어섰다.

포피가 반쯤 찬 샴페인잔을 두 손으로 들고 테이블에 앉은 사람들을 한 명씩 분명하게 쳐다보았다. "제가 로럴 아줌마를 안 지는 2주밖에 되지 않았어요." 포피는 발음이 완벽했고 자세도 침착했다. "하지만 그동안 로럴 아줌마를 알면서 진정한 친구이자 아름다운 친구라고 생각하게 되었죠. 로럴 아줌마는 매우 상냥하고 매우 관대하고, 아줌마가 우리 인생에 들어와주어서 아빠와 저는 운이 좋아요. 그리고 지금 보니 로럴 아줌마뿐 아니라 가족도 전부 좋은 분들이네요. 오늘 처음 만났지만 서로를 깊이 아낀다는 걸 느낄 수 있었고, 이 자리에 함께하게 되어 영광이에요. 로럴 아줌마를 위하여." 포피가 잔을 들어 올렸다. "해나 언니를 위하여. 그리고 행복한 가족들을 위하여."

불안한 침묵이 흘렀다. 아홉 살짜리 아이의 완벽한 연설이 기묘한 데다, 행복한 가족을 언급한 게 역설적이라는 사실을 인지할 정도로 긴 침묵이 흐르다 이윽고 모두가 잔을 들었다. "해나와 로럴을 위하여. 생일 축하해요."

테이블 반대편 끝에 있는 폴이 로럴과 눈을 마주치며 '도대체 이게 뭐지' 하는 눈길을 보냈다. 로럴은 어색한 미소를 지었다. 폴의 냉담한 비판에 동참하고 싶었지만 이상하게도 포피의 편을 들고 싶었다. 포피는 어리고 엄마가 없다. 학교도 가지 않는다. 뭘 잘 모른다.

다들 잔을 내려놓을 때 보니가 로럴을 보며 말했다. "내가 이 순간을 얼마나 오랫동안 기다려왔는지 모를 거예요."

보니의 얼굴은 제멋대로였다. 커다란 입은 한 번에 사방으로 움직였고, 코는 패이고 휘었으며, 한쪽 눈썹이 다른 쪽 눈썹보다 높았고 턱에는 흉터가 길게 나 있었다. 그런데 어쩐지 그 모든 것들이 조화를 이루었고 아름다웠다.

"네, 그러게요. 전에는 내가 마음의 준비가 되지 않았어요. 미안해요. 당신 때문은 아니었어요. 정말이에요."

보니가 로럴의 손 위에 자신의 손을 얹었다. 짧은 손톱에 빨간색 매니큐어를 발랐다. "물론 나도 알아요. 그리고 폴이 생전 당신 이야기를 하지 않아서 기대도 하지 않았고요. 항상 이해했고, 지금도 이해해요. 당신이 앞으로 나아가는 건, 이제 그럴 수 있기 때문이에요. 전에는 그럴 수 없었고요. 모든 일에는 적당한 때가 있는 법이잖아요. 안 그래요?"

로럴은 고개를 끄덕이고 미소를 지었지만 그건 아니라고 생각했다. 예를 들어 자식을 잃기에 적당한 때란 없다. 물론 그 말을 입 밖에 내지는 않았다. 눈앞의 착한 여자가 최선을 다하고 있으며, 이건 남은 평생 지속될 관계의 분위기를 결정지을 중요한 대화이기 때문이다.

폴이 손을 뻗어 로럴에게 포장한 선물을 건넸다. "생일 축하해."

"폴. 이럴 필요 없는데. 그냥⋯⋯."

"별거 아니야."

"지금 열어봐도 돼?"

폴이 어깨를 으쓱했다. "그럼. 물론이지."

로럴이 포장지를 뜯었더니 책이 나왔다. 도나 타트의 《황금방울새》였다.

"아직 그 책 안 읽은 거면 좋겠는데?"

"안 읽었어." 로럴은 책을 돌려 뒤표지의 광고문을 읽었다. 지난 10년간 책은 단 한 권도 읽지 않았다.

"아, 그 책 진짜 대단해요." 포피가 말했다.

"이 책을 읽었어?" 폴이 물었다.

"네. 저는 일주일에 최소한 책 두 권은 읽어요."

"우와. 재미있었니?" 폴이 다시 물었다.

"정말 좋았어요." 포피가 두 손으로 그 책을 들고 옆면을 사랑스럽게 쓰다듬었다. "박물관에 들어갔다가 폭탄 테러로 엄마를 잃는 한 소년 이야기예요. 혼란스러운 와중에 소년은 작은 그림 하나를 훔치고, 남은 평생 그 그림을 숨기느라 애쓰면서 살아가죠. 배경은 뉴욕이에요."

"재미있겠구나." 로럴이 말했다.

포피가 환한 얼굴로 고개를 끄덕였다. "정말, 정말 재미있어요."

"인간이란 존재가 따분한 실수일 뿐이라고 생각하는 아이치고 소설을 즐겨 읽는 모양이네. 소설의 어떤 점이 좋아?"

포피가 책 위에 두 손을 올렸다. "이야기는 이 세상에서 유일한 현실이에요. 다른 모든 것은 꿈에 불과하고요."

로럴과 폴은 미소를 지으며 고개를 끄덕인 다음 눈길을 교환했다. 이번에는 냉소적인 눈길이 아니라 불안한 눈길이었다.

일주일에 책을 두 권 읽는 엘리에게 항상 책만 읽는다고 놀리면 엘리는 이렇게 말하곤 했다. "책을 읽을 때면 현실처럼 느껴지고, 책을 덮으면 꿈속으로 돌아가는 기분이야."

로럴은 샴페인잔을 포피를 향해 들었다. "그 말에 건배. 건배."

그날 저녁은 즐거웠다. 성공이었다. 포피가 주도권을 잡으려고 시도하긴 했지만 포피는 테이블에서 가장 나이가 어렸고, 다들 이 위태로운 모임을 이어 나갈 공통의 화젯거리를 찾느라 바빴다.

"정말 사랑스러운 아이야." 11시에 다 함께 레스토랑을 나서면서 폴이 로럴의 귀에 속삭였다. "재미있는 게 저 애를 보면……."

로럴은 폴이 말을 꺼내기도 전에 무슨 말을 하려는 건지 알았다.

"그래. 몇몇 부분은 그래. 진짜 닮았지."

"책 얘기 말이야. 현실과 꿈 이야기." 폴은 희한한 듯 고개를 흔들었다.

"알아. 나도 알아. 이상하지."

"게다가 생긴 것도 좀 닮지 않았어?"

"조금 닮긴 했어." 로럴이 수긍했다.

"재미있네." 폴이 코트 걸이에서 코트를 내리며 말했다. "당신이 비슷한 가족을 찾았다는 게 말이야."

"뭐?"

"저 친구가 나랑 조금 닮았잖아, 안 그래?"

폴의 어조는 가벼웠지만 로럴은 얼굴이 새파랗게 질렸다.

"아니, 전혀. 머리 스타일만 좀 비슷하지. 옷차림이랑."

폴은 다정하게 로럴을 바라보며 자신이 로럴의 수많은 선 중 하나를 넘었다는 사실을 깨달았다. "그래, 맞는 말이야. 어쨌든 난 저 친구가 마음에 들어." 그리고 달래듯 덧붙였다. "좋은 사람 같아."

"뭐, 아직 만난 지 얼마 안 됐어. 우리 다시 만날 수 있지?"

로럴은 씩씩하게 말했다.

"그럼." 폴이 미소 지었다. "저 친구가 완전한 사이코패스라는 사실을 드러낼 기회는 차고 넘칠 거야."

로럴은 웃음을 터트렸다. 세상 누구보다 자신을 잘 아는 사람과 이야기를 나눈다는 게 기분이 좋았다. 폴과 이야기를 나누는 게 기분이 좋았다.

"당신은 이런 걸 누릴 자격이 있는 거 알고 있지? 그래도 된다는 거 알지?"

로럴은 어깨를 으쓱했다. 콧등이 시큰해졌다. "그래, 어쩌면."
겨우 작은 목소리로 대답했다.

23

로럴은 다음 날 아침 8시에 플로이드의 침대에서 일어났다. 플로이드가 신음하며 침대 옆 자명종을 흘끗 쳐다보더니 "이리 와요" 하고 웅얼거리며 침대 옆으로 팔을 던졌다. "주말이잖아요. 너무 일러요!"

"집에 가야 해요." 로럴은 주름진 시트 위에 놓인 플로이드의 손을 잡으며 말했다.

"안 돼요, 가지 말아요."

로럴은 웃음을 터트렸다. "아니요, 가야 해요! 내가 말했잖아요. 친구네 집에서 점심 먹기로 했다고."

플로이드가 삐친 척하며 다시 베개에 털썩 누웠다. "내 몸만 즐기고 날 버리는군요. 마음대로 해요."

"이따 다시 올 수 있어요. 배신하고 떠나는 나를 받아줄 마음이 있다면요."

플로이드는 창백한 벗은 몸을 침대 위에서 웅크리고 로럴의 두 손을 잡아 자신의 입에 가져다 대고 손가락 관절에 차례로 키스했다. "당신이 이따 다시 오면 정말, 정말 좋겠어요." 플로이드는 로럴의 손을 뺨에 난 부드러운 수염에 비볐다. "이제 당신 없이는 살수 없는 지경에 이르고 있어요. 조금만 있으면 그렇게 될 거예요. 내가 한심한가요?"

플로이드의 선언은 놀라운 동시에 예측 가능한 것이었다. 로럴에게는 너무 갑작스러운 말이었기에 작지만 의미심장한 침묵이 흘렀다.

"이런. 내가 실수한 거예요? 내가 모르는 데이트 규칙을 어긴 거예요?"

"아니에요." 로럴은 플로이드의 두 손을 입에 가져와 그 위에 입술을 꾹 눌렀다. "그냥…… 나는 마음에 관한 문제에 좀 냉소적인 편이에요. 여러 감정을 느끼지만 절대 말하지는 않아요. 여러 가지를 원하면서도 원하지 않는 척하죠. 나는……."

"골칫거리라고요?"

"네." 로럴은 안도하며 미소 지었다. "네, 바로 그거예요. 이런 말이 도움이 될지 모르겠지만 당신이 나 없이는 못 산다고 해도 정말 괜찮아요. 전혀 불만 없어요."

"그렇다면 당신이 돌아올 때까지 여기서 얌전히 기다리면서, 당신이 돌아올 때쯤이면 당신도 나 없이는 못 살게 되길 바랄게요."

로럴이 웃음을 터트리며 플로이드에게 잡힌 손을 뺐다.

"봐요, 나한테서 손을 뺐잖아요. 우리 관계는 항상 이런 운명인 거예요? 당신이 네게서 손을 뺄 건가요? 돌아보지 않고 문을 닫을 거예요? 먼저 전화를 끊을 거예요? 당신이 먼저 떠날 거예요? 당신이 최후의 결정을 내릴 거예요? 나는 뒤에 홀로 남고?"

"어쩌면요. 아마 그렇게 될 거예요." 로럴이 대답했다.

"지금만으로도 충분해요." 플로이드는 침대 옆으로 몸을 굴리며 이불을 덮었다. "난 지금만으로도 충분해요."

아래층은 조용하고 아침 햇살이 가득했다. 로럴은 주방 문 안에 고개를 넣고 주위를 둘러보았다. 포피는 없었다. 주방 안으로 들어가다 어젯밤에 입었던 팬티스타킹 발바닥이 부드러운 마룻바닥의 가시에 걸렸다. 주전자 스위치를 켰다. 주방 창문 너머 정원 담장에 고양이 한 마리가 앉아 로럴을 쳐다보았다. 조리대 위에는 커다란 타원형 빵 덩어리가 반쯤 남아 있었다. 로럴은 빵을 한 조각 자르고 버터를 찾으러 냉장고 문을 열었다. 냉장고 안에는 로럴이 없을 때 플로이드와 포피의 삶을 보여주는 증거가 있었다. 반쯤 먹다 남은 음식들, 은박 용기에 든 남은 포장 음식들, 포장을 뜯은 햄과 치즈, 파테, 요거트까지. 로럴은 버터를 꺼내 빵에 두껍게 발랐다. 그런 다음 차를 한 잔 내리고 빵과 차를 창가 테이블로 가져갔다. 혼자 앉아 플로이드의 선언에 대해 생각했다. 내심 기대하던 말이었다. 원하던 말이었다. 그런데 막상 그 말을 듣고 나니 고민스럽고 자꾸 곱씹게 되고 지나치게 생각이 많아졌다.

왜 플로이드는 나를 원하는 것일까? 지난달 카페에 들어서는 순간 그는 나의 어떤 점을 본 걸까? 나의 어떤 점이 그렇게 마음에 들었던 걸까? 왜 나 없이 살 수 없다는 걸까? 그 말은 도대체 무슨 의미일까? 아이들이 어릴 때 이렇게 묻곤 했다. "내가 죽으면 엄마는 어떻게 할 거야?" 그러면 대답했다. "엄마도 죽을 거야. 엄마는 너

없이는 살 수 없으니까." 그러다 진짜 아이가 죽었는데 놀랍게도 아이 없이 살 수 있었다. 백 일간, 천 일간, 3천 일간 매일 아침에 눈을 뜨며 살아갔다.

그러니 플로이드의 말은 로럴이 없으면 삶에 의미가 없다는 뜻일지 모르고, 만약 그런 의미라면 로럴 역시 그렇게 느끼고 있는지도 모른다. 폴은 한 번도 그런 말을 한 적이 없다. 폴이 깊은 감정을 털어놓은 건 '사랑해'라는 말이 전부였다. 그런데도 로럴은 그 말에 대답하기까지 몇 달이 걸렸다.

로럴은 접시에 남은 부스러기를 쓰레기통에 넣은 다음 머그잔을 싱크대 안에 넣고 핸드백과 코트를 집어 들었다. 신발은 거실에 있었다. 어젯밤에 신었던 하이힐이었다. 납작한 신발을 가져올 걸 그랬다고 후회하며 구두를 신었다. 집에서 나가려던 순간 주방에 둔 생일 선물 봉투가 떠올랐다. 폴이 준 책, 제이크와 블루가 준 목걸이, 해나가 준 로럴이 가장 좋아하는 향수까지. 거실로 돌아가려고 할 때 현관문 너머로 인영 하나가 보이더니 우편함 안에 우편물 다발을 넣느라 금속이 달그락거리는 소리와 도어 매트 위로 우편물 떨어지는 소리가 났다. 로럴은 우편물 다발을 집어 콘솔 위에 올려놓았다.

다시 몸을 돌리는 순간 맨 위의 봉투가 눈길을 사로잡았다. 관공서, 어쩌면 은행에서 보낸 것 같은 우편물 봉투였다. 뚱뚱한 흰색 A4 규격 서류 봉투.

'노엘 도널리 씨.'

들어본 적이 있는 이름이었다.

로럴은 한순간 왜 낯선 이의 이름이 적힌 우편물이 이곳으로 배달되었는지 의아했다. 그러다 깨달았다. 물론 그렇겠지. 노엘 도널리는 포피의 엄마가 분명했다.

앞마당에서 로럴은 고개를 들어 침실 창가에 서 있는 플로이드를 보았다. 플로이드가 입을 축 늘어뜨려 슬픈 표정을 지으며 유리창에 두 손을 댔다. 로럴은 미소를 지으며 손을 흔들었다. 플로이드도 미소를 지으며 손을 흔들었고, 키스와 함께 유리에 입김을 불어 하트를 그렸다.

폴의 말이 맞다고 로럴은 생각했다. 이래도 된다. 다만 현실을 믿으려고 노력해야 한다.

그날 로럴은 재키와 벨의 집에서 선물을 더 받았다. 쌍둥이가 초콜릿 트뤼플을 한 상자 만들어주었는데 개중에 몇 개만 제대로 된 트뤼플 모양이었다. 재키와 벨은 해들리 우드에 있는 스파 쿠폰을 주었다. 케이크도 만들어주었다. 첫 번째 생일 케이크였다. 로럴이 좋아하는 빅토리아 스펀지케이크. 로럴은 촛불을 끄고 '생일 축하합니다' 노래를 부르는 쌍둥이를 흐뭇한 눈으로 바라보았다. 샴페인을 한 잔 마시고 친구들이 궁금해하던 전날 저녁 이야기를 전부 해주었다. 친구들은 로럴의 얼굴과 머리카락에서 빛이 나고 눈도 반짝거리며 그 어느 때보다 좋아 보인다고 했다. 다음 주 점심 식사에 플로이드와 함께 초대하며 포피도 와도 좋다고 했다. 친구의 세계에 다시 빛을 가져다준 남자를 빨리 만나보고 싶다고 했다.

그러는 내내 로럴은 재키와 벨의 집에서 보내는 평소의 토요일과 같으면서도, 재키와 벨의 집에서 보내는 평소의 토요일과 다른 기분이 들었다. 몇 년 만에 처음으로 자신의 몸 바깥에, 그녀에게 속하지만 그녀의 것이 아닌 에너지가 존재했다. 그 에너지가 로럴을 부르고 잡아당겨 평소처럼 차와 케이크를 마시고 남아서 수다를 떨며 가장 오래된 친구들과 최대한 오랫동안 시간을 보내는 대신 5시에 핸드백을 찾아 들고 감사와 작별의 인사를 건네게 했다. 친구들은 현관에 서서 로럴을 꽉 끌어안았고, 상황이 변했다는 걸 셋 모두 인지했다. 재키와 벨이 사귀기로 했다고 말한 순간처럼, 엘리가 실종된 순간처럼, 쌍둥이가 태어난 순간처럼, 폴이 떠난 순간처럼. 필요와 우선순위는 상황에 따라 늘 변했고, 로럴은 한때 그랬던 것처럼 매주 토요일마다 이곳에 올 필요가 없을 거란 사실을 깨달았다.

로럴은 차에 올라 최대한 빨리 플로이드의 집을 향해 달렸다.

로럴이 집 안으로 들어갔을 때 편지는 아직 콘솔 위에 있었지만 아무도 주소에 줄을 치고 '반송/주소 불명'이라고 적어놓지 않았다.

그 이름이 다시 로럴의 머릿속에 맴돌았다.

노엘 도널리. 노엘 도널리.

어디서 그 이름을 들어본 걸까?

"점심 어땠어요?" 플로이드가 물었다.

"좋았어요. 정말 좋았어요. 이거 봐요." 로럴은 플로이드에게 수제 트뤼플이 든 상자를 보여주었다. "쌍둥이가 절 위해 만들었대요. 귀엽죠? 그리고 다음 주말에는 우리 둘이 같이 오래요. 당신만 괜찮다면요."

"꼭 가고 싶어요." 플로이드가 대답하며 로럴의 코트와 스카프를 받아 차례로 걸었다.

로럴이 돌아온 소리를 듣고 포피가 아래층으로 뛰어 내려와 로럴의 품에 덥석 안겼다.

"아, 좋다!"

"오늘 아침에 못 보고 나갔잖아요. 집에 있을 줄 알았는데."

"미안. 점심 약속이 있어서 서둘러 나갔어."

플로이드가 주방에서 와인 한 병을 꺼내 주방 싱크대 위에 놓인 커다란 유리잔에 따라주었다.

"이상하죠." 로럴이 스툴 의자에 앉아 멍하니 몸을 흔들며 말했다. "이 집에 살았던 사람이 내가 아는 사람인 것 같아요."

플로이드가 와인병을 냉장고에 넣고 로럴을 돌아보며 한쪽 눈썹을 들어 올렸다. "그래요?"

"네. 콘솔 위에 편지가 있더라고요. 노엘 도널리에게 온 편지. 어떻게 아는 이름인지 도무지 기억나지 않지만, 분명히 알아요. 한순간……" 로럴은 조심스럽게 말을 꺼냈다. "그 사람이 포피의 엄마일지도 모른다고 생각했어요."

플로이드는 움직이지 않았다. 잠시 후 그가 냉장고 쪽으로 돌아서며 말했다. "사실, 맞아요."

로럴은 눈을 깜빡였다. 포피의 엄마가 빨강 머리고 기름 냄새를 풍겼다는 말이 기억났다. "아일랜드인이었어요?"

"네. 노엘은 아일랜드인이었어요."

로럴은 유리잔의 와인 표면에서 일렁거리는 할로겐 불빛을 가만히 응시했다. 무의식에서 무언가 꿈틀거렸다. 그 이름과 머리색과 아일랜드 억양…… 로럴은 이 여자를 안다. *분명히 아는 여자다.*

"혹시 다른 아이가 있어요? 더 큰 아이요?" 어쩌면 학교에서 본 학부모인지도 모른다.

"아니요. 포피뿐이에요."

"이 근처에서 일했어요? 이 동네에서?"

"그런 셈이죠. 과외 교사였어요. 수학. 이 근처에 사는 아이들을 많이 가르쳤을 거예요."

"아! 그렇지, 그거였어! 엘리를 가르쳤던 선생님이 분명해요. 엘리도 한동안 과외를 받았거든요. 잠깐이긴 했지만요. 실종되기 직전에……." 로럴은 말끝을 흐렸다.

"이거 놀라운 우연이네요! 정말 놀라워요. 우리의 길이 아주 가깝게 교차했던 거예요. 딱 1도만 어긋난 거죠."

"그래요." 로럴은 대답하며 와인잔을 꽉 잡았다. "놀라운 우연이네요."

로럴은 월요일에 해나와 통화를 하며 그 이야기를 했다.

"엘리가 실종됐던 해에 과외받던 거 기억나?"

"아니."

"기억날 거야. 아일랜드 여자였잖아. 키가 큰 빨강 머리. 화요일 오후마다 왔었는데?"

"글쎄."

해나가 통화하면서 타이핑하는 소리가 들렸다. 짜증이 솟는 걸 억

그때 내 딸이 사라졌다 155

지로 참았다. "정말 이상하지. 그 사람이 알고 보니 포피 엄마더라."

"누가?"

"수학 교사! 수학 과외 교사!"

작은 침묵이 흐르다 해나가 입을 열었다. "아, 그래. 그래. 기억나. 엘리가 그 여자 싫어했어."

로럴은 초조한 웃음을 터트렸다. "아니, 엘리는 그 선생을 싫어하지 않았어. 좋은 사람이라고 했는걸. 구세주라고."

"글쎄. 내가 기억하기로는 그렇지 않아. 엘리는 그 여자가 이상하고 소름 끼친다고 했어. 그래서 과외도 그만둔 거고."

"하지만……" 로럴은 기억을 정리하려 말을 멈췄다. "나한테는 그런 말 안 했는걸. 다른 과목 공부할 시간이 더 필요하다고 했지. 뭐, 그 비슷하게 말했어."

"나한테는 그 여자가 마음에 들지 않고 소름 끼친다고 했어."

해나의 목소리에 의기양양한 어조가 깃들었다. 해나와 로럴은 언제나 엘리의 관심을 두고 경쟁했다.

"어쨌든. 이상하지 않니? 세상 참 좁아!"

진부한 표현이었고, 그런 말로는 불안감을 설명할 수 없었다. 노엘 도널리가 포피의 엄마라는 사실을 알게 된 후 몇 시간 동안 그녀에 대한 기억이 새록새록 솟아났다. 약간 굽은 등, 퀴퀴한 냄새가 나는 바람막이 점퍼, 복도의 타일 바닥에서 끽끽 소리를 내던 고무창 달린 신발, 초조하면서도 오만한 태도, 뒤통수에 핀으로 틀어 올린 헝클어진 빨강 머리. 그 여자가 플로이드와 함께 있는 모습이 상상되지 않았다. 플로이드가 전형적인 미남은 아닐지 몰라도 단정하고 세련됐으며 향긋한 냄새를 풍기고 깔끔한 남자다. 어떻게 둘이 사귀었을까? 둘은 어떻게 만났을까? 둘이 잘 맞았을까? 그리고 무엇보다도 어떻게 둘이 아기를 만든 것일까?

물론 이런 말은 해나에게 하지 않았다. 로럴은 한숨을 쉬었다. 평소처럼 너무 많은 생각을 했고 이제 진이 다 빠졌다.

"금요일 밤은 즐거웠어? 재밌었지?"

"응, 좋았어. 사실 괜찮더라. 그렇게 함께 모이는 것도. 고마워."

"뭐가?"

"그런 자리를 마련하고, 제안해줘서. 엘리가 실종된 후로 엄마가 그렇게 용감하게 나선 건 처음이잖아."

"아." 로럴은 살짝 당황했다. "고마워. 하지만 감사 인사는 플로이드에게 해야 해. 엄마한테 용기를 준 게 그 사람이니까. 그 사람 덕분에 내가 변했어."

"아니. 엄마가 스스로 변한 거야. 그렇지 않았다면 그 사람과 만나지도 않았을 테니까. 정말 잘됐어, 엄마. 정말 잘됐어. 엄마도 즐기며 살아야지."

"그 사람 마음에 드니, 해나?"

"플로이드?"

"그래."

"응. 괜찮은 사람 같아."

해나에게서 그런 말이 나왔다는 건 칭찬이나 다름없었다.

24

로럴은 그날 저녁 플로이드를 만나지 않았다. 대신 플로이드가 약속한 대로 7시에 전화를 했는데, 로럴은 저도 모르게 약간 짜증이 솟는 걸 느끼고 놀랐다.

"7시에 전화할게요"라고 플로이드는 말했고, 그 말대로 7시에 전화했다. 몇 분 정도 기다려줄 수도 있었는데. 잠시 전화를 받지 말까 고민하다 마음을 다잡았다. 또 그러고 있다. 또 도망치려고 하고 있다. 바로 이것 때문에 엘리가 실종된 후로 폴과 사이가 틀어졌다. 로럴 때문이었다. 폴과의 관계에 제대로 헌신하지 못했기 때문이었다. 무조건적이며 아낌없는 사랑을 주는 폴이 못마땅하고 숨 막히고 갑갑했다. 그러다 처음으로 두 사람이 서로에게 절망한 순간, 로럴은 자신 안으로 도망쳤고 일부러 그 긴 세월 동안 공허한 삶을 지속했다.

"여보세요. 잘 있었어요?" 로럴은 밝은 목소리로 전화를 받았다.

"아주 잘 있어요. 아, 물론 당신 때문에 심장에 커다란 구멍이 난 것만 빼면요."

"그만해요." 로럴은 장난스럽게 대꾸했지만 반쯤은 진심이었다.

"당신 심장에는 구멍 안 났어요, 로럴?"

"안 났어요. 하지만 당신이 보고 싶어요."

"좋아요. 뭐 하고 있어요?"

"와인 한잔하고 있어요."

"옷 입고요?"

"네. 다 갖춰 입었죠. 슬리퍼도 신고 있는걸요."

"슬리퍼라, 계속해요. 또 뭐 입었어요?"

"커다란 카디건이요."

"아, 그래요. 커다란 카디건이라. 카디건이 정확히 얼마나 커요?"

"아주 커요. 거인 옷처럼. 소매가 아주 길어서 손을 다 덮을 정도예요. 그리고 옷단에 구멍이 하나 났어요."

"아, 그럼 낡은 거네요? 낡은 카디건이에요?"

"아주 낡았죠. 거의 누더기나 다름없어요." 로럴은 웃음을 터트렸다.

"아니, 아니, 멈추지 말아요!" 플로이드가 장난스럽게 말했다. "커다랗고 낡은 카디건에 대해 더 말해줘요!"

로럴은 다시 웃음을 터트리다가 다른 전화가 들어오는 소리에 휴대폰을 내려다보았다. 제이크의 번호였다. 제이크는 수요일에만 전화하는 아이였기에 본능적으로 걱정이 들었다.

"플로이드, 내가 다시 전화할게요. 제이크 전화가 오네요."

"빨리요, 빨리! 무슨 색이에요? 갈색이라고 말해줄래요? 제발."

"아니요. 검은색이에요! 이제 끊어요! 다시 전화할게요."

"제이크." 로럴은 아들의 전화를 받았다.

"아니요." 여자 목소리가 대답했다. "제이크가 아니라 블루예요."

"아. 안녕. 혹시 무슨 일 있어? 제이크는 괜찮아?"

"네, 제이크는 괜찮아요. 제 옆에 앉아 있어요."

그제야 쿵쾅거리던 심장이 가라앉은 로럴이 소파에 기대앉았다.

"무슨 일이야, 블루?"

"저, 이번 주말 내내 이 일로 고민했어요. 다른 건 생각도 할 수 없을 정도로요. 어머님 남자친구 일이에요."

로럴의 심장이 다시 쿵쾅거리기 시작했다.

"제가…… 육감이 꽤 좋거든요. 그런데 어머님 남자친구는…… 오라가 좋지 않아요. 어두워요."

"뭐라고?" 로럴은 귀에 붙은 무언가를 털어내듯 고개를 살짝 흔들었다.

"저만의 능력인데 사람들의 영혼이 보여요. 사람들의 의식의 벽을 지나 무의식을 볼 수 있어요. 정말 죄송하지만 그날 식당에서 그분과 눈이 마주치는 순간 알았어요."

"뭘 알아?"

"그분이 뭔가 숨기고 있다는 걸요. 어머니와 제가 그리 가까운 사이가 아니라는 것도 알고, 전부 자기방어가 심한 제 탓이라는 것도 알지만 저는 어머니를 진심으로 아껴요. 제가 사랑하는 남자의 어머니고 어머니가 안전하길 바라니까요."

로럴은 어떻게 대꾸해야 하나 잠시 침묵하다가 약간 불쾌하고 깔보는 듯한 웃음을 터트렸다. "맙소사. 제이크 좀 바꿔줘."

"제이크도 같은 생각이에요. 주말 내내 둘이 그 얘기만 했어요.

제이크도 전적으로 제 말에 동의해요. 제이크가⋯⋯."

"제이크를 바꿔줘, 블루. 어서."

블루가 혀를 차는 소리가 들렸고, 이어서 아들의 목소리가 들렸다. "나예요, 엄마."

"제이크. 이게 다 무슨 소리니. 이게 무슨 헛소리야?"

"저도 모르겠어요. 그냥⋯⋯."

"뭐야, 제이크? 뭐냐니까?"

"저도 설명할 수 없어요. 블루가 한 말이에요."

"이러지 마, 제이크. 너도 다 알면서 왜 이래? 넌 블루와 달라. 넌 그런 애가 아니야. 너에게는⋯⋯ 육감이 없잖아. 어떤 여자애가 널 좋아해도 절대 눈치도 못 채는 애지. 우리 가족 중에 디어드러 할머니가 정신이 나가기 시작했다는 걸 눈치채지 못한 것도 너뿐이었고. 너는 사람 마음을 잘 못 읽잖아. 그러니 허튼소리 하지 말고 무슨 일인지 똑바로 말해."

"아무것도 아니에요, 엄마. 그냥 우린 그 사람 느낌이 안 좋았어요. 플로이든지 뭔지 하는 사람이요."

"아니!" 로럴이 쏘아붙였다. "블루가 그 사람 느낌이 안 좋았겠지. 너는 그저 블루가 그렇다니까 그런 줄 아는 거야. 넌 그 애의 애완견처럼 하라는 대로 다 하니까."

제이크가 입을 다물었고 로럴은 숨을 멈췄다. 제이크와 블루가 만나는 내내 둘의 병적인 관계가 못마땅하다고 내색한 적은 한 번도 없었다.

"엄마⋯⋯." 제이크가 입을 열었다. 제이크는 칭얼거렸고, 로럴은 성인이 된 아들이 칭얼거리는 건 들어줄 수가 없었다. 특히 모든 것이 잘 돌아가서 마침내 행복해진 지금은 더더욱 들어줄 수가 없었다.

"아니야, 제이크. 미안해. 블루는 네 여자친구고 네 우주의 중심이란 거 알고, 네가 진심으로 블루를 사랑한다는 것도 알아. 네가 블루를 믿고 의지하는 거 알아. 하지만 엄마는 너무 오랫동안 슬프고 너무 오랫동안 망가져 있다가 이제야 좋은 사람을, 특별한 사람을 찾았어. 너와 네 정신 나간 여자친구는 그걸 잘못됐다고 말할 자격이 없어. 네 아빠도 그 사람을 좋아하고 해나도 그 사람을 좋아해. 엄마한텐 그것만으로도 충분해."

"죄송해요, 엄마."

그러나 아직도 제이크의 목소리에는 칭얼거리는 어조가 남아 있었고, 로럴은 더 이상 참을 수가 없어 아주 조용한 목소리로 덧붙였다. "이제 끊을게, 제이크. 전화 끊을 거야. 블루에게 좋은 의도로 전화한 건 알지만 말도 안 되는 이론은 더 이상 듣고 싶지 않다고 전해."

전화를 끊자마자 몸이 떨리고 속이 울렁거렸다. 로럴은 와인잔을 움켜쥐고 한 모금 벌컥 들이켰다. 플로이드에게 다시 전화해야 했지만 그럴 수가 없었다. 뭐라고 말한단 말인가? *아, 내 아들 여자친구 말이 당신의 오라가 어둡다고 했고, 나는 지금 너무 화가 나서 당신과 카디건에 대한 농담이나 주고받을 수가 없어요?*

로럴은 가만히 앉아 한 시간 동안 천천히 와인을 마시며 마음을 가라앉혔고, 겨우 손의 떨림이 멈춰 플로이드에게 문자를 쓸 수 있었다. *미안해요. 제이크와 얘기가 길어졌어요. 난 피곤해서 이제 그*

만 자려고요. 회색 저지 면 잠옷을 입을 거예요. 좀 낡은 거예요. ☺
몇 초 후에 플로이드의 답장이 도착했다. 그거면 충분해요. 밤새
생각하고 상상할 수 있어요. 잘 자요, 우리 완벽한 아가씨. 내일 얘
기해요. x.

로럴은 휴대폰을 끄고 TV를 켜서 아무 생각 없이 볼 수 있는 프
로그램을 찾은 다음 와인을 한 잔 더 따라 마셨다. 적어도 한 시간
동안 멍하니 TV를 보고 나니 두툼한 망토에 뒤덮인 것처럼 아늑하
고 멍한 느낌이 들었다. 아무런 느낌이 들지 않는 순간 마침내 잠자
리에 들었다.

"아." 다음 날 저녁 플로이드의 집 주방에 들어가던 로럴이 당황
했다. "안녕, SJ. 네가 여기 있을 줄 몰랐어."

SJ는 싱크대 앞에 서서 물이 담긴 커다란 유리잔을 들고 있었다.
"원래 여기 오는 날이 아닌데 어젯밤에 엄마랑 크게 싸웠어요." SJ
는 어깨를 으쓱하며 왼발을 오른발에 기댔다가 다시 오른발을 왼발
에 기댔다. SJ는 검은색 레이스 톱에 검은색 운동복 바지와 낡은 은
색 테니스화 차림이었다. 귓불에서 별들이 반짝거렸다. 어릴 적 읽
던 책에 나오는 요정이 떠올랐다. 그 요정의 이름은 실버미스터였
고, 은색 머리카락에 은색 입술에 항상 검은색 옷만 입었다. 슬픈 요
정이었다. 중성적인 요정, 비밀이 많은 요정.

플로이드가 로럴 뒤를 따라 들어와 한숨을 쉬더니 로럴이 무슨
말이라도 한 것처럼 이렇게 말했다. "솔직히 케이트와 SJ의 사이가
틀어진 건 아주 오래됐어요."

"우리 사이가 틀어진 건 아니야." SJ가 쏘아붙였다.

"뭐, 그럼 싸웠다고 하든지."

"무슨 일로 싸웠어?" 로럴이 물었다. "물론 싫으면 대답하지 않아도 돼."

SJ는 긴 속눈썹을 내리깔고 바닥을 응시하며 입을 열었다.

"내가 새로 사귄 남자친구가 마음에 안 든대요."

플로이드가 로럴 뒤에서 기묘한 소리를 냈고, 로럴은 그를 돌아보며 묻는 듯한 표정을 지었다.

"남자친구 나이가 마흔아홉이에요."

다시 소리를 낸 플로이드가 SJ를 쳐다본 다음 로럴을 쳐다보고, 또 한 번 SJ를 쳐다보았다.

"그리고 유부남이에요. 유부남이나 다름없죠. 오래 만난 여자가 있으니까요."

"아." 로럴은 차라리 묻지 말걸 후회했다.

"아이가 넷이에요. 막내는 여덟 살이고요."

"아."

"세라에게 이 집에서는 그 문제에 관한 한 인간적인 예의를 기대하지 말라고 했어요."

"아니야. 아니야, 나는……." SJ의 항변에 로럴은 시선을 둘 곳을 찾지 못하고 방황했다.

SJ가 울음을 터트리며 가느다란 팔로 가슴을 감싸고 주방을 뛰쳐나갔다.

로럴은 문에서 플로이드, 도로 플로이드에서 문을 바라보았다.

"원한다면 쫓아가도 돼요." 플로이드가 느릿하고 차분하게 로럴에게 말했다. "내가 해야 할 이야기는 이미 다 했으니까."

로럴은 플로이드에게서 눈을 돌려 복도를 보았다. SJ는 해나처럼 불안정하지만 해나는 절대 울지 않는다. 때로 울 것 같은 표정을 짓긴 하지만 눈에 눈물이 고이는 일은 없어서 로럴이 안아주고 토닥거릴 기회도 없었다. 그러니 로럴이 주방을 뛰쳐나가 옷걸이에서 코트를 잡아채며 엉망으로 흐느끼는 SJ에게 달려간 건 눌러두었던 모성애적 열망 때문이었는지도 모른다.

"세라." 로럴은 세라에게 말을 건넸다. "SJ. 나랑 같이 거실로 가자. 어서. 나랑 얘기해."

"얘기할 게 뭐 있어요?" SJ가 울부짖었다. "내가 나쁜 년이고, 죽일 년인데. 무슨 할 말이 더 있어요?"

"SJ, 그렇지 않아. 나는……" 로럴은 숨을 들이마셨다. "가서 좀 앉자. 어서."

SJ가 코트를 걸어두고 로럴을 따라갔다. 그녀는 거실 안락의자에 몸을 웅크리고 앉아 젖은 속눈썹 사이로 로럴을 바라보았다.

로럴은 맞은편에 앉았다. "나도 유부남과 바람피운 적이 있어. 아주 어렸을 때."

SJ가 눈을 깜빡였다.

"솔직히 말해서 그 사람에게 아이는 없었고, 결혼한 지는 1년밖에 안 됐어. 우린 2년간 만났고. 내가 대학 다닐 때였어."

"교수였어요?"

"아니, 교수는 아니었어. 그냥 친구."

"그래서 어떻게 됐어요? 그 사람이 아내를 떠났어요?"

로럴은 미소를 지었다. "아니, 그러지 않았어. 나는 대학을 그만 두고 런던으로 이사했고, 우린 서로가 없으면 살 수 없을 거라고 생각했어. 시골 호텔에서 만나 열정적이고 낭만적인 사랑을 나눌 줄 알았지. 그런데 6주 만에 흐지부지 끝나버렸어. 같은 해에 아내와도 헤어진 모양이더라. 너무 어린 나이에 결혼했던 거지. 우리 모두 너무 어렸어. 우리 뇌에서 의사 결정을 하는 부분은 스물다섯 살이 되어야 완전히 성장한다는 거 알아?"

SJ가 어깨를 으쓱했다.

"어떤 남자니?" 로럴이 물었다.

"지도 강사예요. 제가 모델로 일하는 미술대학 강사요."

"만난 지 얼마나 됐어?"

SJ는 턱을 가슴에 묻고 웅얼거렸다. "두어 달 정도요."

"얼마나 자주 만났어?"

"거의 매일요."

"어디서?"

"직장에서요. 그 사람 사무실에서." SJ가 어깨를 으쓱했다. "그 사람 동생이 출장을 가면 동생 집에서도 가끔 만났고요."

"그 사람이 널 데리고 외출한 적 있어? 술집이나 식당 같은 데?"

SJ는 고개를 저으며 운동복 바지의 끈을 잡아당겼다.

"그럼 몸뿐인 관계야?"

SJ가 고개를 홱 들며 외쳤다. "아니에요! 아니라고요! 그보다 훨씬 깊은 관계예요! 계속 대화도 나누고, 그 사람은 날 그려요. 나는 그 사람의……."

"뮤즈구나."

"네, 난 그 사람의 뮤즈예요."

로럴은 한숨을 쉬었다. 진부하고 상투적이고 전형적이다.

"세라-제이드." 로럴은 조심스럽게 말을 꺼냈다. "넌 아주 아름다운 아가씨야."

"하."

"넌 아주 아름답고 특별해. 그 남자는…… 그 사람 이름이 뭐야?"

"사이먼이요."

"사이먼은 여자 보는 눈이 아주 높아. 자신의 눈에 띈 보석을 알아볼 줄 아는 남자가 분명해. 그리고 당연히 사이먼은 좋은 사람일 거야."

"맞아요. 좋은 사람이에요."

"물론 그렇겠지. 좋은 사람이니까 네가 사랑하게 됐을 거야. 그 사람이 아내를 떠나겠다고 했어?"

"동거인이에요."

"동거인이든 아내든 그건 중요하지 않아. 두 사람에겐 아이들이 있고 한집에 살고 있어. 그 사람이 널 위해 아내를 떠나겠대?"

SJ가 고개를 저었다.

"넌 그 사람이 그랬으면 좋겠어?"

SJ가 고개를 끄덕였다. 그러더니 다시 고개를 저었다. "아니요. 그건 아니에요. 그 사람에겐 아이들이 있고 둘째는 아직 어려요. 저도 겪어봐서 어떤 기분인지 잘 알아요."

"부모님이 헤어졌을 때 몇 살이었어?"

"여섯 살이요. 사이먼의 막내아들과 비슷한 나이였어요. 그래서……."

"그 사람이 널 위해서 아내를 떠나길 바라지 않아?"

"그건 아니지만 상상으로만 바라는 거예요. 상상 속에서는 아무도 다치지 않으니까."

"하지만 아내가, 아니 동거인이라고 했던가? 동거인이 알아내면 어떡해? 그래서 남자를 떠난다면?"

"그 여자는 모를 거예요."

"그걸 어떻게 알아?"

"우리가 신중하게 행동했으니까요."

"SJ, 지금이 어떤 세상인데. 이제 사생활은 존재하지 않아. 모든 사람이 모든 걸 알지. 항상 그래. 우리가 만난 직후에 너는 구글로 나를 검색했고 엘리에 대해 알아냈어. 어딘가의 누군가가 사실을 알아내고 사이먼의 동거인에게 말할 수도 있고, 그러면 모든 게 끝날 거야. 돌이킬 수 없게 되겠지. 그런 일을 막으려면 네가 떠나는 수밖에 없어. 네가 멈춰야 해."

SJ가 코를 훌쩍이며 운동복 끈으로 매듭을 지었다.

"그 남자를 사랑하니?"

"네."

"아무 잘못도 없는 사람들에게 상처를 줄 정도로 그 남자를 사랑하니?"

"그런 질문에 어떻게 대답해요?"

168

"어려운 질문이지만 대답해야 해. 지금은 아니더라도 몇 시간 후, 며칠 후에. 10년 후에 지금을 돌아보면 무슨 생각으로 그랬던 건지 궁금해질 거야. 나도 스물한 살 때는 내 마음이 확고하고 나는 변하지 않을 테고, 그 감정과 생각이 영원할 줄 알았어. 그런데 이제는 내가 끝없이 변한다는 걸 알아. 그러니 지금 네 감정이 어떻든 그건 일시적인 것에 불과해. 하지만 아버지의 배신을 안 그 가족은 영원히 그 상처를 안고 살아야 하지. 그 상처는 절대 아물지 않을 거야."

SJ의 눈에 고였던 눈물이 뺨을 타고 주르르 흘러내렸다. 미세하지만 고개를 끄덕이는 것 같았다.

"남편이랑은 왜 헤어졌어요?"

"엘리 때문에. 남편이 충분히 상처받지 않은 것 같았거든. 남편은 모든 게 다 괜찮을 거라고 날 설득하려 했고, 나는 괜찮아지고 싶지 않았어."

"두 분이 헤어질 때 아이들이 상처받았어요? 두 분을 미워해요?"

그 질문에 로럴은 놀랐다. 아이들이 '미워했느냐'는 게 아니라, 아이들이 '미워하느냐'라니. 지난밤 블루와 제이크의 끔찍한 통화를 떠올렸다. 아주 피상적인 수준의 교류만 하려 하고 그 외에는 거부하는 해나의 반응, 엄마와 일정 거리를 유지하려는 두 아이를 떠올렸다. 둘이 예민한 나이에 여동생을 잃어서 그러는 거라고만 치부했다. 폴이 집을 나갔을 때 두 아이가 어떻게 반응했는지 기억도 나지 않았다. 틈은 천천히 벌어져서 언제부터 시작된 건지 콕 짚어 말하기도 어려웠다. 아이들이 눈물을 흘리며 비난한 기억도 없고, 이미 받은 상처보다 더 많은 상처를 받은 기억도 없었다.

"모르겠어. 어쩌면. 우리 가족은 이미 망가진 상태였으니까."

SJ가 고개를 끄덕였다. 그러고는 팔다리를 펴고 몸을 앞으로 숙여 앉으며 지금과 전혀 다른 분위기로 말했다. "관련 기사 많이 읽었어요. 엘리 사건요. 인터넷에서."

"그랬어?"

"네. 2005년에는 저도 어렸으니까 엘리 맥 이야기는 들어본 적이 없어요. 그런데 당신이 우리 아빠 집에 왔고, 보통 사람들에게 잘 일어나지 않는 끔찍한 일이 당신에게 일어났다는 게 좀 이상하다는 생각이 들어서요. 저는 왠지……" SJ가 잠시 말을 멈췄다. "엘리가 가출했다고 생각하세요?"

로럴은 갑직스러운 질문에 저도 모르게 몸을 움찔했다.

"아니. 그렇게 생각하지 않아. 난 그 애 엄마니까. 난 엘리를 잘 알아. 엘리가 무얼 원하고 무얼 추구했고 무엇이 그 아이의 행복이었는지 알아. 엘리가 GCSE 때문에 스트레스 받지 않았다는 것도 알아. 그래, 난 마음속 깊은 곳에서는 엘리가 가출한 게 아니라고 생각해. 하지만 증거가 있으니 믿어야지."

"강도 사건 말이에요?"

"그래, 강도 사건. 난 강도라고 생각하지 않지만 말이야. 엘리가 자기 열쇠를 사용했어. 물건을 가지러 집에 왔던 거야."

"하지만…… 그 가방은요. 가방이 이상하지 않아요?"

"가방?"

"네. 엘리의 배낭이요. 경찰이 숲에서 찾은 거 말이에요. 이렇게 오랜 세월을 도망 다녔는데 왜 다른 물건이 하나도 없죠? 집에서 가출할 때 가지고 나온 것뿐이잖아요?"

로럴은 등줄기가 오싹했다. 가방이 발견된 당시에도 혼자서 같은 질문을 몇 시간이고 곱씹었었다. 결국 엘리가 실종된 오랜 세월 동안 자신이 엘리의 침실을 그대로 두었듯, 엘리 역시 일종의 애착 담요처럼 집에서 가지고 나온 물건이 담긴 가방을 지닌 거라는 이론을 받아들이기로 했다.

"또 하나 진짜 이상한 게 있어요. 포피네 엄마 말인데……."

문 열리는 소리에 SJ가 말을 멈췄고, 두 사람 모두 문을 돌아보았다. 플로이드였다. 차가 든 머그잔 두 개를 들고 고마워하는 표정으로 로럴을 쳐다봤다.

"차들 마셔요." 플로이드는 식탁 위에 머그잔 두 개를 내려놓고 로럴 옆자리에 앉았다. "허브차인데 신경을 진정시켜주는 효과가 있대요. 다 괜찮은 거죠?"

로럴이 플로이드의 다리를 만지며 대답했다. "SJ와 즐거운 대화를 나눴어요."

"네." 세라-제이드가 맞장구쳤다. "즐거운 대화였어요. 잘 생각해볼게요."

로럴과 세라-제이드는 눈길을 교환했다. 둘이 나누던 대화를 마무리하고 싶었지만 다음 기회로 미뤄야 했다.

25

다음 날 아침, 로럴은 밤새 심란한 꿈에 시달리다 늦게 일어났다. 순간 여기가 어딘지 혼란스러웠다. 아직 꿈속 같았다. 잠시 후 자신이 플로이드의 침대에 누워 있으며 수요일이고 거의 9시라는 걸 깨달았고 당상 집에 가고 싶었다.

샤워하고 옷 입고 내려와보니 플로이드와 포피가 식탁에 앉아 아침 식사를 하며 함께 신문을 읽고 있었다.

"잘 잤어요?" 플로이드가 인사를 건넸다. "정신없이 자길래 안 깨웠어요."

"고마워요. 피곤했었나 봐요. 잘 잤니, 포피?"

"안녕히 주무셨어요, 로럴 아줌마!"

포피는 예전의 옷차림이었다. 분홍색 코르덴 바지와 검은색 터틀넥 차림에 머리카락은 양 갈래로 묶고 핀을 꽂았다.

"아침 준비해줄게요." 플로이드가 자리에서 일어섰다.

"나는 이만 집에 가려고요. 두 사람은 마저 먹어요. 얼른 집에 갔다가 해나네 가봐야 해요."

플로이드가 현관문까지 배웅해 긴 키스를 하고 그날 저녁 계획을 세웠다. "이따 맛있는 거 만들어줄게요. 송아지 고기 좋아해요?"

"당연히 좋아하죠."

"좋아요. 이따 저녁때 봐요."

로럴은 차 안에 타 시동을 걸며 묘한 안도감을 느꼈다. 플로이드 가 더 있다 가라며 붙잡을지도 모른다고 생각했는데 그러지 않아 기 뻤다. 드디어 탈출했다는 해방감마저 들었다. 포피의 엄마가 엘리 에게 수학을 가르쳤다는 사실, 엘리가 노엘 도널리가 소름 끼치고 이상하다고 했다는 해나의 말, 그리고 지난밤 세라-제이드와 마치 지 못한 대화 때문에 불안하고 구멍투성이인 느낌이었다. 아주 오 랫동안 하지 않은 무언가를 해야 했다.

로럴은 찻잔을 들고 손님방에 들어갔다. 침대 끄트머리에 앉아 침대 밑에서 마분지 상자 하나를 끌어당겼다. 엘리의 상자였다. 예 전 집에서 그 상자 안을 채우던 걸 기억했다. 지치고 멍한 상태로 하 루 종일 엘리의 물건을 만지고 쓰다듬고 안고 냄새를 맡으며 하나 씩 상자에 넣었다. 엘리의 일기를 읽었다. 몇 년에 걸쳐 띄엄띄엄 쓴 데다 날짜도 거의 적지 않아 반쯤은 무슨 내용인지 이해가 되지 않 았다. 일부는 뛰어넘었고, 테오 것을 손으로 만져줬다는 얘기가 나 온 일기장은 아예 보지도 않고 던져놓았다.

엘리의 일기에는 은밀한 삶이나 은밀한 친구, 불행에 대한 암시 는 전혀 없었다. 그때 이후로 일기장을 보지 않았다.

이제 로럴은 그 일기장들을 꺼내 엘리가 사라지기 몇 달 전에 쓴 일기들을 훑어보았다. 두서없는 기록이었다. 낙서와 만화, 숙제와

시험공부 메모, 날짜와 전화번호, 옥스퍼드 스트리트에서 살 물건
목록이 여기저기에 적혀 있었다.

좋은 보습 크림
새 운동복 바지 (검은색이나 흰색 말고)
책 : 〈속죄〉, 〈러블리 본즈〉
운동화용 양말
아빠 생일 카드 ☺

립스틱을 바르고 찍은 입술 자국과 잉크 번진 자국, 반짝이 스티
커가 사방에 붙어 있고, 그 사이사이에 엘리의 하루가 대충 적혀 있
었다. 엘리가 실종되기 며칠 전과 몇 주 전 사이에 엘리의 세계에서
중요한 건 두 가지뿐이었다. 테오와 시험공부. 테오와 시험공부. 테
오와 시험공부.

로럴은 1월에 쓴 것으로 보이는 일기를 자세히 읽었다. 엘리는
수학 시험에서 B⁺를 받은 걸 한탄했다. 엘리는 A를 원했다. 테오가
A를 받았으니까. 로럴은 한숨을 쉬었다. 엘리는 항상 테오를 따라
잡으려 했다. 테오가 유일한 기준점인 것처럼.

'엄마한테 과외 교사를 구해달라고 부탁했다. 엄마가 제발 허락
해주기를. 난 수학을 너어어무 못한다……'

그리고 몇 장 뒤에는 이렇게 적혀 있었다. '과외 선생님이 왔다!
조금 이상하지만 훌륭한 선생님이다! A⁺ 내가 간다!'

로럴은 일기장을 점점 더 빠르게 넘겼다. 무언가를 찾고 있지만

무얼 찾는지 확실히 알지 못했다. 지난밤 심란했던 꿈의 편린들과 지난 며칠간 알게 된 현실을 연결해줄 무언가를 찾고 있다는 것 외에는 말이다.

오늘 과외 선생님이 왔다. 선생님이 준 시험지에서 97점을 맞았다. 선생님이 립밤 세트를 선물로 줬다. 너무 좋다!

선생님 오후 5시. 향기 나는 펜을 선물로 줬다. 너무 좋다!

선생님 오후 5시. 내가 여태껏 가르친 학생 중 가장 우수하다고 했다. 당연하지!

선생님 오후 5시. 오늘은 좀 이상하다. 인생에서 원하는 게 뭐냐는 이상한 질문을 했다. 중년의 위기를 겪고 있는 건가?

선생님 오후 5시. 100점!! 진짜 100점을 맞았다!!! 선생님이 나더러 천재라고 했다. 100퍼센트 옳은 말씀!

선생님 오후 5시. 이제 더는 못 참겠다. 가끔 선생님 때문에 소름이 끼친다. 너무 집요하다. 냄새도 난다. 엄마에게 선생님 그만 오게 해달라고 부탁해야겠다. 혼자서 공부할 수 있다. 내 인생에 버니 보일러는 필요하지 않다.

이 일기 이후로 과외 선생에 대한 언급은 없었다.

엘리는 열심히 사는 아이였다. 테오를 만나고, 공부를 하고, 여름방학을 기대했다. 그 외에는 아무것도 없었다.

로럴의 손끝은 '버니 보일러(bunny boiler)'란 단어에 머물러 있었다. 이게 무슨 뜻일까? 자신을 버린 남자를 스토킹하고 괴롭히며 거절 당했다는 사실을 받아들이지 못하는 여자를 일컫는 말이라는 건 알고 있었다. 그러나 엘리가 여기서 말한 건 그런 뜻이 아닌 게 분명했다. 그런 뜻이 아니라면 도대체 무슨 뜻일까? 노엘이 지나치게 엘리에게 집착한 건가? 혹시 엘리를 성적인 대상으로 본 것일까? 부적절하게 엘리를 만지려고 했을까? 아니면 엘리의 젊음과 아름다움과 똑똑한 두뇌를 질투했을까? 엘리를 보면 자신이 초라하게 느껴져서 기분이 나빴던 걸까? 혹시 이 중에 하나가 사실이라면, 그건 무슨 뜻일까?

로럴은 눈을 꽉 감고 주먹을 쥐었다. 무언가 있는 게 분명한데 뭔지 알 수가 없었다. 아니, 정말 뭔가 있기는 한 걸까?

잠시 후 어둠이 걷히고 세상이 다시 정상으로 돌아왔다. 천천히 엘리의 일기장들을 상자 안에 놓고 침대 밑으로 밀어 넣었다.

"노엘은 어떤 사람이었어요?" 그날 밤 저녁을 먹으며 로럴은 플로이드에게 물었다.

플로이드의 뺨 근육이 움찔했고 한 박자 늦게 입을 열었다.

"맙소사, 그 얘기를 꼭 해야 해요?"

"미안해요. 당신이 노엘을 별로 좋아하지 않는다는 거 알지만 궁금해요." 로럴은 나이프와 포크를 접시 위에 내려놓고 와인잔을 들었다. "오늘 엘리의 옛날 일기장을 봤어요. 노엘에 대해 뭐라고 썼는지 궁금했거든요. 그런데 엘리가 노엘을…… 기분 나쁘게 생각하지 말아요. 엘리가 노엘을 '버니 보일러'라고 했어요."

"하, 맞는 말이에요. 바로 그런 여자였죠. 애정에 굶주리고 매우 감정적인 여자였어요."

"노엘을 어떻게 만났어요?"

"아아." 플로이드는 와인을 한 모금 마시고 잔을 내려놓았다. "이런 얘기 잘 안 하는데 노엘은 내 팬이었어요."

"팬이라고요? 당신에게 팬이 있어요?"

"어쩌면 열광적인 독자라고 해두는 편이 적절할지도 몰라요. 수학 광팬 같은 거요."

"세상에." 로럴은 의자 등받이에 기대앉으며 장난스러운 눈길로 플로이드를 바라보았다. "경쟁자가 그렇게 많은 줄은 몰랐네요."

"걱정하지 말아요. 그런 시절은 진작에 끝났으니까. 책 한 권으로 잠깐 주목을 받았던 거예요. '생활비를 대준 책'이었죠. 솔직히 밝히지는 않았지만 사실 바보들을 위한 수학책이었어요. 장난처럼 쓴 책인데 좀 특이하고 수학에 집착하는 여성 팬클럽이 생겼죠. 제 스타일은 전혀 아니었어요. 곧바로 낭만적인 동경 따위는 허용하지 않는 크고 무거운 책으로 돌아갔고요."

"그럼 노엘이 당신 팬 중 한 명이었어요?"

"네, 그랬던 것 같아요. 나는 막 세라의 엄마와 헤어져 외로웠고, 노엘은 약간 이상하고 집요했어요. 난 노엘이 접근하게 내버려뒀고 그 후로 몇 년간 후회하며 지냈죠. 그 여자는 거머리 같았어요. 떼어낼 수가 없었죠. 그러다 임신했고요."

"당신 아이를요?"

플로이드는 한숨을 쉬며 로럴의 어깨 너머로 눈길을 던졌다. 그는 로럴의 질문에 답하지 않았다. "난 그 여자한테서 아무런 매력도 느끼지 못했어요. 난 그저…… 친절하게 대하려고 했던 것 같아요."

로럴은 건조하게 웃었다. 인생을 살면서 단 한 번도 '그저 친절하게' 행동한 적이 없었다. 하지만 그런 유형은 잘 안다. 폴이 그랬다. 처음 만나는 사람에게도 간이며 쓸개며 다 빼줄 것처럼 굴었다.

"그래서 노엘과 지내게 된 거예요?"

"네. 그랬죠." 플로이드가 와인잔 가장자리를 손끝으로 매만졌고 평소와 달리 수심에 잠긴 표정을 지었다.

"결국에 누가 끝냈어요?"

"나였어요. 그리면서 그 여자가 버니 보일러가 됐죠. 날 보내줄 생각이 없었어요. 끔찍한 밤들이 있었어요. 정말 끔찍한 밤이요. 그러다 어느 날 더는 못 참겠다며 포피를 내 집 현관문에 버리고 지구상에서 사라졌어요." 플로이드가 어깨를 으쓱했다. "슬프죠. 정말 슬퍼요. 슬픈 여자고, 슬픈 이야기예요."

그날 저녁의 분위기가 침울해지고 살짝 불편해졌다.

"미안해요. 당신을 슬프게 만들려던 건 아니었어요. 난 그냥…… 좀 이상한 인연이라고 생각했어요. 당신과 나, 그리고 엘리도요. 그래서 조금 더 알고 싶었던 것뿐이에요."

플로이드가 고개를 끄덕였다. "이해해요. 충분히 이해하고말고요. 그리고 물론 내가 안타까운 건 그런 식으로 버려진 포피예요. 아무리 사랑하지 않는 엄마라도, 엄마가 자신을 원하지 않는다는 걸 알면 아이는 상처받기 마련이니까요. 하지만……" 플로이드의 얼굴이 살짝 밝아졌다. "이제 포피에겐 당신이 있어요. 당신은 활력소예요. 우리 모두를 위해 건배." 플로이드가 로럴의 와인잔에 자신의 와인잔을 살짝 기울여 부딪쳤고, 둘의 시선도 마주쳤다.

로럴은 접시 위의 고기, 죽임당한 송아지의 분홍빛 살을 바라보았다. 고기를 자르자 와인빛 육즙 한 줄기가 접시를 가로질렀다.

갑자기 식욕이 사라졌지만 이유는 알 수 없었다.

26

다음 날, 로럴은 킹스 크로스의 주차 빌딩에 차를 세우고 그래너리 광장에 있는 세인트 마틴 예술 학교로 향했다. 아침 식사 때 플로이드에게 지나가는 말처럼 물어보자 SJ가 오늘 그곳에서 일한다고 했다.

하늘은 칙칙한 잿빛이었지만 창가마다 장식된 크리스마스 전등과 장식이 분위기를 북돋웠다. 비둘기들이 여기저기 흩어져 있는 그래너리 광장은 넓고 조용했으며, 모닝커피를 마시며 담배를 피우기 위해 추위를 무릅쓰고 나온 몇 사람이 보였다.

안내 직원에게 세라-제이드 버추 이름을 댔다. 세라가 점심때까지 일한다고 해서 옆 건물 레스토랑에 들어가 두 번째 아침을 먹고 커피 두 잔과 페퍼민트차 한 잔을 마신 후, 12시 30분에 밖으로 나가 SJ를 기다렸다.

1시 10분이 되자 드디어 세라-제이드가 나왔다. 커다란 핑크색 인조 모피 코트와 그녀에게는 너무 커 보이는 부츠 차림이었다. 밖으로 나오자마자 세라-제이드가 로럴을 발견했다.

"아. 안녕하세요."

"안녕! 말도 없이 나타나서 미안해. 난 그냥…… 배고프니? 같이 점심 먹을까?"

SJ가 손목시계를 바라본 다음 하늘을 올려다봤다. "사실 저는……." 그러다 말꼬리를 흐렸다. "그렇게 해요. 고맙습니다."

둘은 길 건너편의 펍으로 갔다. 새로 생긴 펍은 벽이 전부 판유리라 광장과 운하가 한눈에 내다보였다. 양복 입은 직장인과 학생들로 북적거렸다. 둘 다 피시 케이크와 탄산수를 시키고 빵 바구니에서 무심히 아무 빵이나 집었다.

"잘 지내니?" 로럴이 물었다.

"그럼요."

"일은 어땠어?"

"네, 괜찮았어요. 조금 춥긴 했지만."

"겨울에는 누드모델 일 하기가 쉽지 않겠다."

"라이프 드로잉 모델이에요."

"그래, 미안. 학생들은 몇 명이나 돼? 널 그리는 학생들 말이야."

"오늘은 열두 명 정도였어요. 하지만 30~40명 될 때도 있어요."

"그동안 무슨 생각해? 몇 시간 동안 한 자세로 있어야 하잖아."

SJ가 어깨를 으쓱했다. "아무 생각 안 해요. 집에 가면 뭘 해야 하나 생각하고, 내가 한 일이나 내가 가본 곳 생각도 하고요. 머릿속으로 이런저런 곳들을 돌아다니기도 해요. 가끔은 몇 년 동안 생각도 안 해봤던 장소들을 떠올려요. 옛날에 다니던 대학 근처의 술집이나 열여덟 살 때 갔던 프라하의 식당, 할아버지 할머니네 집에 가면 따라 걷곤 했던 기차선로와 풀 냄새……." SJ는 빵을 조금 뜯어 입에 넣었다. "그 새들을 뭐라고 하죠? 아, 산비둘기. 산비둘기가 지저귀는 소리." SJ는 미소를 지었다. "재밌어요."

"그러다 낯선 사람들 앞에서 벌거벗고 있다는 사실을 문득 깨닫게 되지?"

SJ는 이해하지 못한 표정으로 로럴을 바라보았다. 무언가 대답하려는 것처럼 입을 열었다가 그냥 닫았다. 로럴은 SJ에게 유머 감각이 없다는 포피의 말이 떠올랐다.

"오늘도 그 사람 만났니? 사이먼?"

SJ가 불안한 듯 좌우를 둘러보고 경고라도 하는 것처럼 한 손을 들어 올렸다.

"미안해. 내가 경솔했어. 솔직히 말해서 그것 때문에 널 만나러 온 게 아니야. 나는……" 로럴은 다리를 풀었다 다시 꼬았다. "지난 밤에 우리가 했던 얘기 말이야. 엘리 얘기……."

"네. 그건 정말 죄송해요. 제가 좀 무심했어요. 가끔 다른 사람 기분을 헤아리지 못해서."

"아니야. 정말. 진짜 난 괜찮아. 나도 그런 생각 전에 해보지 않은 것도 아니고. 엘리에 관한 거라면 백만 번은 생각하고 또 생각해 봤는걸. 그 배낭도 마찬가지야. 하지만 지난밤에 넌 무언가 얘기를 하려고 했어. 포피네 엄마 노엘에 대해서."

SJ가 풍성한 속눈썹 사이로 로럴을 올려다보았다가 눈을 깔았다.

"아, 네."

"그래서?" 로럴은 SJ를 부추겼다. "무슨 얘긴데? 무슨 얘기를 하려고 했어?"

"아, 별거 아니에요. 그 여자가 좀 이상했다고요. 소름 끼치는 스타일이었어요."

"사실 어젯밤에 엘리의 옛날 일기를 읽었어. 포피네 엄마 얘기도 썼는데 '버니 보일러'라고 썼더라. 노엘이 엘리에게 자주 선물을 주고 가장 우수한 학생이라고 했대. 그래서 난 혹시나……" 로럴은 다음 말을 차마 하지 못하고 망설였다. "포피 엄마를 자주 만났니?"

"아니요, 그렇진 않아요. 어릴 때는 아빠네 집에 자주 와 지냈고, 가끔 노엘이 있을 때도 있었지만 항상은 아니었고 날 싫어하는 것처럼 굴었어요."

"어떤 식으로?"

"뭐, 제 태도를 툭하면 지적했어요. 통제 불가능한 아이라고요. 자기네 집 같았으면 저처럼 무례한 애는 벨트로 멍이 시퍼렇게 들도록 맞았을 거래요. 아빠가 자리를 비우면 바로 절 무시했고요. 제가 자리에 없는 것처럼 굴었죠. 이름도 부르지 않고 항상 '너'라고만 했고요. '너, 거기 갈 거니?', '너, 집에 언제 와?' 이런 식이었죠. 진짜 못돼 처먹은 여자였어요."

"세상에, 너무하네. 노엘이 임신했을 때 놀랐겠다."

"울었어요."

"당연히 그랬겠지."

웨이터가 음식을 가지고 오자 둘은 잠시 몸을 비켜주었다. 웨이터에게 고맙다고 인사한 다음 의미심장한 눈길을 주고받았다.

"포피가 태어났을 때는 기분이 어땠어?"

세라-제이드는 포크와 나이프를 들고 피시 케이크의 가운데를

썰었다. 잠시 김이 올라왔다 사라졌다. 세라-제이드는 포크와 나이프를 내려놓고 어깨를 으쓱했다. "그때는…… 잘 모르겠어요…… 전 열두 살이었으니까요. 포피는 아기였고요."

"포피가 자라면서는? 동생처럼 느껴졌어?"

"그랬던 것 같아요. 처음에는 자주 못 봤지만…… 사실 제가 보고 싶지 않았어요."

"아. 질투가 나서?"

"아니요." SJ가 단호하게 대답했다. "동생을 질투할 나이는 아니었어요. 포피를 보고 싶지 않았던 건…… 포피가 진짜가 아니라고 생각했기 때문이에요."

로릴이 의아한 표정으로 SJ를 쳐다봤다.

"설명하기 어려운데, 전 포피가 로봇 아기나 외계인 아이라고 생각했어요. 노엘이 실제로 그 애를 낳았다고 생각하지 않았죠. 전 노엘이 무섭고 끔찍했어요."

"세상에. 그 정도인 줄은 몰랐어."

"네. 소름 끼치는 여자였어요."

"왜 노엘을 그렇게 생각했어?"

세라-제이드는 나이프를 들고 손가락 끝으로 돌렸다. "일이 있었어요……." 세라-제이드는 말을 하다 갑자기 멈췄다.

"일?"

"네. 사건이 있었어요. 그런데 지금까지도 그게 제 상상인지 실제인지 모르겠어요. 저도 좀 이상한 아이였으니까." SJ는 쓸쓸하게 웃었다. "지금도 그렇죠. 저도 잘 알아요. 학교에서 한동안 특수 보조원도 붙여줬어요. 감정 조절을 잘 못했거든요. 가끔 미친 듯이 폭발했어요. 가끔 울기도 하고. 그리고 이 일은 제가 한창 심할 때, 모든 게 복합적으로 괴로울 때 일어났어요. 한창 사춘기라 예민하고 대인 관계도 불안하고, 부모님이 헤어진 데 아직 화도 나 있고 그랬죠. 꼴불견까지는 아니었지만 고분고분한 아이도 아니었어요. 솔직히 말해 끔찍한 애였어요. 한창 그럴 때 제가 무언가를 봤어요." SJ는 나이프를 테이블 위에 가만히 내려놓고 로럴을 똑바로 바라보았다. "아빠 침실 문 사이로 봤어요. 노엘이 임신 8개월쯤 됐을 때였는데 문틈으로……" SJ는 말을 멈추고 테이블 위로 눈길을 떨어뜨렸다. "벌거벗은 노엘이 보였어요. 그런데 배가 납작했어요. 벌거벗고 있는데 배가 납작했어요." SJ가 반복했다.

"제가 뭘 본 건지 모르겠더라고요. 제가 본 장면을 이해할 수가 없었어요. 동생이 태어난다고 겁먹은 미친 꼬맹이의 상상인지, 실제 있었던 일인지 모르겠어요. 3주 후 아기가 태어났을 때 저는 무서웠어요. 그래서 그 애가 한 살이 될 때까지 보지 않았어요."

SJ의 선언 이후로 로럴은 근육 하나 움직일 수가 없을 정도로 얼어붙었다.

"아빠한테 얘기했니?"

SJ가 고개를 저었다.

"다른 사람한테는?"

"우리 엄마한테 얘기했어요."

"엄마가 뭐라고 하셨어?"

"헛소리 그만하라고요."

"아기는 어디서 태어났니?"

"몰라요. 그건 한 번도 생각 안 해봤어요."

로럴은 눈을 감았다. 갑자기 노엘 도널리의 얼굴이 의식 위로 솟아올랐다. 마치 어제 본 것처럼 선명하고 뚜렷하게.

3부

27

그럼 이제 내 차례인가요?

좋아요, 그럼. 좋아.

알코올중독자 모임처럼 자기소개부터 할까요? *내 이름은 노엘 도널리고 나는 나쁜 짓을 했어요.*

변명할 생각은 없지만 나는 어렵게 자랐어요. 위로 못된 오빠 둘이 있었고, 아래로 남동생이 둘 있었죠. 여동생 하나는 겨우 여덟 살 때 죽었어요. 우리 어머니와 아버지는 아이들의 부족함을 인내하지 못하는 가차 없는 분들이었어요. 아이는 모든 면에서 성인과 같아야 하며, 다만 자신의 의견을 내세워서는 안 되는 존재였죠. 믿음이 그리 강하지는 않았는데 그 시절 아일랜드에서는 이상한 일이었어요. 일요일에 성당에 가는 건 남의 자식들이 자기 자식보다 낫다는 걸 확인할 절호의 기회였어요. 성경에는 여기저기에 공포의 씨앗이 될 좋은 인용문들이 많았어요. 우리는 지옥과 천당을 믿었지만 그 외에는 아무것도 믿지 않았어요. 섹스는 결혼했거나 하지 않은 사람들이 하는 역겨운 행위였고요. 우리는 우리가 어떻게 생겼는지 절대 묻지 않고, 벽돌 건물 안에서 열리는 순결한 성찬식 같은 걸 상상했어요. 두 분은, 우리 어머니와 아버지는 각방을 썼으니까요.

우리 집은 언덕 위에 있는 침실 열 개짜리 대저택이었고 주위엔 온통 양 떼에 학교까지 2.5킬로미터 거리인데 갈 때는 내리막길, 올 때는 오르막길을 걸어야 했어요. 우리 부모님은 만약의 경우에 대비해 가끔 고아들을 집에 들였어요. 고아들은 한밤중에 게슴츠레한 눈으로 도착했고, 어마어마하게 수가 많아 다락의 공동 침실에 묵었어요. 우린 고아들이 없을 때도 그 방을 '고아 방'이라고 불렀어요. 다 나쁜 아이들은 아니었지만 전반적으로 나쁜 아이들이었어요.

우리는 똑똑한 가족으로 유명했어요. 마을 사람들이 다 아는 유명인이었어요. 집 사방에 피아노가 있었고, 책은 믿을 수 없을 정도로 어마어마하게 많았죠. A를 받지 못하면 낙제나 다름없었어요. 아버지는 수학 교사고, 어머니는 의학사에 대한 책을 쓰는 작가였고요. 우리 모두 가장 좋은 학교에 다녔고 누구보다 더 열심히 공부해서 상이란 상과 메달, 장학금, 트로피를 전부 가져왔어요. 우리 가족이 싹쓸이했죠.

난 그렇게 할 수 있을 정도로 똑똑했어요. 그건 분명해요. 하지만 내 약점은 (a) 셋째이며 (b) 딸이고 (c) 죽은 딸이 아니라는 거였죠. 미카엘라요. 난 미카엘라가 아니었어요. 미카엘라는 나보다 더 날씬하고 나보다 더 착하고, 게다가 타고나기를 나보다 더 똑똑했어요. 그리고 나와 달리 죽었죠. 우리 어머니와 아버지가 날 더 소중하게 여겼을 거라고 생각해요? *우리에겐 아직 사랑스러운 노엘이 있잖아.* 전혀 아니에요.

미카엘라는 암으로 죽었어요. 다들 감기인 줄 알았는데 아니었던 거예요.

어쨌든 그게 나예요. 덜 날씬하고 덜 똑똑하고 동생과 달리 살아 있으며, 못돼 먹은 네 명의 남자 형제와 날 사랑하기보다는 비난하기에 바빴던 부모와 같이 살았죠.

난 잘 해냈어요. 트리니티 칼리지에 들어갔어요. 수학을 전공했고, 응용수학으로 박사 학위를 받았죠. 학교를 졸업한 직후 런던으로 이사했고, 한동안은 '도널리 가족 중 한 명'이 아닌 '똑똑한 노엘'로 지내는 게 좋았어요. 금융 업계에 발을 담갔어요. 대단한 부자가 되어 값비싼 고급 자동차를 몰고 발코니가 딸린 아파트에 사는 꿈을 꾸면서요. 하지만 그 일은 내게 맞지 않았고 그 업계 사람들도 모두 내게 맞지 않는 일이라는 걸 알았고요. 덕분에 자동차는 고사하고 겨우 스쿠터 한 대 살 돈도 벌기 전에 회사를 떠나야 했죠.

이 시기를 돌아보면 나 자신에게 깜짝 놀라요. 정말로요. 나는 너무 어렸고 끔찍할 정도로 무지했어요. 아무것도 몰랐죠. 소용돌이 치는 대도시의 한가운데로 들어가 하고많은 곳 중에 홀랜드 파크에 있는 아파트에 방을 구했어요. 그때는 그 동네가 얼마나 비싼 동네인지 전혀 몰랐어요. 아일랜드에서 런던에 온 사람은 전부 커다란 웨딩 케이크 같은 집이 늘어선 거리에 사는 줄 알았죠. 월섬스토라는 동네가 존재하는 줄도 몰랐어요.

이제 와 돌아보면 난 귀여웠어요. 모델 같은 외모였어요. 화장기 없는 얼굴에 가슴이 납작하고 다리는 가늘고 길고, 헝클어진 머리에 눈은 커다랗고 촉촉했어요. 하지만 아무도, 단 한 번도 내게 예쁘다고 말해주지 않았어요. 이유를 정말 모르겠어요.

한동안은 고급 잡지사에서 일했어요. 경리부에 근무했고 3년 내내 눈에 띄지 않는 직원이었는데, 그러다 정리 해고를 당했어요. 아름다운 홀랜드 파크의 작은 방을 포기하고, 사람들이 유기농이란 말의 의미를 알기도 전부터 있었던 유기농 정육점과 통조림에 든 랍스터 수프를 팔던 식료품점, 오렌지 나무 그늘이 가득한 공원이 있는 넓은 거리와 작별해야 했어요. 그리고 나서야 월섬스토가 존재한다는 사실을 알았어요. 작은 갈색 집들과 낡은 빨래방, 셔터가 달린 택시 사무실과 판자로 막은 건물이 늘어선 E17 거리.

나는 교사 교육을 받기로 결심했어요.

무슨 생각으로 그런 건지 모르겠어요. 나는 아무런 존재감이 없고, 어떻게 해도 사람들의 관심을 끌 수 없다는 건 이미 알고 있었어요. 그런데 어떻게 멍청한 10대 아이 서른 명이 앉은 교실에서 대수학을 가르칠 수 있을 거라고 생각한 건지 정말 모르겠어요.

자격증은 땄지만 교실에 들어가 학생들을 가르쳐본 적은 한 번도 없었어요. 겁이 나서 할 수가 없었죠. 생각만 해도 속이 울렁거렸으니까요. 그래서 서른 살이 되던 해에 지역 신문에 광고를 내고 과외교사를 시작했어요. 난 아주 잘했고 학생 엄마들이 식당 추천하듯 내 소문을 내주어서 월섬스토의 작은 집에 있는 작은 방에서 벗어나 집들이 조금 더 큰 스트라우드 그린에 집을 한 채 샀어요. 그게 다예요. 오래전 일이죠. 그리고, 아…… 내가 말했던가요? 이 시점에 난 아직 처녀였어요.

아니요, 진짜로요.

아일랜드에 살 때 한동안 남자친구가 있었어요. 열네 살 때부터 열다섯 살 때까지요. 이름은 토니였어요. 키스까지는 했고 나머지는 나중에 하게 될 줄 알았는데 결국에는 못했죠.

그러다 〈TES〉(Times Educational Supplement, 영국의 교육 관련 잡지)에서 책 소개를 읽었어요. '수학을 못한다'고 생각하는 사람들을 겨냥한 책이었는데, 정말로 세상은 수학을 못한다고 생각하는 사람들로 가득해요. 난 그 사실을 이해하기가 무척이나 어려웠죠. 나는 그렇지 않으니까. 수의 원리도 이해하지 못하는 사람들이 가득한 방에 들어가 도대체 무슨 이야기를 나눌 수 있겠어요? 난 도무지 이해가 안 돼요. 어쨌든 지금은 그 책 제목이 기억나지 않아요. 《수학 못하는 사람들을 위한 수학》이란 제목이었을지도 몰라요. 네, 맞아요. 그거였어요. 《수학 못하는 사람들을 위한 수학》. 그 책을 사서 읽었어요. 전에 생각도 못한 것들을 일깨워주었죠. 무엇보다도 재미있었어요. 나는 평소에는 책을 잘 안 읽는 편이고, 이 책을 읽은 것도 〈TES〉에 실렸기 때문이라서 수학에 관한 책이 이렇게 유머러스할 줄은 몰랐어요. 그런데 재미있었어요. 유머가 가득했어요. 그리고 책 표지 안쪽에 숱 많은 검은 머리에 미소 짓는 멋진 남자 사진이 있었어요.

당신 사진이었어요.

당신 책을 읽기 전에 난 무언가를 좋아해본 적이 한 번도 없었어요. 즐겨보던 TV 프로그램은 있었죠. 〈브룩사이드〉는 내가 특히 좋아하던 드라마였어요. 마지막 에피소드까지 전부 봤어요. 전반적으로 클래식 음악을 더 좋아하기는 하지만 라디오에서 테이크맷 노래가 나오면 항상 기운이 났고요. 물론 그동안 살면서 누군가에게 반한 적은 있어요. 수도 없이 많았죠. 하지만 이번엔 달랐어요.

당신은 달랐어요.

우리가 처음 만난 날 기억해요? 분명 기억할 거예요. 당신은 교육 박람회의 출판사 부스에서 책에 사인을 하고 있었어요. 나는 매년 그곳에 가요. 과외 교사는 외로운 직업이고 이따금 사람들을 만나 트렌드를 파악해야 하는 법이에요. 런던 북부의 엄마들을 상대하려면 절대 뒤처지면 안 돼요. 교육 정보를 훤히 꿰고 있어야 하죠.

하지만 내가 거기에 간 주된 이유는 당신이 거기 올 거란 걸 알았기 때문이었어요. 특별히 더 신경 쓰고 나갔어요. 치마를 입고 스타킹을 신고, 내 빨간 머리카락을 돋보이게 하고 파란 눈을 빛나게 할 토피 애플 사탕색 립스틱을 발랐어요. 난 마흔한 살이었어요. 인생의 가을이었죠. 맙소사, 사실은 겨울이었어요. 그리고 네, 그때도 난 처녀였어요.

당신은 높은 탁자의 높은 스툴 의자에 앉아 있었고, 당신 앞에는 당신 책이 몇 권 쌓여 있었어요. 주위엔 아무도 없었어요. 줄 선 사람들도 없었고, 당신 뒤쪽 벽에 '플로이드 던 작가가 그의 저서 《수학 못하는 사람들을 위한 수학》에 사인해드립니다. 오늘 오후 1시부터 3시까지'라고 적힌 작은 표지판 하나만 있었어요. 그리고 그 옆에 당신 사진이, 책 표지 안에 있던 바로 그 사진이 있었죠. 난 그 사진을 너무 오랫동안 보고 또 봐서, 귀 위로 떨어진 머리카락 모양과 진지한 미소를 지으려는 것 같은 입술 선을 외울 정도였어요.

내 눈은 사진에서 당신으로, 또 사진으로 오갔어요. 생각했던 것보다 날씬하더군요. 배는 조금 나왔을 줄 알았는데. 이유는 나도 몰라요.

"안녕하세요!" 내가 다가가자 당신은 누군가가 플러그를 꽂고 스위치를 누른 것처럼 반사적으로 인사를 건넸죠. "안녕하세요!" 내가 얼마나 긴장했었는지 당신은 모를 거예요. 짐작도 못했겠죠. 나는 아주 침착한 척 연기를 했으니까요.

"안녕하세요." 나는 대답하며 책장 모서리가 잔뜩 접힌 당신의 책을 두 손으로 꽉 잡았어요. "책은 제가 가져왔어요. 여기에 사인해주실래요?"

나는 당신에게 책을 건넸고 당신은 특유의 미소를 지었어요. 내 영혼 안에서 당신의 두 눈이 불꽃처럼 펑, 펑, 펑 터지게 만드는 그 미소를요.

"이 책을 즐겨 읽으셨나 봐요."

그 책을 서른 번은 읽었다고 말하고 싶었어요. 당신 책을 읽기 전 1년간 웃은 것보다 당신 책을 읽고 일주일간 더 많이 웃었다고 말하고 싶었어요. 당신에게 푹 빠졌다고, 당신을 숭배한다고 말하고 싶었어요. 하지만 당신이 날 동등하게 봐주길 바랐어요. 그래서 이렇게만 말했죠. "학생들 가르칠 때 매우 유용하더군요. 수학 과외 교사거든요."

"그거 듣던 중 반가운 말이군요." 당신은 그 책을 내게서 받아 속표지에 펜을 댔어요. "이름을 적어드릴까요?"

"네. 그렇게 해주세요. 노엘이에요."

"노엘이라. 예쁜 이름이네요. 크리스마스 때 태어났어요?"

"네. 12월 24일에요."

"최고의 크리스마스 선물이었겠군요?"

"아니요. 그건 아니에요. 모두의 크리스마스를 제가 망쳤죠."

그때 당신이 웃음을 터트렸어요. 당신이 웃는 모습은 상상해본 적이 없었어요. 사진 속 당신은 작정하고 간지럽혀도 싱긋 웃고 말 것 같았거든요. 그런데 아니었어요. 당신은 입을 크게 벌리고 고개를 뒤로 젖히고는 요란한 천둥소리 같은 웃음을 터트렸어요. 난 당신의 웃음이 너무 좋았어요.

당신이 내 이름 뒤에 무어라 쓴 것을 보고 싶었지만 신경 쓰는 것처럼 보이고 싶지 않았어요.

"미국인이죠?"

"어느 정도는요. 아일랜드인인가요?"

"네, 철서한 이일랜드인이죠."

당신은 내 농담이 마음에 들었는지 또 웃음을 터트렸어요. 누군가 벨벳 장갑을 낀 손으로 내 뱃속을 쓰다듬는 기분이었어요.

"고향이 어디예요?"

"더블린 근처 위클로 카운티요. 아일랜드의 모든 양이 사는 곳이에요."

당신은 세 번째로 웃었고 나는 평생 느껴보지 못한 대범한 기분이 들었어요. 나는 우리가 대화를 나누는 사이 줄 선 사람이 있나 뒤를 확인했어요. 여전히 나뿐이었어요.

"내일도 여기 오세요?" 내가 물었어요.

"아니요. 이 사인회가 끝난 후 런던으로 돌아가는 기차를 잡아줬어요. 기차 출발 시간이……" 당신은 손목시계를 봤어요. "대략 두 시간 후네요. 사인회는 금방 끝날 것 같아요."

"사인은 많이 하셨어요?"

"아, 그럼요. 수백 권은 했죠." 당신은 펜 뚜껑을 달칵 닫으며 내게 살짝 미소를 보냈어요. "농담이에요. 한 스무 권 했어요."

"스무 권에 사인하려고 먼 길을 왔네요."

"저도 동감합니다."

당신은 재킷 주머니에 펜을 끼워 넣고 내게서 몸을 돌렸어요. 당신을 데려가줄 사람을 찾는 게 분명했어요.

"그럼 이만 놔드릴게요. 런던까지 안전하게 돌아가세요. 어느 동네에 사세요?"

"노스 런던이요."

"아." 나는 오스카상을 탈 법한 뛰어난 연기를 했어요. "어머, 저도요."

"아! 어디 사세요?"

"스트라우드 그린이요."

"이거야. 대단한 우연이네요. 저도 거기 살아요."

"네? 스트라우드 그린에 산다고요?" 이건 나도 몰랐어요. 도저히 믿기지 않았죠.

"네! 라티머 로드요. 어딘지 알아요?"

"네." 기쁨이 내 귀와 눈과 콧구멍으로 뿜어져 나오는 것 같았어요. "물론 잘 알죠. 제가 사는 데가 거기서 가까워요."

"이거야. 그러면 다시 마주칠 수도 있겠군요?"

"네, 그럴지도 모르죠." 나는 우리가 다시 만나는 게 벅찬 희망과 꿈이 이루어지는 게 아니라 재미있는 우연에 불과하다는 듯 애써 대수롭지 않게 대답했어요.

그리고 2주 후에 우리는 다시 만났어요.

28

내가 당신을 스토킹했다고 말하는 건 좀 과해요. 우린 겨우 60미터 거리에 살고 있었으니까. 물론 내가 평소보다 조금 더 멀리 움직인 건 사실이에요. 냉장고 안의 우유병이 거의 빈 걸 발견하면 가슴에 기쁨이 차올랐어요. *오, 이런. 길모퉁이 가게에 다시 가야겠네.* 나간 김에 신문도 한 부 사야 한다는 사실을 깨달아도 세상이 끝난 것 같지 않았어요. 코트를 입고 번화가로 나가 한 눈은 오른쪽에서 당신을 찾고, 다른 한 눈은 왼쪽에서 당신 모습을 찾았죠. 라티머 로드를 넘어갈 이유가 생기면 특별 보너스를 받은 것 같았고요.

그러던 어느 날 저녁, 당신이 파란색 바람막이와 청바지 차림으로 편의점에 있었어요. 한 손에는 레드 와인을 한 병 들고 아침 식사용 시리얼을 유심히 보고 있었죠. 난 말을 걸었어요. "플로이드 던."

당신이 고개를 돌렸고 날 보는 즉시 알아봤어요. 난 알아요. 예상하지 못한 일이었죠. 아무도 나를 바로 기억하는 사람이 없었으니까. 그러나 당신은 미소를 짓고 이렇게 말했어요. "당신이군요. 교육 박람회에서 만났죠."

"네, 맞아요. 노엘이에요."

나는 손을 내밀었고 당신이 그 손을 잡았어요.

"노엘, 맞아요. 원치 않은 크리스마스 선물. 잘 지냈어요?"

"아주 잘 지내요, 고맙습니다. 당신은요?"

"전 그럭저럭 잘 지냈어요. 그게 가능한 일인지 모르겠지만요."

"아, 그럼요. 잘 지내는 데는 여러 단계가 있으니까요."

바로 그 순간이 기억나요. 매우 어색했어요. 지금 이 순간까지도 약간 어색했다고는 말하기가 어려울 정도로요. 하지만 당신이 그 순간에 끼어들어 구해주었고 그때 난 알았어요.

당신이 이렇게 말했어요. 내겐 너무 놀라운 말이라 평생 잊지 못할 거예요. "라이스 크리스피가 좋을까요, 아니면 미니 위츠가 좋을까요?"

별것 아닌 말로 들릴 수 있지만, 별것 아닌 게 아니었고 그래서 니한테 중요했어요. 내 말을 반박하는 게 아니었어요. 손목시계를 흘긋 보며 '아, 시간이 됐으니 이만 가봐야겠다'는 것도 아니었어요. 내가 당신의 시간을 너무 많이 뺏는다는 제스처도, 내가 쓸데없는 방해물이라는 제스처도 아니었어요. 편하게 농담이나 주고받자는 초대장이었어요.

물론 난 그 초대를 받아들였죠. "라이스 크리스피가 맛있지만 5분 후면 또 배고파질걸요. 공기가 가득해서……."

당신이 미소 지었어요. 당신의 들쑥날쑥한 이가 좋았어요.

"공기가 가득하다니. 당신 재밌네요."

"아니요. 난 그냥 아일랜드인이에요."

"진짜 재밌어요. 유머 감각은 타고난 것 같군요. 그럼……" 당신은 아침 식사용 시리얼로 다시 눈길을 돌렸어요. "일곱 살짜리 여자아이. 아이 엄마는 건강염려증이 심해서 설탕 들어간 건 절대 안 된대요. 당신이라면 뭘 고르겠어요?"

일곱 살짜리 여자아이? 음, 당신 이력에는 일곱 살짜리 여자아이에 대한 언급은 전혀 없었어요. 나는 어린 여자아이들을 그리 좋아하지 않아요. "그 여자아이가 당신 딸이에요?"

"네, 세라요. 애 엄마랑은 최근에 헤어졌고 지금은 주말에만 아빠 노릇을 하고 있죠. 그래서 실수하면 안 돼요. 아내는 벌써 내가 애를 밖에다 버리거나 애가 음식 분쇄기에 손을 집어넣게 둘 거라고 생각하니까요. 걱정이 심해요."

"그럼 위타빅스로 하세요. 시리얼 중에 설탕 함량이 가장 적어요."

당신 얼굴이 부드러워지며 다시 미소 지었어요. "역시 당신이라면 잘 알 줄 알았어요. 아이가 있어요?"

"아니요. 전혀요."

그러자 당신이 날 쳐다봤고, 당신이 어떤 말을 할까 말까 망설인다는 걸 알 수 있었죠.

나는 아무렇지 않은 척했고, 그게 무슨 말이든 당신은 하지 않기로 했어요. 당신이 하려던 말을 삼키는 게 보였죠.

"어쨌든 도움이 많이 됐어요. 고마워요, 노엘."

당신이 위타빅스를 집어 들었고, 그거로 끝이었어요.

하지만 그 덕분에 일주일 후 또다시 당신과 우연히 마주쳤을 때 우리 관계는 조금 더 발전했고 약간의 친밀감도 생겼죠. 그때 우리는 날씨 이야기를 조금 했어요. 그 다음번에는 우리 둘 다 그날 아침 신문에서 읽은 모든 학교를 망치려는 정부 정책에 대한 이야기를 나눴고요. 교육 박람회에서 만난 지 한 달 후인 네 번째 만남에서 당신은 이렇게 말했어요. "저 에리트레아 식당 가본 적 있어요? 지하철역 옆에 있는 거요."

"공교롭게도 안 가봤어요."

"저 식당 음식이 아주 훌륭해요. 전 몇 년간 다녔거든요. 한번 가보세요…… 사실……."

그렇게 당신은 나를 저녁 식사에 초대했어요.

그래요, 플로이드. *당신이 날 저녁 식사에 초대했어요.* 당신이 모든 사실을 왜곡하고 수정하려 하듯이 이 사실도 왜곡하고 바꾸려고 하겠지만, 먼저 시작한 건 당신이란 걸 당신도 알고 나도 알아요. 당신은 날 봤어요, 플로이드. 당신은 날 보고 날 원했어요. 당신이 내게 저녁 식사를 같이하자고 했어요. 세련된 옷차림으로 약속 시간에 딱 맞추어 식당에 나타났어요. 날 보고 '이건 끔찍한 실수였다'고 말하고 도망치지 않았잖아요. 내가 안으로 들어가자 당신은 미소를 지으며 자리에서 일어나 내 어깨를 잡고 내 얼굴에 당신 얼굴을 댔어요. 그리고 말했죠. "오늘 근사하네요." 내가 의자에 앉을 때까지 기다렸다가 당신도 의자에 앉았죠. 나와 꾸준히 눈도 맞췄고요.

당신이 그랬어요. 정말로, 정말로 그랬다고요.

그다음에도 당신이 먼저 시작했어요. 며칠 후에 당신이 내게 전화해서(그 며칠 동안 얼마나 긴장했나 몰라요. 내가 먼저 전화할까 생각해봤지만 난 하지 않았어요. *난 하지 않았다고요.*) 날 당신 집에 초대했어요.

네, 당신이 했어요.

그날 밤 당신의 목적은 분명했죠. 나랑 자길 원했어요. 괜찮았어요. 나도 당신이랑 자고 싶었으니까. 저녁 식사는 좀 형식적이었지만 상관하지 않았어요. 메뉴가 뭐였죠? 파스타였던 것 같은데 가게에서 산 소스라 만드는 데 5분도 걸리지 않았을 거예요. 하지만 좋은 와인을 내놨던 것 같아요. 한 시간 후에 우린 소파에 누웠고 당신은 내 옷을 벗기며 숨을 헐떡거렸어요. 그때 난 말했죠. "믿지 않을지 몰라도 나 처녀예요. 이 세상에 존재하는 마지막 처녀일 거예요." 당신은 아주 다정했어요. 웃음을 터트리거나 '농담하지 말라'고 하지 않았어요. 기겁하거나 한숨을 쉬거나 집에 돌아가라고 하지 않았죠. 당신은 상냥했어요. 내가 느낄 때까지 내 온몸을 애무했고, 그런 후에는 천천히 인내심을 가지고 들어왔죠. 진짜 아팠어요. 네, 정말 아팠어요. 하지만 그 정도는 예상했고, 솔직히 당신 게 그렇게 크지는 않잖아요. 내 말 무슨 말인지 알죠? 다행이었어요.

난 알았어요. 그 시점에 당신과 나 사이에는 섹스가 전부라는 걸 나도 알았어요. 그래도 난 괜찮았고요.

몇 달간 난 점점 당신에게 익숙해졌고, 당신의 베개와 당신의 시리얼 그릇에, 샤워하기 전 당신의 머리에서 나는 냄새에, 당신이 전화하거나 문자할 때 내 휴대폰에 뜨는 당신의 이름에 점점 익숙해졌어요. 당신은 내 삶의 커다란 일부가 됐죠. 숫자로 논하자면 30퍼센트가 넘었어요. 어쩌면 그 30퍼센트의 30퍼센트는 섹스였는지도 몰라요. 나머지는 당신 침대에 누워 당신이 샤워하는 소리 듣기, 당신 전화 기다리기, 당신이 요리하는 거 바라보기, 당신이 먹는 거 바라보기, 당신과 함께 소파에 앉아 TV 보기, 가끔 하는 외식, 가끔 하는 공원 산책, 당신과 만나기로 약속 잡기였어요. 섹스를 기반으로 한 관계치고는 많은 경험을 같이했고, 많은 시간을 섹스하지 않고 지냈어요. 유대감이 형성되고도 남을 시간이었죠. 당신에게 한 번도 사랑한다고 말한 적이 없어요. 당신도 한 번도 날 사랑한다고 말하지 않았어요. 그거면 우리 사이에 있었던 모든 걸 다 깎아 먹을 만하다고 말하는 사람들도 있겠죠. 하지만 난 그렇게 생각하지 않아요.

절대로 그렇게 생각하지 않아요.

29

당신과 내가 1년쯤 만났을 때 세라-제이드를 처음 봤어요. 그전에는 당신 집에 2주에 한 번만 와서 서로 마주치지 않을 수 있었어요. 그러다 당신 전 부인이 직장을 구했고 툭하면 세라를 당신 집 앞에 두고 갔어요. 미리 얘기도 하지 않고, 당신이 날 초대한 저녁에도 맡겼죠.

당신은 세라가 까다로운 아이라고, 부모의 이혼에 많이 속상해 있다고 했어요. 나는 아까 말했듯 어린 여자아이들을 그리 좋아하지 않아요. 어린 여자아이들은 증오가 가득한 눈으로 사람을 쳐다볼 때가 있잖아요.

세라-제이드는 인간 같지가 않았어요. 피부가 너무 얇고 창백해서 혈관이 다 보일 정도였죠. 게다가 하얀 머리카락이라니. 금발도 아니고 노인처럼 하얀 머리카락이라니. 또 몸집은 너무 작아서 여덟 살이 아니라 다섯 살 같았어요.

난 잘하려고 노력했어요. 정말로 노력했어요. 당신도 알잖아요. 당신도 봤잖아요, 기억하죠?

"아, 네가 세라-제이드구나. 만나서 반갑다." 나는 그 아이 손을 잡으려고 했어요. 어린아이들과는 항상 악수를 해요. 어른의 관심을 고맙게 여기는지 아닌지 알 수가 없으니까요. 어떤 아이들은 어른의 관심을 즐겨요. 눈으로 어른을 찾아 잡아당기죠. *날 봐줘요. 내 장점을 찾아서 다른 아이들보다 내가 낫다고 말해줘요.* 또 어떤 아이들은 어른이 관심을 주든 말든 신경도 쓰지 않고 어떻게든 어른에게서 빠져나가려고만 해요. 그래서 악수를 하는 게 그 중간쯤 되는 적절한 방법이라고 생각했어요. 아이와 악수를 한 첫 사람이 되는 것도 꽤 괜찮은 일이고요.

세라-제이드는 내 손을 잡지 않았어요. 몸을 홱 돌리더니 울면서 방을 뛰쳐나갔죠.

맙소사.

당신은 그 아이 뒤를 쫓아갔고 나는 당신과 그 아이의 목소리를 들으며 손을 무겁게 떨어뜨린 채 거실에 서 있었어요.

내가 괴물이 된 기분이었어요. 그때 거실 문 옆 테이블 위 벽에 걸린 거울에서 내 모습을 본 기억이 나요. 그때쯤 나는 나 자신을 애정 어린 눈으로 보기 시작했어요. 부정적인 면보다 긍정적인 면에 초점을 두기 시작했죠. 당신 같은 남자가 나를 만나고 나를 바라보려 한다면, 나도 그렇게 나쁘지 않다는 뜻이잖아요? 하지만 닫힌 문 뒤에서 당신이 흐느껴 우는 딸을 달랠 때 거울에 비친 내 얼굴은 내가 보고 싶은 얼굴이 아니었어요. 눈 주위는 거뭇했고 피부는 아래로 축 늘어진 데다 머리카락은 쉿물처럼 칙칙하고 너무 길어서 지저분했죠. 나는 예쁘지 않았어요. 예쁘지 않았어요.

당신 딸은 내게 그 사실을 상기시켜줬어요.

그 후로 당신 딸을 좋아할 수가 없었어요.

그 후로 한동안은 나 자신을 좋아할 수가 없었어요.

세라-제이드의 행동에 상처받지 말아야 했어요. 지금은 알겠어요. 세라-제이드는 매우 예민하고 겁이 많은 아이였어요. 아빠 집 거실에 있는 낯선 여자가 무서웠겠죠. 하지만 난 그 아이의 행동에 상처를 받았고 다시는 그 아이에게 친절하게 대할 수가 없었어요. 솔직히 당신도 그 아이를 어려워했잖아요. 그 아이는 냉담했고 성질을 부릴 때면 참기 힘들 정도였어요. 성질이란 말이 어울리지 않을 정도였죠. 악마에 씐 것 같았어요. 물건을 던지고 깨뜨리고 죽이겠다, 찌르겠다, 칼로 머리를 자르겠다, 소리를 질러댔죠. 걔는 당신을 증오했어요. 맙소사, 정말로 당신을 증오했어요. 어떨 때는 퇴행 현상을 보이며 아기처럼 굴었죠. 혼자는 무섭다며 화장실을 갈 때 당신을 데려갔고, 잠들 때까지 당신이 침실 밖에 앉아 그 애가 원하는 노래를 불러야 했어요. 어떨 때는 30분 넘게 말이에요.

당시 우리는 그 애 이야기를 많이 했어요. 밤이면 당신 침대에 누워 소곤소곤 이야기를 나누며, 어떻게 해야 하고 어떻게 대처해야 하는지 고민했죠. 나는 할 말이 전혀 없었어요. 어린아이에 대해 아는 게 전혀 없었으니까요. 조카와 조카딸이 천 명은 됐지만 그중 단 한 명도 본 적이 없어요. 일말의 관심도 없었죠. 그래도 적절하게 대답했어요. "심리 치료는 어때요?" 이렇게 제안했어요. "생각해본 적 있어요?"

하지만 완벽하고 자그마한 케이트, 세상에서 가장 짜증 나는 전처

(미안해요, 플로이드. 하지만 내 말이 사실이란 걸 당신도 잘 알잖아요. 숨소리 섞인 목소리와 인형처럼 껌벅거리는 눈, 당신이 세라-제이드의 잘못에 대해 말할 때면 턱을 아래로 내리깔고 "오, 우리 제이드. 불쌍한 우리 딸. 아빠가 또 널 너무 일찍 재웠니?"라고 말하던 것까지. 맙소사. 난 그녀를 반으로 잘라버리고 싶었어요)는 귓등으로도 듣지 않았어요. '설탕을 너무 많이 먹었다', '잠을 제대로 못 잤다', '학교에서 힘들었다', 어쩌고저쩌고 핑계만 늘어놨어요. 자기 자식이 사실상 소시오패스란 사실을 깨닫지 못했죠.

내가 더 노력해야 했어요. 내가 더 잘해야 했어요. 내가 잘못한 게 있다면 그것뿐이에요. 당신이 그 애에게서 등을 돌리게 만들었어요. 내가 그랬어요. 우리 둘이 함께 그 애를 악마로 만들었어요. 우리는 그 아이에 대한 실망과 무력감으로 하나가 됐죠. 당신이 그 애에게서 등을 돌릴수록 당신은 나에게 더 의지했어요. 나는 평범한 사람이 됐어요. 정상적인 사람이 됐어요. 나는 새로운 역학 관계를 받아들였어요. 100퍼센트 받아들였어요.

플로이드 던, 이제 나를 봐요. 내 눈을 똑바로 보고 당신이 아니었다고 말해봐요. 어서요. 어디 말해봐요. 어느 날 밤 우리가 사랑을 나눈 뒤에 내 두 손을 꼭 잡아 그 위에 입술을 꾹 누른 뒤 "당신과 내가 아이를 낳는다면 그 아이는 날 좋아할지도 몰라"라고 먼저 말한 게 당신이 아니라고 말해봐요.

30

로럴은 킹스 크로스에서 곧장 해나의 아파트로 가서 평소보다 더
열심히 청소했다. 청소할 데가 더는 남지 않자 실망스러운 여름의
악취가 가득한 흉측한 뒤뜰로 나갔다. 전지가위를 들고 전부 잘라
내 까맣고 앙상한 나뭇가지와 진흙, 해나가 한 번도 쓰지 않은 녹슨
바비큐 그릴만 남겨두었다. 장갑을 끼지 않아 손이 온통 쓸리고 까
졌지만 신경 쓰지 않았다. 해나의 핸드크림을 조금 덜어 손에 바르
고 피부에 흡수되도록 싹싹 문질렀다.

오늘은 꽃다발이 없었다. 솔직히 이제는 딸의 은밀한 연애사에
아무런 관심이 없었다. 은밀한 연애를 즐기면 어떤가. 여자든, 남자
든, 나이 많은 남자든, 젊은 여자든, 젊은 여자 둘과 개 한 마리든 아
무래도 상관없었다. 마음대로 하게 두자. 마음의 준비가 되면 언젠
가는 말할 테니.

어제만 해도 중요한 것 같았던 모든 게 더는 중요하지 않았다. 지
금 중요한 것은 머릿속을 막고 있는 커다랗게 엉킨 매듭을 풀어 새
로운 정보의 핵심을 찾는 것이었다. 한데 뒤엉켜 있는 정보의 그 실
마리들이 전부 중요한 의미를 지녔다고 확신했지만, 너무 믿기 어

렵고 기이해서 어디서부터 시작해야 할지 알 수가 없었다.

로럴은 해나가 둔 30파운드를 핸드백 안에 넣고 아파트 문을 잠근 뒤 자동차에 올라 서둘러 집으로 돌아갔다.

구글에 '노엘 도널리'를 검색했지만 별다른 정보가 나오지 않았다. 세상에는 놀라울 정도로 많은 노엘 도널리가 존재했고, 로럴은 노엘이 일부러 사라진 후 시카고의 물리치료사로 돌아와 인터넷을 통해 온 세상에 그 사실을 알리진 않을 거라 확신했다. 이번에는 '노엘 도널리 수학 과외 교사'를 검색했다. 이번에는 좀 더 수확이 있었다. FindMyTutor.com과 MyPerfectTutor.com 같은 사이트가 몇 개 떴다. 그러나 이 사이트에도 별다른 정보는 없었고 새로운 추천 글은 아예 없었다.

로럴은 '노엘 도널리 아일랜드'를 검색해봤다. 많은 글이 떴지만 그중 누구도 로럴이 찾는 노엘은 아니었다. 마지막으로 '노엘 도널리 실종'을 검색했다. 30분 후 로럴은 결론을 내렸다. 세상은 노엘 도널리의 실종에 별 관심이 없다고. 아무도 그녀의 실종 사실을 모르는 것 같았다. 아무것도 뜨지 않았다.

로럴은 노트북을 덮고 손목을 긁었다. 처음에 노엘을 소개해준 사람이 누구였는지 기억을 떠올려보려 애썼다. 이웃이었다. 그 여자의 얼굴은 기억났다. 그 여자가 키우던 적갈색 사냥개 아이리시 세터 두 마리도. 로럴을 보면 항상 펄쩍펄쩍 달려들어 청바지에 진흙 발자국을 남기곤 했다. 그 여자 이름은 기억나지 않았다. 손님방 옷장에서 이사하고 아직 풀지 않은 물건들이 든 상자 하나를 꺼냈다. 이 안에 옛날 주소록이, 휴대폰에 입력하는 대신 전화번호를 적어두었던 시대의 유물인 주소록이 있길 바랐다.

내용물을 반쯤 꺼낸 후에 주소록을 찾아 페이지를 넘기면서 한때는 알았지만 지금은 생각조차 하지 않는 수많은 사람의 이름에 살짝 오싹해졌다.

수지, 아니면 샐리, 아니면 샌디. 그 비슷한 이름이었다. 페이지를 점점 더 빨리 넘겼다. 그러다 손을 멈추었다. 분홍색 포스트잇이 ㅅ 페이지에 붙어 있었다. 급하게 휘갈겨 쓴 자신의 글씨였다. '노엘 도널리'란 이름과 전화번호가 적혀 있었다. 기억이 났다. 샐리, 그래, 샐리였다. 어느 날 아침 샐리에게 전화해 이렇게 말한 게 떠올랐다. "엘리가 과외를 받고 싶대. 좋은 과외 교사가 있다고 했잖아. 그 사람 전화번호 있어?" 전화번호를 휘갈겨 받아 적고 포스트잇을 떼 붙여놓았다. "고마워, 샐리. 자기밖에 없다. 그럼 조만간 봐!" 뒤에서 샐리의 개들이 짖는 소리가 났다.

로럴은 그 번호로 전화했다. 놀랍게도 누군가가 전화를 받았다. 아일랜드 억양이 있는 젊은 남자였다.

"여보세요. 죄송한데 이 번호를 쓰던 분을 찾고 있어요. 노엘 도널리요."

"아, 네, 맞아요." 젊은 남자가 대답했다. "노엘은 제 고모인데 아무도 고모가 어디 있는지 몰라요."

로럴은 잠시 할 말을 잃었다. 아무런 이야기도 듣지 못할 줄 알았다. 기껏해야 노엘 도널리란 이름은 들어본 적 없다는 답변이 전부일 줄 알았다. 그런데 혈연관계인 사람이 나타난 것이다.

"아. 그렇군요. 노엘이 사라졌다면서요, 그렇죠?"

"그렇다고 하더군요. 그렇다고들 해요."

"혹시…… 노엘의 딸과 제가 친한 사이예요. 그리고 노엘의 전 애인과도요. 그러니까……" 뭐라고 표현해야 할까? "노엘이 사라진 것에 대해 궁금한 게 있는데 제가 찾아가도 될까요?"

"그런데 누구시죠?"

"전 포피 친구예요."

"아, 그렇군요. 노엘 고모가 낳은 딸 포피요. 할머니가 가끔 포피 얘기를 하세요."

일순간 침묵이 흘렀고 로럴이 자기가 찾아가도 되냐는 질문을 듣기는 한 걸까 궁금해하던 찰나 남자가 말했다. "그럼요. 안 될 거 뭐 있어요? 할로 로드 12번지예요. 스트라우드 그린 로드 바로 옆이죠."

"지금요?" 로럴이 확인했다. "지금 가도 될까요?"

"그럼요. 참, 제 이름은 조슈아예요. 조슈아 도널리요."

"저는 로럴 맥이에요. 30분 내로 갈게요."

할로 로드는 하이 로드 바로 옆인데, 엘리가 실종되던 날 CCTV 영상으로 뉴스에 수도 없이 나왔던 곳이라 로럴에게는 너무나도 익숙한 곳이었다. 바로 이 맞은편에 자동차가 주차되어 있었고, 엘리는 그 자동차 창문에 자신의 모습을 비춰봤다.

이제 모퉁이만 돌면 12번지였다. 다닥다닥 붙어 있는 작은 집 중 하나였고 앞마당에 작은 벚나무가 한 그루 있었다. 집 상태는 좋지 않았다. 아무도 살지 않는 집 같았다.

조슈아 도널리가 문을 활짝 열고 옆으로 비켜섰다. "들어오세요,

로라. 들어오세요."

"로럴이에요. 월계수 할 때 로럴이요."

"아, 그렇군요. 네." 조슈아가 들어오며 문을 닫았다. 작고 탄력 있는 몸에 커다란 운동복 바지와 빨간색과 흰색이 들어간 축구 티셔츠 차림이었다. 머리카락은 군인처럼 바짝 자르고 헤어라인 안쪽으로 얇게 한 줄로 면도를 했다. 얼굴은 매력적이었다. 예쁘다는 생각이 들 정도였고 속눈썹이 매우 길었다.

"집이 어지러운데 이해해주세요." 조슈아가 로럴을 작은 거실로 안내하며 말했다. "저와 남동생 둘이 사는데 집안일은 영 젬병이라서요."

거실에는 갈색 가죽 소파 두 개와 바니시를 칠한 소나무 가구들이 많았다. 벽에는 현대미술 작품이 담긴 액자들이 걸려 있고, 뒷문 옆과 의자 등받이에 빨래가 널려 있었다. 여기저기에 머그잔들이 놓여 있고 대학 과제로 보이는 것들이 쌓여 있었다. 하지만 젊은 남자 둘이 사는 걸 감안하면 그리 심각한 편은 아니었다.

"그러면 당신은 노엘의……?"

"노엘 고모 남동생의 아들이에요. 남자 형제가 넷이고, 여자 형제가 둘이었는데 한 명은 어릴 때 죽었어요. 다른 한 명이 노엘 고모인데 아무도 고모가 어떻게 됐는지 몰라요." 조슈아는 소파에서 교과서를 치우고 손으로 부스러기를 쓸어낸 뒤 로럴에게 앉으라고 손짓했다. "뭐 좀 드릴까요? 차? 콜라?"

로럴은 소파에 앉았다. "아니에요, 아니에요. 고맙지만 괜찮아요."

"정말요? 별거 아닌데요."

"정말 괜찮아요. 고마워요."

조슈아는 다른 소파를 치우고 앉아 무릎을 활짝 벌리고 한 다리를 떨었다.

"노엘한테 이 집을 물려받았어요?"

"음, 아니요. '물려받았다'고는 할 수 없죠. 그냥 남은 가족들이 가지게 됐어요. 가족 중 런던에 집이 필요하면 누구든 이용할 수 있는 전용 호텔 같은 거죠. 지금은 저와 제 남동생 새미뿐이에요."

"여기서 지낸 지 얼마나 됐어요?"

"10월부터요. 골드스미스 대학에 입학했거든요. 앞으로 2~3년은 더 여기 있을 거예요. 제가 오기 전엔 다른 사람들이 있었어요. 우리 사촌이 열세 명이거든요. 대신 물건을 움직이거나 건드리는 건 금지예요, 무슨 뜻인지 아시죠? 노엘 고모기 남겨둔 그대로 보존해야 해요. 딱 그대로요."

"노엘이 돌아올 때를 대비해서요?"

"그럼요. 노엘 고모가 돌아올 때를 대비해서요. 맞아요."

"노엘이 돌아올 거라고 생각해요?"

"아." 조슈아가 어깨를 으쓱했다. "그게 문제죠. 저는 한 번도 노엘 고모를 만난 적이 없어요. 우리 사촌들 중 아무도 본 적이 없죠. 노엘 고모는 우리 가족 내에서 유령 같은 존재예요. 노엘 고모 이야기를 들은 적은 있어요. 집을 샀다더라, 유명한 작가와 사귄다더라, 아기를 낳을 거라더라, 뭐 그런 이야기요. 하지만 한 번도, 단 한 번도 노엘 고모를 만난 적이 없어요. 이상하죠?"

조슈아가 로럴을 향해 눈을 깜빡거리고 입을 크게 벌리며 환한 미소를 지었고, 로럴은 그의 말에 맞장구를 쳤다. "네, 맞아요. 진짜 이상하네요."

로럴은 책이 가득한 소나무 책장과 벽에 걸린 색 바랜 그림들을 둘러보았다. "그럼 이게 다, 가구며 책이며 이게 다 노엘 거예요?"

"네, 맞아요. 전부 다요. 위층 옷장에는 고모 옷도 다 그대로 있어요. 정말로요. 속옷이며 고모 물건들 전부요."

"아무도 치운 적이 없어요? 노엘이 둔 그대로라고요?"

"네. 거의 그런 셈이죠."

로럴은 그 순간 당장 위층에 뛰어 올라가 샅샅이 뒤지고 싶은 충동에 휩싸였다. 서랍을 뒤집고 서류를 살펴보고 싶었다. 뭘 찾으려고? 로럴은 생각했다. 도대체 뭘 찾으려고 생각한 거지?

대신 로럴은 이렇게 물었다. "고모에게 어떤 일이 있었을 거라고 생각해요?"

"솔직히 저는 전혀 감이 안 잡혀요. 노엘 고모는 아일랜드로 돌아올 예정이었다고, 저는 그렇게 들었어요. 고모도 여권과 카드, 짐 가방, 사진 몇 장을 챙겨갔고요. 어디론가 간 것은 분명해요. 근데 어디로 갔는지 몰라도 도착하지는 못한 것 같아요. 여권은 사용한 적이 없고, 몇 년 동안 카드를 사용한 기록도 없으니까요." 조슈아는 두 손 손바닥을 위로 내밀었다가 무릎 위에 내려놓았다. "이상한 일이죠."

"실은 내 딸도 사라졌어요." 로럴은 가볍게 이야기를 꺼냈다.

"그래요?" 조슈아가 앞으로 몸을 내밀며 관심을 보였다.

"내 딸이 사라진 건 2005년이었어요. 마지막으로 그 애가 살아서 목격된 곳이 저기였죠." 로럴은 스트라우드 그린 로드 쪽을 가리켰다. "바로 저기예요. 적십자 중고 가게 맞은편이요. CCTV에 찍혔어요."

조슈아는 유심히 로럴을 바라보았고, 둘은 한동안 침묵에 휩싸인 채 앉아 있었다.

로럴은 어디까지 밀어붙여야 이 매력적인 청년이 방어적인 태도를 보일까 궁금했다. "사촌 포피 말이에요. 만나본 적 있어요?"

"아니요. 우리 중 아무도 못 만나봤어요. 우리가 만나지 못한 유일한 사촌이죠. 정말 안타까워요. 그 나이 또래 다른 사촌이 있거든요. 이름이 클라라인데 정말 재미있고 특이한 아이예요. 둘이 친하게 지낼 수도 있을 텐데 안타까워요. 그런데 그 남자, 작가라는 그 남자가……."

"플로이드요?"

"네, 그 남자요. 남들과 어울리지 않고 딸도 집에만 두더라고요. 우리가 아이 보살피는 걸 돕겠다고 제안했지만 거절했어요. 노엘 고모가 사라지고 1년쯤 지났을 때 제 큰아버지 중 한 분이 그 집에 찾아가서 친해지려고 해봤대요." 조슈아가 고개를 저었다. "그런데 그 남자가 꽤 까칠하게 대하면서 우리 집안 사람들을 만나고 싶지 않다고 했다나 봐요."

로럴은 포피가 아일랜드 가족의 존재를 알고는 있을까 궁금했다.

"포피와 플로이드는 어떻게 아는 사이예요?" 조슈아가 물었다.

"나는…… 사실 나는 플로이드와 만나는 사이예요. 그는 제 남자친구죠."

"아." 조슈아가 눈썹을 추켜세웠다. "그렇군요."

"참 희한한 일이죠. 노엘이 내 딸 엘리의 수학 과외 선생이었어요. 내 딸이 사라지기 몇 주 전까지 가르쳤어요."

"여기서요?" 조슈아가 바닥을 가리켰다.

"아니요. 노엘이 우리 집으로 왔어요. 여기서 800미터 거리예요."

"그렇군요. 그래요."

로럴은 잠시 조슈아를 응시하며 머릿속의 엉킨 매듭을 풀어줄 실마리를 제공해주길 바랐다.

"그러니까 석연치 않은 구석이 있다는 말씀이신가요?" 마침내 조슈아가 물었다.

"나도 모르겠어요. 정말 모르겠어요."

"좀 이상하긴 하군요. 그건 저도 인정합니다." 조슈아는 무릎에 팔꿈치를 대고 잠시 바닥을 응시했다. "그 말을 들으니까 생각나는 게 하나 있어요." 조슈아는 손끝으로 관자놀이를 둥글게 문질렀다. "당신에게 미스터리가 있는 것처럼 제게도 미스터리가 있는데, 혹시 그 두 가지 미스터리가 서로 연관이 있을까요?"

"노엘의 물건을 살펴본 적 있어요? 사적인 물건이요. 일기 같은 거라도?"

"아니요. 한 번도요. 하지만······" 조슈아가 말을 멈췄다. "하나 걸리는 게 있어요. 진짜 이상한 거요. 우린 도무지 모르겠더라고요." 문을 바라보던 조슈아가 다시 화제로 돌아왔다. 그는 한숨을 쉬었다. "보여드릴까요?"

"뭘요?"

"절 믿으셔야 가능해요. 전 낯선 사람이고 무슨 짓을 할지 모르니까요."

"무슨 뜻이에요?"

"그게 지하에 있어요."

"뭐가요?"

"이상한 거요. 우리가 찾은 건데 지하실에 있어요."

로럴은 아드레날린이 솟구치는 걸 느꼈다. 맞은편에 앉은 사랑스러운 얼굴의 청년을 바라보았다.

"내려가기 싫다고 해도 충분히 이해해요. 저라도 안 내려갈 거예요. 공포 영화를 너무 많이 봤는지도 모르죠. '지하실에 내려가지 말랬잖아, 이 멍청아!' 소리가 절로 나오는 영화들 말이에요."

미소 짓는 조슈아는 대학 때문에 아일랜드에서 온 착한 청년으로밖에 보이지 않았다.

"원한다면 말로 설명해드릴게요. 아니면 제가 내려가 휴대폰으로 사진을 찍어서 보여드릴까요? 그게 더 낫겠죠?"

로럴은 미소 지었다. "괜찮아요. 내려가서 볼게요."

"아는 사람에게 문자하세요." 조슈아는 여전히 걱정스러운 표정으로 로럴을 보았다. "문자해서 어디 있는지 알려요. 저라면 그렇게 하겠어요."

로럴은 웃음을 터트렸다. "그냥 보여줘요."

지하실로 내려가는 문은 주방 안에 있었다. 서랍에서 손전등을 꺼낸 조슈아가 앞장서서 나무 계단을 내려갔다. 계단 맨 아래에 문이 있었다. 조슈아가 문을 밀어 열자 작은 사각형 방이 나왔는데, 거실 및 주방과 마찬가지로 바니시를 칠한 소나무 가구로 가득 차 있었다. 벽 높은 곳에 작은 창문 하나가 있어 앞마당 벚나무의 가늘고 헐벗은 가지들이 보였다. 펼치면 침대가 되는 작은 소파 베드와 TV, 의자 하나가 있었다. 반대편 벽의 탁자 위에는 햄스터 우리로 보이는 것들이 쌓여 있었다.

조슈아는 손전등으로 방 안을 훑었다. "우리 큰아버지들이 왔을 때 저 안에 햄스터가 스무 마리쯤 있었는데, 바닥에 등을 대고 작은 다리를 공중에 치켜든 채로 다 죽어 있더래요." 조슈아는 바닥에 등을 대고 다리를 치켜든 채 죽은 햄스터 흉내를 냈다. "몇몇 햄스터가 다른 햄스터를 잡아먹은 모양이래요. 우린 전혀 이해가 안 되더라고요. 노엘 고모가 햄스터를 사육한 걸까요? 아이들에게 팔았을까요? 하지만 그랬다는 증거는 찾지 못했어요. 왜 햄스터를 잔뜩 둔 걸까요? 지하실에? 그리고 죽게 내버려둬요?"

로럴은 우리들을 바라보며 몸서리를 쳤다. 그러다 다시 주위를 둘러보았다. 노란 판자가 덮여 있는데도 불구하고 그 방은 황량하고 차가운 느낌이었다. 으스스하고 무시무시한 분위기가 감돌았다.

"이 방이 뭐 하던 방이라고 생각해요?" 로럴은 조슈아에게 물으며 전부 세 개인 문 자물쇠를 살펴본 다음, 고개를 돌려 높은 창문으로 보이는 헐벗은 나뭇가지와 펼쳐진 소파 베드, TV를 바라보았다.

"손님방이겠죠."

"그리 아늑하진 않네요, 그렇죠?"

"네. 손님이 많지 않았을 거예요. 제가 들은 바로는 사교적인 성격은 아니라던데요."

"그러면 왜 소파 베드를 여기에 놨을까요? 그리고 TV는? 동물들은 왜 키우고 죽게 내버려둔 걸까요?"

"제가 말했잖아요. 이상하다고. 솔직히 노엘 고모가 그냥 이상한 사람이었는지도 몰라요. 어린 나이에 여동생을 잃어서 망가진 것 같아요."

로럴은 다시 몸서리를 쳤다. 엘리를 잃은 해나가 떠올랐다. 해나의 어둡고 삭막한 아파트, 유머 감각이라곤 없는 무뚝뚝한 성격과 어색한 포옹을 생각했다. 자신의 딸이 노엘 도널리 같은 결말을 맞을지도 모른다는 공포가 치솟았다. 햄스터를 잔뜩 키우다가 사라지면서 뒤에 그림자만 남길까 봐. 그런 생각을 하는 찰나 로럴의 눈에 소파 베드 밑에 튀어나온 무언가가 보였다. 작은 플라스틱 조각 같은 것이었다. 로럴은 손을 아래로 뻗어 집어 들었다. 밝은 분홍색과 녹색 케이스에 든 립밤이었다. 수박 향이었다.

그 립밤을 손바닥 안에서 뒤집고는 주머니에 넣었다. 왠지 그 립밤이 자신의 것인 것 같았다.

집으로 운전해 돌아오면서 운전대를 잡은 두 손이 떨렸다. 아직도 노엘 도널리의 집 지하실 냄새가 났다. 눅눅한 나무 냄새, 곰팡이 핀 카펫 냄새가. 눈을 감을 때마다 흉측한 소파 베드와 잔뜩 쌓인 햄스터 우리들, 벽 위에 달린 지저분한 창문이 보였다.

집에 돌아오자 손님방에서 다시금 침대 밑 엘리의 상자를 꺼냈다. 펜과 배지, 반지와 헤어핀을 뒤졌다. 상자 안에는 엘리의 칫솔과 빗, 엉킨 고무 밴드와 열쇠고리, 페이스 크림도 있었다. 그리고

그 가운데 립밤 세트가 있었다. 세 개였다. 하나는 파파야 향, 하나
는 망고 향, 그리고 다른 하나는 허니듀 멜론 향. 로럴은 노엘의 지
하실에서 가져온 수박 향 립밤을 코트 주머니에서 꺼내 옆에 나란
히 놓았다.

한 세트였다.

31

그래요. 딱히 피임약을 먹고 있지 않으면서 피임약을 먹고 있다고 말한 건 사실이에요. 솔직히 말해 나는 나이가 너무 많아서 콘돔 사용을 그만둔 지 두 달 만에 임신할 줄은 상상도 못했어요. 당시 신분에는 온통 여자가 서른다섯이 되면 난자가 다 말라버린다는 얘기뿐이었고 생리가 늦어졌을 때는 ― 정말로 ― 폐경이 온 줄 알았어요. 청바지가 점점 꽉 끼기 시작하면서 확인해봐야겠다는 생각이 들었죠. 그래서 임신 테스트기를 샀고 작은 핑크색 선이 두 개 떴을 때 내 집 변기에 앉아 몸을 앞뒤로 흔들며 살짝 울었어요. 내가 아이를 원하지 않는다는 사실을 깨달았거든요. 내가 한심한 바보라는 사실을 깨달았어요. 모성애라고는 전혀 없고, 아기들이 무서워하는 얼굴로 어떻게 아이를 키우겠어요? 게다가 당신이 아이를 원하는지 원하지 않는지도 모르는데? 네, 당신이 그런 말을 하긴 했지만 어떤 반응을 보일지 전혀 알 수가 없었어요. 조금도요.

하지만 내가 임신 사실을 말하자 당신은 기뻐했죠. 적어도 기분 나빠하지는 않았어요.

"이런. 예상치 못한 일이네." 그러고 이렇게 덧붙였어요. "낳고 싶어?" 내가 가게에서 산 목걸이를 반품하고 싶어하는 것처럼요. 나는 대답했어요. "물론 낳고 싶지. 우리 아이잖아." 당신은 고개를 끄덕였어요. 그게 다였어요. 다만 당신은 이렇게도 말했죠. "나와 같이 살자고 할 수는 없어, 그건 알지?"

상처받았지만 드러내지 않았어요. 그냥 "그럼, 물론이야"라고만 대답했어요. 한 번도 그런 생각은 해보지 않은 것처럼. 솔직히 아기가 태어나면 당신 마음이 바뀔 거라고 생각했어요. 그래서 한 번도 내 생각을 말하지 않았죠. 혼자 아이를 키울 수는 없다고 말이에요.

생리를 두 번이나 걸렀지만 얼마나 됐는지는 확실하지 않았어요. 당신이 함께 병원에 가줬어요. 그날을 기억해요. 화창한 날이었죠. 당신이 대기실에서 내 손을 잡았어요. 우리 둘 다 약간 들뜨기도 하고 긴장도 했지만, 내 생각에는 기대감도 있었던 것 같아요. 인생을 살다 보면 갈림길에 도착해 가방을 싸서 두려움과 기대를 잔뜩 안고 새로운 여정을 떠나는 것 같은 기분이 드는 날이 있잖아요. 그날도 그랬어요. 그날은 깨끗하고 새로운 느낌이었고, 과거에 지나간 날들은 물론 앞으로 다가올 날들과도 분리된 날 같았어요. 그날처럼 다른 사람이 된 기분은 다시는 느껴보지 못할 거예요, 플로이드. 다시는.

드디어 스크린에 태아가 보였고 당신이 내 손을 꽉 쥐었어요. 당신이 너무 좋아서 흥분했다는 거 다 알아요. 내 안에 당신 아이가 있었어요. 우리 인생에 들어온 아이, 당신을 미워한다는 말을 절대 하지 않을 아이가. 기회는 다시 시작됐어요. 모든 걸 바로잡을 기회. 그 순간에 당신은 행복했어요. 정말이에요, 플로이드. 당신은 행복했어요.

그런데 아무 소리도 안 들렸어요. 아무런 소리도. 난 임신이 처음이었어요. 어쩌면 아기 심장이 아직 형성되지 않았나 생각했죠. 아니면 내 심장박동 덕에 태아가 살아 있는 걸지도 모른다고 생각했어요. 이렇게 작은 태아에게도―의사 말에 따르면 10주 된 태아에게도―심장박동이 있어야 하는 줄 몰랐어요. 그걸 내가 무슨 수로 알겠어요? 당신은 내 배를 모니터로 살피는 의사의 얼굴에서 미소가 사라지는 걸 보고 물었어요. "무슨 문제가 있나요?" 의사가 대답했어요. "심장박동이 잘 들리지 않네요."

그때야 나도 알았어요. 소리가 나야 하는데 나지 않는다는 걸요.

당신이 잡고 있던 내 손을 놓았어요.

당신이 한숨을 쉬었어요.

그건 슬픔의 한숨이 아니었어요. 실망의 한숨도 아니었어요. 그건 짜증의 한숨이었어요. '이런 것도 제대로 못하는 거야?'라고 말하는 한숨.

아이를 잃은 것보다 당신의 그 한숨이 나를 비참하게 만들었어요.

그 후에 당신은 이 기회에 서로 갈 길을 가자고, 나에게 나쁜 감정은 없다고 말했어요. 그러나 당신은 우리 관계를 그렇게 끝낼 만큼 마음이 굳세지 못했고 난 그걸 이용했어요. 당신에게 매달렸죠. 그래요, 그 사실은 인정할게요. 내가 이미 끝난 관계를 붙잡고 질척거렸어요. 임신하기 전의 나로 완전히 돌아갔죠. 당신이 부를 때마다 당신 집에 가서 섹스를 했어요. 습기 때문에 집 보수공사를 할 때

는 몇 달간 당신 집에 들어가 살기도 했고요. 내가 집에 와 있는 걸
당신이 정말 원하지 않는다는 거 알고 있었어요. "얼마나 더 오래
걸린대?" 당신은 이렇게 물었죠. "건축업자들 말이야. 아직도 완공
날짜를 안 알려줬어?"

난 아무것도 달라지지 않았다는 걸 알았고, 내 자궁이 한때 당신
의 태아를 품고 있었다고 해서 당신과 당신 시간에 대한 특별한 소
유권을 요구하지도 않았어요.

당신의 끔찍한 딸 세라-제이드도 여전했었죠. 당신을 증오하는
동시에 당신을 필요로 하고 당신을 혼란스럽게 하고 당신을 화나게
하고 당신을 때리고 당신에게 침을 뱉은 다음 당신이 바쁠 때 30분
동안 당신 무릎에서 떨어지지 않으려고 하는 아이. 그리고 내 자궁
안에서는 예기치 못하게 잠깐 스쳐 지나간 생명이, 우리 죽은 아이
의 들리지 않는 심장박동이 울려 퍼지고 있었어요. 난 그 모든 게 이
해되지 않았어요.

당신은 날 신뢰하지 않고 다시 콘돔을 사용했어요. 따라서 당신
과 나 사이에 아이는 생길 리 없고, 난 그 사실을 받아들여야 했죠.

난 그 사실을 받아들이려고 무척 애를 썼어요, 플로이드. 진짜 노
력했어요. 2년 동안 노력했죠. 나는 마흔세 살이 됐어요. 그러다 마
흔네 살이 됐고요. 내가 더는 임신이 힘들 거라고 생각했는지 당신
은 모험을 하기 시작했고, 어느 날 밤 콘돔이 떨어지고 없자 이렇게
말했어요. "괜찮아. 빨리 빼면 돼."

당신이 제때 빼지 못했는지 모든 게 다시 시작됐어요. 생리가 늦
어졌죠. 임신 테스트를 했어요. 핑크색 선 두 개가 나타났어요. 사

흘 동안 난 행복의 절정에 올라 있는 것 같았어요. 가는 곳마다 햇살이 내 얼굴을 비추고, 바람은 내 머리카락을 간질이고, 천사들이 하프를 연주하는 것 같았어요. 검사를 예약했지만 이번에는 당신에게 말하지 않았어요. 조용한 검사실과 짜증의 한숨, 떨어지는 손을 견딜 수가 없었어요. 하지만 병원에 가기도 전에 당신 아이는 죽어서 내게서 떨어져 나갔어요. 약간의 출혈이 있었죠. 테스트를 하지 않았더라면 생리 양이 많은 줄 알았을 거예요.

난 예약을 취소했어요.

두 번째 태아 얘기는 당신에게 하지도 않았죠.

그날이었어요, 플로이드. 바로 그날 처음 엘리 맥의 집에 갔어요. 내 안에서 당신 아기가 죽은 바로 그날. 나는 억지 미소를 짓고 다정한 척 굴며 예쁜 응석받이 소녀와 털이 북슬북슬한 고양이와 함께 방 안에 앉아야 했어요. 단란한 가족의 생활이 느껴지는 풍경에 둘러싸여서요. 사진 액자들이 놓여 있고 아무렇게나 벗어놓은 신발들에 쓰레기 같은 페이퍼백들, 전부 해비타트에서 가져온 게 분명한 가구들까지. 그리고 나름대로 머리가 똑똑해 알아야 할 것은 이미 전부 알고 있는 예쁜 응석받이 여자아이를 가르쳐야 했어요. 내가 하고 싶은 거라고는 울면서 이렇게 말하는 것뿐이었어요. *오늘 나는 또 다른 아이를 잃었어!*

나는 그러지 않았어요. 네. 그 애 어머니가 'Keep Calm and Clean My Kitchen(평정심을 유지하고 주방 청소해)'이라는 문구가 적힌 머그잔에 내준 차를 마시고, 찰스 왕세자가 연 고급 친환경 식료품점에서 파는 맛있는 초콜릿칩 비스킷을 먹었어요. 그리고 난 그 딸을 열심히 가르쳤어요. 35파운드를 받으려고 열심히 일했어요.

그날 저녁 엘리 맥의 집에서 나올 때는 기분이 차분했어요. 1킬로미터를 걸어 집으로 돌아왔는데 매섭게 추운 저녁이었고 공기 중의 얼음 조각들이 내 손등을 찔렀어요. 나는 천천히 걸으며 어둠과 고통을 즐겼죠. 걷는 동안 내 안에서 이런 확신이 생겼어요. 모든 게 다 연결되어 있다는 확신. 떠난 아기와 응석받이 소녀가 하나이며, 어쩌면 하나가 나머지 하나를 보충해줄지도 모른다고요.

집에 도착해서도 당신에게 전화를 하거나 당신이 내게 전화했는지 확인하려고 휴대폰을 보지 않았어요. 나는 TV를 보고 발톱을 잘랐어요. 와인 한 잔을 마셨어요. 한참 동안 목욕을 했어요. 내 다리 사이로 물이 들어와 당신 아이의 마지막 흔적까지 전부 씻어가게 됐어요.

그리고 엘리 맥이라는 여자아이를 생각했어요. 똑똑한 두뇌와 완벽한 외모, 대충 틀어 올린 금빛 머리카락, 뒤로 숨긴 양말 신은 발과 소매 속에 넣은 우아한 손, 그 애의 냄새―사과와 치약, 깨끗한 머리카락, 소녀 냄새―와 배우고자 하는 열정, 다정함, 완벽함. 그 애에게서는 광채가 났어요, 머리 위에 후광이 있는 것처럼. 그 애는 부모에게 증오한다고 말한 적이 한 번도 없을 거예요. 그 애는 부모에게 침을 뱉거나 부모를 꼬집거나 음식을 던진 적이 한 번도 없을 거예요.

그 애는 아주, 아주 사랑스럽고, 아주, 아주 똑똑했어요.

그리고 솔직히 고백하자면 난 그 애에게 지나치게 집착하게 됐죠.

32

그날 오후 로럴은 엄마 루비를 방문했다.

"아직 여기 계시네요?" 로럴은 핸드백을 바닥에 내려놓고 코트를 벗으며 물었다.

루비가 혀롤 차고 한숨을 쉬었다. "그-그-그런 것 같아."

로럴은 미소를 지으며 엄마의 손을 잡았다. "큐요일 생일 파티 때 엄마를 위해 건배했어요. 다들 엄마를 무척 보고 싶어해요."

루비는 '어련하시겠어'라고 말하는 듯 눈을 굴렸다.

"정말이에요. 그리고 그거 알아요? 보니를 만났어요!"

루비가 눈을 커다랗게 뜨며 손끝을 입에 댔다. "세-세상에!"

"그러게 말이에요. 놀랍죠. 좋은 사람이더라고요. 좋은 사람일 줄 알았어요. 꼭 껴안고 싶은 사람이에요."

"뚜-뚜-뚱뚱해?"

로럴은 웃음을 터트렸다. "아니요. 뚱뚱하지는 않고 가슴이 풍만해요."

루비는 자신의 납작한 가슴과 자신이 물려준 딸의 납작한 가슴을 내려다보았고 둘은 함께 웃음을 터트렸다.

"나-남자친구는? 다 좋았어?"

"네!" 로럴은 애써 더 쾌활하게 대답했다. 엄마는 딸이 행복한 모습을 보려고 비참한 생활을 애써 버티고 있었으니까. "진짜 좋았어요. 다 잘되고 있어요!"

로럴은 엄마의 눈을 스치고 지나가는 의문을 보았고 재빨리 화제를 바꾸어 엄마에게 건강과 식욕은 어떤지, 엄마가 요양원으로 들어온 날 두바이로 떠난 한심한 오빠 소식은 들었는지 물었다.

"다시는 널 못 볼 거야." 로럴이 코트를 입는 순간 엄마가 말했다.

로럴은 엄마의 눈을 깊이 바라보았다. 그런 다음 고개를 숙여 엄마를 두 팔로 끌어안고 귀에 입을 대고 말했다.

"다음 주에 만나요, 엄마. 혹시 다음 주에 못 만난다면 엄마는 세상에서 가장 훌륭하고 멋진 엄마였고, 엄마가 내 엄마라서 난 정말 운이 좋았다는 거 알아주세요. 내가 엄마를 사랑한다는 것도요. 우리가 모두 엄마를 사랑한다는 것도요. 엄마는 세상에서 가장 좋은 엄마였어요. 알았죠?"

엄마가 고개를 끄덕이는 게 느껴졌다. 부드러운 엄마의 머리카락이 숨결처럼 로럴의 뺨에 닿았다. "그래." 엄마가 말했다. "그래, 그래. 그래."

로럴은 뺨에 흐른 눈물을 닦고 미소를 지으며 몸을 일으켰다.

"갈게요, 엄마. 사랑해요."

"나-나-나도 사랑한다."

로럴은 잠시 문간에 멈춰 엄마를 보았다. 엄마의 모습을 바라보며 엄마가 이 세상에 존재하는 것에 감사했다. 주차장에 세워둔 차에 돌아와 잠시 앉아 있었다. 30초 정도 울다가 정신을 차렸다. 죽고 싶은 것과 죽는 것과는 대개 아무 관계가 없다. 그러나 엄마는 단순히 죽고 싶어하는 것 같지가 않았다. 일종의 예감 같았다. 오랜 친구를 떠올리면 곧 그 친구를 만나게 되듯, 폭우가 쏟아지기 전에 폭우가 다가온다는 것을 느끼듯, 곧 죽을 사람이 사는 집을 향해 개들이 짖듯, 설명할 수 없는 어떤 예감 말이다.

로럴은 핸드백에서 휴대폰을 꺼내 가만히 들여다보았다. 누군가와 이야기를 나누고 싶었다. 누구보다 그녀를 잘 아는 사람과.

하마터면 폴에게 전화할 뻔했지만 하지 않았다.

33

전에도 여자아이들에게 반한 적이 여러 번 있어요. 내가 근무하던 세련된 잡지사에 일하는 아가씨들이요. 정말, 정말 세련된 아가씨들. 난 그 여자들을 증오했어요, 진심으로. 하지만 그와 동시에 그들을 동경했죠. 특히 재미있고 다정한 여자들을요. 재미없고 까탈스러운 여자들에게는 별 관심이 없었어요. 그 여자들은 더 나은 유전자를 가졌을 뿐이지 나와 다를 바 없으니까. 그런데 재미있는 여자, 사랑스러운 여자, 내가 문을 잡아주면 고맙다고 인사하는 여자나 문제가 생기면 바보 같은 표정을 짓는 여자는 맙소사, 내 마음에 쏙 들었죠. 물론 성적인 의미는 아니에요. 그냥 그런 여자로 사는 건 어떤 기분일까 알고 싶은 것뿐이죠. 황금빛 머리카락에 햇살이 비치고, 지나갈 때마다 문이 열리고, 남자들이 돌아보고, 도착하는 바로 그 순간에 파티가 시작된다면 어떤 기분일까 궁금했어요.

비사교적인 자아가 여러모로 나를 보호해줬어요. 눈에 띄지 않으면 안전한 기분이 들었죠. 내게 기대하는 사람은 아무도 없었고, 18년간 부모님 집에서 살았던 내게 무언가 하거나 무언가가 되기를 기대받지 않는다는 건 자유나 다름없었어요. 모순된 감정이었죠.

한편으로는 나도 인기 있는 여자가 되고 싶기도 하고, 한편으로는 그런 여자들을 보며 우월감을 느꼈으니까요.

그리고 엘리 맥은 내가 만난 중에서도 가장 뛰어난 여자였어요.

알고 보니 그 아이는 사랑에 빠졌더군요. 테오라는 남자친구가 있었어요. 나도 한 번 만난 적이 있어요. 그 아이도 굉장한 미남이었죠. 한없이 다정하고 상냥하고 잘생기기는 또 얼마나 잘생겼던지. 테오는 내 손을 잡고 악수하면서 제대로 나와 눈을 맞췄고, 머리도 아주 아주 똑똑해서 나도 모르게 이런 생각이 들었어요. 이 두 사람이 아이를 낳는다면 정말 대단할 거야.

이제 와 생각해보면 그게 시발점이었던 것 같아요.

당신 잘못도 있어요. 당신이 내 손을 놓고 짜증스러운 한숨을 쉬었으니까. 당신이 '나와 같이 살자고 할 수는 없어, 그건 알지?'라고 말했으니까. 당신 무릎 위에 앉은 어린 딸이 한 팔을 당신 목에 감고 공포 영화에 나올 법한 커다란 눈으로 내가 자신을 살해한 범인이라도 되는 듯 나를 노려봤으니까.

그런데 내 보람 없는 한 주의 하이라이트는 엘리 맥이었어요. 난 그 아이에게 선물을 했죠. 그 아이에게 훌륭하다고 칭찬했어요. 난 내 인생의 한 토막을 그 아이와 나눴고, 그 아이도 인생 한 토막을 나와 나눴어요. 그 아이의 어머니는 상냥한 여자였어요. 그 여자도 나를 마음에 들어했던 것 같아요. 매주 같은 머그잔에 차를 내줬죠. 난 그 컵이 내 컵이라고 생각했어요. 비스킷은 항상, 항상 맛있었고요.

엘리의 집은 일종의 보호막이었어요. 겉은 어둡지만 안은 아늑했어요. 나와 엘리, 고양이, 엘리의 가족이 만드는 소음, 차, 비스킷, 책에 적힌 숫자들의 견고함. 나는 화요일 오후가 좋았어요. 그 몇 주간 엘리의 집이 혼자만의 세계에 빠지는 날 막아줬어요. 그때도 나는 이미 혼자만의 세계에서 너무 많은 시간을 보내면 안 된다는 걸 알고 있었던 것 같아요.

나는 엘리와 내가 함께 기차를 타고 GCSE를 향해, 승리를 향해 달린다고 생각했어요. 8월에 작은 샴페인 병과 빛나는 풍선 하나를 들고 엘리의 집 문 앞에 나타나면, 엘리가 내 목을 와락 끌어안고 상냥한 엘리의 어머니가 그 뒤에서 다정하게 미소를 지으며 뒤이어 날 끌어안고 고맙다고 인사하는 모습을 상상했어요. *오, 노엘 선생님. 선생님이 없었으면 성공하지 못했을 거예요. 어서, 들어오세요. 안으로 들어와 같이 축하 파티 해요.*

그러던 어느 날 전화가 왔어요. 그 상냥하던 어머니가 평소와 다르더군요. 맙소사, 그 여자가 뭐라고 말했는지 이제는 잘 기억도 나지 않아요. 제대로 듣지도 않았죠. 그때 생각한 건 이것뿐이었어요. 안 돼, 안 돼, 안 돼. 내 화요일은 안 돼. 내 화요일은 안 돼. 그렇게 나는 갑작스럽게 잘렸어요. 난 갑자기 과외를 그만두어 '대단한 불편'을 초래했다고 대꾸했어요. 사실 전혀 그렇지 않은데 말이에요. 기가 막히고 어이없는 일이었어요, 정말로요.

통화가 끝난 후 난 휴대폰을 떨어뜨리고 비명을 질렀어요.

그동안 내가 얼마나 엘리에게 잘해줬는데. 그 아이에게 준 선물들. 그 아이를 위해 찾아내어 프린트해준 특별 시험 예상 문제들. 소위 '몰입 상태'일 때면 수업 시간을 연장해 10분 더 추가로 가르쳐준 것까지. 내 마음은 분노로 부글부글 들끓었어요.

그 상태가 1~2주 정도 더 이어지다 향수에 잠기는 단계에 들어섰죠. 매주 화요일 엘리 맥과 함께 보낼 때는 모든 게 지금보다 더 좋았던 것 같았어요. 당신과 내 관계도 더 좋았던 것 같고, 내 일도 더 좋았던 것 같고, 내 삶도 더 좋았던 것 같았어요. 그리고 그 아이를 본다면, 그 아이의 얼굴을 본다면 기분이 조금은 더 나아질지도 모른다고 생각했어요.

내가 한 행동을 설명할 단어가 하나 있어요. 바로 스토킹이죠. 엘리의 학교가 어딘지 알았어요. 당연히 알았죠. 우리 집에서 그리 멀지 않았고, 아침 9시와 오후 3시 30분에 나가면 엘리가 오가는 걸볼 수 있었어요. 남자친구가 엘리의 어깨를 감싸 안고 가는데, 두 사람에게서 뿜어져 나오는 빛이 너무 눈부시게 환해서 앞이 보이는 게신기할 정도였죠. 10대 로맨스 영화가 현실에서 펼쳐지는 것 같았어요.

그러다 중간 방학이 왔고 어디에 가야 엘리를 볼 수 있는지 더는 알 수가 없었어요. 그래서 조금 은밀히 움직여야 했어요. 다른 학생들 과외 수업도 있고, 주기적으로 당신을 만나 얌전한 섹스 상대 노릇을 해주느라 시간을 내기가 힘들었어요. 하지만 엘리가 도서관에 자주 가는 데다 도서관에 갈 때면 우리 집 앞을 지나며, 내가 사는 거리 모퉁이에 있는 카페 창가에서 엘리가 지나가는 모습을 볼 수 있다는 사실을 알아냈어요. 그래서 수업이 없을 때마다 모퉁이 카페에 앉아 폭포수처럼 쏟아지는 황금빛 머리카락이 보이지 않나 두리번거렸죠. 그리고 플로이드, 내가 원한 건 맹세코 그게 전부였어요. 그냥 그 애를 보고 싶었어요.

그런데 그날은 무슨 이유인지 나도 모르게 자리에서 일어났어요. 엘리가 길을 건너려고 주차된 자동차 두 대 사이에 서 있었어요. 그 아이의 금발은 뒤로 묶어 후드나 재킷 뒤에 감춰져 있었고 나는 그저…… 맹세해요. 그저 그 아이가 나를 바라보길, 어떤 식으로든 나를 알아봐주길 바란 것뿐이에요. 내가 그 아이에게 다가갔고 나는 배를 한 대 얻어맞은 것 같았어요. *맙소사, 나를 못 알아보잖아.* 첫 1~2초간은 나를 못 알아보더라고요. 그 아이가 과거의 기억 속에서 나를 찾는 걸 지켜보았고, 그러다 마침내 얼굴에 미소를 지으며 다정하게 인사하더군요. 물론 이미 때는 늦었죠. 그 아이는 내 존재를 입증해주지 못했어요.

플로이드, 그게 내게 얼마나 절실한 거였는지 그 아이가 알았더라면, 그런 일은 일어나지 않았을지도 몰라요. 엘리 맥은 도서관에 가서 GCSE 시험공부를 하고 테오와 결혼하고 자신의 인생을 살았겠죠.

불행히도 그렇게 되지 않았어요.

34

금요일 밤에 포피가 플로이드와 로럴의 저녁 식사 시중을 들었다. 초에 불을 켜고 리넨 냅킨에 와인병을 싸서 병 밑을 잡고 와인을 따랐다. 소믈리에처럼. 역할극을 망치지 않으려고 식사는 같이하지 않고 직당한 거리에 떨어져 있었으며, 코스가 끝날 때마다 식탁을 치우고 음식이 어땠는지 물었다. 머리도 평소의 포피 스타일이 아니라 높이 틀어 올려 묶었고, 웨이터의 앞치마 대신 허리에 마른행주를 두르고 있었다. 매우 성숙해 보였고, 매우 예뻤다. 그 어느 때보다 더 엘리 같았다. 로럴은 삐져나오는 눈물을 간신히 참았다.

그날 밤 플로이드와 사랑을 나눴다.

플로이드의 품에 누워 잘못 생각한 거라고 결론 내렸다. 다 잘못 생각한 것이다. 그 립밤은 아무것도 아니다. 어쩌면 노엘이 과일 향 립밤을 샀을 수도 있다. 어쩌면 그 집에 과일 향 립밤이 굉장히 많은지도 모른다. 포피가 엘리와 닮았다는 사실은 중요하지 않다. 서로 닮은 사람은 존재하기 마련이니까. 그것뿐이다. 어쩌면 SJ가 보았다는 노엘의 납작한 배는 상상에 불과한지도 모른다.

그리고 사랑스러운 스웨터를 입고 다정한 손길을 보내는 이 남자, 스마일 이모티콘을 보내며 그녀가 없으면 살 수 없다는 남자가 엘리의 실종과 어떤 식으로든 연관이 있다면 왜 자신의 삶에 로럴을 끌어들였겠는가? 도무지 말이 되지 않았다.

로럴은 플로이드의 품속에서 그의 손을 꽉 잡은 채 편안하게 잠들었다.

"사랑해요, 로럴 맥." 플로이드가 한밤중에 이렇게 속삭이는 걸 들은 것 같았다. "당신을 너무 사랑해요."

다음 날 아침, 불안한 마음은 되돌아왔다. 로럴은 가장 먼저 일어났고 빅토리아시대 집이 그렇듯 이 집도 움직일 때마다 삐걱거렸다. 주방은 차갑고 하얀 아침 햇살이 가득했고 지난밤의 초와 배경음악은 먼 옛날 일처럼 아득하게 느껴졌다. 로럴은 재빨리 커피 두 잔을 내려 위층의 따뜻한 플로이드의 침대로 가져갔다.

"오늘은 갈 데가 있어요." 플로이드가 말했다.

"어디요? 어딘지 비밀스러운 곳에 가나 봐요?"

플로이드가 미소를 지으며 로럴을 끌어당겼다. 둘은 서로 발을 겹친 채 나란히 침대에 앉았다. "그런 거 아니에요. 자산 관리사를 만나러 가요."

"토요일에요?"

플로이드가 어깨를 으쓱했다. "그 친구는 항상 토요일에 만나요. 이유는 나도 모르겠지만요. 두 시간이면 끝날 거예요. 당신은 여기서 포피와 기다릴래요? 내가 다녀올 동안?"

"좋아요." 로럴은 이렇게 대답했고 두 사람은 커피를 마셨다. 위층에서 포피가 일어난 소리가 들렸다. 계단을 밟는 포피의 발걸음 소리가 들렸고, 이어서 침실 문을 두드리는 소리가 났다. 로럴은 가운의 가슴 부분을 더 단단히 여몄고, 플로이드가 포피에게 들어오라고 외쳤다. 포피가 방 안으로 뛰어 들어와 두 사람 사이에 몸을 던졌다. 지난밤 섹스를 나누었던 침대 시트에, 로럴이 지난밤 움켜쥐고 얼굴을 묻었던 그 베개에.

포피는 플로이드의 어깨에 머리를 기댄 다음 로럴의 손을 찾아 잡았고, 로럴은 기이하게도 잘못됐다는 기분이 들었다. 성인의 욕망이 가득한 둥지 안에서 브라도 하지 않고 씻지도 않은 채로 어린 소녀의 손을 잡는 것이.

"아빠는 니갔다 올 거야. 로럴 아줌마와 같이 있어." 플로이드가 말했다.

"신난다! 우리 놀러 나가요."

포피는 이제 로럴의 어깨에 얼굴을 기댔고 로럴은 고개를 끄덕이며 미소 지었다. "그래, 그거 좋겠다."

그렇게 말하며 포피의 정수리에 키스했다. 아이들이 어릴 때 하던 것처럼. 아이의 정수리 냄새, 머리카락 냄새가 과거를 떠올리게 했다. 엘리의 냄새가 떠올랐다.

"케이크 먹으러 나가자." 로럴은 머릿속에 떠오르는 카페를 염두에 두고 말했다. "재밌을 거야."

카페는 노엘이 살던 집 거리 모퉁이에 있었다. 목요일에 이곳에 왔을 때 눈여겨본 곳이었다. 상호가 '모퉁이 카페'였고 이 자리에 있은 지 오래됐다. 아이들이 어릴 때 수영 교습을 받은 후였는지, 치과에 다녀오던 길이었는지 함께 차를 마시러 온 기억이 있다.

포피는 피칸 메이플 트위스트를, 로럴은 그래놀라바를 골랐다. 차는 한 주전자에 나온 걸 나누어 마셨다. 로럴은 포피를 초조하게 흘긋거렸다. 플로이드 몰래 그의 딸에게 공모를 부탁하는 건 도를 넘는 행위라는 사실을 알았기 때문이다. 그러나 플로이드에게 의리를 지켜야 한다는 마음보다 질문에 대한 해답을 구해야 한다는 마음이 더 급했다.

"전에 여기 와본 적 있어?" 로럴이 시작했다.

포피는 커다란 찻잔 너머로 주위를 둘러보았다.

"와본 적 없는 것 같아요."

"혹시." 로럴은 조심스럽게 말을 꺼냈다. "저 거리에 살았었니?" 로럴은 어깨 너머를 가리켰다.

"내가요?"

"응. 네 엄마와."

포피가 로럴을 흘긋 올려다보았다. "그걸 어떻게 알아요?"

로럴은 조심스러운 미소를 지었다. "얘기하자면 아주 길어. 페이스트리 맛 어때?"

"굉장히 맛있어요. 먹어볼래요?"

"그래. 그러자. 고마워." 로럴은 포피가 건넨 페이스트리 조각을 받아먹었다. "그런데." 로럴은 조심스럽게 말을 이었다. "내가 며칠 전에 그곳에 갔었어." 로럴은 노엘의 집 쪽을 고개로 가리켰다.

"어디요?"

"네가 살았던 집. 그리고 네……" 로럴은 턱 밑에 댄 손가락을 두드리며 곰곰이 생각하는 척했다. "어디 보자, 네 사촌이겠구나."

"제 사촌이요? 전 사촌이 없는데요."

"아니, 사실은 있어. 그것도 어마어마하게 많지. 대부분은 아일랜드에 산대."

"아니요, 그렇지 않아요." 포피가 도전적인 눈으로 로럴을 바라보았다. "분명히 말하는데 제게는 사촌이 한 명도 없어요."

"그건 사실이 아니야. 저기 네 엄마 집에 두 명이 살고 있는걸. 조슈아와 샘. 둘 다 아주 젊어. 조슈아는 대학에서 역사를 공부한대. 성격이 참 좋더라. 너도 마음에 들 거야."

포피가 로럴을 쏘아보았다. "왜 그 사람들이랑 얘기한 거예요?"

"아, 어쩌다 보니 그렇게 됐어. 인생을 살다 보면 기가 막힌 우연이 발생하기 마련인데, 알고 보니까……" 로럴은 숨을 들이마시고 억지로 미소를 지었다. "내가 아주 오래전에 네 엄마를 알고 지냈더라. 네 아빠한테서 엄마가 실종됐다는 얘기를 듣고 조금 궁금했어. 그래서 네 엄마 옛날 번호로 전화를 했더니 조슈아라는 상냥한 청년이 받아서 날 집으로 초대했어. 조슈아도 네 엄마가 어디 있는지 모른대. 네 엄마가 돌아올 때까지 대신 집을 봐주고 있다더라."

포피가 몸서리를 쳤다. "안 돌아오면 좋겠어요."

"아니, 아니야. 그렇지 않은 거 알아. 그런데 조슈아 말이……" 로럴은 조금 더 환한 미소를 지어 보였다. "네 또래의 또 다른 사촌이 있대. 이름은 클라라. 재미있고 똑똑한 아이고 네 마음에 들 거라고 하더라."

"클라라요?" 포피의 눈이 밝아졌다. "제 사촌이에요?"

"그런가 봐. 네 외가 쪽 가족도 전부 너와 같은 생각이야. 네 엄마가 조금 이상했대. 네 엄마에게 어릴 때 죽은 여동생이 있고, 그 일로 조금 이상해진 거래. 다른 가족들은 다 괜찮은 것 같더라."

"여동생이 죽었대요?" 포피가 곰곰이 생각에 잠겼다. "정말 슬픈 일이네요."

"그래. 정말 슬픈 일이지."

"그렇다고 끔찍한 엄마였다는 사실을 정당화할 수는 없어요."

"그래, 그런 거로 정당화할 수는 없지."

로럴은 잠시 침묵하며 포피에게 상황을 받아들일 기회를 주었다.

"그 사촌 이름이 뭐라고 했어요?"

"조슈아."

"멋진 이름이네요."

"그래, 멋진 이름이야."

다시 침묵이 이어졌다. 로럴은 그래놀라바를 열심히 먹는 척했지만 속으로는 앞으로 할 행동 때문에 가슴이 두방망이질치고 있었다. 잠시 후 로럴은 말을 꺼냈다. "조슈아 번호를 알아. 내가 전화해볼까? 집에 있나 가볼래? 가서 인사나 할까?"

포피가 로럴을 올려다봤다. "아빠가 싫어하지 않을까요?"

"나도 모르겠어. 너는 아빠가 싫어할 거라고 생각해?"

포피가 어깨를 으쓱했다. "그럴지도 몰라요. 하지만……" 포피의 얼굴에 '결심했다'는 표정이 떠올랐다. "굳이 아빠한테 말할 필요는 없잖아요, 그렇죠? 아빠도 모든 걸 다 저한테 말하지는 않으니까요."

"네가 아빠에게 거짓말하는 건 싫어, 포피."

"거짓말하려는 건 아니에요. 같이 차 마시러 갔었다고만 말할 거예요. 그건 사실이잖아요."

"그래, 그건 사실이지."

"아빠가 '그거 말고 또 다른 건 뭐 했어?'라고 묻지는 않을 거예요. 그렇죠?"

"아마 안 물어볼 거야."

"그리고 집에 없을 수도 있잖아요. 제 사촌 말이에요."

"그래, 집에 없을 수도 있어. 내가 전화해볼까? 혹시 모르니까. 내가 전화해보면 좋겠어?"

포피가 한 번 고개를 끄덕였다.

로릴은 조슈아의 번호를 찾아 통화 버튼을 눌렀다.

정문 앞에 들어서면서 포피의 걸음이 느려졌다.

"그냥 돌아갈까 봐요."

"그래도 돼, 괜찮아."

하지만 둘이 발걸음을 되돌리기도 전에 현관문이 활짝 열리며 후드티와 청바지 차림의 조슈아와 그 뒤쪽의 형광 녹색 티셔츠를 입은 또 다른 청년이 나타나 동시에 말했다. "세상에! 포피! 포피! 어서 들어와! 추운데 어서 들어와! 세상에, 네가 진짜 포피구나!" 포피가 로릴을 흘끗 쳐다보았고, 로릴은 격려의 미소를 지어 보였다. 두 사람은 형제의 열광적인 환대를 받으며 집 안으로 들어갔다.

"그럼." 조슈아가 주머니에 양손을 넣고 폴짝폴짝 뛰며 환한 미소를 지었다. "그럼 네가 포피구나. 우와! 앉아, 포피. 로릴도요. 앉으세요. 어서요. 차 드릴까요? 커피? 아니면 다른 거라도?"

포피는 꼿꼿하게 앉아 고개를 저었다. "고맙지만 사양할게요. 방금 차와 케이크를 먹고 왔어요." 그 말에 샘과 조슈아가 서로를 쳐다보더니 폭소를 터트렸다. 조슈아가 입을 열었다.

"영국인 사촌이다! 드디어 우리에게 영국인 사촌이 생겼어. 캐나다인 사촌도 한 명 있고 미국인 사촌이 두 명, 독일인 사촌이 한 명 있는데 드디어 영국인 사촌이 생겼어. 우와. 얼굴 좀 봐. 할머니랑 닮았어, 진짜야."

포피는 약간 당황한 듯 굳은 미소를 지었다.

"그럼 여기서 살았었어? 그래?"

"어쩌면요." 포피가 주위를 둘러보았다. "기억은 안 나요."

"우리가 집 안을 구경시켜줄까? 어떻게 생각해?"

포피가 로럴을 흘긋 쳐다보자 로럴은 고개를 끄덕였고, 둘은 조슈아와 샘을 따라 집 안을 구경했다. 포피는 평소답지 않게 아무 말 없이 초조하게 문들을 둘러보았다.

조슈아가 층계참 꼭대기에 있는 문을 밀었다. "이게 네 방이었나 보다. 봐, 아직도 벽지가 붙어 있어."

포피는 문간에서 잠시 망설이다가 방 안으로 들어서서 눈을 크게 뜨고 손으로 벽지를 훑었다. 흐린 회색 바탕에 달리기 시합을 하는 분홍색 토끼와 녹색 거북이 패턴이 들어가 있었다. 거북이는 전부 땀 흡수 밴드를 차고 있었고, 토끼는 전부 운동화를 신고 있었다.

"이 벽지 기억나요." 포피가 숨죽이며 말했다. "토끼와 거북이. 밤이면 토끼랑 거북이가 달리는 게 보였어요. 뚫어지게 쳐다보다가 눈을 감으면 토끼와 거북이가 달렸어요. 토끼와 거북이 수백 마리가. 꿈속에서도 내내 달렸어요. 기억나요. 정말로 기억나요."

"다른 데도 더 볼래?" 조슈아가 로럴에게 눈빛을 보내며 물었다. "아래층에도 또 다른 방이 있어. 네가 그 방도 기억하는지 궁금하다."

다들 아무 말 없이 1층으로 내려갔고 주방으로 들어가 지하로 내려갔다.

포피는 문간에 멈춰 손끝을 문에 대고 작은 목소리로 속삭였다.

"안에 들어가기 싫어요."

"아, 괜찮아. 그냥 방일 뿐이야." 조슈아가 달랬다.

"하지만…… 하지만……" 포피의 눈이 커다래지고 숨소리가 거칠어졌다. "전 지 안에 들어가면 안 돼요. 엄마가 절대 저 안에 들어가지 말랬어요."

로럴은 포피의 어깨를 부드럽게 잡았다. "어머, 그거 흥미로운 기억이구나. 엄마가 왜 그랬다고 생각해?"

"모르겠어요." 포피의 목소리에 어렴풋이 울음이 묻어났다. "모르겠어요. 그냥 지하실에 괴물이 산다고 생각했던 기억이 나요. 커다랗고 무서운 괴물이요. 그건 바보 같은 생각이죠? 저 안에 괴물 같은 거 없죠? 그렇죠?"

"혹시 어릴 때 동물을 키웠니? 햄스터를 키운 거 기억나?"

로럴이 물었고, 포피는 천천히 고개를 저으며 주방에서 나와 현관문으로 다가갔다.

35

노엘의 집에서 나온 로럴은 포피를 데리고 집으로 향했다. 한동안 아무 말 없이 걸었다. 이렇게 조용한 포피는 처음이었다.

"괜찮니?" 로럴은 횡단보도에서 신호가 바뀌길 기다리며 물었다.

"아니요. 기분이 너무 이상해요."

"왜 그럴까?"

"저도 모르겠어요." 포피가 어깨를 으쓱했다. "전에 기억나지 않았던 것들이 기억났고, 오랫동안 생각하지 않던 엄마 생각도 했고, 있는지도 몰랐던 사촌들도 만났잖아요. 조금 버거워요."

"그래." 로럴은 손을 들어 포피의 머리를 쓰다듬었다. "그래, 그럴 거야."

로럴은 목구멍으로 나오려는 말을 삼켰다. 집중해야 한다. 성급하게 결론을 내려서는 안 된다. 상황을 미루어볼 때 노엘의 집 지하실에 살던 괴물은 엘리가 아니라 스무 마리의 죽은 햄스터일 가능성이 훨씬 높다. 이것이 사실이라고 가정한 다음 그렇지 않다는 증거를 찾아야 한다. 정신을 놓지 말아야 한다.

집에 돌아오자 플로이드가 있었다. 포피는 아빠를 보는 즉시 케이크와 차를 마셨다고 횡설수설 떠들고는, 플로이드가 다른 질문을 할까 봐 그랬는지 재빨리 자기 방으로 들어가버렸다.

로럴은 플로이드가 장바구니를 푸는 모습을 지켜보았다. 플로이드가 높은 찬장에 티백 상자를 하나 넣으려고 손을 뻗는 순간, 그의 바지 허리춤에서 셔츠 자락이 빠져나오며 창백한 살 일부분이 드러났다. 지난번 포피와 함께 난도스에 갔을 때 그랬던 것처럼 과거로 돌아간 기분이었다. 스트라우드 그린의 집 주방으로 돌아갔다. 앞에 있는 건 폴이었다. 같은 셔츠를 입고 허리춤에서 셔츠 자락이 삐져나온 폴이 찬장에 티백 상자를 밀어 넣고 로럴을 돌아보았다. 미소를 지었다. 잠시 로럴의 머릿속에서 두 순간이 하나로, 두 남자가 하나로 겹쳤다.

"괜찮아요?" 플로이드가 물었다.

로럴은 쓸데없는 생각을 떨치려 고개를 저었다.

"네, 그럼요. 괜찮아요."

"딴 데 정신이 팔린 것 같아요."

로럴은 최대한 환하게 미소 지었지만 생각처럼 잘되지 않은 것 같았다. 포피와 노엘의 집에 갔던 일을 말해야 했지만, 그럴 수가 없었다. 플로이드에게 묻고 싶은 게 너무 많았다. *세라-제이드가 임신 8개월째였던 노엘의 배가 납작한 걸 봤다는데 알고 있었어요? 노엘이 어떻게 된 건지 단 한 번도 궁금하지 않았어요? 노엘을 찾고 싶지 않아요? 모든 게 너무 이상하다는 생각 한 번도 해본 적 없어요?* 그러나 물을 수가 없었다. 플로이드와 로럴의 관계는 물레 위의 진흙 도자기처럼 전부 으깬 다음 도로 만들어진 것이기 때문이다. 너무 열심히 만든 너무 아름다운 도자기가 지금 모양을 유지하기를 간절히 바라기 때문이다.

"궁금한 게 있어요." 로럴은 화제를 180도 돌렸다. "첫 번째 결혼은 어땠어요? 당신과 케이트는 어떻게 만났어요?"

로럴이 예상한 것처럼 플로이드는 미소를 지으며 버스 정류장에 서 있던 감히 넘볼 수 없는 아름다운 아가씨와 귀엽지만 서툰 대화를 나누고 파티에 초대를 받았는데, 알고 보니 버려진 주차장에서 열린 광란의 파티였고 네온사인과 기분 전환용 마약들, 보름달, 퍼코트가 난무하는 밤을 보냈다는 이야기를 해주었다. 어느 순간부터 로럴은 플로이드의 이야기가 귀에 들어오지 않았다. 대신 내부에서 슬금슬금 새어 나오는 질투심이 잠시나마 불안감을 압도해 더는 질문을 던지지 않았다.

다음 날 아침에 로럴은 집으로 돌아갔다. 플로이드가 더 있으라고, 일요일에 맛집에 가서 점심을 먹고 강변을 산책하자고 유혹했지만 로럴의 마음은 딴 곳에 가 있었다. 더는 연애에 집중할 수가 없었다. 혼자 있고 싶었다.

전날 플로이드 집 근처 거리에는 주차할 자리가 없어서 옆 거리에 차를 세워두었다. 차로 가려면 번화가로 나가 왼쪽으로 꺾어야 한다. 그때 길모퉁이의 작은 테스코 매장 밖에 서 있는 남자가 로럴의 눈에 들어왔다. 남자는 목줄을 멘 작고 검은 개를 데리고 있었다. 키가 크고 20대 중반쯤 돼 보였다. 털로 트리밍된 후드가 달린 커다란 파카에 짙은 청바지와 운동화 차림이었다. 대단한 미남에 팔다리가 길쭉하고 눈길을 사로잡는 매력이 있었다. 하지만 그 청년을 본 순간 로럴은 자신의 눈길을 사로잡은 게 청년의 잘생긴 외모가 아니라는 사실을 깨달았다. 그 청년은 아는 사람이었다. 잠시 머릿속으로 생각하다가 마침내 기억이 떠올랐다. 테오였다. 테오 굿맨. 엘리의 남자친구.

10월에 엘리의 장례식장에서 테오를 잠깐 봤다. 테오는 뒤쪽 어딘가에서 엘리의 옛 학교 친구들과 이야기를 나눴다. 슬픔에 젖어 창백하고 초췌한 얼굴이었다. 테오가 장례식날 자신을 찾아와 위로의 말을 전하지 않고 아무 말 없이 사라져버려 놀랐던 기억이 났다.

로럴은 길을 건너가 인사라도 할까 생각해봤지만 지금은 잡담을 나눌 여력이 없어 가던 길을 가기로 했다. 발길을 돌리려는 찰나 테스코에서 식료품이 가득한 캔버스 가방 두 개를 든 여자가 나왔다. 키가 큰 금발 여자는 남자와 비슷한 파카에 헐렁한 운동복 바지, 검은색 어그부츠 차림이었고, 머리에는 녹색 털실 모자를 쓰고 환한 미소를 짓고 있었다. 그 여자는 가방 하나를 테오에게 건넨 다음 걸음을 멈추고 과하게 반가워하는 작은 개를 쓰다듬었다. 그런 다음 둘은 길을 걸어갔다. 사랑스러운 젊은 커플과 강아지 한 마리가. 그제야 로럴은 자신이 방금 본 여자가 누군지 깨달았다.

로럴이 충격을 받은 것은 그 미소 때문이었다.

해나의 미소를 본 지가 너무 오래되어 어땠는지 까맣게 잊고 있었다.

4부

36

그때

노엘 도널리의 집은 작고 깔끔했으며 딱 노엘 도널리 같은 냄새가 났다.

노엘이 복도에서 말했다. "스쿼시 한잔 줄게. 가서 의자에 앉아." 노엘이 앞쪽의 작은 거실을 가리켰다.

엘리는 거실 안을 흘끗 쳐다보고는 예의 바르게 미소 지었다. "저는 바로 가보는 게 나을 것 같아요. 공부할 게 너무너무 많아서요."

"무슨. 2분 정도 시간 있잖아? 문제지 찾으려면 그 정도는 걸릴 테니까 앉아서 한잔 마셔. 오렌지로 줄까, 엘더플라워로 줄까?"

엘리는 어색하게 웃으며 구석에 서 있었다.

"엘더플라워로 주세요. 고맙습니다."

노엘은 묘한 표정으로 엘리를 보며 미소 지었다.

"그래, 엘더플라워. 물론이지. 금방 갖다줄게. 들어가 앉아."

엘리는 옆걸음으로 거실에 들어가 갈색 가죽 소파 끄트머리에 엉덩이만 살짝 걸쳤다. 화분이 빼곡한 거실은 흙냄새와 살짝 시큼한 냄새가 났다. 벽난로 주변의 벽은 벽돌이 그대로 노출되어 있었고,

벽난로 위는 말린 꽃과 노엘이 직접 만든 것 같은 동물 모양 토기 인형 몇 개로 빼곡했다. 천장에는 구형 종이 갓을 씌운 전구가 하나 달렸고 창문에는 나무 블라인드가 쳐져 컴컴했지만, 막대기 하나가 빠져서 앞마당의 벚나무와 햇살이 조금이나마 보였다. 엘리는 그 블라인드의 틈을 뚫어져라 쳐다보며 노엘 도널리의 거실 너머 세계를 상상했다.

"자, 마셔." 노엘이 엘더플라워 스쿼시를 엘리 앞에 내려놓았다.

스쿼시는 시원해 보였다. 유리잔이 예뻤다. 녹색 물방울무늬가 있는 투명한 유리잔이었다. 엘리는 목이 말랐다. 노엘은 엘리가 잔을 들어 음료를 마시는 걸 지켜보았다. "고맙습니다." 엘리는 이렇게 말하며 거의 다 빈 유리잔을 내려놓았다.

노엘은 유리잔을 흘끗 쳐다본 다음 엘리를 바라보았다. "아, 천만에. 여기서 조금만 기다려. 시험지 찾아서 금방 갖다줄게."

노엘이 거실을 나갔고 계단을 오르는 무거운 발걸음 소리가 들렸다. '아기 코끼리처럼.' 엘리의 엄마는 이렇게 말하곤 했다.

쿵, 쿵, 쿵, 쿵······.

노엘이 층계참에 다 오르기도 전에 엘리는 의식을 잃었다.

어디선가 희미하게 나무 삐걱거리는 소리가 들렸다. 의자를 움직이는 소리. 그러다 숨소리가 들렸다.

"이제 정신이 들어?" 어둠 속 어딘가에서 노엘이 말했다. "이제 잘 들어. 네게 진심으로 사과하고 싶어. 끔찍한 짓이야. 내가 너한테 끔찍한 짓을 했어. 용서받을 수 없는 일이지. 하지만 너도 조만간 그 이유를 알게 될 거야. 네가 이해해주면 좋겠어."

조만간.

엘리는 몸을 움직이려고 애썼지만 꼼짝도 할 수가 없었다.

"약효는 곧 사라질 거야. 아니……" 노엘이 웃었다. "내 '희망 사항'이라고 할까. 인터넷에 보면 세 시간에서 열두 시간 정도라던데, 넌 열두 시간 동안 의식이 없었어. 그러니까." 노엘이 다시 웃었고 엘리는 생각했다. 밤 11시겠구나. 오늘 아침 10시에 집에서 나왔는데. 엄마.

엘리의 눈꺼풀이 조금씩 움직이기 시작했고 이제 방의 일부가 보였다. 나무판자를 댄 벽 높은 곳에 달린 좁은 창문으로 차가운 달빛이 들어왔고, 커튼 뒤로 변기 하나와 싱크대가 있었으며, 텅 빈 선반들이 달린 벽에 작은 옷장 하나가 있었다. 그리고 닫힌 문 앞으로 노엘 도널리의 모습이 보였다. 다리를 꼬고 앉아 두 손을 무릎에 올리고 있었다.

엘리는 고개를 들려고 애썼고 이번에는 1~2밀리미터쯤 간신히 움직였다.

"아, 그렇지. 이제 약효가 사라지나 보네. 잘됐다. 난 조금 더 여기 앉아 있다가 네가 일어나 앉을 수 있으면 먹을 걸 가져다줄게. 점심과 저녁을 다 건너뛰어서 무척 배고플 거야. 뭐 먹을래? 간단하게 샌드위치로 할까? 맛있는 햄이 있으니까 만들어줄게."

노엘이 자리에서 일어서서 침대 옆 탁자에서 컵을 집어 들었다. "자." 노엘이 구부러지는 빨대를 엘리의 입에 댔다. "물 좀 마셔. 목이 마를 거야."

엘리는 빨대를 빨았고 미지근한 물이 바짝 마른 혀와 목을 타고 내려가는 게 느껴졌다.

"우리 엄마." 엘리가 쉰 목소리로 말했다. "우리 엄마."

"아, 네 엄마는 걱정하지 마. 네가 남자친구랑 어디서 놀고 있는 줄 알겠지. 아름다운 저녁이야. 어젯밤처럼. 이런 여름밤에는 집에 일찍 들어가기 싫은 법이잖니."

"아니에요." 엘리가 바짝 마른 목으로 간신히 말했다. "엄마가 걱정할 거예요. 우리 엄마."

그 순간 엘리는 심장에 바늘이 꽂히는 것처럼, 엄마가 항상 이야기하던 사랑을 느꼈다. '너도 엄마가 돼봐야 엄마가 널 얼마나 사랑하는지 알 거야.'

하지만 엘리는 바로 지금 엄마의 사랑을 느꼈고, 엄마 때문에 가슴이 아팠다. 엘리의 엄마라면 울면서 걱정하고 삶의 의미가 사라졌다고 생각할 것이다. 엄마는 견딜 수 없을 것이다. 엄마는 절대 견딜 수 없을 것이다.

"걱정 안 할 거야. 바보 같은 소리 하지 마. 자, 일어나 앉을 수 있는지 보자. 이제 손가락이 움직여? 발가락은? 팔은? 아, 그래, 그렇지. 착하다. 잘하고 있어."

노엘 도널리가 엘리의 허리를 안아 조심스럽게 일으켜 앉히자 엘리의 눈에 방 안의 모습이 더 제대로 보였다. 이 방은 지하에 있는 방이고 벽에는 지저분한 금송 판자가 붙어 있었다.

"여기가 어디예요?"

"지하실이야. 지하실이라고 하면 이상하게 들릴지 모르겠지만 사실은 우리 집 손님방이야. 물론 우리 집을 찾는 손님은 한 명도 없었지만. 대신 장식품 같은 물건들을 보관하는 창고로 쓰던 곳인데, 네가 올 걸 알고 깨끗하게 치워뒀어. 전부 적십자 중고 가게에 갖다줬지. 이젠 꽤 미니멀해. 자." 노엘은 엘리의 머리 뒤에 베개를 대주었다. "편안하지? 가서 샌드위치 만들어다 줄게. 쉬고 있어. 일어나려고 하지는 말고. 아직 어지러울 거야. 침대에서 떨어져 다칠 수도 있어."

노엘은 친절한 간호사처럼 자상한 미소를 지으며 엘리의 머리카락을 쓰다듬었다. "착하지."

그러고는 돌아서서 방을 나갔다.

자물쇠 하나가 달칵하고 잠기는 소리가 들렸다. 그런 다음 또 하나, 마지막으로 하나 더.

엘리는 샌드위치를 먹지 않았다. 텅 빈 위가 쓰렸지만 전혀 배가 고프지 않았다. 노엘은 조용히 샌드위치를 치웠다. "뭐, 아침이 되면 배가 고플 거야. 그때 다시 시도해보자, 알았지?"

그녀는 엘리를 다정하게 바라보며 덧붙였다. "아, 네가 여기 있으니 정말 좋다. 이제 푹 자. 내일 아침 일찍 올게."

"난 집에 가고 싶어요!" 엘리가 노엘의 등에 대고 외쳤다. "진짜, 진짜 집에 가고 싶어요!"

노엘은 대답하지 않았다. 자물쇠 세 개가 차례로 잠겼다. 방 안은 어둠에 휩싸였다.

37

그때

태양은 일찍 떴다. 엘리는 전날 밤 노엘이 앉았던 의자를 잡아 창문 밑으로 끌어당겼다. 그 의자 위에 올라가 더러운 창문 밖을 내다보았다. 엉킨 관목과 크림색으로 칠한 벽돌담, 한 줄기 녹조가 낀 배수관이 보였다. 위쪽으로는 벚나무의 분홍색 꽃잎과 파란 하늘밖에 보이지 않았다. 엘리가 흙바닥에 '도와주세요, 엘리'라고 적어야만 수색에 나선 사람들이 엘리를 발견할 수 있을 것이다. 엘리는 한 시간 이상 의자 위에 서서 유리창에 얼굴을 대고 있었다. 사람들이 분명 찾아다닐 테니까. 분명히.

자물쇠가 돌아가는 소리에 엘리는 얼른 의자에서 뛰어내려 두 손으로 의자를 잡았다. 녹색 목티와 물 빠진 청바지 차림의 노엘이 나타나자 공포와 분노가 치솟았고, 엘리는 의자를 집어 노엘에게 휘둘렀다. 의자는 노엘의 머리 옆을 스쳤고, 엘리가 제대로 치기도 전에 노엘이 그 의자를 잡아 방 저편으로 던져버렸다. 그러자 엘리는 노엘의 등에 뛰어올라 목을 팔로 감고 나무 벽에 머리를 박으려 했다. 그러나 노엘은 보기보다 힘이 셌고, 뒤에 매달린 엘리를 벽에 밀어붙이고 목을 졸랐다. 결국 머리가 어질어질해져 별이 보일 지경이 된 엘리를 바닥에 털썩 떨어뜨렸다.

"이런 식으로 행동하면 안 돼." 노엘은 엘리를 소파 베드 위에 털썩 엎어놓고 케이블 타이로 발목을 함께 묶었다. "우린 함께해야 해. 너와 내가 한 팀이 되어야 한다고. 널 범죄자처럼 묶고 싶진 않아. 진심이야. 널 위해 준비한 게 얼마나 많은데. 널 위해 근사한 선물들을 준비했단 말이야. 네가 이런 식으로 굴면 잘해줄 수가 없어."

엘리는 발목의 케이블 타이를 풀려고 발버둥을 치며 침대 끝을 발로 찼다. 고함을 지르고 몸부림을 쳤다. 노엘은 일어서서 팔짱을 낀 채로 그 모습을 지켜보며 천천히 고개를 저었다. "자, 자, 자. 아무래도 안 되겠다. 네가 이런 식으로 행동할수록 상황은 더 나빠질 테고 넌 더 오래 여기 있게 될 거야."

엘리는 그 말에 행동을 멈췄다. 그렇다면 끝이 있는 거다. 노엘에게 끝이 있는 거다. 몸에 힘이 빠지고 호흡이 차분해졌다.

"착하지, 착해. 오늘 하루도 이렇게만 행동하면 첫 번째 선물을 줄게. 어때?"

엘리는 고개를 끄덕였다. 눈물이 뺨을 타고 흘러내렸다.

그 선물은 초콜릿바였다. 커다란 초콜릿바. 엘리는 그 초콜릿바를 5분 만에 다 먹었다.

엘리는 여기에 오기 전을 떠올렸다. 잼 토스트를 먹던 장면, 엘리가 나중에 먹으려고 생각했던 소금과 식초맛 감자칩 마지막 한 봉지를 해나가 먹는 바람에 언니를 돼지라고 부르던 장면. 가방에 책과 감자칩 한 봉지와 바나나 한 개를 넣던 장면. 여름 감기에 걸려 하루 휴가를 낸 아빠가 가운 차림으로 계단 아래에 고개를 내밀고 "아빠가 나중에 수학 공부 봐줄까?"라고 묻던 장면. 그리고 아빠에게 미소를 지으며 "좋아! 이따 봐!"라고 말하던 장면.

돌아보지 않고 집에서 나서던 장면을 떠올렸다.

집을 떠올렸다.

그리고 울었다.

38

그때

또 다른 밤이 지나갔다. 토요일 아침이었고 내일 생리가 시작된다는 사실이 떠올랐다.

"잘 잤어?" 노엘은 인사를 건네며 재빨리 문을 다시 잠그고 엉덩이에 두 손을 짚고 서서 불안한 미소로 엘리를 보았다.

엘리가 벌떡 일어서자 노엘은 뒤로 살짝 물러서며 팔짱을 끼었다. "자. 어제 우리가 한 말 명심해. 더는 문제 일으키지 마."

"아무 짓 안 해요. 할 말이 있어서 그래요. 중요한 거예요. 수건이 필요해요. 아니면 다른 거라도요. 내일부터 생리 시작이에요."

"내일?" 노엘이 눈살을 찌푸렸다.

"네. 그리고 전 생리 양이 엄청나게 많아요. 정말 많아요. 많이 필요해요."

노엘은 혀를 쯧 차고 한숨을 쉬었다. 마치 자신의 지하실에 감금된 엘리가 일부러 많은 양의 생리를 한다는 듯이.

"선호하는 브랜드라도 있어?"

"아니요. 흡수만 잘 되면 아무거나 괜찮아요."

"좋아. 사다줄게. 새 속옷도 필요하겠구나. 디오더런트, 뭐 그런 것도."

"네. 있으면 좋죠." 엘리는 손을 침대에 깔고 앉아 노엘을 올려다 보았다. "왜 날 여기에 데려온 거예요?"

노엘이 미소 지었다. "나한테 계획이 하나 있거든. 근사한 계획. 몇 가지가 맞아떨어질 때까지 기다리는 중이야." 노엘은 물건이 제 자리에 딱 들어가는 흉내를 내더니 웃었다. "인내심을 가지고 기다려봐. 곧 알게 될 테니까." 눈이 반짝거리는 노엘을 엘리는 물어뜯고 싶었다.

"뉴스에 나왔어요?"

"아, 아마 나왔을 거야. 안 봐서 모르겠지만." 노엘은 세상이 실종된 10대 여자아이에게 관심을 가지는 게 바보 같은 일인 것처럼 어깨를 으쓱했다. "어쨌든 가게에 가서 네게 필요한 것들을 사와야겠다. 맙소사, 너 때문에 내가 파산하겠어, 이 아가씨야!"

노엘은 문 쪽으로 돌아섰다. 손잡이를 돌리기 전에 엘리를 돌아보며 덧붙였다. "네게 깜짝 선물을 준비했어. 나중에 줄 건데, 진짜 근사한 깜짝 선물이야. 기대해. 날 사랑하게 될걸."

노엘은 과장되게 쾌활한 태도로 방을 나섰다.

엘리는 문을 빤히 쳐다보며 세 개의 자물쇠가 잠기는 소리, 계단을 올라가는 노엘의 아기 코끼리 발걸음 소리에 귀를 기울였다. 쿵, 쿵, 쿵.

엘리는 창문 밑에 의자를 가져다놓고 의자 위에 올라가 깨금발로 섰다.

현관문이 쾅 닫히는 소리가 날 때까지 기다렸다가 유리창을 두드리기 시작했다. 너무 세게 쳐서 손이 아플 정도로. 창문을 두드리고 또 두드리며 외쳤다. "도와주세요, 도와주세요, 도와주세요!" 그런 다음 방 양쪽 벽을 두드렸다. 이웃집과 맞닿은 벽이 분명했고, 어쩌면 이웃이 지금 지하실에서 배터리나 와인을 찾고 있을지도 모른다.

엘리는 한 시간이 넘도록 벽과 유리창을 두드렸다. 노엘이 가게에서 돌아오는 소리가 들릴 때쯤엔 손바닥이 온통 검푸른 멍투성이였다.

"준비됐어?"

엘리는 잠긴 문 너머에서 들려오는 납치범의 목소리에 똑바로 앉았다.

"네."

"침대에 앉아 있어? 얌전하게?"

"네."

"좋아, 그럼! 내가 널 위해 준비한 깜짝 선물을 보여줄게! 넌 날 사랑하게 될 거야!"

엘리는 두 손을 깔고 앉아 숨을 죽이고 문을 바라보았다.

"짜잔!"

앞에 보이는 게 뭔지 완전히 이해하기까지 잠깐 시간이 걸렸다. 철창살이 달린 작은 플라스틱 상자인데 바닥은 분홍색이고 위는 흰색이었으며 손잡이가 하나 달려 있었다. 노엘의 다른 손에는 마분지 상자가 들려 있었는데, 건강식 가게에서 파는 샐러드 포장 용기 같았다.

노엘은 방 안쪽 테이블에 플라스틱 상자를 올려놓고 다시 마분지 상자를 가지러 갔다. 침대 위 엘리 옆자리에 앉아 상자 뚜껑을 열자 농장 냄새가 확 났다. 따뜻한 똥과 눅눅한 지푸라기 냄새가. 노엘은 긴 손가락으로 지푸라기를 파헤치며 말했다.

"작고 귀여운 애들 좀 봐. 봐!"

엘리를 빼꼼히 올려다보고 있는 건 황금색 털에 검은 단추 같은 눈, 초조하게 실룩거리는 수염이 달린 작은 동물 두 마리였다.

"햄스터야!" 노엘이 의기양양하게 말했다. "봐! 넌 항상 햄스터를 키우고 싶었다며? 그런데 이제 햄스터가 생겼네. 이렇게 귀엽고 사랑스러운 동물 본 적 있어? 작고 귀여운 저 코 좀 봐. 어서!"

엘리는 고개를 끄덕였다. 어떻게 반응해야 할지 전혀 알 수가 없었다. 전혀. 햄스터를 키우고 싶다고 말한 적이 없다. 사실 햄스터를 키우고 싶은 적이 없다고 말했다. 노엘이 왜 햄스터를 사온 건지 이해가 되지 않았다.

"봐." 노엘은 상자를 테이블 위의 우리로 가져가 조심스레 문을 열었다. "이 안에 넣자. 둘 다 상자 안에서 실컷 먹었을 거야. 세상에, 돈이 적지 않게 들었어. 햄스터 두 마리는 공짜로 얻은 거나 마찬가진데 우리며 이것저것 사야 하니까. 아이고."

노엘은 상자에서 한 마리를 집어 조심스레 우리 안에 풀어주었다. 그런 다음 나머지 한 마리도 우리 안에 풀어주었다.

"이제 네가 이름을 지어줘야 해, 엘리. 어서. 와서 보고 예쁜 이름으로 지어줘. 솔직히 두 마리를 구분할 수나 있을지 모르겠다만.

똑같이 생겼거든. 이리 와, 어서."

엘리는 어깨를 으쓱했다.

"어서 오라니까, 엘리." 노엘이 채근했다. "별로 기쁘지 않은 모양이네. 햄스터를 보면 신나서 펄쩍펄쩍 뛸 줄 알았더니."

"선생님이 저한테 이런 짓을 하는데 어떻게 기뻐할 수가 있어요?"

노엘이 냉정한 눈으로 엘리를 쳐다보았다. "그렇게 나쁘진 않잖아. 엘리, 이보다 훨씬 더 나쁠 수도 있었어. 내가 남자였을 수도 있잖아. 덩치 큰 땀투성이 남자였으면 이 아래에서 너한테 무슨 짓을 했겠니? 널 하루 종일 묶어놓을 수도 있었어. 아니면 내 침대 밑의 상자 안에 넣어두거나. 맙소사, 한번 그런 책을 읽은 적이 있지. 결혼한 부부인데 길가에서 한 소녀를 납치해 20년 동안 자기들 침대 밑에 숨겨뒀대. 하느님, 맙소사. 상상이 되니?" 노엘은 자신의 목을 살짝 잡았다. "아니, 너는 여기서 잘 지내고 있어, 아가씨. 그리고 이제……" 노엘은 햄스터 우리를 돌아보았다. "더 좋아졌지. 이리 와. 작은 괴물들에게 이름을 지어주자. 어서."

단조로운 어조가 사라진 노엘의 목소리는 딱딱하고 냉정해졌다.

엘리는 우리 안의 작은 털뭉치 두 개를 쳐다보았다. 아무래도 상관없었다. 1번, 2번이라고 이름을 짓든, A와 B라고 이름을 짓든.

"어서. 예쁜 이름 지어주지 않으면 변기에 넣고 내려버릴 거야."

엘리는 갑자기 숨이 가빠지고 머리가 어지러웠다. 생각이 머릿속을 마구잡이로 헤집고 과거의 순간들로 돌아가 뭐든 찾는 것을 와락 움켜쥐게 내버려두었다. 인형 하나를 발견했다. 분홍색 머리카락에 깅엄 체크 원피스를 입고 커다란 분홍색 천 부츠를 신은 인형이었다.

"트루디." 엘리가 드디어 말했다.

"하!" 노엘이 머리를 뒤로 젖혔다. "마음에 들어."

유치원에 다닐 때 아주 예쁜 여자아이가 있었다. 모든 여자아이가 주변에 모여 그 아이의 백금발을 만지려 했다. 몇 년 동안 그 아이 생각을 하지 않았었는데. 그 아이 이름은 에이미였다.

"에이미." 엘리는 숨죽여 말했다.

노엘의 얼굴이 환해졌다. "아, 아, 훌륭해. 트루디와 에이미. 완벽하구나. 역시 착해! 지푸라기와 장난감이랑 먹이랑 필요한 건 내가 다 사다줄게. 네 일은 이 아이들을 키우는 거야. 깨끗하게 씻겨주고 사랑해주고 먹여줘야 해." 노엘이 웃었다. "내가 네게 해주는 것과 조금 비슷하지. 안 그래? 나는 널 씻기고 먹이고, 넌 이 아이들을 씻기고 먹이는 거지. 아름다운 보살핌의 순환이랄까."

노엘은 엘리의 정수리에 손을 얹고 쓰다듬었다. "아, 이런." 노엘이 재빨리 손을 치웠다. "정수리 부분이 좀 끈적하네. 샴푸도 필요하겠구나." 노엘은 한숨을 쉬었다. "어딘가에 벽에 붙이는 게 있을 텐데. 샤워 헤드를 수도꼭지 위에 붙이는 거 말이야. 내가 한번 찾아볼게."

"노엘 선생님, 저 이러다 GCSE 놓치겠어요."

노엘이 동정하듯 혀를 찼다. "알아, 엘리. 나도 알아. 타이밍이 안 좋았지. 그건 미안하게 됐어. 하지만 내년이 있잖니."

내년. 엘리는 그 단어에 매달렸다. 내년이면 집에서 침대 위에 책상다리로 앉아 공책을 주위에 펼쳐놓고 벽과 바닥을 통해 가족들이

내는 소음을 들을 테고, 가장 좋아하는 쿠션의 스팽글은 햇살을 받아 반짝거릴 것이다. 한 살 더 많겠지만 집에 있을 것이다.

"있잖니. 오늘 신문에서 짧은 기사를 봤어. 네 기사. 사람들이 뭐라는 줄 알아, 엘리?" 노엘은 슬픈 표정으로 엘리를 쳐다보았다. "네가 가출한 거래. 공부에 너무 욕심이 많아서 시험을 망칠까 봐 겁을 먹고 도망쳤대. 공부 때문에 스트레스를 받고 신경쇠약에 걸려 가출한 거래."

엘리의 안에서 거대한 분노의 물결이 요동치다가, 기사가 의미하는 바를 깨닫는 순간 그 분노가 배를 강타했다. 엘리가 노엘 도널리와 함께 스트라우드 그린 로드를 걸어가는 모습을 아무도 보지 못했다. 엘리의 실종에 노엘 도널리가 관련돼 있을 거라는 의심은 아무도 하지 않는다. 별다른 단서가 없으니 말도 안 되는 이론들만 늘어놓고 있는 것이다. "하지만…… 그건 사실이 아니에요! 난 시험을 보는 게 즐거웠다고요. 전혀 스트레스 받지 않았단 말이에요!"

"알아, 엘리. 나도 알아. 네가 얼마나 대단한 학생인지 잘 알지. 그런데 다른 사람은 나만큼 너를 모르는 모양이구나."

"누가 그래요? 내가 공부 때문에 스트레스를 받았다고 누가 그래요?"

"네 엄마가. 아마 그럴 거야. 그래. 네 엄마가 그랬어."

엘리의 가슴속에서 분노와 억울함과 슬픔이 소용돌이쳤다. 어떻게 엄마가 딸이 가출했다고 생각할 수 있지? 다른 사람도 아닌 엄마가? 엄마는 누구보다 엘리를 잘 알고, 누구보다 엘리를 더 사랑하는데? 어떻게 이런 식으로 딸을 포기할 수 있지?

"복잡한 생각은 하지 마, 엘리. 얘네들에게만 집중해." 노엘이 햄스터 우리를 가리켰다. "귀여운 트루디와 에이미. 얘네를 보고 있으면 다른 건 다 잊을 수 있을 거야. 내가 장담해."

그러고 나서 노엘은 샤워기를 찾으러 나갔고, 계단을 올라가는 발걸음 소리가 점차 잦아들면서 방에는 침묵이 내려앉았다. 잠시 후 햄스터 우리 안에서 바퀴 돌아가는 금속성 소리가 침묵을 깼다. 엘리는 침대에 몸을 던지고 양손으로 귀를 막았다.

39

물론 약간의 계획을 세워야 했어요. 미리 생각해야 할 것들이 몇 가지 있었죠. 먼저 그 방을 청소했어요. 엘리의 안전을 확실히 해야 하니까요. 날카로운 물체 같은 건 다 치우는, 뭐 그런 거요. 엘리네 가족은 유기농만 먹는 그런 스타일인 걸 아니까 비싼 주스도 샀어요. 싸구려 주스라면 한 모금만 마시고 안 마실지도 모르잖아요. 당신의 세라-제이드처럼. 요즘 애들은 참 까다로워요. 그래서 그 아이에게 줄 비싼 엘더플라워 주스를 샀어요. 물론 약도 샀죠. 쉬웠어요. 전에 수면제를 처방받은 적이 있어서 초췌한 모습으로 의사를 찾아가 불면증에 대해 횡설수설 떠들기만 하면 됐죠. 정말 고마워요, 칸 박사님.

계획적이었던 거예요. 하지만 솔직히 말해 이제 와 돌아보면 내가 그랬다는 게 믿기지 않아요. 내가 어떻게 그럴 수 있었는지 믿기지 않아요. 특히 폭력은요. 맙소사, 폭력이라니! 내가 그 불쌍한 아이 목을 졸랐어요. 이 두 손으로 그 애의 목을 잡고 조르고 또 졸랐어요. 하마터면 그 애가 죽을 뻔했다고요!

그래도 전반적으로 볼 때 시간이 지나면서 엘리와 잘 지냈던 것 같아요. 엘리가 우리가 한 팀이라는 사실을 깨닫고, 내가 그 애를 해치길 원하지 않는다는 걸 알고, 나와 있으면 안전하다는 걸 안 이후로는요.

엘리에게 그 동물들을 준 게 절묘한 한 수였다고 생각해요. 맙소사, 그 애가 그 동물들을 얼마나 좋아하던지. 그 동물들은 엘리에게 목적의식을 주었죠. 집중할 거리를 줬어요. 동물들과 같이 있을 때면 얼마나 사랑스럽던지. 엄마처럼 잘 보살피더군요. 딱 내가 생각했던 대로였어요. 그 애를 지켜보면 내 마음이 따뜻해졌어요. 그 동물들 이름이 뭐였죠? 처음 두 마리 말이에요. 기억이 안 나요. 어쨌든 알고 보니 암컷 두 마리가 아니었더군요. 네, 아니었어요. 그 후로 수많은 새끼가 태어났거든요. 너무 많아서 다 셀 수 없을 정도로. 하지만 엘리는 그 애들 이름을 다 알았어요. 우리들 안에 가득한데도 말이에요. 한 마리, 한 마리 이름을 다 알았죠. 그렇게 놀라운 아이였어요. 그러니 내가 어떻게 그 애에게 푹 빠지지 않을 수 있었겠어요? 내가 어떻게 그렇게 하지 않을 수 있었겠어요?

그래요, 나는 내가 무슨 일을 하는지 **분명히** 알고 있었어요. 물론 더 큰 그림이 있었죠. 물론 있었어요. 난 정말 대단한 계획을 세웠어요.

그리고 그 계획을 실행에 옮겨 성공을 거뒀어요.

40

그때

날들은 구조와 형태를 잃었다. 처음에는 시간의 흐름을 인식했고 시간과 날이 지나는 걸 분명히 느꼈다. 금요일은 금요일 같았고, 토요일은 토요일 같았다. 월요일은 역사와 스페인어 GCSE를 보는 날처럼 느껴졌다. 화요일은 첫 번째 수학 시험을 봐야 하는 날이었다. 그 후에 주말이 왔다 갔고, 그때까지도 시간의 흐름을 파악하고 있었다. 그다음 월요일은 엘리가 여기서 지낸 지 11일째 되는 날이었다. 그런 다음 12일. 13일. 그날은 엘리의 열여섯 번째 생일이었다. 노엘에게는 말하지 않았다.

그러다 14일째가 되면서 시간 가는 걸 잊었다. 엘리가 노엘에게 "오늘이 무슨 요일이에요?"라고 묻자 "금요일"이라고 대답했다.

"며칠이에요?"

"10일일걸. 9일일지도 몰라. 금요일이 아니라 목요일일지도 모르고. 내가 요새 정신이 없어."

그때부터 엘리는 시간개념을 완전히 상실하고 말았다.

노엘은 여전히 엘리에게 선물을 가져다주었다. 과일맛 사탕. 설

탕을 묻힌 도넛. 동물 모양의 작은 지우개들이 든 상자. 반짝이 립
스틱.

햄스터 용품도 사다줬다. 지푸라기와 작은 장난감, 비스킷까지.
노엘은 햄스터를 '아기들'이라고 불렀다. "오늘 아기들은 어때?" 그
러고는 우리에서 한 마리를 꺼내 손 안에 들고 자그마한 머리를 손
끝으로 톡톡 두드리며 뽀뽀하는 소리를 내고 이렇게 말했다. "너처
럼 예쁜 아기는 처음 봐. 정말이야." 그런 다음 노래를 불러주었다.

여전히 노엘 도닐리는 엘리가 왜 여기 있는지, 언제 떠날 수 있는
지 말해주지 않았다. '놀라운 계획'이 있으며 '기다리면 알게 될 것'
이라는 말로 사람을 감질나게 했다.

엘리는 여전히 엄마를 생각하면 가슴이 아팠다. 집에서 혼자 엘
리의 물건들을 만지고, 엘리의 베개에 얼굴을 대고, 빈 카트를 끌고
슈퍼마켓을 돌며 침울한 표정으로 왜, 도대체 왜 완벽한 딸ㅡ로럴
은 툭하면 엘리를 우리 완벽한 딸이라고 불렀다ㅡ이 집을 나간 것
일까 고민하는 엄마의 모습을 끊임없이 상상했다.

또한 해나의 모습도 상상했다. 짜증 나는 해나 언니는 항상 진심
도 아닌 아부성 발언들로 엘리가 독차지해야 할 영광을 조금씩 몰
래 빼앗아가곤 했다. 지금 언니는 어떤 기분일까? 엘리가 사라져서
유치한 권력 싸움을 할 상대가 없는데? 언니는 상처받았을 것이다.
자신을 탓하고 있을 것이다. 엘리는 이 집 벽을 뚫고 가 언니를 두
팔로 꼭 안고 말해주고 싶었다. *언니가 나 사랑하는 거 알아. 진짜
알아. 그러니까 제발 자책하지 마.*

그리고 아빠. 아빠 생각을 할 때마다 타월천 가운을 입고 머리가

부스스한 모습이 떠올랐다. 밤사이에 자란 부드러운 턱수염, 맨발, 주방 선반에서 커피 주전자를 꺼내려 손을 뻗는 모습. 지금 엘리에게 존재하는 아빠는 그랬다. 가운을 입은 채 추억의 무덤에 갇혀 있었다. 그리고 제이크 오빠. 제이크 오빠는 자유로운 영혼이었다. 오빠가 어릴 때 정원에서 축구를 하던 모습, 커다란 블레이저를 입고 작은 몸에 무거운 책가방을 메고 구부정하게 학교에 가다 먼저 가는 친구를 발견하고 걸음을 빨리하던 모습이 떠올랐다.

그리고 놀랍게도 납치되고 처음 며칠간 테오 생각을 거의 하지 않았다. 노엘에게 납치당하기 전까지는 살아 있는 매 순간 테오 생각뿐이었지만 이제는 가족이 중앙 무대를 차지했다. 테오가 그리웠지만 더 절실한 건 가족이었다. 가족이 절실하게 그리웠다. 엘리는 두 손으로 배를 세게 누른 채 몸을 공처럼 말고 가족을 그리워하며 울었다.

엘리의 하루는 24시간보다 더 길었다. 한 시간이 24시간처럼 느껴졌다. 1분이 30분처럼 느껴졌다. 이 시기에는 어둠이 늦게 왔고 해는 일찍 떴으며, 그사이의 시간은 침대 시트 위에서 몸을 뒤틀고 베개를 땀으로 흠뻑 적시면서 격렬하게 소용돌이치는 꿈과 악몽 속에서 보냈다.

"집에 가고 싶어요." 어느 날 아침, 노엘이 아침 식사를 가져왔을 때 엘리는 말했다.

"나도 알아." 노엘이 엘리의 어깨를 잡았다. "일이 이렇게 돼서 미안해. 진심이야. 난 가능한 한 네가 편하게 지내도록 노력하고 있어. 내가 얼마나 노력하는지 너도 알잖아, 안 그래? 내가 돈은 또 얼마나 많이 쓰니? 너 때문에 돈 들어가는 게 한두 푼이 아니야."

"절 집에 보내주면 저 때문에 돈 쓸 필요가 없잖아요. 선생님은 다른 데로 떠나도 되고, 저는 선생님 얘기 아무한테도 안 할게요. 집에만 가면 돼요. 바라는 건 그것뿐이에요. 경찰에게도 말 안 하고……."

그 순간 굉음이 났다.

노엘의 손등이 엘리의 뺨을 강하고 날카롭게 후려쳤다.

"그만." 노엘의 목소리는 고요하고 딱딱했다. "그만. 내가 가라고 할 때까지 넌 절대 집에 못 가. 집에 간다는 얘기는 그만해. 내 말 알아들어?"

엘리는 노엘에게 맞아 빨갛게 부은 뺨에 차가운 손등을 갖다 댔다. 그리고 고개를 끄덕였다.

"착하구나."

노엘은 그날 밤 밖에 나갔고, 엘리는 어둠 속에 누워 있다가 지하실 계단을 내려오는 묵직한 발걸음 소리에 당황했다.

"아, 내가 깨웠니?"

노엘이 방에 들어왔다. 문간에서 살짝 비틀거리다 문을 닫고 잠갔다.

엘리는 똑바로 일어나 앉으며 마구 뛰는 심장을 부여잡았다. 노엘이 이상했다. 화장이 지나치게 진했고, 일부는 지워져 있었다. 한쪽 눈에는 다른 쪽보다 아이섀도를 더 많이 발랐고, 광대뼈 옆에는 검은 얼룩이 있었다. 평소와 달리 옷차림도 매우 세련되었다. 광이 나는 검은색 블라우스에 몸에 딱 맞는 검은색 바지, 하이힐. 한쪽 귓불에 금색 링 귀걸이가 하나가 달려 있었다.

"미안해." 노엘이 엘리에게 조금씩 다가오며 말했다. "이렇게 늦었는지 몰랐어. 술을 조금 마셨는데, 몇 잔 마시다 보면 시간이 어떻게 가는지 모르잖아. 너도 알지?"

엘리는 고개를 저었다.

"그래." 노엘은 엘리의 침대 한쪽에 털썩 주저앉았다. "물론 넌 모르겠지. 넌 아직 아이니까."

노엘이 미소 지었고 이에 묻은 검은 얼룩이 보였다.

"그래서 내가 어디 다녀왔는지 안 물을 거야?"

엘리는 어깨를 으쓱했다.

"남자친구 집에 다녀왔어. 내가 남자친구가 있다고 얘기했던가?"

"아니요."

"내 말 못 믿겠지? 따분하고 늙은 과외 교사 노엘에게 남자친구가 있다니. 네 남자친구와는 비교도 안 돼. 당연히 안 되지. 하지만 내게는 신이야. 내가 만난 사람 중 가장 똑똑해. 그 사람이 내 어디가 마음에 들었는지는 나도 모르겠다."

"선생님, 오늘 아주 예뻐요." 엘리가 말했다. 아까 노엘에게 뺨을 맞은 여파인지 저도 모르게 비굴한 태도가 나왔다.

노엘은 엘리를 흘끗 쳐다봤다. "아, 착하기도 하지. 난 예쁘지 않아. 하지만 고맙다."

엘리는 딱딱한 미소를 지었다.

"어쨌든 네 저녁은 어땠어?"

엘리는 어깨를 으쓱했다. "괜찮았어요."

노엘은 방 안을 둘러보며 한숨을 쉬었다. "여기에 TV와 DVD 플레이어를 놔줄까 생각하던 참이야. 요즘에는 작은 올인원 TV는 저렴하게 살 수 있겠더라. 대신 한동안 선물은 줄어들지도 모르지만 하루 종일 벽만 보고 있는 것보다는 낫겠지. 어떻게 생각해?"

엘리는 눈을 깜빡였다. DVD 플레이어. 영화. 다큐멘터리.

"네, 그럼요. 고맙습니다."

"그리고 책도? 읽을 책도 갖다줄까?"

"네. 그럼요. 책도 있으면 좋죠."

노엘은 엘리에게 다정한 미소를 지었다. "좋아, 그럼. 적십자 중고 가게에서 몇 권 사다줄게. 그리고 DVD도. 네가 여기서 편하게 지내게 해줄게. 집처럼 아늑하게 만들어줄게."

노엘은 자리에서 일어나 엘리를 내려다보며 덧붙였다. "이제 모든 게 하나로 합쳐지고 있어. 느껴져. 하나로 합쳐지고 있어. 조금만 기다려."

엘리는 노엘이 어설프게 열쇠를 자물통에 넣는 모습을 지켜보았다. 노엘이 약한 모습을 보이는 순간을 감지했다. 노엘을 공격할까 고민했다. 뒤에서 노엘을 덮쳐 술에 취하고 화장이 번진 얼굴을 벽에 한 번, 두 번, 세 번 박고 열쇠를 빼앗아 자물쇠에 넣고 돌린 뒤 문을 열어 그대로 도망치는 것이다. 하지만 그 생각을 하는 와중에 문이 찰칵 열렸고 노엘 도널리는 밖으로 나가 문을 쾅 닫고 떠났다.

"엄마." 엘리는 손바닥에 얼굴을 묻고 속삭였다. "엄마."

엘리는 다음 날 밤에 무슨 일이 있었는지 결코 알지 못했다. 그 후에 일어난 일로 추측만 할 뿐이지, 사실과 구체적인 내용을 아는 사람은 한 사람뿐이며 그 사람은 절대 말해주지 않을 것이다.

노엘이 6시에 저녁 식사를 가지고 내려왔다. 치킨 너겟과 감자칩, 한쪽에 통조림 콩과 통조림 옥수수 한 스푼이 형식적으로 놓여 있었다. 쟁반 위에는 커다란 크림빵 하나와 젤리빈이 담긴 작은 그릇, 레몬 한 조각을 넣은 콜라가 담긴 유리잔이 있었다. 노엘이 준비한 건 다섯 살짜리를 위한 저녁 식사였다. 엘리는 초밥이나 길 위쪽의 세련된 중국 식당에서 파는 갈릭 새우 볶음밥이 간절히 먹고 싶었다.

노엘은 그날 저녁 한동안 지하실에 머물렀다. 엘리에게 새 책 한 권과 좋은 샴푸를 갖다줬다. 기분이 아주 좋은 것 같았다.

"저녁은 어때?" 노엘이 물었다.

"좋았어요, 고맙습니다."

"넌 운이 참 좋아. 네 나이에는 먹고, 먹고 또 먹어도 1그램도 안 늘잖아."

"선생님도 날씬해요."

"뭐, 그렇긴 하지만 거의 먹지 않아서 그래. 마흔이 됐을 때, 아." 노엘은 입을 동그랗게 모았다. "얼마나 충격적이던지. 이제 나는 크림빵을 먹지 않아. 나이가 들수록 더 몸매를 유지하기가 힘들어. 이런 식이면 쉰 살이 될 때쯤이면 물과 공기만 먹고 살아야 할 거야."

"나이가 몇인데요?"

"많아. 너무 많아. 마흔다섯. 우스꽝스러운 나이지. 정말 그래."

"그렇게 많지 않은데요."

"그렇게 말해줘서 고맙지만 그래도 늙은 건 사실이야. 특정 부분에서는 특히 그렇지."

엘리는 고개를 끄덕였다. '특정 부분'이 뭔지 몰랐지만 물을 생각은 없었다.

"집에 어린애가 있으니 기분이 좋네. 가게에서 맛있는 것들을 구경만 하는 게 아니라 다 살 수 있잖아." 노엘은 미소를 지었고 드러난 작은 이에 엘리는 기분이 오싹했다.

그리고 그것으로 끝이었다.

노엘 도널리의 형체가 흐릿해지고 일그러지기 시작하더니 방 안의 벽들이 까맣게 변하며 모든 게 사라졌고, 찰나의 순간 컴컴한 바닷속에서 노엘의 이만 보였다. 마치 밤하늘에 뜬 UFO처럼.

그리고 눈을 뜨자 아침이었다. 모든 게 평소와 같았지만 엘리는 평소와 다르다는 걸 알았다. 무슨 일이 일어난 게 분명했다.

41

그때

여름은 서서히 지나갔고 아무것도 변하지 않았다. 밤은 더 길어
졌고, 기온은 3도쯤 떨어졌다. 노엘이 플리스 안감이 들어간 후드
티셔츠 한 장과 도톰한 잠옷을 몇 벌 사다주었다. 지하실 창문으로
보이는 이파리는 아직 녹색이었다. 엘리는 9월일 거라고 상상했다.
어쩌면 10월 초나. 노엘은 말해주려 하지 않았다.

"오, 엘리. 그런 건 알 필요 없어. 그런 걸 알아서 뭐에다 쓰니.
아무 짝에도 쓸모가 없어."

그러던 어느 날 아침, 침대에 누워 있다가 엘리는 뭔가 이상한 걸
느꼈다. 배 중간 부분에서 무언가 뿅 튀어 오르는 것처럼 작은 요동
이 느껴졌다. 매트리스 밑에 사는 누군가가 등을 꾹 누른 것처럼. 순
간 엘리는 햄스터를 깔고 누웠나 싶어 재빨리 자리에서 일어나 확
인했다. 아무것도 없었다.

조심스레 침대 가장자리에 앉아 그 감각이 다시 느껴지는지 기다
렸다. 다시 느껴지지 않아서 침대에 도로 누웠다. 침대에 눕자 또 그
감각이 느껴졌다. 이번에는 어딘지 알았다. 바로 내부에서 일어나

는 감각이었다. 배 속에서 거품이 팡팡 터지고 있었다. 엘리는 배를 문지르고 또 문지르며 거품들을 가라앉히려 했다. 결국 거품들은 사라졌고 배 속에서 더는 이상한 일들이 벌어지지 않았다. 저녁때쯤 되자 누군가가 안에 있는 것 같고 더는 혼자가 아닌 것 같았던 그 기이한 느낌을 완전히 잊었다.

42

아이가 들어서던 날 밤을 당신도 기억할지 모르겠어요. 내가 새
틴 블라우스에 하이힐까지 한껏 차려입고 당신 집에 갔던 날 밤, 우
리가 레드 와인 두 병을 마시고 섹스를 세 번 한 날 밤이었어요.

난 장기 프로젝트가 될 줄 알았어요. 냉장고에 보관한 정자가 많
이 남아 있었어요. 그런데 그것들은 결국 필요가 없더군요. 나는 두
달 동안 엘리의 배란일을 기록했어요. 하루 단위로 생리대와 탐폰
을 주어 엘리가 언제 생리를 하고 양은 얼마인지 정확히 파악했어
요. 그리고 첫 번째 시도에 성공했어요. 탐폰과 수건을 준비해놓고
엘리가 부탁하기를 기다렸어요. 그런데 2주가 지나고, 3주가 지나
고, 4주가 지났죠. 그러다 엘리가 매일 아침 속이 울렁거리기 시작
했을 때 난 알았어요.

엘리가 임신 4~5개월쯤 될 때까지 난 당신에게 아기 이야기를 하
지 않았어요. 가능한 한 뒤로 미루어야 속임수를 쓰는 기간이 짧아
질 테니까요. 그 아기는 당신 아이가 될 테고, 당신은 내가 임신한
줄 알아야 하니까요. 내가 임신했다고 생각하게 만들려면 내가 임
신한 것처럼 보여야 했어요. 그리고 임신인 척 연기하려면 우리의

잠자리도 끝내야 했죠. 그래서 당신에게는 의사가 태반이 낮아서 '성관계를 금지했다'고 말했어요. 그래서 잠자리를 중단했지만 그 외의 다른 것들은 많이 했던 거 당신도 기억할 거예요. 그 어느 때보다도 당신을 곁에 두어야 했으니까요.

내가 혼자 검사를 받으러 갔었다면서 호들갑 떨었던 거 기억나요? "오, 아기를 다시 잃을까 봐 무서웠어요. 당신을 다시 실망시킬까 봐 무서웠어요." 당신은 다정했지만 진심이 담겨 있지 않았다는 거 알아요. 섹스를 하지 않고, 한 침대에 누워 당신이 두 손으로 내 몸을 쓰다듬지도 않고, 같이 와인을 마시지도 않고, 토요일 아침에 함께 누워 있지도 않으니 나는 당신의 삶에 어울리지 않는다는 걸 알겠더군요. 아기는 당신에게 중요하지 않았어요. 난 알 수 있었어요. 싸움에서 진 사자가 사냥감의 거죽 쪼가리만 들고 꼬리를 만 채 조용히 물러나듯, 내가 아기를 위로상으로 여기고 아기와 함께 어디론가로 사라지기를 바란다는 것도 어렴풋이 느꼈어요. 우리 둘은 다른 사람들이 생각하는 연인 관계처럼 가까운 적이 없었고, 우리를 묶어주던 미약한 끈마저 벽돌 사이의 회반죽처럼 부서지기 시작했어요. 우리 사이가 서서히 멀어지고 있다는 게 느껴졌지만 어떻게 해야 할지 전혀 감이 잡히지 않았어요.

내 유일한 희망은 아기가 태어나면 당신이 그 아이에게 푹 빠지고, 그 아이 없이는 살 수 없게 되고, 우리 역시 떼려야 뗄 수 없는 관계가 되는 것뿐이었죠. 영원히 뗄 수 없는 관계 말이에요.

43

그때

배가 커다란 탱탱볼처럼 팽팽하게 늘어나면서 푸르스름한 혈관이 온통 드러나고 배 가운데 길게 갈색 선이 생겼다. 이따금 종잇장처럼 얇은 피부를 누르는 작은 발의 윤곽선이 뚜렷이 보였다. 팔꿈치와 무릎, 한번은 연필로 그린 것처럼 섬세한 귀 한쪽도 보았다. 배속에 있는 아이는 구르고 날뛰고 춤추고 발을 찼다. 엘리의 폐와 식도를 눌렀다가 몸을 뒤집어 방광과 장을 세게 눌렀다.

노엘이 임신 관련 책과 소화제와 변비약, 요통약을 사다주었다. 밤에 잘 때 무릎 사이를 지탱해줄 바나나 모양의 특별 베개도 갖다주었다. 엘리는 그 베개가 좋았다. 사람처럼 느껴졌다. 가끔 그 베개를 끌어안고 뺨을 기댔다. 노엘은 아기 이름 작명법 책을 한 권 사왔고 의자에 앉아 그 책을 엘리에게 읽어주었다. 의사용 청진기도 사와서 함께 아기의 심장박동을 들었다. 노엘은 엘리의 배를 양손으로 쓰다듬며 뭐가 느껴지는지 말하곤 했다. "아, 그래. 아기가 움직인다." 이런 식으로. "잘도 뒤집네. 이러다 당장이라도 나오겠어."

엘리는 처음으로 아기의 움직임을 느끼고 2~3주 지나서야 살이

찐 게 아니라 임신한 게 아닐까 의심했다. 정확한 순간을 콕 집어 말할 수는 없었다. 그저 하루하루 지날 때마다 점점 더 분명해졌다. 어느 날 오후 노엘을 빤히 응시하며 어떤 식으로 물어야 할지 고민했다. 동시에 질문에 대한 답을 알고 싶지 않았다. 결국 엘리는 이렇게 말했다. "배 속에서 뭔가 움직여요. 무서워요."

노엘은 머그잔을 내려놓고 엘리를 보며 미소 지었다. "무서워할 것 하나도 없어, 애야. 그럼, 그럼. 네 배 속에 작은 아기가 있는 것뿐이란다."

엘리는 자신의 배를 내려다보며 멍하니 툭툭 두드렸다. "저도 그럴지 모른다고 생각했어요. 그런데 그게 어떻게 가능하죠?"

"바로 기적이지. 그래서 내가 널 선택한 거야. 난 아기를 가질 수가 없어서 신에게 아기를 달라고 부탁했더니 신께서 너라고 대답하셨어! 네가 특별한 아이고, 네가 내 아이를 낳을 거라고!" 노엘은 황홀경에 빠진 것처럼 가슴 앞에서 두 손을 모았다. "지금 널 봐. 성모 마리아처럼 처녀로 잉태를 했잖아. 하느님께서 보내주신 아기지. 기적이야."

"선생님은 신을 믿지 않잖아요."

노엘은 빨랐고 엘리는 몸이 너무 무거워 피할 수가 없었다.

퍽.

노엘의 손이 엘리의 뒤통수를 세게 내리쳤다.

그대로 방에서 나가 자물쇠 세 개를 단단히 잠갔다.

그 후로도 몇 주간 노엘은 엘리의 배 속에 있는 아이의 출처에 대한 질문은 상대도 하지 않았다. 그저 미소 짓고 '우리의 기적'에 대한 이야기를 하고, 아스다 마트에서 산 자그마한 잠옷과 적십자 중고 가게에서 산 작은 니트 슬리퍼, 작고 하얀 매트리스와 깅엄 체크 햇빛 가리개가 달린 고리버들 아기 바구니, 누르면 삑삑 소리가 나고 페이지를 만지면 바스락거리고 딸랑거리는 소리가 나는 면으로 만든 작은 책을 들고 엘리의 방에 들어왔다. 엘리의 부은 발에 바를 크림을 가져오고 엘리의 배에 대고 자장가를 불렀다.

아주 이른 초봄의 어느 날, 엘리는 이상한 기분에 잠에서 깼다. 아기 때문에 배가 눌려서 자세를 잡을 수가 없어 잠을 제대로 자지 못했는데, 그렇게 선잠을 자는 동안 생생하고 충격적인 꿈을 꾸었다. 꿈속에서 엘리는 털이 하나도 없고 자그마한 강아지를 낳았다. 그 강아지는 순식간에 커서 성체가 되었다. 무시무시한 이를 드러내고 눈이 빨간 지옥에서 온 사냥개. 그 개는 엘리를 미워했고 엘리의 방문 밖에서 으르렁거리고 침을 뚝뚝 흘리며 노엘이 그 문을 열면 안으로 들어와 엘리를 공격하려고 기다리고 있었다. 엘리는 이 꿈을 꾸다 세 번이나 깼다. 땀을 흘리고 숨을 헐떡이면서. 그러나 다시 잠들 때마다 개는 엘리의 방문 밖에서 기다리고 있었다.

그날 아침 엘리는 노엘이 보고 싶었다. 밤이 너무 길게 느껴졌다. 끝이 없는 것 같았다. 자신이 걸린 이 기이한 저주를 누군가가 나타나 깨주길 바랐다. 하지만 아침에 노엘은 오지 않았고 점심때도 오지 않았다. 1분이 지날 때마다 엘리는 점점 더 초조하고, 점점 더 두려웠다. 마침내 초저녁이 되어 자물통에 노엘의 열쇠 돌아가는 소리가 들렸을 때는 곧바로 노엘에게 뛰어들어 그녀의 목에 매달리고 싶은 심정이었다.

문이 열리는 순간, 엘리는 노엘의 표정을 보고 침대라는 부드러운 보호막 안으로 몸을 움츠렸다.

"자." 노엘은 코코팝스 한 그릇과 치즈 퍼프 과자 한 봉지, 오레오 반 통을 침대 옆 탁자 위에 쾅 올려놓았다. "요리할 시간이 없었어."

책상다리를 하고 앉아 양팔로 배를 감싼 엘리는 놀라고 두려운 표정으로 노엘을 바라보았다.

"커다란 갈색 눈으로 애처롭게 쳐다보지 마. 내 기분이 영 아니니까. 어서 먹기나 해."

"그리 영양가 있는 음식이 아니네요." 엘리가 조심스럽게 말했다. 엘리가 임신한 후로 노엘은 항상 신경 써서 채소와 과일을 가져다주었다.

"아, 작작 좀 해." 노엘이 투덜거렸다. "한 끼쯤 대충 먹는다고 너나 네 아기가 죽지는 않아." 노엘은 화난 기색이 역력한 모습으로 의자에 털썩 주저앉았다.

엘리는 몇 분 기다렸다가 치즈 퍼프 과자 봉지를 뜯으며 물었다.

"어디 갔다 왔어요?"

"네가 상관할 일 아니야."

"걱정했어요." 엘리는 조심스럽게 말을 꺼냈다. "혹시 선생님이 밖에 나간 사이에 무슨 일이 생기면 어떻게 되나 싶어서요. 선생님이 사고를 당하거나 아프면요. 저는 어떻게 되는 거죠?"

"나한테는 아무 일도 생기지 않아. 바보 같은 소리 하지 마."

"그렇지만 만약이란 게 있잖아요. 뇌진탕을 일으켜 주소를 잊을 수도 있잖아요. 그러면 저는 배 속의 아기와 여기에 갇혀 있을 테고, 아무도 우리가 여기 있는 줄 몰라서 둘 다 죽을 거예요."

"잘 들어." 노엘이 짜증을 냈다. "난 뇌진탕을 일으키지 않을 거야. 그리고 무슨 일이라도 생기면 다른 사람에게 네가 여기 있다고 말할게. 알았어?"

노엘이 인내심을 잃고 있는 게 보여 여기서 대화를 중단하고 입을 다물어야 한다는 걸 알았지만, 방금 '다른 사람에게 네가 여기 있다고 말할게'라는 노엘의 말은 새롭고 놀랍고 흥분되는 것이었다. 그냥 넘어갈 수가 없었다.

"정말 그래주실 거예요?" 엘리는 살짝 숨죽이며 물었다.

"물론 그래야지. 내가 널 여기서 죽게 내버려둘 줄 알았어?"

"하지만……" 엘리는 신중하게 단어를 골랐다. "걱정되지 않으세요? 경찰이 올 텐데요. 선생님이 체포되거나 하면요?"

"오, 맙소사. 그만 좀 할래? 헛소리 좀 그만해. 안 그래도 오늘 평생 들을 헛소리를 이미 다 들었어. 너한테서까지 듣고 싶지 않아. 난 버르장머리 없는 널 받아주고 널 보살펴주느라 애쓰는데, 넌 커다란 엉덩이를 깔고 앉아서 멍청한 생각만 하는구나. 난 너와 네 아기를 지키려고 내 인생을 걸었어. 그러니 그만 징징거려. 모든 건 다 내가 알아서 할 테니까. 미치겠네."

엘리는 고개를 끄덕이고 산더미처럼 쌓인 주황색 과자 봉지들을 바라보았다. 눈에 눈물이 차올랐다.

"그나저나 저것들 냄새나." 노엘이 으르렁거리듯 말하며 햄스터 우리 쪽을 머리로 가리켰다. "깨끗하게 청소하지 않으면 변기에 넣고 내릴 거야."

그러고 나서 노엘은 나갔고 엘리는 혼자 남았다. 높은 창문 바깥에서는 날카로운 바람에 이파리가 다 떨어진 덤불 줄기들이 머리카락처럼 휘날렸고, 엘리는 치즈 퍼프 과자를 먹으며 도엘 도널리가 다음번에 가게에 가다가 버스에 치이기를, 너무 오랫동안 병원에 입원해야 해 결국에는 자기 집 지하실에 살면서 배 속에 기적의 아이를 키우는 소녀 이야기를 누군가에게 털어놓기를 기도했다.

노엘은 아기에게 흥미가 떨어진 것 같았다. 엘리의 배가 부르면 부를수록 노엘의 관심은 점점 떨어졌다. 선물이 끊겼고 아기 이름이 끊겼고, 작은 아기 옷을 가져와 수선을 피우거나 아기가 어떤 자세로 있는지 보려고 배를 쓰다듬는 일도 없었다. 여전히 하루에 세 번 식사를 갖다주러 지하실에 내려왔지만 초기처럼 아기에게 좋은 건강식, 채소와 평범한 토마토와 오이 같은 건 없고 다양한 흰색과 흐릿한 갈색, 이따금 주황색인 튀김뿐이었다. 그리고 종종 남아서 이야기를 했다.

이런 잡담은 때로는 따분했고, 때로는 소중한 정보 조각들을 담고 있었다. 예를 들어 바깥 날씨 이야기를 통해 계절의 변화를 알 수 있었고, 혹은 바깥세상 아이들이 GCSE 공부를 시작해 일이 늘었다는 이야기로 시기를 알 수 있었다. 또 어떨 때는 노엘이 자신의 속마음을 털어놓으며 일종의 카타르시스를 느끼기도 했다. 처음에는 노엘의 변덕스러운 기분 변화가 두려웠고, 오늘은 어떤 노엘이 저 문으로 들어올지 짐작할 수가 없었다. 그러나 시간이 지나면서 노엘의 심리를 본능적으로 파악하게 되었고, 노엘이 문을 열기 전 바깥 나무 계단에 떨어지는 발자국의 리듬으로, 자물통에 열쇠가 돌아가는 소리로, 문이 열리는 속도로, 얼굴에 떨어지는 머리카락의 각도로, 방 안으로 들어와서 인사를 하기 전의 숨소리로 오늘은 어떤 이야기를 나누게 될지 파악할 수 있었다.

오늘 노엘은 자기 연민에 빠져 있었다.

터벅, 터벅, 터벅. 215밀리미터 사이즈의 발이 계단을 내려왔다. 자물통에 열쇠를 넣기 전 한숨을 쉬었다.

삐걱하고 문이 천천히 열렸다.

들어와 문을 닫으며 다시 한숨을 쉬었다.

"자." 노엘이 엘리에게 점심을 건넸다. 하인즈 콩 통조림과 미니 소시지를 올린 하얀 빵 토스트 두 장, 돌돌 말아놓은 비닐에 포장된 초콜릿 스프레드를 바른 팬케이크 하나, 루코제이드(게토레이 비슷한 스포츠 음료) 캔 하나, 젤리빈 한 그릇이었다.

엘리는 똑바로 앉아 노엘에게서 쟁반을 받았다. "고맙습니다."

엘리는 아무 말 없이 식사하며 생각에 잠긴 노엘을 의식했다.

마침내 노엘이 깊은 한숨을 쉬고 중얼거렸다. "엘리, 이게 다 뭐 하는 짓일까? 응?"

엘리는 노엘을 응시하다가 토스트 위의 콩으로 눈길을 옮겼다. 이럴 때는 노엘의 말에 대꾸하지 않는 편이 낫다는 걸 알고 있었다. 자신의 역할은 그저 듣는 것뿐이었다.

"우리가 매일 하는 모든 일들 말이야. 매일 아침 널 빌어먹을 침대에서 일으키는 것부터 시작해서 하루하루가 똑같아. 주전자 스위치를 켜고……" 노엘은 주전자 스위치를 켜는 동작을 했다. "네 이를 닦고." 역시 이를 닦는 동작을 했다. "네 옷을 고르고, 네 머리를 빗고, 네 음식을 요리하고, 네 음식을 치우고, 쓰레기를 버리고, 또 음식을 사고, 전화를 받고, 네 옷을 빨고, 네 옷을 말리고, 네 옷을 접고, 네 옷을 치우고, 밖에 나가 한심한 인간들에게 매일같이 미소를 지어야 해. 매일같이. 사람들이 왜 거리로 나가는지 알 것 같지 않아? 가끔 상자를 깔고 누워서 지저분한 담요를 덮고 독한 술을 홀짝이는 노숙자들을 보면 부럽다니까. 정말로. 책임질 게 아무것도 없잖아. 내가 이렇게 할 수 있을 거라고 생각하다니 미쳤던 거야." 노엘은 방 안에 있는 엘리와 엘리의 배, 우리 안에 든 햄스터들을 가리켰다. "먹을 입은 점점 늘어나고 고된 집안일도 더 늘어나고, 빨고 요리하고 접고 치워야 할 것들을 사느라 돈은 점점 더 많이 들어가지. 내가 무슨 생각이었는지 모르겠다. 정말 모르겠어."

노엘은 깊은 한숨을 내쉬고 자리에서 일어섰다. 방에서 나가려다가 몸을 돌려 흥미로운 눈으로 엘리를 바라보았다. "너 괜찮아?" 사족처럼 덧붙인 질문이었다. 진심으로 궁금한 게 아니었다. 노엘은 밤에 배 때문에 불편해서 며칠간 거의 잠을 못 잤다는 사실 따위는 알고 싶지 않을 것이다. 엘리가 치통을 앓고 있다거나, 깨끗한 속옷이 다 떨어졌다거나, 세면대에서 바지를 빨았다거나, 가슴이 수박만큼 커져 새 브라가 필요하다거나, 엄마가 너무 보고 싶어서 가슴이 저민다든가, 다가오는 여름 냄새와 낮이 점점 더 길어지는 게 느껴진다든가, 신선한 풀 냄새와 뒷마당의 바비큐 냄새, 트램펄린을 뛰는 제이크와 고양이 테디베어가 나무 바닥에 떨어진 햇살 속에서 기지개를 켜던 생각을 하고 울었다든가 하는 이야기 따위는 듣고 싶지 않을 것이다. 엘리가 더는 과거의 엘리가 아니며 형체를 알아볼 수 없을 정도로 녹아 웅덩이가 되어버렸다든가 하는 이야기도. 가끔 노엘을 사랑하는 것 같은 기분이 든다든가 하는 이야기도. 가끔은 노엘이 자신을 품에 꼭 안아 아기처럼 천천히 흔들어주었으면 좋겠고, 또 어떨 때는 노엘의 목을 그어 뿜어져 나온 피가 손가락을 타고 뚝뚝 흘러내리다 쓰러져서 결국에는 죽는 모습을 지켜보고 싶다는 이야기도.

엘리는 스톡홀름 증후군이 뭔지 알았다. 패티 허스트 사건*을 다룬 기사에서 읽은 적이 있다. 오랫동안 감금 생활을 하던 사람들에게 어떤 일이 벌어지는지 잘 알았다. 자신의 감정이 정상적인 거란 사실을 알았다. 그와 동시에 노엘에 대한 애정, 노엘의 관심과 칭찬을 열망하는 순간들에 굴복해서는 안 된다는 것도 알았다. 노엘이 죽기를 바라는 자신에게 매달려야 했다. 강하고 건강한 자신에게. 그런 자신이라야 언젠가 이곳에서 나갈 수 있을 것이다.

* 미국 언론 재벌의 손녀인 패티 허스트가 자신을 납치한 조직원들에게 동조해 함께 은행 강도를 벌이다 체포된 사건.

44

엘리가 임신 8개월째 됐을 때 당신이 우리 사이를 끝냈어요. 혹은 다시 말해 내가 임신 8개월째 됐을 때였죠.

지금까지는 아기가 불쌍해서 참았던 거야. 이제 우리 사이를 끝내자.

나쁜 인간. 아이에게 아빠 노릇을 하고 싶지만 우리 사이는 끝내는 게 최선이라고. 아기가 태어나기 전에 '떨어져 사는 법'을 고민해보자고 했죠.

'떨어져 사는 법'이라니. 하! 그게 도대체 무슨 뜻이죠, 플로이드? 솔직히 말해 당신도 잘 모르는 것 같아요. 그저 섹스를 하지 못하니까 짜증이 나서 다른 사람을 만나고 싶었던 거겠죠. 난 그렇게 생각해요.

난 애원하지 않았어요. 당신에게 매달리지 않았어요. 아직 내겐 비장의 카드가 있었으니까. 아기 말이에요. 그때 난 아주 차분했어요, 기억나요? 당신 방에 올라가 몇 년 동안 차근차근 쌓인 내 물건들을 챙겼어요. 내 칫솔, 내 디오더런트, 내 빗, 여벌의 바지. 그런 것들이요. 그 물건들을 여행 가방에 쑤셔 넣었죠. 가방 안에 쑤셔 박힌 모양새가 처량하더군요. 나는 가짜 배를 가리기 위해 당신의 커다란 티셔츠를 입고 있었어요. 그 티셔츠를 훔칠까 생각했지만, 당신 침대 위에 펼쳐놓고 가는 편이 더 효과적일 거라고 생각했어요. 그날 저녁 당신이 침대에 올라가 '오, 노엘, 내가 무슨 짓을 한 거지?' 하고 슬퍼할 수도 있잖아요. 당신 침실에서 나오는데 당신의 끔찍한 딸이 층계참에 서서 공포 영화 속에 나올 법한 눈으로 날 쳐다봤어요. '뒈져버려.' 나는 그 애 옆을 유유히 지나가며 생각했어요. '뒈져버려.'

내 지하실에 뭐가 있는지 알고 있었으니까요. 그리고 그 아이가 이 아이보다 낫다는 걸 알고 있었어요. 그 아이가 이 아이보다 낫다면 우리가 다시 합칠 수 있을 테니까요.

나는 희망을 잃지 않았어요.

45

뭐, 교과서에 나오는 것 같은 분만은 아니었어요. 네, 아니었죠. 가정 분만에 대한 책은 전부 읽었지만 만약의 사태에 대한 준비는 돼 있지 않았어요. 진짜 진짜 최악의 상황에서는 병원에 가야 한다는 것만 알았죠(이야깃거리도 만들어놨어요. 임신한 조카딸이 아일랜드에 있는 가족들에게 차마 말을 못했다…… 뭐, 나머지는 추측할 수 있겠죠). 그렇게 되지는 않았어요. 아무런 의학적 개입 없이 나 혼자 아기를 받았어요. 유쾌한 경험이었다고는 말 못하겠군요. 유쾌한 경험과는 거리가 아주 멀었지만 아기는 살아서 숨을 쉬며 나왔어요. 결국 중요한 건 그거잖아요.

사랑스러운 여자아이였어요. 갈색 머리카락이 풍성하고, 입술은 작고 빨갛더군요. 그 애에게 아기 이름을 짓게 해줬어요. 힘든 일을 겪었는데 최소한 그 정도 배려는 해줘야죠.

포피, 그 애가 말했어요.

나는 좀 더 전통적인 이름을 선호했어요. 헬렌이나 루이즈 같은 거. 어쩌겠어요. 모든 걸 다 내 마음대로 할 수는 없는 법이죠.

처음 며칠간은 아기를 그 애 곁에 두었어요. 이제 내가 할 수 있는 일이 별로 없잖아요, 안 그래요? 그러다 아기가 2주쯤 됐을 때 병원에 데려가 체중을 재고 검진도 받고 출생신고도 해서 내 집 지하실에 사는 작은 유령이 아닌 진짜 사람으로 만들어줬어요.

수많은 불편한 질문에 대답해야 했지만 난 능숙하게 대처했어요. 임신한 줄 몰랐다, 폐경인 줄 알았다, 배가 그리 많이 나오지 않았다, 파트너와 함께 집에서 출산했다, 너무 갑작스러운 일이라 구급차를 부를 여유도 없었다, 갑자기 아기가 나왔다, 그래서 병원에 간 적이 한 번도 없다. 아프가 채점(신생아의 심장박동수와 호흡 속도 등 신체 상태를 나타낸 수치)은 하지 않았다. 지금까지는 불안해서 아기를 집 밖으로 데리고 나오지 못했고, 내가 보기에는 아기가 괜찮은 것 같았다. 나는 의자에 앉아 그 사람들에게 핀잔과 야단을 맞았어요. 난 말했죠. 어머, 정말, 정말 죄송해요. 몇 달 전까지만 해도 난 처녀였고 (가장 센 아일랜드 억양으로 말했죠) 은둔자처럼 살아서 정말 아무것도 몰랐어요.

그 사람들은 한숨을 쉬고 기가 막힌다는 표정을 지었어요. 아마 차트에 이렇게 기록했을 거예요. '정신병자일 가능성 있음, 눈여겨볼 것.' 어쨌든 그들은 시청에 아기 출생신고를 하는 데 필요한 서류는 전부 떼주었고 5주 후에 산후 검사를 받도록 예약을 잡아놓고(물론 난 가지 않았지만, 갔더라면 내 아래가 깨끗한 걸 보고 매우 감명받았을 거예요), 그 주 후반에 산파가 집으로 찾아가 면담할 거라고 했죠. 산파가 왔을 때 나는 집에 없는 척하고 그 여자가 내 우편함을 흔드는 동안 뒷방에 숨어 있었어요. 산파는 며칠 후에 다시 찾아와 내 이름을 백 번쯤 불렀지만 결국에는 포기하고 돌아갔죠. 아기는 예약 날짜에 맞춰 병원에 데려갔어요. 예방주사도 맞히고 체중도 재고 키도 쟀어요. 병원에서 눈치채지 못할 정도로 최소한의 기본적인 것만 했죠. 사회복지 용어로 우리는 그물 사이로 빠져나간 거예요. 생각해보면 걱정스러운 일이죠.

하지만 그 애는…… 뭐, 그 애를 위해 최선을 다했다고 생각해요. 정말 최선을 다했지만 그 애는 상태가 좋지 않았어요. 산 넘어 산이었죠. 처음에는 아래에 염증이 생겼어요. 저절로 낫는 듯하더니 가슴 한쪽에 염증이 생겼어요. 적어도 내가 보기엔 염증 같았어요. 인터넷에 검색해봤어요. 난 그 애에게 한쪽 가슴으로 아기에게 젖을 먹이라고 했어요. 그 애 몸은 불처럼 뜨겁다가 얼음장처럼 차가워졌어요. 처방전 없이 살 수 있는 약을 사다줬지만 효과가 없었죠. 그 애는 아기에게 흥미를 잃었고 내가 대신 아기를 먹여야 했어요. 그러더니 어느 날부터는 아예 음식을 입에 대지 않더군요. 계속 엄마만 찾아댔어요. 쉴 새 없이 불렀어요. 낮이고 밤이고 계속. 더는 참을 수가 없었어요.

그러던 어느 날, 아기가 5개월쯤 됐을 때 나는 그 방문을 닫았고 아주 오랫동안 그 방에 돌아가지 않았어요.

46

조슈아가 로럴에게 더블린에 사는 조부모의 전화번호를 가르쳐 주었다. 헨리 도널리와 브레다 도널리. 두 사람 모두 살아 있었고 아직 일을 하고 있었다.

"대단한 분들이에요." 조슈아는 이렇게 말했다. "진짜 대단한 분들이죠. 굉장히 무서워서 거역하면 절대 안 될 것 같지만 대단한 분들이에요. 두 분 다 성격이 대단히 강해요."

로럴은 플로이드의 집에서 돌아온 일요일에 그 집으로 전화했다.

여자가 전화를 받아 너무 큰 목소리로 "여보세요" 하는 바람에 로럴은 화들짝 놀랐다.

"여보세요. 도널리 부인이신가요?"

"네."

"브레다 도널리 씨?"

"네, 맞아요."

"일요일에 전화드려 죄송합니다. 혹시 식사 중이신가요?"

"아니에요, 아닙니다. 물어봐줘서 고마워요. 무슨 일로 전화하셨나요?"

"방금 손자 조슈아를 만났어요."

"아, 그렇군요. 우리 조슈아. 요즘엔 어떻게 지낸답니까?"

"잘 지내고 있어요. 아주 좋아 보이더라고요. 따님 집에서 조슈아를 만났어요. 노엘의 집에서요."

잠시 침묵이 흐르다 브레다 도널리가 입을 열었다.

"그런데 누구시죠? 이름을 못 들었네요."

"죄송해요. 저는 로럴 맥이에요. 제 딸이 예전에 노엘의 학생이었어요. 10년 전쯤에요. 그리고 정말 이상한 우연의 일치인데 제가 지금 노엘의 전 파트너와 사귀고 있죠. 플로이드 턴이요. 포피의 아빠요."

또다시 침묵이 흘렀고 로럴은 숨을 죽였다.

마침내 브레다가 대답했다. "네에." 말을 끄는 걸 보니 무언가 대답하기 전에 더 많은 정보가 필요한 모양이었다.

로럴은 한숨을 쉬었다. "저…… 제가 왜 전화했는지 저도 잘 모르겠지만, 노엘과 과외를 끝낸 직후에 제 딸이 사라졌어요. 노엘의 집 바로 근처에서 사라졌죠. 그리고 몇 년 후에 노엘 본인도 사라졌고요."

"그래서요?"

"노엘에 관해 묻고 싶었어요. 노엘에게 어떤 일이 일어났다고 생각하시는지 물어보고 싶었어요."

브레다 도널리가 한숨을 쉬고는 말했다. "신문 기자가 아닌 거 확실해요?"

"정말 아니에요. 맹세합니다. 원한다면 구글에 제 이름을 검색해보세요. 로럴 맥이요. 아니면 제 딸 엘리 맥을 검색해보세요. 다 나와 있어요. 정말이에요."

"그 애는 집으로 돌아온다고 했어요."

로럴은 눈을 깜빡였다. "네?"

"노엘이요. 그 주에 집으로 돌아올 거라고 했어요. 어린 딸을 데리고요."

"아. 그건 몰랐어요. 플로이드는 그냥 노엘이 사라졌다고만 했어요. 아일랜드로 돌아가려 했다는 얘기는 하지 않았어요."

"어쩌면 노엘이 그 사람에게 얘기하지 않았는지도 모르죠. 하지만 돌아올 예정이었어요. 언론도 경찰도 아무 관심이 없었어요. 혼자 사는 중년 여자고 전 파트너는 노엘이 정신적으로 불안정하다고 했으니까요. 노엘이 집에 돌아올 예정이었다고 말했지만 그건 사건과 상관없다고 생각했죠. 어쩌면 진짜 그럴지도 모르고요."

"노엘이 딸과 함께 돌아온다고 했나요?"

"네. 딸과 함께 온다고 했어요. 포피와 함께요. 우리 집에서 지낼 거라고 해서 우린 준비를 다 해놨어요. 침대도 다 정리해놓고, 아이에게 줄 커다란 곰 인형도 하나 사고, 요거트며 주스도 사다놨죠. 그런데 갑자기 애는 애 아빠에게 맡기고 가방을 싸서 사라진 거예요. 사실 우린 그리 놀라지도 않았어요. 노엘이 애를 혼자서 키운다는 건 둘째 치고 애초에 노엘이 애를 낳았다는 것 자체가 믿기 힘들었으니까요."

"그럼 노엘이 마음을 바꿨다고 생각하세요? 부모님 댁에서 포피와 새로운 인생을 시작하려다 갑자기 막판에 마음을 바꿨다고요?"

"네, 그런 것 같아요."

"노엘이 어디 있다고 생각하세요, 도널리 부인? 제가 물어봐도 된다면요."

"아, 맙소사. 솔직히 말해 난 그 애가 죽었다고 생각해요."

로럴은 아무 말 못하고 브레다의 말에 받은 충격을 흡수했다.

"노엘을 마지막으로 본 게 언제인가요, 도널리 부인?"

"1984년도요."

로럴은 다시 침묵했다.

"박사 학위를 받고 나서 몇 주간 집에 왔었어요. 그런 후에 런던으로 떠났죠. 우리가 노엘을 본 건 그때가 마지막이었어요. 노엘의 오빠들과 남동생들이 런던에 가면 노엘 집을 찾아가려고 했는데 항상 형제들과 거리를 뒀죠. 항상 변명거리를 만들어냈어요. 노엘은 우리에게 크리스마스 카드 한 장, 생일 축하 카드 한 장 보낸 적이 없어요. 우리는 노엘에게 계속 소식을 전했어요. 새로 태어난 조카들과 조카딸 이야기, 어느 학교를 졸업하고 무슨 일을 하는지 다 전했죠. 그런데 답장은 한 번도 없었어요. 노엘은 우리에게 아무런 관심이 없었어요. 가족은 신경도 쓰지 않았죠. 결국엔 우리도 그 애게 관심을 접게 됐어요."

47

아기가 6개월쯤 됐을 때 처음 당신에게 아기를 데려갔어요. 한껏 차려입었어요. 퍼 칼라가 달린 카디건을 입혔죠. 몬순(영국 패션 브랜드)에서 세일을 하더군요. 그리고 발레리나 치마를 입혔어요. 거기에 구두까지! 갓난아기에게 말이에요! 어이가 없죠. 하지만 이 아기는 당신이 본 중에 가장 예쁜 아기일 테고, 당신이 이 아기에게 홀딱 반하길 바랐어요.

아기를 당신에게 데려가던 날, 나는 안절부절못했어요. 당신에게 전화해 내가 간다고 미리 알려두었죠. 나는 우리가 환영받기를 원했고 당신이 내게 상냥하게 차 한잔을 따라주기를, 당신이 준비하고 있기를 바랐어요.

일요일 아침이었고 희망이 느껴지는 날이었어요. 당신이 흉측한 스웨터를 입고 문 앞에 나왔죠. 미안하지만 그게 사실인걸요. 당신은 옷을 잘 입는 사람이 아니었고 그게 우리의 공통점이었지만, 그 스웨터는 정말 심했어요. 당신의 끔찍한 딸이 준 크리스마스 선물이었을 거예요.

당신은 날 보지 않았어요. 당신의 눈은 곧장 내가 든 카시트 안의 아기에게로 향했어요. 나는 당신의 얼굴을 지켜봤어요. 당신 아내가 만들어준 뼈만 앙상한 귀신 같은 아이와 전혀 다르게 팔다리가 통통하고 황갈색 피부에 갈색 머리카락을 한 아기를 바라보는 당신의 얼굴을요. 당신이 미소를 지었어요. 그러자 하느님께 감사하게도 아기가 당신을 마주 보며 미소를 지었죠. 새틴 신발을 신은 작은 발을 찼어요. 당신을 보며 까르륵 웃었어요. 아기도 아는 것 같았어요. 이 순간에 모든 게 달려 있다는 걸 아기도 아는 것 같았어요.

당신은 우리를 집 안으로 들였어요. 나는 당신의 사랑스러운 주방 바닥에 카시트를 내려놓고 주위를 둘러보았고, 당신의 개인적인 공간에 다시 들어와 성스럽고 만족스러운 기분에 휩싸였죠. 이상하게도 당신 여자친구였을 때보다 바로 그 순간에 그곳에 속한 것 같은 기분이 들었어요. 내가 꿈꾸던 것처럼 당신은 내게 차를 내주었어요. 찻잔을 내게 건네고 카시트 위로 몸을 숙이고 앉아 나를 올려다보며 물었어요. "안아봐도 될까?"

난 말했어요. "물론이지. 당신 딸인데."

당신은 카시트 벨트를 풀었고 아기가 작은 발을 차며 당신을 향해 팔을 내밀었어요. 당신은 아기를 부드럽지만 단단하게 잡아 올려 품에 안았어요. 신생아 때 보지 못해서 더 어리게 생각하는 것 같았죠. 하지만 아이는 자신이 더 크다는 걸 보여줬어요. 당신의 품 안에서 몸을 뒤집고 당신의 뺨에 손을 대고 턱수염을 잡아당겼어요. 당신이 얼굴을 일그러뜨리며 장난스러운 표정을 짓자 아기가 웃음을 터트렸어요.

"세상에. 아기가 정말 예쁘다, 안 그래?"

"내 눈에야 당연히……."

"이제 6개월 됐나?"

"응. 화요일이면 6개월이야."

"포피. 이름 예쁘다."

"그렇지? 아이한테 어울리는 것 같아."

"그래. 정말 잘 어울려." 당신이 맞장구를 쳤어요.

당신이 입술을 쭉 내밀자 아기는 기뻐서 어쩔 줄 모르는 표정으로 당신을 쳐다봤어요.

"어떻게 지냈어?" 당신이 물었죠. "당신은 어떻게 지냈어?"

"나는……." 나는 멍청한 미소를 지었어요. 두 번, 세 번, 네 번, 끝없이 젖병을 들고 가야 했던 악몽 같던 밤 이야기를 하지 않았어요. 가끔은 울음소리를 듣지 않으려고 아기 침대 안에 애를 넣어두고 주방에 가서 한 시간 동안 라디오를 크게 틀어놓았다는 이야기는 하지 않았어요. 당신 부모님이 당신한테 그랬던 것처럼 아이를 병원 계단에 버릴까 진지하게 고민했다는 이야기도 하지 않았어요.

"좋았어." 나는 마음에도 없는 말을 쏟아놨어요. "애가 얼마나 기특한지 몰라. 밤새 잘 자고, 잘 웃고, 잘 먹고. 솔직히 내가 왜 진작에 애를 낳지 않았나 모르겠어. 정말로."

당신은 내 대답을 듣고 정말 좋아하더군요. 당신 머릿속에서 나는 당신에게 구차하게 매달리는 끔찍한 늙은 여자였는지도 몰라요. 그런데 당신 집 주방에 선 나는 외모도 근사하고(미용실에 가서 원래의 구릿빛으로 머리를 염색했어요. 미용실에서 머리를 다듬는 것 외에 다른 걸 한 건 20년 만에 처음이었죠), 끝내주게 **예쁜** 아기를 데리고 있고, 보통 여자들처럼 아기를 끔찍하게 예뻐하는 모습이었으니까요. 그때 당신이 나를 재평가하고 그간의 편견을 버리는 걸 느낄 수 있었어요. 우리에게 아직 기회가 있다는 걸 느낄 수 있었어요.

나는 한 시간 반쯤 당신 집에 머물렀고, 내가 집을 나설 때 (나는 친구와 저녁 약속이 있다고 거짓말했어요) 당신은 아기가 앉은 카시트를 안고 집 밖까지 나와 날 배웅했어요. 뒷좌석에 카시트를 설치해주겠다고 고집했죠. 당신이 카시트 벨트를 조절하며 아기의 통통하고 작은 팔이 너무 눌리지 않게 조심하는 모습을 지켜봤어요.

"잘 가, 예쁜 포피." 당신은 이렇게 말하며 손끝에 키스해 아기의 뺨에 댔어요. "곧 다시 보자. 최대한 빨리."

나는 묘한 미소를 지은 다음, 어디에 서 있는지도 모를 만큼 우두커니 선 당신을 두고 떠났어요.

바로 내가 원하던 모습이었죠.

48

월요일에 보니가 로럴의 직장으로 전화했다. 보니의 허스키한 목소리를 바로 알아들었다.

"크리스마스를 어떻게 할까 의논해봤어요."

로럴은 앓는 소리가 나오는 걸 참았다. 크리스마스가 일주일도 채 남지 않았고 온 세상이 크리스마스 조명과 음악으로 가득하고 상하수도 설비 용품 가게에도 창문에 크리스마스 장식 방울을 달아놓았지만 크리스마스 생각을 할 수가 없었다. 그럴 마음의 준비가 돼 있지 않았다.

"안타깝게도 크리스마스 당일에는 우리 새엄마에게 가야 해요. 여든네 살이라 런던까지 오실 수가 없어서 우리가 옥스퍼드로 가야 하거든요. 그래서 이곳에서 크리스마스이브 파티를 하는 게 어떨까 생각했어요. 선물도 주고받고 게임도 하고 칵테일도 마시고요. 수천 명이 모여도 될 장소가 있으니까 아이들이며 파트너 등등 다 모여도 돼요. 멋진 남자친구와 사랑스러운 딸도 데려와도 되고요." 보니가 숨을 쉬느라 잠깐 말을 멈췄다. 숨소리 밑으로 쿨럭거리는 기침 소리가 들렸다. "어떻게 생각해요?"

로럴은 쇄골에 걸린 목걸이 펜던트를 만지작거렸다.

"제이크한테 물어봤어요?" 잠시 침묵하다 물었다.

"네. 네, 그럼요." 확고한 어조로 미루어 폴과 보니는 현재 상황을 알고 있는 게 분명했다.

"제이크가 온대요?"

"아마도 그럴 것 같대요."

"해나는요?"

"해나는 온다고 했어요. 올 거예요."

로럴은 속이 울렁거렸다. 로럴이 생각하는 해나는 꽁꽁 얼어붙은 얼음공주였는데, 이제는 동생 남자친구를 만나고 다니는 이기적이고 부정한 여자였다. 로럴은 딸을 어떻게 생각해야 할지 더는 알수가 없었다.

"글쎄요." 로럴은 한동안 침묵하다 입을 열었다. "그거 좋은 생각이네요. 플로이드에게 물어볼게요. 플로이드와 포피는 크리스마스이브 때는 보통 집에서 지낸다고 했는데, 내가 잘 설득해볼게요. 다시 연락줘도 되죠?"

"네, 그럼요! 꼭 연락주세요. 괜찮다면 될 수 있는 한 빨리 연락주세요. 늦어도 내일까지는 웨이트로즈*에 주문해야 하니까요."

웨이트로즈에 주문을 하다니. 웨이트로즈에 식료품을 주문하는 삶은 어떤 삶인지 상상도 할 수 없었다.

전화기를 내려놓고 한숨을 쉬었다.

---

* 영국 왕실에 납품하는 고급 슈퍼마켓 체인.

그날 밤 플로이드의 집에서 로럴은 노엘이 그의 집 현관에 포피를 두고 홀연히 사라졌을 때 포피가 어떻게 반응했는지 물었다.

"기뻐했어요? 슬퍼했어요? 엄마를 그리워했어요? 어땠어요?"

"음, 처음에는 상태가 끔찍했어요. 과체중에 누가 머리를 빗기거나 목욕을 시키거나 이를 닦아주는 걸 거부했어요. 꼴이 말이 아니었죠. 그래서 노엘이 포피를 내게 두고 간 거예요. 완벽한 아기였는데 제대로 키우는 법을 몰라서 애를 망쳤고 4년 뒤에는 괴물이 돼버린 겁니다.

"그리고 아니요. 포피는 슬퍼하지 않았어요. 포피는 이 집에서 나와 지내는 걸 좋아했어요. 나와 함께 있으면 고분고분했죠. 떼도 쓰지 않았고, 모든 음식에 초콜릿 스프레드를 발라달라고 하지도 않았어요. 의자에 앉아 나와 이야기를 나누고 배우고 읽었고, 노엘이 여기에 두고 떠났을 때 기뻐했어요. 진짜 기뻐했죠. 물론." 플로이드는 어깨를 으쓱했다. "우리 둘 다 노엘이 포피를 여기 버리고 간 후로 다시는 노엘을 보지 못할 줄은 몰랐어요. 돌아올 줄 알았죠. 시간이 지나면 지날수록 돌아오지 않을 거란 게 분명해졌고, 포피와 나는 한 팀이 됐어요. 노엘이 없다고 해서 포피의 인생이 힘들어졌다고는 절대 생각하지 않아요. 오히려……" 플로이드는 로럴을 흘끗 올려다보았다. "축복이었다고 생각해요."

로럴은 플로이드를 휙 쳐다보았다가 눈길을 돌렸다. 머릿속에 생각 하나가 스쳐 지나갔는데, 너무 빠르고 불쾌한 생각이라 붙잡을 수가 없었다.

포피가 계단 꼭대기에 서서 난간을 잡고 고개를 살짝 숙이는 바람에 머리카락이 앞뒤로 흔들렸다.

"로럴 아줌마." 포피가 다 들리게 속삭였다. "빨리요. 올라와요!"

로럴은 의아한 듯 포피를 쳐다보고 대답했다. "그래."

"이리 와요. 빨리!" 포피가 로럴의 손을 잡고 자신의 침실로 끌고 갔다.

로럴이 포피의 침실에 들어온 건 처음이었다.

정원이 내다보이는 작은 직사각형 방이었다. 하얀 모슬린 커튼이 달린 네 기둥 침대가 있었고 벽은 전부 흰색이었다. 이불 커버도 흰색에다 커튼 역시 흰색에 가는 회색 줄무늬가 있었다. 하얀 침대 옆 탁자에는 크롬 램프가 놓여 있고 하얀 책장에는 소설이 가득했다.

"우와." 로럴은 방 안에 들어서며 말했다. "네 방은 정말 깔끔하구나."

"네. 전 뭐든 깔끔한 게 좋아요. 앉으세요." 포피는 흰색 나무 의자를 꺼냈다. "아빠에게 줄 크리스마스 선물이 도착했는데 어떻게 생각하는지 말해주실래요?"

포피가 하얀 옷장 문을 열어 아마존 택배 상자 하나를 꺼냈다.

그러고는 '못 말리는 커피 애호가'라는 문구가 적힌 커다란 머그 잔을 꺼냈다.

"아! 컵 멋지다! 아빠가 좋아하겠어!"

"아빠가 좀 그렇잖아요, 그죠? 커피에 굉장히 까다롭게 굴잖아요. 그 커피가 없으면 차라리 물을 마시겠다고 하고. 에티오피아에서 천사의 눈물로 키웠다는 그 커피요."

로럴은 미소를 짓고 그렇다고 대답했다. 요즘 많은 사람이 커피에 대해 유난을 떠는데 로럴은 차이를 전혀 몰랐고 와인도 마찬가지였다. 특별히 나쁘지 않은 이상 다 똑같은 맛이었다. 로럴은 이야기를 하며 눈으로 포피의 방을 자세히 훑어보다 가슴을 움켜쥐었다.

"포피." 로럴은 자리에서 일어서서 몇 발자국 앞으로 걸어갔다. "저 촛대는 어디서 났니?"

포피는 책장 꼭대기에 놓인 기하학적 모양의 커다란 은제 촛대 한 쌍을 쳐다보았다.

"모르겠어요. 항상 저기 있었어요."

로럴은 손을 뻗어 하나를 집었다. 예상했던 대로 촛대는 묵직했다. 이건 로럴의 촛대였으니까. 엘리가 실종되고 4년 후에 도둑맞은 그 촛대였다. 엘리가 가져간 게 분명하다고 생각했던 그 촛대.

"전 그 촛대가 별로예요. 엄마 거였던 것 같은데, 마음에 들면 가지셔도 돼요."

"아니야." 로럴은 촛대를 책장 위에 올려놓았다. 속이 울렁거리고, 또 울렁거렸다. "아니야. 저건 네 거야. 네가 가지고 있으렴."

49

그때

엘리는 침대 위에 누워 있었다. 밀랍 같은 파란 달빛이 엘리를 비추었다. 날카로운 바람 한 줄기에 바깥의 덤불이 부스럭거렸고 멀리서 폭죽 터지는 소리가 들렸다. 침대에서 다리를 내리려 애썼지만 다리에 힘이 들어가지 않았다. 마지막으로 먹은 게 언젠지 기억이 나지 않았다. 6일 전이던가? 아니면 7일 전?

의식이 혼미해지려고 했지만 아직은 자신이 버려졌다는 무서운 사실을 부지불식간에 인식하고 있었다. 이따금 위층에서 아기 우는 소리가 들렸고 심장에서 시작된 고통은 온몸 구석구석으로 퍼져나갔다. 소리를 지를 기력도 없었고 살 의지도 없었다. 머리가 지끈거리면서 번갯불이 밤 풍경을 밝히듯 이상한 이미지들이 머릿속에 번쩍번쩍 떠올랐다. 머그잔에 티백을 넣고 휘젓는 엄마가 보였다. 재킷 지퍼를 올리는 아빠가 보였다. 작고 하얀 강아지에게 공을 던지는 테오가 보였다. 숙제를 검토하며 코에 안경을 쓰는 노엘이 보였다. 1년 전 와이트 섬에서 지냈던 집이 보였다. 정원 아래쪽 들판에 서서 손에 든 사과를 받아먹는 옅은 갈색 조랑말이 보였다. 엘리의 침대에 누워 작고 빨간 입을 오물거리는 포피가 보였다. 허리까지 오는 포니테일을 하고 프로펠러처럼 머리를 돌리는 해나가 보였다. 자신의 장례식이 보였다. 엄마가 우는 게 보였다. 아빠도 울고 있었다. 흙처럼 자신의 관 위에 흩뿌려진 햄스터의 사체가 보였다.

관 위로 떠오르는 자신이 보였다.

몸이 점점 더 위로 떠올랐다. 아래로 방이 보였다. 소파 베드. 빨지 않아 꼬질꼬질한 침대 시트, 이불의 보풀. 죽음이 가득한 플라스틱 우리들. 빈 과자 봉지가 넘치는 쓰레기통. 막힌 데다 녹과 박테리아로 기다란 갈색 자국이 난 변기.

엘리는 가슴 위에서 양팔을 교차했다.

눈을 감았다.

점점 더 높이 떠올랐다. 피부에 닿는 구름이 느껴질 때까지, 자신을 꼭 껴안는 엄마의 두 팔과 뺨에 닿는 엄마의 숨결이 느껴질 때까지.

50

포피가 두세 살쯤 됐을 때 나는 집을 내놓기로 했어요. 당신이 양육비랍시고 가끔 몇 푼 쥐어주었지만, 나는 자존심 때문에 더 달라고는 할 수 없었어요. 게다가 그 어떤 것도 돈을 바라고 한 일이 아니었으니까요. 하지만 플로이드, 난 그때 가난했어요. 정말 가난했어요. 포피가 당신과 있을 때만 일할 수 있었고, 포피가 당신과 지내는 시간은 절반뿐이었죠. 그래서 집을 팔기로 했어요. 3층짜리 큰 집은 필요 없었어요. 작은 아파트면 충분했죠.

그러다 방해꾼이 떠올랐어요.

그 여자애. 그 망할 여자애.

그 애는 어느 시점에 죽었어요. 언제인지는 나도 정확히 몰라요. 차라리 잘된 거죠. 네, 차라리 잘된 거예요. 신문을 보니 수색 규모를 줄인다고 하더군요. 엘리를 가출한 것으로 간주한다는 거잖아요. 그래서 난 그렇게 보이게 만들기로 했어요.

그 애가 처음 왔을 때 메고 있던 가방을 가지고 있었어요. 그건 내가 어느 시점에는 그 애를 보내줄 의도가 있었다는, 내가 아주 나쁜 인간은 아니라는 증거 아니겠어요? 나는 그 애 가방에서 열쇠를 꺼낸 뒤 그 애 엄마가 수영 가방을 들고 집에서 나서는 걸 보고 뒷문으로 몰래 집 안에 들어가 여자애가 집을 떠날 때 가지고 갈 법한 물건들을 챙겼어요. 낡은 노트북 컴퓨터, 현금 약간, 내다 팔 수도 있는 촛대 한 쌍. 난 그 촛대가 항상 마음에 들었어요. 우리가 공부하던 탁자 옆 피아노 위에 장식돼 있었죠. 한번은 내가 그 촛대가 마음에 든다고 했더니, 그 애가 언젠가 〈앤티크 로드쇼〉에 가지고 나가 얼마나 값어치가 나가는지 확인해볼 거라고 했어요.

케이크도 가지고 갔어요. 식탁 위에 놓인 케이크를 보니 상냥한 어머니가 고급 비스킷 대신 아직 따뜻한 초콜릿 케이크 두 조각을 내왔던 게 떠올랐어요. 그때 그 애가 "해나 언니가 만든 거야?" 하고 물었더니 어머니가 "그래, 방금 구운 거야"라고 대답했죠. 그러자 그 애가 날 돌아보며 이렇게 말했어요. "우리 언니가 만드는 케이크는 세상에서 제일 맛있어요. 이거보다 맛있는 초콜릿 케이크는 어디서도 못 먹을걸요." 케이크 맛이 어땠는지, 정말 세계 최고의 맛이었는지는 딱히 기억나지 않지만 그 이야기를 할 때 그 애의 얼굴은 확실히 기억나요. 기대감으로 반짝이는 눈과 케이크를 먹으며 좋아 죽던 표정까지.

이상해요. 그 애의 과외 교사였던 시절을 돌아보면 그 모든 일이 꿈만 같게 느껴지니까요. 내가 그 아이의 어떤 점이 마음에 들었던 건지 전혀 모르겠어요. 전혀.

그냥 평범한 여자애였을 뿐인데.

나는 그 애의 여권을 찾아 사방을 뒤졌어요. 가장 중요한 건 여권이었으니까. 그런데 여권은 도대체 보이지가 않았고 돈도 마찬가지였어요. 그러다 아주 끝내주는 아이디어가 떠올랐어요. 집 안을 둘러보다가 그 애 언니 사진을 봤는데 둘이 꽤 비슷하게 생겼더군요. 그래서 언니 침실로 갔고 1분도 채 지나지 않아 여권을 발견했죠. 그 여권을 노트북 컴퓨터와 촛대, 타파웨어에 넣은 케이크와 함께 커다란 가방 안에 쑤셔 넣고 10분 후 그 집에서 나왔어요.

그다음 일은 말하기가 어려워요. 솔직히 말해 잔인하고 야만적인 행위였으니까요. 2~3년 전에 지하실에서 나는 냄새가 거슬리는 수준이 되자(그 애가 죽은 직후에 바로 옆집에 사는 이웃이 찾아와 이상한 냄새가 난다고 했고, 나는 배수구 문제라고 둘러댔어요) 난 그 애를 다락에 있는 이불 상자 안으로 옮겼어요. 포피가 당신 집에서 자고 올 때 그 애를 다락에서 꺼내(내가 '그 애'라고 말하지만 이 시점에서는 '그것'이라는 표현이 더 적절할 거예요) 옛날 옷가지와 여권을 넣은 그 애 배낭과 함께 내 차 트렁크에 싣고 컴컴한 밤길을 달려 도버로 갔어요. 오지 중의 오지에서 조용한 길을 하나 발견해 그 애의 뼈 일부를 도로에 놓고 차로 밟은 다음 도랑에 버렸죠. 그 옆에 배낭을 놓고 발로 이파리와 진흙을 그 위에 차 넣고 재빨리 그곳을 떠났어요. 나머지 뼈는 몇 킬로미터 떨어진 시립 쓰레기 폐기장으로 가져갔어요.

금방 발견될 줄 알았어요. 숨기려는 노력을 거의 하지 않았으니까. 난 그 애가 발견되길 바랐어요. 끝내고 싶었어요. 무의식 어딘가에서는 잡히고 싶었던 것 같아요. 법의학적인 관점은 생각해보지 않았어요. 섬유와 타이어 자국 같은 것들은 생각해보지 않았어요. 하지만 몇 개월이 지났는데 아무 일도 일어나지 않더군요. 나는 무사히 빠져나간 것 같았어요.

그러다 런던의 주택 시장이 침체했고 난 집을 파는 걸 포기했어요. 삶은 다시 정상으로 돌아갔죠.

정상이라고 했지만, 맙소사, 갓난아기와 함께 사는 게 어떻게 정상적인 삶이겠어요? 게다가 이 갓난아기는 제멋대로였어요. 괴물이었어요. 아침이고 낮이고 밤이고 원하는 건 설탕뿐이었죠. 시리얼에도 설탕, 과일에도 설탕, 모든 음식에 누텔라를 바르지 않으면 먹지를 않았어요. 밤에는 잠을 자지 않고, 어린이집에서는 다른 아이들을 괴롭혔어요. 다른 아이들을 때리고 발을 걸어 넘어뜨렸어요. 툭하면 전화를 받고 불려갔어요. 그런데 일주일에 한 번 당신 집에 데려가면 완벽한 천사가 되는 거예요. 아빠, 아빠 하면서 얼마나 착착 안기던지. 처음에는 나도 좋았어요. 그 애는 내가 당신에게 돌아갈 유일한 방법이고, 그 점에서는 효과적이었으니까요. 그러다 두 사람이 날 소외시키고 한 팀이 되는 게 보이더군요. 당신과 SJ처럼요. 그 애는 당신 무릎에 앉아 당신 머리카락을 만지작거리고, 난 아무것도 아닌 것처럼 무심하게 쳐다봤어요. 난 아무것도 아닌 것처럼.

가끔 둘이 하루를 같이 보낸 뒤 그 애를 데리러 당신 집에 가면 그 애는 당신 다리 뒤에 숨었어요. 아니면 집 안 어딘가의 방 안에 숨어 나오지 않으려고 했죠.

"나 안 가! 나 여기 있을 거야!"

가끔 내가 짜증이 나서 그냥 가버리면 둘은 내 등 뒤로 문을 닫고 사랑스럽고 아늑한 집에서 알콩달콩 재미있게 지냈어요. 그 애는 당신이 준 걸 먹었죠. 집에 오면 아프리카 식당에서 먹은 볶음 요리와 바삭한 새우, 스튜 이야기를 했어요. 당신 집에는 설탕도, 정크푸드도, BBC 아동 채널도, 머릿속에 영원히 각인될 소음을 내는 싸구려 전기 장난감도 없었어요. 내가 주는 건 그 무엇도 그 애의 입을 다물게 하지 못했어요. 책과 음악, 공원 산책만 빼고요.

그러던 어느 날, 당신도 이날을 기억할 거예요, 플로이드. 아주 중요한 날이었잖아요. 당신이 포피를 집에서 가르치는 게 좋겠다고 말한 날 말이에요. 난 인터넷으로 동네 초등학교에 등록해놓은 참이었어요. 그런데 그거로는 충분하지 않았던 모양이에요. 오, 그럼요, 당신의 소중한 포피에게는 무엇도 충분하지 않죠. 오로지 플로이드, 당신만이 충분했어요. 당신만이.

"내 딸."

당신은 항상 그 애를 그렇게 불렀어요.

나는 그 아이와 아무런 관련이 없는 사람인 것처럼. 모든 면에서 당신과 닮은 아이만이 사랑할 가치가 있는 것처럼.

어쨌든 당신은 이렇게 말했어요. "포피는 아주 똑똑해. 정말 똑똑하다고. 멘사 시험을 봐도 충분히 합격할걸. 평범한 학교에서는 포피를 제대로 다루지 못할 거야. 그리고 내가 집에서 가르치려면 포피가 내 집에 들어와 함께 사는 게 좋을 것 같아."

당신은 내가 안도할 거라고 생각했나 봐요. 내가 '그럼, 그거 좋은 생각이야, 내가 한시름 덜었어'라고 할 줄 알았나 봐요. 내가 집에서 그 애 때문에 얼마나 힘들어하는지 당신은 알았어요. 우리가 얼마나 부딪치는지 당신은 알았어요. 그리고 마음 한구석에서 내 엄마 노릇이 형편없다는 걸, 애를 잘 키우지 못한다는 걸 당신은 알았어요.

다만 내가 그 아이를 당신에게 주기 위해 무슨 짓을 했는지는 몰랐죠. 전혀 몰랐어요. 내 인생이 문자 그대로의 인생이 아니었다는 것, 내 앞길을 밝혀주는 유일한 빛이 당신, 플로이드였다는 것도 당신은 몰랐어요. 당신이 포피 양육권을 다 가져간다면, 나는 무슨 쓸모가 있는 거죠? 당신이 나를 만날 이유가 사라지는 거잖아요. 당신이 나를 곁에 둘 이유가 사라지는 거잖아요.

당신이 포피를 데려가게 둘 순 없었어요. 그 애는 당신에게 갈 수 있는 유일한 티켓이었으니까.

우리 대화는 어른스럽게 시작됐지만 불같이 화를 내며 끝났죠.

그때 당신이 포기하지 않을 거란 사실을 알았어요. 그리고 몇 주 후 당신이 기회를 잡아 날 덮쳤어요.

난 그 애와 함께 집을 나서는 게 견디기 힘들었어요. 공공장소에서 얼마나 골칫거리였는지 몰라요. 가게에 가면 다 사달라고 졸랐어요. 전부 다요. 그 애가 원하는 걸 파는 가게는 한 군데도 없었죠. 원하는 걸 사주지 않으면 나는 '못되고', '끔찍한' 사람이었고, 그 애는 가게가 떠나가도록 소리를 질렀어요. 그래서 그 애가 어린이집에 가 있는 동안 장을 미리 봐놓기 시작했죠. 그날 오후에 케첩이 없다는 걸 알았어요. 물론 내가 먹을 건 아니었어요, 그럼요. 난 케첩

따위 없어도 간질 발작 같은 거 일으키지 않고 잘 살지만 그 애는 그렇지 않았죠. 그래서 그 애를 집에 두고 10분 나갔다 왔어요. 어쩌면 15분.

그 애가 먹을 걸 찾으려고—물론 10분쯤 안 먹는다고 죽지는 않아요—주방 조리대 위에 기어 올라갔다가 아래로 떨어지면서 싱크대 모서리에 머리를 부딪혀서 상처가 났고 피도 좀 나서 111에 전화를 했어요. 그쪽에서 무얼 해야 하는지 말해줬고 *나는 모든 걸 제대로 했어요, 플로이드, 모든 걸 말이에요. 나는 제대로 된 부모처럼 행동했어요.* 물론 다음에 당신을 만났을 때 그 애 눈 한쪽이 커다랗게 멍들고 기운도 없고 온몸이 멍투성이인 데다 아, 엄마가 날 집에 두고 나갔는데 배가 고파서 시리얼을 먹으려다가 어쩌고저쩌고하며 떠들긴 했지만요. 당신은 날 돌아보며 이렇게 말했어요.

"이제 끝이야, 노엘. 이제 끝이야."

난 당신 말이 무슨 뜻인지 알았고 무슨 일이 벌어질지 알았어요. 그때 난 결심했어요. 포피와 함께 떠나기로. 당신이 우리를 원한다면 우리를 직접 찾아오도록 말이에요.

난 모든 계획을 세웠어요. 깡마른 갈색 눈의 아이를 아일랜드로 데려갈 계획이었어요. 우리 어머니와 아버지가 보면 그 애에게 **푹 빠질 테니까!** 우리 오빠들과 동생들은 이렇게 말하겠죠. *세상에, 이 아이 좀 봐. 도널리 가문에서 제일 예쁜 아이잖아.* 그리고 몇 주 후에 당신에게 전화해 우리가 있는 곳을 알리면 당신이 바로 더블린행 비행기를 타고 날아와 푸른 아일랜드의 내 가족 품속에 있는 나와 장미꽃처럼 뺨이 발그레한 우리 아이를 발견할 테고, 나는 당신에게 우리가 어릴 때 다녔던 작고 완벽한 학교를 구경시켜주고, 당신은 내가 아는 사람 중에서 가장 똑똑한 우리 어머니와 아버지, 똑똑한 내 오빠들과 남동생들을 만나고, 커다란 빅토리아시대 저택 안의 책과 트로피와 상패가 가득한 책장을 보고, 내가 내 아이를 위해 최선의 선택을 했으며, 이곳이 아이가 자랄 수 있는 최고의 장소이고, 그 아이가 사촌들과 양 떼, 바다, 목초지의 달콤한 공기에 둘러싸여 행복하고 안정된 삶을 살고 있다는 사실을 깨닫게 될 거예요.

이 환상 속에서 당신은 내 곁에 남기로 해요. 강한 바람을 맞고 선 작은 오두막을 빌려서 우리 모두 아주 행복해지고, 모든 게 너무 완벽해서 당신은 우리에게 같이 살자고 부탁해요. 그렇게 우리는 생을 마감해요. 우리 셋이 함께. 완벽한 가족으로.

51

"포피 침실에 있는 촛대는 어디서 난 거예요? 침실에 있는 은색 촛대 말이에요."

플로이드가 신문을 보다 고개를 들어 로럴을 바라보았다. 화요일 아침 식사 중이었다. 로럴은 지난밤에 집에 돌아갈 뻔했다. 두통이 있어 집에 돌아가 내 침대에서 자고 싶다고 말할 뻔했다. 하지만 그럴 수가 없었다. 함께 와인을 마시기로 약속했고, 포피 곁에 있고 싶었고, 궁금한 것들도 많았다.

"아르데코 스타일 촛대요?"

"네. 책장 위에 놓인 거요."

"아, 포피 물건을 챙기러 갔다가 노엘의 집에서 발견한 거예요. 멋진 촛대죠?"

로럴은 숨을 들이마시고 딱딱하게 미소 지었다. "나한테도 그런 촛대가 있었어요. 똑같이 생긴 촛대가요."

"혹시 가치가 있는 건가 궁금해서 가져왔어요. 노엘에게는 말 그대로 아무것도 없는데 그 촛대는 이상했어요. 노엘의 물건은 전부 싸구려뿐인데, 그런 촛대를 가지고 있다니 말이에요. 진짜 아르데코 작품이더라고요. 가치를 알아보려고 했는데 잊고 그냥 놔뒀어요."

로럴은 계속 미소를 유지했다. "내가 가지고 있던 촛대는 확실히 가치가 있는 거였어요. 친구들이 결혼 선물로 사준 건데, 경매에서 샀다고 했죠. 대단한 부자인 그 친구들은 그 촛대에 보험을 드는 게 좋겠다고 했지만 그렇게 하지 않았어요."

로럴은 여기까지만 말하고 플로이드의 반응을 기다렸다.

"그렇군요." 플로이드가 딱딱한 미소를 지었다. "노엘이 포피에게 가치 있는 걸 하나 남겨주긴 했나 보네요."

"노엘의 집은요? 포피 거 아닌가요? 엄밀히 말하면?"

"노엘의 집 말이에요? 아니요, 그건 노엘의 소유가 아니라 빌린 거였어요."

"그래요? 나는……" 로럴은 말을 멈췄다. 노엘의 집에 대해 아는 척하면 안 되었다. "글쎄요, 나는 노엘이 집주인이라고 생각했어요. 노엘의 가족은요? 만나본 적 있어요? 포피는 외갓집 식구들을 만난 적 있어요?"

"아니요. 노엘에겐 가족이랄 게 없어요. 적어도 나한테는 한 번도 얘기한 적이 없어요. 서로 사이가 소원한지도 몰라요. 죽었을 수도 있고요. 어쩌면 수십 명의 형제와 자매가 있을 수도 있죠." 플로이드는 한숨을 쉬었다. "그 여자 일이라면 뭐라고 해도 놀라지 않을 겁니다. 뭐라고 해도요."

로럴은 고개를 끄덕이며 플로이드의 거짓말을 천천히 소화했다. "포피의 물건을 가지러 노엘의 집에 갔을 때 집 상태는 어땠어요? 깨끗했어요?"

플로이드는 살짝 몸서리를 쳤다. "끔찍했죠. 정말 끔찍했어요. 차갑고 황량하고 불편했죠. 포피의 방은 루마니아의 고아원에 있는 방 같았어요. 이상한 벽지가 발려 있었고, 모든 게 형광 분홍색으로 칠해져 있었어요. 그리고 맙소사, 로럴. 그중에서도 최악은, 진짜 최악은……"

플로이드가 로럴과 눈을 맞추고 입술을 핥았다. "아무에게도 이 얘기를 한 적이 없어요. 너무 끔찍하고 역겹고……" 플로이드가 다시 몸서리를 쳤다. "너무 **부패**했으니까요. 그 여자가 지하실에 햄스터인지 쥐인지 알 수 없는 것들을 잔뜩 키웠더라고요. 뭔지 누가 알겠어요. 어쩌면 쥐였는지도 몰라요. 우리가 잔뜩 쌓여 있었어요. 스무 개쯤 됐을 거예요. 우리 하나에 열댓 마리씩 들어 있었는데 전부 죽어 있었어요. 냄새가. 맙소사." 플로이드는 그 기억을 떨치려는 듯 고개를 흔들었다. "도대체 어떤 여자가, 어떤 인간이 그런 짓을 해요……?"

로럴은 고개를 저으며 놀란 척 눈을 크게 떴다. "끔찍하네요. 정말 끔찍해요."

플로이드가 한숨을 쉬었다. "한심하고 끔찍한 여자예요. 정말 한심한 인간이죠."

"노엘이 잘한 일이라고는 포피를 낳은 것뿐인 모양이네요."

플로이드는 로럴을 흘끗 쳐다본 다음 자신의 무릎을 내려다보았다. 그의 눈은 어둡고 죄책감이 어려 있었다. "네. 그런 것 같아요."

52

커다란 언쟁을 벌인 후 한동안 나는 당신에게 아주 다정하게 대했어요. 포피가 당신과 사는 일에 대해 적절하게 대꾸하고 '생각해보는' 척하며 '장점'도 있는 것 같다고 말했어요. 하지만 그러는 사이 공들여 탈출 계획을 세웠죠.

당신이 포피를 데리고 자던 날 밤, 나는 더블린 여행을 위한 가방을 전부 싸놓고 중간에 멈출 필요가 없도록 차에 기름도 채워놨어요. 우리 어머니는 다음 날 오전 9시에 페리로 도착하는 줄 알고 있었어요. 나는 내가 아주 똑똑하다고 생각했고, 실제로도 똑똑했어요.

하지만 당신을 과소평가했죠. 당신은 내 계획을 파악했어요. 그날 저녁 내가 데리러 갔을 때 포피는 집에 없었어요. 당신이 포피를 다른 사람 집에 맡기고 날 기다리고 있었어요.

"들어와. 어서. 얘기 좀 하자."

세상의 모든 말 중에 그보다 더 무서운 말이 있을까요?

당신은 주방에 날 앉혔어요. 처음 포피를 데려갔던 그 완벽한 날에 앉았던 그 의자에요. 그때 당시의 주방은 마치 자궁처럼 날 따스하게 감쌌지만, 그날 오후 당신의 주방은 내 가슴을 찢어놨어요. 난 당신이 무슨 말을 할지 알았죠. 알았어요.

"포피에 대해 생각해봤어. 우리가 합의한 것에 대해. 이런 식으로는 계속할 수 없어. 그리고 정말, 정말 솔직히 말하자면, 노엘. 나는 그 애가 당신과 함께 사는 게 너무 걱정돼. 나는⋯⋯."

이제 나온다. 이제 나온다.

"당신이 아이에게 해롭다고 생각해."

해롭다니.

맙소사.

"단순히 홈스쿨링 얘기만 하는 게 아니야, 노엘. 모든 것에 관한 거야. 포피가 당신을 미워하는 거 알고 있었어? 포피가 나한테 그렇게 말했어. 한 번이 아니야. 당신이 포피에게 화를 낼 때만 그런 게 아니야. 자주 그랬어. 포피는 당신을 두려워해. 포피는⋯⋯" 당신이 날 올려다보았고 두 눈에는 냉정한 죄책감이 가득했어요. "포피는 당신 냄새를 싫어해. 나한테 그렇게 말했어. 그리고⋯⋯ 그건 정상이 아니야, 노엘. 이 나이 때의 어린아이는 자신의 냄새와 엄마의 냄새를 구분하지 못해야 해. 내가 보기에 두 사람 사이에 근본적인 문제가 있는 거야. 유대 관계가 제대로 형성되지 못했다는 거지. 사회복지사에게 어떻게 하는 게 좋겠냐고 물어봤더니 지금 당장 포피를 데리고 와야 한다더군. 우리가 이 일을 해결하는 동안 포피는 친구네 집에 맡겼어. 며칠만⋯⋯."

"친구?" 나는 냉소적으로 대꾸했어요. "무슨 친구? 당신은 친구 없잖아."

"어떤 친구인지는 중요하지 않아. 포피가 집에 돌아오기 전에 우리는 이 일을 점잖게 의논하고 합의를 해야 해. 노엘, 포피의 엄마로서 당신이……."

당신은 여기서 말을 고르느라 고심했어요.

"포피를 놔주겠어? 부탁할게. 물론 그래도 포피를 만날 수 있어. 물론이지. 하지만 감독 하에 만나야 해. 여기서만 만나야 하고, 포피의 교육이 무엇보다 우선이어야 해."

나도 그때 적당한 말을 고르느라 고심했어요. 당신의 말 자체는 큰 문제가 없었지만—물론 그것만 해도 충분히 나빴죠—문제는 당신의 어조였어요. 오, 노엘, 정말 미안하지만 당신 아이를 낯선 이들에게 맡겼고 이제 당신이 우리 삶에서 꺼져줬으면 해. 이런 어조가 아니었어요. 자신이 하는 말이 지극히 합리적이라는 듯 차분하고 냉정한 어조였죠.

결국 난 이렇게 말했어요. "아니. 아니, 플로이드. 그건 허락 못해. 내 아이를 돌려줘. 지금 당장 그 애를 돌려줘. 당신에겐 이럴 권리가 전혀 없어. 그 어떤 권리도 없다고. 그 애는 내 아이고……."

그때 당신이 손을 들었어요. 그리고 말했죠. "그래, 나도 알아. 하지만 노엘, 당신이 엄마가 될 정도로 강하지 못하다는 사실을 받아들여야 해. 당신이 애를 키우는 방식을 봐. 인스턴트 음식을 먹이고 하루 종일 TV만 틀어주고, 육체적인 애정 표현도 잘 안 하잖아. 게다가 애 혼자 집에 두고. 이건 아동 학대나 다름없어. 사회복지사들도 그렇게 생각해. 포피의 치아 상태가 엉망이더군. 얼마나 신경을 안 썼으면 애 머리카락에서 툭하면 서캐가 나와. 당신은 정상이 아니야, 노엘. 정상이 아니라고. 당신은 엄마가 될 자격이 없어."

바로 그 순간이었어요. 그 순간이야말로 결정적인 순간이었어요.

내 머릿속의 모든 게 산산이 깨지는 기분이었어요. 도버의 컴컴한 도로에서 앞에 놓인 그 애의 뼈가 보였어요. 자동차 헤드라이트가 그 뼈를 비추었고 난 페달을 밟았어요. 당신을 위해 내가 무슨 짓까지 한 건가 생각했어요. 나는 그 빌어먹을 아이를 원한 적이 없었어요. 내가 원한 건 당신뿐이었죠. 그때 난 아주 차분하고 이성적으로 당신을 바라보았고, 당신이 날 증오하고 내가 떠나길 바란다는 걸 알았어요. 난 당신에게 상처를 주고 싶었어요. 너무나도 당신에게 상처를 주고 싶어 이렇게 말했어요. "그 애가 당신 애라고 왜 그렇게 확신해, 플로이드? 그 애가 우리 둘과 닮은 데가 거의 없는 게 이상하지도 않아?"

당신의 얼굴은 경악 그 자체였어요, 정말로.

"그 애는 내 딸도, 당신 딸도 아니야, 플로이드." 내 말이 당신 심장을 후벼 파는 게 느껴졌죠. "다른 여자의 자궁과 다른 남자의 정자를 이용해 내가 당신을 위해 만든 아이지."

말은 걷잡을 수 없이 흘러나왔어요. 더는 잃을 게 없었으니까. "그 애는 프랑켄슈타인의 괴물이야. 당신이 그렇게 사랑하는 그 아이는 인간이라고 할 수도 없다고."

"노엘, 나는……."

당신이 질문을 하기도 전에 내가 먼저 말했어요. 내가 주도권을 잡고 싶었죠. "엘리란 여자애가 날 위해 그 아이를 낳았어. 나는 임신한 적도 없어, 이 멍청한 인간아. 그 똑똑한 머리로 어떻게 내가 임신했다고 생각한 거지? 엘리가 그 애를 낳았어. 그 애가 애 엄마야.

애 아빠는 인터넷에 50파운드 받고 정자를 판 얼굴도 모르는 사람이고."

솔직히 말해봐요, 플로이드. 그 아이가 정말 당신 아이라고 생각했어요? 그렇게 예쁜 아이가? 당신의 늙은 유전자에서 그런 아이가 만들어질 수 있겠어요? 정말로? 의아하게 생각한 적 없어요? 생각해본 적 없어요? 플로이드, 포피의 아버지는 젊은 남자였어요. 박사 과정 학생이었죠. 내가 정자를 산 웹사이트에 따르면 그 남자는 30세 미만이고 키는 185센티미터에 눈은 녹색이고 머리카락은 검은색이에요. 그 남자를 고를 때 엘리의 남자친구를 떠올렸어요. 테오를 떠올렸죠. 그런 다음 새틴 셔츠에 하이힐 차림으로 당신 집에 찾아가 당신을 유혹했어요. 당신도 그날 밤을 기억할 거예요. 모든 게 다 사기였어요, 플로이드. 당신은 속아 넘어간 거죠. 이 아무짝에도 쓸모없고 한심하고 냉정한 인간 같으니. 당신은 완전히 속은 거라고요.

"키우고 싶으면 얼마든지 키워, 이 쓰레기 같은 인간아. 남은 평생 그 애를 키우고 돈을 쓰면서, 그 애를 볼 때마다 당신 애가 아닌 다른 사람의 애라는 걸 되새겨봐. 둘이 한번 잘 살아봐."

나는 핸드백 끈을 잡았어요. 할 말은 다 했어요. 모든 게 끝났죠. 내 머릿속의 조각들이 너무 빨리 정신없이 회전해 내 이름조차 생각나지 않았어요. 하지만 난 희열을 느꼈어요.

그런 다음 당신 얼굴이 폭풍우 치는 하늘처럼 컴컴하게 변하고, 당신의 피부색이 회색에서 들끓는 자줏빛으로 변하는 걸 봤어요. 당신이 자리에서 벌떡 일어나더니 식탁 건너편에 있는 날 덮쳤어요.

두 손으로 내 목을 잡았고 나는 의자째로 뒤로 넘어갔어요. 내 머리가 바닥에 세게 부딪혔고 당신이 날 죽일 거라고 생각했어요. 하느님께 맹세코 정말 그렇게 생각했어요.

53

로럴은 그날 아침 플로이드의 집에서 직장에 가는 길에 해나의 아파트를 지나갔다. 함께 출근하는 테오와 해나의 모습을 슬쩍이라도 볼 수 있길 바랐지만 해나의 아파트는 어둡고 조용했다. 적어도 이제 로럴은 딸이 어디 있는지 상상할 수 있었다. 테오 굿맨의 침대에 있는 것이다.

테오는 현재 학교 교사였다. 우습게도 1년 전쯤 해나에게 그 이야기를 들었다. 어딘가에서 우연히 테오를 만났다고 했다. 자세한 내용은 기억나지 않았다. 그렇게 두 사람 사이가 시작됐을 거라고, 로럴은 짐작했다.

로럴은 불공평하게 꼬여버린 상황이 섬뜩했다.

테오는 엘리의 남자친구였다. 테오는 엘리의 것이었고 엘리는 테오의 것이었다. 두 사람은 한 쌍의 장갑처럼 완벽한 한 쌍이었다. 로럴은 해나에게 화가 났다. 테오가 엘리보다 뭐 하나 나은 것 없는 해나의 어떤 점에 반한 건지 궁금할 정도였다. 비이성적이고 뒤틀린 머릿속으로 테오가 엘리를 대신해 해나를 선택했을 거라고 상상했다.

그러다 일요일 아침에 슈퍼마켓에서 나오던 환한 미소의 금발 머리 아가씨를 떠올렸다. 이따금 문 앞에서 로럴을 맞이하던 뚱한 얼굴의 아가씨, 엄마의 농담에 한 번도 웃지 않던 뚱한 아이, 엄마의 목소리에 전화기 너머로 한숨을 쉬던 지친 얼굴의 여자와는 전혀 달랐다.

생전 처음으로 해나가 본래 불행한 아이가 아닐지도 모른다는 생각이 들었다.

그저 엄마를 싫어하는 것일지도 모른다는 생각이 들었다.

로럴은 그날 오후 늦게 폴에게 전화했다. 폴은 직장에 있었고 뒷배경으로 정상적인 삶의 따뜻한 소음이 들렸다.

"당신한테 뭐 하나 물어봐도 될까? 해나 일인데."

한 박자 늦게 폴이 대답했다. "그래."

폴은 이미 알고 있는 것이다.

"해나가 당신한테 남자친구 얘기 한 적 있어?"

또 한 박자 침묵이 흘렀다. "응, 했어."

로럴은 숨을 내쉬었다. "언제부터 알았어?"

"몇 달 됐어."

"그럼 당신은…… 누군지 알아?"

"그래. 누군지 알아."

로럴은 눈을 감았다. "해나가 나한테는 얘기하지 말래?"

"그래. 그 비슷하게 말했어."

이제 로럴이 침묵했다. 잠시 후 다시 입을 열었다.

"폴, 해나가 날 미워하는 걸까?"

"뭐? 아니야. 해나는 당신을 미워하지 않아. 해나는 누구도 미워하지 않아. 왜 그런 말을 해?"

"나랑 함께 있을 때마다 해나가 너무…… 뾰족하게 굴어. 차갑고. 난 항상 해나의 그런 태도가 트라우마 때문이라고 생각했어…… 한창 예민한 사춘기에 엘리를 잃었으니까. 그런데 며칠 전에 해나가 테오와 있는 걸 봤어. 아주 밝고 행복해 보이더라. 나랑 있을 때와는 전혀 다른 사람 같았어."

"그거야 사랑에 푹 빠졌으니까 그렇지."

"당신과 보니와 함께 있을 때는? 그때는 어떤데? 쾌활해? 장난도 치고?"

"응. 전반적으로 그렇다고 할 수 있지."

"그럼 내 말이 맞네. 문제는 나였어. 나와 있는 게 싫은 거야."

"그건 사실이 아니야."

"사실이야, 폴. 당신은 못 봐서 그래. 우리 둘만 있을 때 해나가 어떤지 못 봐서 그래. 해나는…… 텅 빈 것 같아. 아무것도 없는 것 같다고. 표정이라곤 전혀 없어. 내가 무슨 잘못을 한 거지, 폴? 내가 뭘 잘못한 거야?"

폴이 숨을 쉬는 소리가 들렸다. "아무것도. 당신은 아무것도 잘못하지 않았어. 하지만 해나가 잃은 건 엘리뿐만이 아니었잖아? 해나는 당신도 잃었어."

"나?"

"그래, 당신. 당신은 그때…… 마음이 딴 데 가 있었어. 요리를 그만두고…… 엄마 노릇도 그만뒀지."

"나도 알아, 폴! 나도 안다고! 그때 내가 그렇게 행동한 건 해나에게 백만 번도 더 사과했어. 내가 왜 매주 해나의 집에 가서 청소를 한다고 생각해? 나도 노력하고 있어, 폴. 항상 노력하는데 달라지는 게 하나도 없어."

"로럴." 폴이 조심스럽게 말을 꺼냈다. "해나가 당신에게 진심으로 원하는 건 당신이 그 애를 용서하는 거야."

"용서?" 로럴이 되물었다. "뭐에 대한 용서?"

긴 침묵이 흐른 후 마침내 폴이 대답했다.

"엘리가 아닌 데 대한 용서."

폴의 대답을 듣는 순간 로럴이 속에 꽁꽁 묶어두었던 생각들과 감정들이 풀려나오며 엘리가 사라진 직후의 순간들이 떠올랐다. 해나와 남겨졌다고 분노했던 것, 엘리가 남겨두라고 했던 라자냐를 해나가 먹지 못하게 막았던 게 기억났다. 엘리는 가족 내에서 존재감이 워낙 컸다. 다들 엘리의 관심을 차지하려고, 엘리의 환한 빛 한 줄기를 받으려고 싸웠다. 그러다 그 빛이 사라지자 다들 태양에서 멀어진 죽음의 별처럼 소멸해버렸다.

그리고 사실이었다. 로럴은 해나를 엘리 대신 사랑해주지 못했다. 그러지 않았다. 그 결과 딸과의 관계가 소원해진 것이다. 이제 사실을 알았으니 노력해서 관계를 개선할 수 있다.

로럴은 해나에게 전화했다. 예상했던 대로 음성 메일로 넘어갔다. 그러나 더 기다릴 수는 없었다. 당장 말해야 했다.

"해나. 네게 말하고 싶었어. 엄마는 네가 너무 자랑스러워. 너는 세상에서 가장 특별한 아이고 네가 엄마 딸이라 엄마는 얼마나 행복한지 몰라. 그리고 엄마가 한 행동 때문에 네가 엄마 세계의 중심이 아니라고 느꼈다면 정말, 정말 미안하다. 너는 엄마 세계의 중심이고 엄마는 너 없이 살 수가 없어. 그리고……" 로럴은 살짝 숨을 들이마셨다. "며칠 전에 널 봤어. 테오와 함께 있는 널 봤어. 엄만 정말 잘됐다고 생각하고 테오가 행운아라고 생각해. 널 만나다니 진짜 행운아지. 어쨌든 그 말을 하고 싶었고 미리 말해주지 못해서 미안해. 사랑한다. 크리스마스이브에 보자. 사랑해. 이만 끊을게."

로럴은 전화를 끊고 주방 카운터에 기댔다. 안도감이 물밀 듯 밀려오고 마음이 가벼워졌다. 그동안 지고 있는 줄도 몰랐던 마음의 짐을 벗어버린 기분이었다.

54

그날 저녁 플로이드의 집에 도착했을 때 로럴은 마음이 더 가볍고 머릿속이 더 또렷해진 느낌이었다. 그리고 크리스마스까지 고작 사흘 남았는데 이 집에 트리가 없다는 사실을 처음으로 깨달았다. 트리는 둘째 치고 크리스마스 장식이라고는 일절 없었다.

"크리스마스트리 안 해요?" 로럴은 복도에서 코트를 받아주는 플로이드에게 물었다.

"크리스마스트리를 안 하냐고요?"

"네, 크리스마스트리 안 놔요?"

"네. 옛날엔 놨는데 최근 몇 년간 안 놨어요. 당신이 원하면 하죠. 하나 놓을까요? 지금 가서 사올게요."

로럴은 웃음을 터트렸다. "포피 생각해서 물어본 거예요."

"포피!" 플로이드가 위층에 대고 외쳤다. "우리 크리스마스트리 놓을까?"

커다랗고 빠른 포피의 발걸음 소리가 들렸다. 포피가 계단 꼭대기에 나타나 대답했다. "네! 네, 좋아요!"

"그럼 좋아. 그렇게 하자. 내가 아빠답게 지금 나가서 크리스마스트리를 전부 사올게. 아빠랑 같이 갈래, 포피?"

"네! 신발 신고 올게요."

"꼬마전구도 사야 해요. 장식용 방울도. 혹시 집에 있어요?"

로럴이 물었다.

"네, 그럼요. 다락에 있어요. 케이트와 세라-제이드가 여기 살 때는 항상 트리를 놓거든요. 상자에 넣어서 다락에 놨어요. 내가 가서 가져올게요."

플로이드가 계단을 한 번에 두 단씩 성큼성큼 올라가더니 몇 분 후에 트리 장식이 가득 든 커다란 쇼핑용 종이봉투 두 개를 들고 내려왔다. 곧 플로이드는 포피와 함께 차에 올라 캄캄한 밤거리로 사라졌고, 로럴은 주위를 둘러보고 처음으로 플로이드의 집에 혼자 있다는 사실을 깨달았다.

TV를 켜고 크리스마스 노래가 나오는 위성 채널을 틀었다. 그러고는 종이봉투에서 물건을 몇 개 꺼냈다. 마구잡이라는 표현이 딱 어울렸다. 상처 난 플라스틱 공, 니트로 짠 다리 세 개 달린 사슴, 로럴의 스웨터에 구멍을 낸 커다랗고 뾰족뾰족한 눈송이, 근엄한 얼굴의 나무 병정들, 뾰족한 모자를 쓰고 끝이 말린 신발을 신은 약간 독특한 얼굴의 나무 요정들까지.

로럴은 그것들을 봉투 안에 두고 꼬마전구를 꺼냈다. 두 세트 있었다. 하나는 알록달록한 전구, 다른 하나는 하얀 전구. 벽에 플러그를 꽂자 하얀 전구에는 불이 들어왔는데, 알록달록한 전구는 불이 들어오지 않았다.

여분의 퓨즈를 찾으려고 주방 서랍을 몇 개 열어보았다. 복도의 콘솔 테이블에 있는 서랍도 열었다. 배달 메뉴, 주차 영수증, 스페어 키, 정원용 쓰레기봉투 한 롤. 퓨즈는 없었다.

로럴은 플로이드의 서재 문을 바라보았다. 플로이드가 포피와 함께 공부하는 장소이자 플로이드가 책과 논문을 쓰는 곳이었다. 이집에서는 방에 들어갈 때마다 노크를 하고 들어가도 되는지 확인해야 했지만, 서재는 빅토리아시대처럼 두 공간으로 분리되어 있었다. 로럴은 아직 플로이드의 서재에 들어가본 적이 없었고, 그가 들어가거나 나올 때 흘끗 본 게 전부였다. 이유는 알 수 없지만 기이하게도 플로이드가 자신의 허락 없이는 서재에 들어오는 걸 원하지 않는다는 느낌이 강하게 들었고, 덕분에 잠시 손잡이를 잡은 채 문앞에서 망설이다 서재도 이 집에 있는 방일 뿐이며, 플로이드는 그녀 없이 살 수가 없으니 당연히 퓨즈를 찾으러 서재에 들어가도 된다고 애써 마음을 다잡았다.

그리고 문손잡이를 돌렸다.

문이 열렸다.

플로이드의 서재는 가구가 잘 갖춰져 있었고 아늑했다. 마룻장은 올이 다 드러난 킬림(터키 융단의 일종)으로 덮여 있었다. 가구는 전부 튼튼하고 오래된 것이었다. 목이 구부러지는 크롬 테이블 램프두 개가 있었는데, 하나는 녹색 유리 갓이 달려 있었고 다른 하나는하얀 유리 갓이 달려 있었다. 책상 위에 펼쳐진 노트북에서는 스크린 세이버로 깔아놓은 풍경 이미지가 시시각각 바뀌었다. 로럴은 얼른 서랍을 뒤지기 시작했다.

펜, 공책, 외국 동전들, 컴퓨터 디스크, CD, 메모리 스틱, 모든 게 칸막이 안에 차곡차곡 정리되어 있었다. 정원이 내다보이는 뒤창 옆의 또 다른 책상으로 갔다. 이 책상 서랍들은 잠겨 있었다. 로럴은 한숨을 쉬며 멍하니 책상 위에 놓인 서류 더미를 훑어보았다. 더는 퓨즈를 찾는 게 아니라는 걸 본인도 알고 있었다. 지난 며칠간 머릿속을 휘감고 있는 기묘한 공기를 걷어내줄 무언가를 찾고 있었다.

그러다 순간 그것이 손에 들어왔다. 신문 스크랩 파일이었는데 전부 5월 26일 〈크라임워치〉 방송 당시의 기사였다. 로럴의 사진, 폴의 사진, 그리고 엘리의 사진도 있었다. 로럴이 〈가디언〉과 한 인터뷰, 로럴과 폴이 지역 신문과 한 인터뷰 기사도 있었다. 플로이드가 이 집 주방에서 첫 번째 데이트 후에 그녀의 이름을 구글에 검색해봤다며 수줍게 고백하던 게 떠올랐다. 그러나 플로이드는 로럴을 만나기 6개월 전에 엘리의 실종에 관한 신문 기사를 오리고 수집했다. 로럴이 서류철에 신문 기사 스크랩을 다시 넣는 순간 바깥 거리에서 차문 닫히는 소리가 들려 재빨리 플로이드의 서재에서 나갔다.

플로이드와 포피는 잠시 후에 들어왔다. 2.5미터짜리 트리 하나를 들고서.

"자." 플로이드는 트리를 집 안으로 들여오느라 얼굴이 발갛게 상기된 채, 로럴이 트리의 거대한 크기를 제대로 느낄 수 있도록 잠깐 똑바로 세워 들었다. "이 정도면 될까요?"

"우와." 로럴은 플로이드가 트리를 들고 복도를 지나 거실로 들어갈 수 있도록 벽에 몸을 바짝 붙이며 말했다. "어마어마하게 크네요. 전구가 더 필요하겠어요!"

"짜잔!" 포피가 꼬마전구가 가득 든 DIY 가게 가방들을 들고 플로이드 뒤에서 나타났다.

"잘했어. 다 생각했구나."

TV에서는 아직 크리스마스 노래가 나오고 있었다. 조나 루이의 '기병대를 멈춰요(Stop the Cavalry)'가 흘러나왔다.

플로이드가 트리를 감싼 망을 자르자 묶여 있던 나뭇가지들이 튕겨 나왔다. 플로이드는 트리에 기이할 정도로 과하게 흥분했다.

"어때요?" 플로이드가 포피와 로럴을 돌아보았다. "진짜 좋은 트리죠? 내가 잘 골랐죠?"

둘 다 잘 골랐다고 맞장구를 쳤다. 포피와 로럴은 트리 장식을 시작했고 플로이드는 저녁을 준비하러 주방으로 들어갔다.

"그럼 평소에는 트리를 안 놓니?" 로럴이 물었다.

"네. 저도 이유는 모르겠어요. 그냥 우리는 크리스마스를 즐기는 타입이 아닌가 봐요."

"세라-제이드하고 그 애의 엄마는? 크리스마스트리를 놓니?"

"네!" 포피의 눈이 반짝거렸다. "케이트 아줌마는 크리스마스를 굉장히 좋아해요. 푹 빠졌어요. 집도 크리스마스 카드 같아요." 포피가 갑자기 말을 멈췄다. "좀 과하긴 하지만요."

"예쁠 것 같은데."

그 말에 포피가 미소를 지었다. "보니 아줌마네 집에도 트리가 있을까요? 크리스마스이브에?"

"그럼, 물론이지. 당연히 있을 거야. 확실해. 아마 커다란 트리가 있을 거야."

포피가 환하게 웃었다. "너무 기대돼요. 제대로 된 크리스마스 파티를 즐기면 정말 근사할 거예요."

"평소에는 크리스마스 때 뭐 하고 지내?"

"별거 안 해요. 점심 먹고 선물 교환하고 영화 봐요."

"둘이서만?"

포피가 고개를 끄덕였다.

"가족들은 안 만나?"

"전 가족이 없어요."

"SJ가 있잖아."

"네, 하지만 언니는 한 명이잖아요. 많은 가족 말이에요. 아줌마네 가족처럼. 가끔은 저도……" 포피가 거실 문을 흘낏 쳐다보더니 목소리를 낮췄다. "아빠랑 있는 것도 좋지만, 가끔은 더 있었으면 좋겠어요."

"더 뭐?"

포피가 어깨를 으쓱했다. "사람도 더 많고, 더 시끌벅적하면 좋겠어요."

잠시 후 둘은 트리에서 한 발자국 뒤로 물러났고, 마침 그때 TV에서 '뉴욕의 동화(Fairy Tale of New York)'가 흘러나왔다. 크리스마스트리는 완벽한 장식을 마쳤고, 로럴이 꼬마전구의 스위치를 켰다.

플로이드가 거실로 들어와 숨을 들이켜며 감탄했다. "아가씨들." 플로이드는 두 사람의 어깨에 한 팔씩 올려놓으며 말했다. "대단해요. 진짜 대단해." 플로이드가 거실 등을 끄고 트리를 돌아보았다. "우와! 이것 좀 봐요!"

셋은 잠시 그렇게 트리 앞에 서 있었다. 배경으로 더 포그스의 노래가 흘러나오고 트리의 불빛들이 반짝거렸다. 플로이드의 팔이 로럴의 어깨를 무겁게 감싸고 있었는데 그의 몸이 살짝 떨리는 게 느껴졌다. 그를 올려다보니 울고 있었다. 눈물 한 줄기가 그의 뺨을 타고 내려갔고 수없이 많은 크리스마스 꼬마전구 불빛이 눈물에 반사되었다. 플로이드는 눈물을 닦고 로럴을 내려다보며 미소 지었다.

"고마워요. 올해는 꼭 크리스마스트리를 놓고 싶었어요." 플로이드가 몸을 숙여 로럴의 정수리에 키스했다. "당신 덕분에 모든 게 완벽해졌어요. 사랑해요, 로럴. 진심으로 사랑해요."

로럴은 놀란 눈으로 플로이드를 바라보았다. 그가 한 말 때문이 아니라 포피 앞에서 그 말을 했기 때문이었다.

로럴은 포피의 반응을 확인하려고 포피를 흘끗 쳐다보았다. 포피는 이 순간을 완전하게 만들어주듯 로럴을 향해 미소 지었다. 로럴에게 이 순간이 얼마나 힘든지 포피는 알지 못했다. 두 사람 모두 로럴을 바라보며 대답을 기다렸다. 왠지 모르게 어둡고 기묘하고 불길하긴 했지만 크리스마스였고 꼭 그래야 한다는 생각이 들어 미소를 지으며 대답했다. "나도 두 사람 모두 사랑해요."

포피가 로럴을 끌어안았다. 플로이드도 뒤따랐다. 셋은 잠시 그렇게 서로를 끌어안았고, 따뜻한 온기와 숨결이 세 사람을 감싸 안았다. 마침내 몸을 떼면서 플로이드가 로럴을 향해 미소 지었다.

"크리스마스에 내가 원하는 건 이것뿐이었어요. 이게 전부예요. 이거면 돼요."

로럴이 딱딱한 미소를 지었다. 플로이드의 책상에서 발견한 신문 스크랩을 생각했다. 단골 미용실 근처 카페에서 나누어 먹었던 당근 케이크, 카페 문을 열고 들어와 옆자리에 앉던 당당한 플로이드의 모습을 생각했다. 그러다 블루에게서 온 전화를 생각했다.

어머님 남자친구요. 그 사람 오라가 좋지 않아요. 어두워요.

바로 그 순간, 로럴은 그걸 느꼈다. 분명하고 확실하게.

당신은 당신이 말한 사람이 아니야. 당신은 가짜야.

55

로럴이 다음 날 출근길에 들렀을 때 로럴의 엄마는 아직 살아 있
었다.

"아직 여기 있네?" 로럴은 이렇게 말하며 엄마에게 가까이 의자
를 끌어다 앉았다.

루비가 눈을 굴렸다.

"금요일이 크리스마스잖아요. 크리스마스 전에 돌아가시면 크리
스마스 파티를 망치는 거예요. 알죠? 돌아가실 거라면 다음 주에 돌
아가세요."

루비가 킬킬 웃었다. "다음 주?"

"네." 로럴은 미소 지었다. "다음 주가 좋아요. 항상 조용한 시기
잖아요."

로럴은 엄마의 손을 잡고 말을 이었다. "크리스마스에 커다란 파
티를 열 거예요. 폴과 보니네 집에서. 해나도 오고, 제이크도 올 거
예요. 제 새 남자친구랑 그 사람 딸도. 엄마도 오면 좋을 텐데."

"고맙지만 사양할게." 루비의 말에 로럴은 웃음을 터트렸다.

"네. 못 오셔도 이해해요."

"새-새-새 나-남자친구는 어때?"

로럴의 얼굴에서 미소가 얼어붙었다. 어떻게 대답해야 할지 몰라 미소를 지으며 말했다. "잘 지내요. 다 좋아요."

하지만 그 말을 입 밖에 내는 순간 거짓말이란 게 느껴졌다.

엄마 역시 그걸 느낀 모양이었다. "좋아?" 엄마가 걱정스럽게 물었다.

"네. 좋아요."

엄마가 고개를 끄덕였다. 딱 한 번.

"네가 그렇게 말한다면야. 네가 그렇게 말한다면야."

로럴은 양로원에서 나오며 제이크에게 전화했다.

전화벨이 두 번 울리고 바로 전화를 받았다. "엄마." 제이크의 목소리에 걱정하는 기색이 어려 있었다.

"아무 일 없어. 응급 상황도 아니고. 그냥 안부 인사하려고 전화한 거야."

"정말 미안해요, 엄마." 제이크가 급하게 말했다. "지난번에 저와 블루가 한 말 정말 미안해요. 우리가 지나쳤어요."

"아니야, 제이크. 정말 괜찮아. 내가 과민 반응해서 미안해. 너무 오랜만에 만난 사람이라 충격을 받았던 것 같아. 그냥 모든 게 완벽하길 바랐어. 물론 세상에 완벽한 게 어디 있어, 안 그래?"

"그렇죠." 하고 싶은 말이 가득하지만 할 수 없는 목소리였다. "네, 맞아요."

"내일 오는 거지? 보니네 파티?"

"네. 우리도 갈 거예요."

"플로이드도 오는 거 알아? 혹시 문제가 될까?"

"아니요." 제이크가 과하게 부정하는 게 느껴졌다. "아니에요. 괜찮아요."

로럴은 숨을 한 번 쉬고, 전화한 용건을 말할 준비를 했다.

"블루 옆에 있니? 잠깐 통화할 수 있을까?"

"네. 네, 여기 있어요. 엄마 혹시……?"

"아니야. 엄마가 말했잖아. 이미 지나간 일이야. 물어볼 게 있어서 그래."

"알았어요."

제이크가 블루를 부르는 소리가 들렸고, 블루가 전화를 받았다.

"안녕하세요. 잘 지내셨어요?"

"응, 고마워, 블루. 난 잘 지내. 너는 어때?"

"그렇죠 뭐. 항상 그렇듯 바빠요."

잠시 침묵이 흐르다 로럴이 말을 꺼냈다. "저기, 블루. 지난번 통화했을 때 내가 그런 식으로 반응한 거 사과하고 싶었어. 내가 좀 지나쳤던 것 같아."

블루가 어깨를 으쓱하는 소리가 들리는 것 같았다. "전 괜찮아요."

"아니야, 정말 미안해. 내가…… 그동안 내가…… 나도 모르겠다. 네가 그 사람을 만나서 어떤 생각이 들었고 왜 그런 생각이 들었는지 더 알고 싶어."

"어머님도 느꼈군요."

로럴은 얼굴이 헬쑥해지며 손을 목에 갖다 댔다. 속내를 들킨 기분이었다. "아니야. 아니야. 그냥……."

블루가 끼어들었다. "말씀드린 대로예요. 전 오라를 볼 수 있어요. 오라를 한 번도 본 적 없는 사람이라면 순전한 거짓말이라고 생각할 수 있어요. 저도 이해해요. 하지만 저는 오라가 보이고, 제 생각을 알고 싶으시다면 그 점을 믿어주셔야 해요."

"네가 어떻게 생각하는지 꼭 알고 싶어."

블루가 한숨을 쉬고 능숙하게 설명했다. "플로이드의 오라에는 기이한 색깔들이 있어요. 어두운색이 아주 많아요. 어두운 녹색도 있는데 그건 자존감이 낮고 분노가 많다는 뜻이에요. 어두운 빨간색은 분노를 뜻하고요. 그리고 어두운 분홍색은 미성숙하고 정직하지 못하다는 뜻이에요. 하지만 세상에 내보이는 모습은 전혀 그렇지 않죠. 그의 오라와 그의 겉모습은 차이가 굉장히 두드러져요. 마치 연기를 하는 것처럼요. 딸을 대하는 방식도 좀 이상해요. 항상 딸을 지켜보고 있던데, 그거 아셨어요? 마치 딸을 조종하는 것처럼 보일 정도였어요. 딸에게 연기를 시키면서 실수하지 않나, 딸이 진짜 아버지의 모습을 드러내지 않을까 감시하는 것처럼 말이에요. 저는……" 블루가 말을 멈췄다. "저는 그 사람이 딸을 진심으로 사랑한다고 생각하지 않아요. 보통 생각하는 사랑은 아닌 것 같아요. 딸을 필요로 하는 것 같았어요. 딸이 자신을 인간으로 만들어주니까요. 딸은 망토 같은 존재죠."

로릴은 고개를 끄덕이며 긍정하듯 대꾸했지만 아직 블루가 한 말을 다 이해하지 못했다.

"그 사람이 위험하다고 했잖아. 그건 무슨 뜻이었어?"

"사랑할 수 없지만 사랑을 절박하게 갈구하는 남자는 위험하다는 뜻이었어요. 그리고 플로이드는 어머님이 자신을 사랑하게 만들려고 자신이 아닌 다른 사람인 척하기 때문에 위험하다고 생각해요."

로럴은 블루의 말에 몸서리를 쳤다. 어젯밤 크리스마스트리 앞에 서서 느꼈던 기분과 완벽히 일치했다.

"포피는 어때? 포피의 오라는 어때?"

"포피의 오라는 무지개 같아요. 포피는 완벽해요. 하지만 아버지가 그 색깔들을 빼앗아가기 전에 아버지에게서 벗어나야 해요."

"그럼 나는?"

긴 침묵이 이어졌다.

"어머님의 오라는 너무 흐려서 색이 거의 보이지 않아요."

56

로럴은 사무실에 도착했을 때 크리스마스 스웨터를 입지 않은 사람은 자신뿐이라는 사실을 깨달았다.

"메일 온 거 있었어?" 헬렌에게 물었다.

"응." 헬렌은 꼬마전구가 반짝거리는 스웨터 차림이었고 귀걸이에는 빨간 방울이 달려 있었다. "지난주에. 자기 받은 메일함에 있을 거야."

로럴은 한숨을 쉬었다. 물론 있을 것이다. 그리고 읽었을 것이다. 그런 다음 뒤엉킨 인생 속 어딘가에 묻혀버렸을 것이다.

"자." 헬렌이 틴셀(크리스마스트리에 감아서 꾸미는 반짝이 장식) 조각 하나를 던졌다. "이거 머리에 꽂아."

로럴은 틴셀을 구부려 머리카락에 꽂고 미소 지었다. "고마워."

오늘은 쇼핑센터에 캐럴을 부르는 사람들이 있다. 사무실에서도 노랫소리가 들렸다. '선한 왕 바츨라프(Good King Wenceslas)'를 부르고 있었다. 회사에서는 웨이트로즈에서 민스 파이를 주문해 직원들에게 제공했고, 오후 5시에는 깜짝 산타와 셰리주도 나올 것이다.

로럴은 빨리 집에 돌아가고 싶었다.

그날 밤 차에 타기 전 웨이트로즈에 들러 샴페인 두 병과 향초 두 자루, 초콜릿 두 상자를 샀다. 오늘 밤 선물 포장을 하면서 어느 걸 누구에게 줄지 정할 생각이었다.

그날은 가는 곳마다 사람들을 바라보며 블루가 볼 수 있다는 오라를, 사람을 감싸고 있는 색들을 보려고 애썼다. 오늘 아침에 블루와 통화할 때는 그 말을 완전히 믿었다. 그래, 일리가 있다고 생각했다. 플로이드의 오라가 어둡고, 그가 다른 사람인 척한다고.

그러나 시간이 지나면서 오라는 보이지 않았고, 플로이드가 온종일 산타 이모티콘으로 장식한 장난스러운 문자를 보내고, 성스러운 캐럴이 머릿속에 울려 퍼지고, 셰리주가 의식을 무디게 만들고, 거실 바닥에 앉아 반짝거리는 포장지를 가위로 자르고, 이웃의 크리스마스트리 불빛들이 그녀의 집 창문에 반사되자 모든 게 기이하고 끔찍하게 느껴졌다.

블루는 참 이상한 여자애야. 로럴은 불을 끄고 옷을 벗고 머리카락에 묶은 틴셀을 풀었다. 정말 이상한 여자애야.

57

크리스마스이브에 로럴은 늦잠을 잤다. 플로이드에게 메시지 두 개가 와 있었는데, 하나는 폴과 보니의 집에 무얼 가져가야 하냐고 묻는 내용이었고, 나머지 하나는 어떤 옷을 입어야 하냐고 묻는 내용이었다. 로럴은 답장을 보냈다. *치즈 가져와요. 냄새가 지독할수록 더 좋아요. 그리고 크리스마스 분위기가 한껏 나는 멋진 스웨터를 입어요. 난 녹색을 입을 거예요.*

플로이드가 바로 답장을 보냈다. *좋아요, 녹색 치즈와 냄새 나는 스웨터. 그렇게 할게요. ☺*

실없는 사람. 로럴은 답장했다.

그러고는 샤워를 했다.

샤워하고 나왔을 때 플로이드의 문자 하나가 더 와 있었다. *파티에 가기 전에 우리 집에 들렀다 갈래요? 당신에게 줄 선물이 있는데 너무 커서 파티에 가져갈 수가 없어요.*

날카로운 두려움이 온몸을 훑고 지나갔다. 선물을 주겠다며 흥분한 그의 말이 불안했다. 로럴은 과한 호의를 즐기는 사람이 아니었고, 게다가 막판에 계획을 변경하는 게 이상하게 느껴졌다. 블루의 말이 다시 떠올랐다. "사랑할 수 없지만 사랑을 절박하게 갈구하는 남자는 위험해요." 노엘 도널리의 집과 노엘의 가족에 대한 플로이드의 거짓말이 떠올랐다. 임신 8개월째에 납작했던 노엘의 배와 노엘 도널리의 집 지하실에서 찾은 립밤을 떠올렸다. 플로이드의 서재에서 발견한 신문 스크랩들과 포피의 침실에 있던 촛대들도 떠오르자, 플로이드가 자신을 집으로 부른 데는 숨은 의도가 있다는 확신이 들었다.

로럴은 폴에게 문자를 보내고, 해나에게 문자를 보냈다.

보니네 가는 길에 플로이드 집에 들를 건데 늦지는 않을 거야. 혹시 내가 늦으면 바로 전화해줘. 만약 내가 전화를 받지 않으면 꼭 날 찾으러 와줘. 플로이드의 집은 라티머 로드 18번지 N4야. 자세한 건 나중에 다 설명할게.

그러고는 플로이드의 문자에 대답했다.

알았어요. 그렇게 하죠. 준비되면 그리로 갈게요.

플로이드의 답장이 왔다. *좋아요, 이따 봐요!*

로럴은 포장한 선물들과 샴페인을 차에 싣고 오전 11시에 플로이드의 집으로 출발했다.

해나에게서 문자가 왔다.

엄마?

답장하지 않았다.

차가 많고 속도가 느렸다. 하이 바넷의 극장에서 사람들이 쏟아져 나왔고, 번화가는 쇼핑객들로 붐볐다. 하이게이트에서는 사슴한 마리가 아이들에게 둘러싸여 시달렸고, 인상을 찌푸린 산타클로

스가 아이들을 제지하려 애쓰고 있었다.

스트라우드 그린으로 접어들자 목구멍으로 묵직한 덩어리가 올라오는 느낌이었다. 이곳의 모든 거리 모퉁이와 가게들이 지나간 크리스마스의 기억을 담고 있었다. 매년 크리스마스이브 때마다 같은 테이블을 예약해놓고 피자를 먹던 가게. 막판에 포장지가 모자라서 달려가던 대로의 잡화점. 도로 끝의 작은 공원은 점심을 먹은 후 마음껏 뛰어놀라고 아이들을 데려가던 곳이었다. 로럴과 아이들이 크리스마스 아침마다 카드를 돌리던 이웃집들도 보였다.

정신없지만 보석 같던 크리스마스들은 전부 사라졌다. 모두 재가 되어버렸다.

로럴은 플로이드의 집 앞에 차를 세우고 시동을 껐다.

잠시 가만히 차에 앉아 히터가 식으면서 차가워지는 공기를 느끼고 머리 위로 바람에 휘청거리는 헐벗은 나뭇가지들을 바라보며 플로이드를 마주할 마음의 준비를 했다.

5분 후 로럴은 심호흡을 한 번 하고 현관문으로 향했다.

5부

58

로럴 맥.

맙소사, 대단한 여자예요.

눈부신 여자죠.

이 여자가 내 손을 잡아주다니 믿을 수가 없었어요. 내 집에 들어오고, 내 침대에 눕다니.

로럴은 5성급 호텔 같은 냄새가 났어요. 손끝에 닿는 머리카락은 새틴처럼 부드러웠어요. 피부는 마로니에 열매처럼 부드럽고 조명 아래서 빛이 났죠. 로럴과 키스할 때면 차가운 겨울 아침 맛이 났어요. 로럴은 내 머리를 세게 끌어당기며 그 예쁜 손으로 내 머리카락을 휘감았어요. 내가 농담을 하면 웃음을 터트렸어요. 내가 이름을 부르면 미소를 지었어요. 주말 내내 내 집에서 지냈어요. 그리고 하나 더. 로럴은 죽어가는 어머니에게 내 이야기를 했어요. 가족의 생일 파티에 나를 초대해줬어요. 가족들에게 허락을 구하고 받아냈죠. 로럴은 내 딸을 데리고 쇼핑하러 갔어요. 로럴은 계단에서 내 옆을 지나가면서 내 엉덩이를 움켜쥐었어요. 내 가슴에 머리를 묻은 채 잠에서 깼고, 내 옷을 입고 맨발로 내 집을 걸어 다니면서 내 머그잔으로 커피를 마시고, 내 집 앞에 차를 세우고 매번 우리 집으로 돌아왔죠. 돌아올 때마다 로럴은 내가 기억하는 것보다 더 좋았고 내가 기억하는 것보다 더 아름다워서, 나는 깨어 있는 매 순간 로럴 같은 여자가 나 같은 남자와 함께하길 원한다는 게 믿기지 않았어요.

지금은 크리스마스이브이고 나는 폴 스미스 스웨터와 조금 꽉 끼는 것 같은 바지 차림으로 거실에 앉아 있습니다. 포피는 자기 방에서 선물을 포장하고 옷을 고르고 있어요. 로럴이 우리 집 앞에 차를 세웠고 앞유리창으로 로럴의 심각한 표정이 보입니다. 턱이 미세하게 굳어 있고, 눈꺼풀이 느리게 깜빡입니다. 내 집으로 들어올 용기를 끌어모으는 겁니다. 내가 아는 사실을 이제는 로럴도 아니까요.

나는 로럴이 생각하던 남자가 아닙니다.

초인종이 울리고 나는 현관문으로 나갑니다.

59

플로이드가 로럴을 맞이하며 양쪽 뺨에 키스했다. 로럴은 환하게 미소 지으며 말했다. "근사하네요. 크리스마스 분위기가 물씬 나요."

그 말대로였다. 플로이드는 잘생기고 유쾌해 보였다. 녹색 스웨터가 그에게 잘 어울렸다. 하지만 로럴은 가슴이 두근거리고 숨이 가빴다.

"당신도 언제나 그렇듯 아름다워요. 재킷이 근사하네요."

"고마워요." 로럴은 실크 벨벳 재킷을 손으로 쓰다듬으며 다시 한번 억지로 미소를 지었다. "포피는 어디 있어요?"

"위층에요. 당신 선물을 포장하고 있어요."

"아, 기특해라."

"들어와요." 플로이드가 로럴을 주방으로 안내했다. "어서요. 샴페인 한 병 차갑게 해놨어요. 벅스 피즈* 괜찮아요?"

로럴은 고개를 끄덕였다. 한잔하면 마음이 진정될 것이다.

플로이드도 긴장했다는 걸 로럴은 알아챘다. 평소의 느긋한 모

---

* 샴페인과 오렌지 주스를 섞은 칵테일.

습이 아니었다. 로럴은 샴페인을 따르는 플로이드를 지켜보면서 잔은 찬장에서 새로 꺼내는지, 샴페인을 먼저 따르고 이어서 오렌지 주스를 따르며 잔을 보이지 않게 감추는지 확인했다.

플로이드가 잔을 들어 올렸다.

"아름답고 특별한 당신을 위해. 당신은 내가 아는 사람 중 가장 대단한 사람이에요. 당신을 친구라고 부를 수 있어 영광입니다. 건배해요, 로럴 맥. 건배."

로럴은 딱딱하게 미소 지었다. 어떻게든 화답해야 한다는 기분이 들었지만 생각나는 말이라고는 '건배. 당신도 아주 멋져요'라는 말뿐이었고, 그 말은 한심하게 들렸다.

로럴은 천장을 흘끗 올려다보았다. "포피도 내려와요?" 마지막 말이 초조하게 목에 걸렸다.

플로이드가 로럴을 보며 미소 지었다. "그럴 거예요." 간단하게 대답했다. "그럴 거예요."

"자요." 로럴은 선물이 담긴 가방을 내밀었다. "당신 선물도 지금 줄게요. 보니네 집까지 안전하게 가지고 가요."

플로이드는 욕실용 면도 거울을 보고 적절한 반응과 제스처를 취했다. 그런 다음 두 팔을 뻗으며 로럴에게 다가왔고, 플로이드가 껴안는 순간 로럴은 움찔했다. 숨이 멎는 것 같고 아드레날린이 솟구쳤다. 당장이라도 플로이드를 밀어내고 도망치고 싶었다. 이 남자의 손길에 즐거움을 느낀 적이 있다는 게 믿기지 않았다. 이 남자에게 무섭다는 감정 외에 다른 감정을 느꼈다는 게 믿기지 않았다.

"자요." 플로이드가 로럴에게 봉투를 건넸다. "이거 먼저 열어봐요. 난 다른 선물을 가지러 잠깐 차에 갔다 올게요."

"아, 알았어요."

플로이드가 문간에 멈춰 서서 로럴을 돌아보았다. 그의 입술에 작은 미소가 걸려 있었다.

"안녕." 플로이드가 말했다.

로럴은 현관문이 열렸다 닫히는 소리를 들었다.

이제 플로이드가 없는 집은 완전한 침묵에 휩싸였다.

로럴은 앞에 있는 카드를 흘끗 내려다보고 열었다.

앞면에 날아가는 비둘기 그림이 그려져 있었다. 묘하게 크리스마스답지 않은 카드였다.

카드 안에 편지가 한 장 있었다. 로럴은 그 편지를 읽기 시작했다.

로럴.

당신이 내게 싫증난 거 알아요. 과거에 날 스쳐 지나간 수많은 여자가 그랬듯 당신도 사실을 알아냈다는 거 알아요. 내가 당신에게 어울리는 남자가 아니라는 사실 말이에요.

괜찮아요. 나도 내가 당신에게 어울리는 남자가 아니라는 걸 아니까. 당신을 보내줘야 한다는 것도 알아요. 그런데 당신을 보내주기 전에 끔찍한 진실을 털어놓아야 해요. 내가 당신 것을 가지고 있어요. 내게 주어진 것이 아니라 일련의 사건들로 인한 끔찍한 결과로 내게 남겨진 셈이에요. 처음 이 소중한 것이 내 것이 됐을 때 그것은 5년간 다른 사람에게 끔찍한 학대를 받았고, 또 5년간 나는 이 소유물을 아끼고 보살폈다는 걸 알아줘요. 나는 그것을 귀하게 아끼고 양육했어요. 그리고 이제 당신에게 돌려줄 때가 됐어요. 당신과 함께할 수 있어 기뻤어요. 당신이 날 괴물이 아닌 평범한 남자로 봐주어서. 당신의 애정을 받을 가치가 있는 남자로 봐주어서. 몇 주간의 짧은 시간이었지만 감정적 황무지에서 오랜 세월을 살아온 내게는 귀중한 경험이었어요. 소중한 선물이었죠. 당신에게 뭐라고 감사의 인사를 해야 할지 모르겠어요. 당신에게 나를 알 기회가, 그리고 어쩌면 당신의 가장 소중한 보물을 믿고 맡길 수 있는 남자로 볼 수 있는 기회가 있어 다행입니다. 내 서재 문이 열려 있어요. 내 책상 컴퓨터에 당신을 위한 영상 메시지를 남겼어요. 재생 버튼만 누르면 모든 걸 다 설명해줄게요.

언제나 당신이 행복하기를 바라며,
플로이드 던

로럴은 탁자 위에 카드를 내려놓고 주방 문 안쪽을 바라보았다. 천천히 자리에서 일어나 플로이드의 서재 쪽으로 다가갔다. 플로이드의 의자에 앉아 머뭇거리며 마우스를 잡았다. 마우스를 잡는 순간 스크린이 켜지며 오늘 아침에 입은 것과 똑같은 스웨터 차림의 플로이드가 나타났다. 멈춘 얼굴에는 끔찍한 슬픔이 어려 있었다. 로럴은 재생 버튼을 누르고 그의 고백을 지켜보았다.

60

로럴, 당신에게 하고 싶은 말이 너무 많아요. 하지만 이것부터 말할게요. 11월에 내가 그 카페에 들어가 당신 옆 테이블에 앉아 당신 머리카락이 예쁘다고 칭찬하고 케이크를 함께 먹자고 청한 건 당신을 유혹하려는 의도가 아니었어요. 당신은 너무나도 아름답고 너무나도 우아했고 나는 차마 그렇게 주제넘은 짓을 할 수 없었어요.

그 만남 후에 일어난 모든 일은 나도 예상하지 못한 일이었고, 이제 와 생각하면 내가 너무 이기적이었어요.

올해 초에 뉴스를 보려고 TV를 켰는데 다음에 나올 프로그램 선전이 나오더군요. 〈크라임워치〉요. 평소에 보는 프로그램은 아니었어요. 내 취향도 전혀 아니었고요. 엘리 맥이란 소녀의 실종 사건을 재구성한다고 했고, 이어서 엘리 맥의 사진이 TV 화면에 뜨자 내 심장이 멈췄어요. 실종된 소녀가 포피와 똑같이 생겼으니까요. 포피보다 나이는 많았지만 똑같았어요.

그래서 자리에 앉아 그 프로그램을 봤어요.

"런던 북부에 사는 열다섯 살 소녀 엘리 맥이 도서관에 가던 길에 실종된 지 10년이 지났습니다." 진행자가 이렇게 말했어요. "엘리는 학교에서 모두가 좋아하는 인기 있는 소녀였고, 8개월 된 남자친구와 행복한 연애 중이었으며, 가족들에게도 넘치는 사랑을 받는 막내였습니다. 학교 선생님들의 말에 따르면 그 달에 본 GCSE 시험에서 전부 A와 A⁺를 받았다고 합니다. 밝고 매력적인 소녀가 어느 목요일 아침에 집을 나가 돌아오지 않을 명백한 이유는 전혀 없는 것 같습니다.

"먼저 우리는 2005년에 엘리의 실종 사건과 관련한 목격자를 찾는 호소문을 냈습니다. 하지만 목격자는 한 명도 찾지 못했죠. 10년이 지난 지금 엘리를 목격한 사람도 없고, 엘리가 납치되었다는 증거도 전혀 발견되지 않은 상태에서 사건을 재구성해보았습니다. 먼저 엘리의 부모님인 로럴 맥과 폴 맥이 10년이라는 긴 시간 동안 만나지 못한 딸의 이야기를 해주실 겁니다."

영상이 진행자에서 아주 근사한 주방에 나란히 앉은 피곤한 얼굴의 부부 영상으로 바뀌었어요. 여자는 일자로 깔끔하게 자르고 바닐라 빛이 감도는 금발을 핀으로 꽂아 한쪽으로 넘겼고, 검은색 목티 소매는 걷어붙였으며, 심플한 손목시계에 반지는 끼지 않았어요. 남자는 전형적인 도시 남자 스타일이었어요. 옅은 파란색 셔츠는 목을 잠그지 않았고, 숱 많고 희끗희끗한 머리카락은 한쪽으로 넘겼으며, 뒷머리는 짧고 윗머리는 조금 더 길었죠. 부드럽고 응석받이 같은 얼굴은 일주일에 두 번은 저민 스트리트에서 스팀 면도를 받을 것 같았어요.

당신과 폴이었어요.

당신이 먼저 이야기를 시작했어요. 편집돼서 보이지 않는 카메라 밖에 있는 누군가에게요. 당신의 목소리는 아나운서처럼 진지하고 성숙했고, 엘리와 포피와 똑같이 이마가 넓고 양미간이 넓더군요. 세 사람의 얼굴선이 똑 닮아서 숨이 멎는 것 같았어요. 당신은 태양처럼 반짝이던 딸에 대해, 별을 향해 나아가던 딸의 여정에 대해, 딸의 웃음과 꿈에 대해, 딸이 남겨달라고 부탁했던 라자냐에 대해 이야기했어요. 이야기를 하면서 당신의 눈이 유리잔으로 향했어요. 손가락으로 가느다란 손목을 둥글게 문질렀어요. 손이 아름답더군요. 손가락이 길고 우아한 여성스러운 손이었어요.

이어서 폴이 이야기를 했어요. 무례하게 굴고 싶지 않지만 딱 보기에도 경박한 수다쟁이였어요. 의도는 좋았지만 아무런 의미 없는 말만 늘어놨죠. 그리고 난 두 사람이 더 이상 부부가 아니란 걸 알았어요. 당신의 몸짓 언어에서 느껴졌어요. 폴은 딸과의 유대 관계— 서둘러서 모든 아이들과의 유대 관계라고 덧붙였죠 — 가 좋았고, 딸은 솔직한 아이라 항상 부모에게 모든 걸 다 말했고 비밀이라곤 없다고 했어요. 폴의 눈 또한 유리잔으로 향했고 당신을 잠깐 흘끗 쳐다보았어요. 그는 당신이 맞장구쳐주길 간절히 바랐지만 원하는 걸 얻지 못했죠. 당신이 말하는 동안 간격을 두고 엘리의 사진이 한 장씩 화면에 떴어요. 플라스틱 그네 발치에 앉은 어린 시절 사진, 아빠 품에 안겨 스피드보트에 타고 있는 사진, 바람에 머리카락을 나부끼는 모습을 담은 사진, 우스꽝스러운 모자를 쓰고 크리스마스에 찍은 사진, 할머니 같아 보이는 나이 지긋한 노부인에게 팔을 두르고 식당에서 찍은 사진.

너무나도 생생해서 죽은 것 같지 않다고, 나는 생각했어요. 약간은 흐릿한 그 사진들 속에서도 나는 그 아이의 본질을, 순수한 기쁨을 느낄 수 있었어요. 하지만 그건 우연일 뿐이라고 나 자신을 달랬어요. 흔한 이름의 어린 소녀가 포피가 태어나기 1년 전에 실종됐고 포피와 놀라울 만큼 닮았다는 건 그저 우연일 뿐이라고요.

그러다 인터뷰 영상이 끝나고, 사건 재현이 시작됐죠.

그때 나는 알았어요. 작은 퍼즐 조각들이 제자리에 맞춰지면서 이게 우연이 아니라는 걸 알았어요. 하이 로드, 노엘이 살던 거리 모퉁이 카페, 노엘이 지저분한 옷을 사던 적십자 중고 가게가 나왔죠. 카메라는 그 거리를 죽 비추었고 멀리로 노엘의 집 앞에 있는 벚나무의 벚꽃까지 보였어요. 살갗에 소름이 돋았죠.

노엘이 폭발했을 때 자신이 포피의 친엄마가 아니며 엘리라는 여자애가 대신 낳아준 아기라고 말한 적이 있어요. 노엘이 미쳐서 그런 말을 한 건지, 아니면 그게 사실인 건지 그때는 확실히 알지 못했어요. 노엘이 임신한 동안 벗은 몸을 본 적이 한 번도 없으니까요. 노엘은 내가 건드리지도 못하게 했어요. 하지만 아무리 그래도 그건 너무 황당한 얘기 같았죠. 난 그 얘기를 믿지 않았어요.

그 얘기가 사실이라고 해도 엘리라는 여자애는 구제 불능의 마약쟁이나 형편없는 인간으로 노엘이 거리에서 돈을 주고 데려와 대리모 노릇을 시켰을 거라고만 생각했어요. 그런데 TV에선 미래가 창창한 아름다운 소녀가 지구상에서 사라졌고, 마지막으로 목격된 장소가 노엘의 집 근처라고 하더군요.

가족과 남자친구와 미래를 버리고 가출해 낯선 이의 아기를 기꺼이 낳아줄 아이가 아니었어요. 문득 노엘이 사라진 후 포피의 물건을 챙기러 노엘의 집에 갔을 때가 떠올랐어요. 당신에게 말했던 이상한 지하실이 떠올랐어요. 얼룩지고 낡은 소파 베드 하나와 죽은 햄스터들, VCR 일체형 TV가 있고 문에 자물쇠 세 개가 달려 있었죠.

그 순간 난 알았어요. 노엘은 아이를 훔쳤다는 걸.

내가 뭘 해야 하는지 바로 알았어요.

61

로럴, 내가 평생 원한 건 다른 사람들과 비슷해지는 것뿐이었어요. 나는 툭하면 다른 나라의 새로운 학교로 전학을 갔죠. 주변의 아이들은 어릴 때부터 함께 자라 엄마와 아빠들끼리 주말이면 함께 와인을 마시는 사이였고, 이 태평스러운 아이들은 자기들끼리 통하는 농담을 하고 지하실 아지트가 있고 서로의 별명을 불렀어요. 나는 그 아이들을 보며 생각했죠. 어떻게 저럴 수 있지? 저게 어떻게 가능한 거지? 나는 별명이 생길 정도로 한 군데 오래 살아본 적이 없어요. 그저 '전학 온 아이'였죠. 2년에 한 번씩 말이에요. "어이, 전학 온 애." 빌어먹을 천재 소년인 것 역시 내게 별 도움이 되지 않았어요. 똑똑한 아이를 좋아하는 사람은 아무도 없으니까. 그리고 나는 어마어마하게 똑똑했어요. 똑똑함을 주체할 수가 없었죠.

게다가 나는 조금도 잘생긴 외모가 아니었어요. 스포츠는 젬병인 데다 아예 관심도 없었고요. 물론 성공한 우리 부모님은 자신의 성공을 위해서라면 그 무엇도 희생하지 않으려 했고, 아이들은 부모와 함께 있는 걸 좋아한다는 사실을 전혀, 전혀 모르는 것 같았어요. 내게 수없이 많은 활동을 시키고, 내가 바쁘기만 하면 행복할 거라고 생각했죠.

독일의 어느 마을에 살며 학교에 다닌 적이 있어요. 난 그 학교가 좋았어요. 국제 학교라 전 세계에서 온 아이들이 다녔죠. 그중 많은 아이가 영어를 잘 못했어요. 단기 체류하는 학생이 항상 오고 갔고요. 처음으로 내가 유리한 입장이 되었죠. 난 영어를 할 수 있었으니까요. 열한 살 때부터 열네 살 때까지 거의 4년간 그 학교를 다녔어요. 가장 어린 학생으로 시작해 가장 나이 많은 학생이 됐어요. 좋았어요. 성장하고, 변화했죠. 새로운 아이들이 들어오는 걸 봤어요. 나이 어린 아이, 외국 아이, 작은 한국 아이, 인도 아이, 또는 나이지리아 아이. 언어 때문에 고군분투하고 문화 충격으로 고군분투하는 아이들 말이에요. 그런 아이들을 보면서 나는 정상이라고 느끼게 됐어요.

거기서는 여자친구도 있었어요. 마틸드. 프랑스인이었죠. 예쁘장하게 생겼고요. 우리는 몇 번 키스를 했어요. 우리 부모님이 그 순간에 들어와 내 목덜미를 잡고 끌어내지만 않았다면 다음 단계까지 나가고 정상적으로 성장할 기회가 있었을지도 몰라요. 진정한 남자가 될 기회가요.

지금 생각해보면 나는 포피가 나타나기 전까지 그 누구도 진심으로 사랑한 적이 없는 것 같아요.

그리고 지금도 사랑이라는 단어가 적절한 단어인지 확신이 서지 않아요.

비교할 만한 게 전혀 없으니까요.

〈크라임워치〉에서 엘리를 보고 왜 곧장 경찰서로 가지 않았는지, 당신은 그게 궁금하겠죠? 아주 좋은 질문이에요.

먼저 그 시점에서 나는 엘리가 죽었는지 살았는지 알지 못했어요. 엘리가 노엘의 지하실에 있었다고 쳐도, 얼마나 오랫동안 거기에 있었는지 알지 못했어요. 또 그 TV 프로그램에 따르면 엘리가 실종된 지 4년 후에 자기 집으로 들어가 현금과 귀중품을 가져갔을 가능성은 희박하다고 했어요. 따라서 엘리는 어디에든 있을 수 있고, 혹은 아무 데도 없을 수 있었죠. 모든 가능성이 열려 있었어요.

하지만 그것만으로는 내가 경찰에 찾아가지 않은 이유가 설명되지 않을 거예요. 내가 가장 걱정한 건 이 시나리오에서 내가 맡은 역할이었어요. 노엘이 자신이 포피의 친엄마가 아니라고 말한 그날, 내가 포피의 친아빠가 아니라는 말도 했어요. 인터넷에서 산 정자로 생긴 아이라고 했어요. 나는 이 불쾌한 말을 노엘이 내게 한 다른 말들과 함께 꼭꼭 묻고 부정했어요. 포피는 말 그대로, 로럴, 말 그대로 내게 일어난 일 중 유일하게 좋은 일이었어요. 나의 자부심이자 기쁨이었어요. 내 유일한 존재의 이유였어요. 나와 세라-제이드의 관계가 얼마나 힘들었는지 당신도 알죠. 세라가 어릴 적 나를 얼마나 미워했는지, 내 얼굴에 침을 뱉고 날 물고 할퀴었다는 거 당신도 알죠. 난 그런 게 아버지 노릇이라고 생각했어요. 내게 어울리는 아이는 그런 아이뿐이라고 생각했어요. 그러다 포피가 내 인생에 들어왔어요. 포피는 너무 아름답고 너무 똑똑하고 나를 사랑했어요. 난 인생에서 처음으로 세상 그 누구도 가지지 못한 아름답고 귀중한 것을 손에 넣은 거예요. 그런데 그 애가 내 것이 아니라면 내 인생은 더 이상 아무런 의미가 없는 거예요.

〈크라임워치〉를 본 후로 경찰에게 포피가 내 친딸이라는 것과 노엘과 엘리에 대해 아는 걸 전부 말한다고 해도, 그 어떤 경찰도 형사도 판사도 배심원도 엘리가 내가 모르는 상태로, 혹은 나의 동의 없이 내 정자로 임신했다는 사실을 절대 믿지 않을 거란 사실을 깨달았어요. 그걸 누가 믿겠어요. 너무나도 분명했죠. 최소한 범죄 방조와 교사죄가 될 거예요. 그리고 미성년자 강간 혐의를 받겠죠. 내가 만난 적도 없는 미성년자인데 말이에요.

나는 또 얼버무렸어요. DNA 테스트를 받지 않았어요. 포피가 유전적으로 내 아이가 아니라는 증거가 있으면 편하게 경찰에게 내가 아는 걸 말할 수 있는데도 말이에요. 나는 그 애를 보내줄 마음의 준비가 되지 않았었어요, 로럴. 정말 미안해요.

〈크라임워치〉를 본 직후에 〈가디언〉에 실린 당신 인터뷰 기사를 읽었어요. 잡지의 사람 사는 이야기 코너 같은 거였죠. 당신은 이렇게 말했어요. "가장 끔찍한 건 모른다는 거예요. 끝나지 않았다는 거예요. 저는 제 딸이 어디 있는지 모르는 상태로는 앞으로 나아갈 수가 없어요. 발이 빠지는 진흙탕 속을 걷는 것 같아요. 지평선에 뭔가 보이지만 절대 그곳에 도달할 수 없죠. 죽느니만 못한 삶이에요."

그리고 한 달 뒤 신문에 헤드라인이 떴어요. '엘리의 유해 발견되다.' 당신의 사건이 끝난 겁니다. 나는 엘리의 장례식에 갔어요. 멀찍이 떨어져 서 있었죠. 당신의 다리가 휘청하자 당신 남편이 당신을 부축해 화장장 안으로 들어갔고, 나가는 길에 당신 다리가 다시 휘청하는 걸 봤어요. 끝은 당신에게 한 상자의 뼈만 남긴 것 같았죠. 그러나 나는 가라앉는 진흙탕에서 당신을 꺼내 지평선을 향해 걸어가게 해줄 무언가를 줄 수 있었어요. 당신에게 포피를 줄 수 있었어요.

62

로럴, 난 당신에게 집착하게 됐어요. 인터넷에서 당신에 대한 기사와 엘리가 실종된 다음 날 당신이 기자회견을 하던 사진과 영상들을 긁어모았어요. 당신은 정말 세련된 여자였어요. 간결하고 분명하고, 쓸데없는 말이나 감정적인 장광설도 늘어놓지 않았고, 예쁜 두 손은 항상 복잡하게 얽혀 있었고, 머리카락은 단정하게 자르고 몸에 맞춘 듯한 고급스러운 옷을 입었죠. 레이스나 버튼이나 장식 같은 건 전혀 없었어요. 옷차림조차 깔끔하고 단정했어요.

당신을 지켜보면서 나는 점점 더 폴을 유심히 살폈어요. 첫눈에는 평범해 보이지만 칼라 안쪽에 대조적인 리버티 프린트가 들어간 셔츠. 작은 개의 머리처럼 생긴 커프스 링크. 약간 독특한 뿔테 안경. 수제 구두와 발목만 언뜻 보이는 기하학 프린트의 실크 양말.

폴의 옷차림을 더 조사해보니 주로 폴 스미스와 테드 베이커에서 쇼핑을 하는 것 같더군요. 나는 양말과 실크 손수건으로 실험을 시작했어요. 그러다 이발소에 가서 제대로 면도를 했어요. 그전에는 한 번도 이발소에 가서 면도를 해본 적이 없었죠. 사실 면도를 거의 안 했어요. 그냥 자라게 내버려두었다가 얼굴이 간지러워서 참기 힘들면 — 보통은 — 무딘 면도기로 수염을 밀고 얼룩덜룩한 얼굴에 또 수염이 자라도록 내버려두었죠. 옷 쇼핑은 내게 아무런 기쁨도 주지 못하는 일이었고, 1년에 두 번 M&S를 한 바퀴 휙 도는 게 전부였어요. 그런 내가 신사복 부티크에서 구경하는 걸 즐기기 시작했어요. 허리가 가늘고 나긋나긋한 판매원들이 열성적으로 나에게 어울리는 옷을 골라주려고 애쓰는 게 좋았어요. 그런 후에 머리도 제대로 다듬고, 숱이 적고 축축 늘어지는 머리카락에 볼륨을 주는 제품을 찾았고, 뿔테 안경도 하나 사서 변신을 완성했죠.

두 달에 걸친 점진적인 과정이었어요. TV 메이크오버 쇼에 나오는 것처럼 어느 날 갑자기 새로운 모습으로 변신한 건 아니었어요. 자주 날 보던 사람들은 변신한 사실을 알아차리지도 못할 정도였으니까요.

당신에게 나를 보여주고 싶었고, 당신이 날 좋아하길 바랐어요. 그것뿐이었어요. 당신이 날 편안하게 받아들이고, 케이크 한 조각을 나누어 먹을 수 있는 사람으로 여기길 바랐어요. 우리가 친구가 된 다음 당신과 포피가 친구가 되길 바랐어요. 그때쯤 나는 DNA 테스트를 마친 후였으니까요. 그때쯤 나는 포피가 내 아이일 가능성이 0.02퍼센트 밖에 되지 않는다는 걸, 포피의 진정한 가족은 당신뿐인 걸 알고 있었으니까요.

상호 간의 애정은 기대하지도 않았어요. 식당에서 당신이 내 스웨터 소매 안에 손을 넣을 거라고, 그날 밤 우리 집 계단을 다급하게 올라갈 거라고, 다음 날 아침 당신이 내 품에 고개를 묻고 있을 거라고는 기대하지 않았어요. 당신 같은 여자가 나 같은 남자를 좋아할 거라고 기대하지 않았어요. 그리고 난……

아니에요. 내가 무슨 변명을 할 수 있겠어요. 아니에요. 나는 당신을 이용했어요. 명백하고 간단해요.

하지만 적어도 당신과 포피가 차가운 형광등이 켜진 경찰서 안에서 사회복지사와 함께 만난 게 아니라, 여느 손녀와 할머니처럼 같이 아침을 먹고 쇼핑을 하고 당신 가족과 함께 저녁도 먹는 등, 비교적 정상적인 상황에서 서로를 알게 될 기회가 있어 다행이라고 생각해요. 포피가 맥 가족과 자연스럽고 매끄럽게 동화되길 바라니까요. 난 포피에게 진실의 요점만 말해줬어요. 포피에게 얼마나 더 자세히 알려줄지는 당신에게 맡길게요. 그리고 이 집과 집 안의 모든 건 포피 거예요. 포피가 평생 살아가는 데 충분할 겁니다.

마지막으로 올해 5월에 경찰에게 곧장 가지 않은 가장 설득력 있는 이유를 털어놓을게요. 당신 오른쪽 창밖을 내다보면 정원에 다른 곳보다 높은 화단이 보일 거예요. 보이죠? 맨 끝에요. 당신을 만나기 직전 11월 초에 내가 파냈어요.

노엘 도널리가 그 아래에 있어요.

그전에는 우리 집 지하실 냉동고 안에 있었죠. 내게 엘리에 대해 말한 그날 밤 이후로 줄곧 그곳에 있었어요. 포피가 내 딸이 아니라고 말한 그날 밤부터요.

노엘을 죽일 생각은 아니었어요. 로럴, 진심이에요. 사고였어요. 그 여자에게 달려들었어요. 겁주고 싶었고 해치고 싶었어요. 당신도 상상할 수 있죠? 내가 내 집 주방에서 내 심장을 가리가리 찢어놓은 그 여자 때문에, 그 사악한 여자 때문에 기분이 어땠을지. 당신이 그 자리에 있었다면 당신도 그 여자를 해치고 싶었을 거예요. 분명히 그랬을 거예요. 하지만 죽일 생각은 **없었어요.** 그 여자가 앉았던 의자가 넘어가면서 바닥에 머리를 부딪혔고…….

어쨌든…… 경찰에게 말하고 싶으면 얼마든지 말해도 돼요. 포피에게 말하고 싶다면 얼마든지 말해도 돼요. 당신에게 말하지 않고 떠날 수는 없었고, 당신이 어떤 결정을 하든 옳은 결정을 할 거란 거 알아요.

로럴, 제발 나를 용서해줘요. 내가 한 모든 행동을 용서해줘요. 노엘을 만나서, 노엘을 내 삶에 들여놓은 걸 용서해줘요. 노엘이 임신했다고 했을 때 더 물어보지 않은 나를, 노엘의 집 지하실에 대해 더 물어보지 않은 나를, 포피의 친엄마가 누구인지 짐작하면서도 경찰에 가지 않은 나를, 당신과 사랑에 빠지고 지난 몇 주간 감히 당신과 함께 지낸 나를 용서해줘요. 제발 용서해줘요.

이제 지평선은 바로 당신 앞에 있어요, 로럴. 포피와 함께 나란히 그 지평선을 향해 걸어가요.

63

영상이 멈췄다. 다시금 집 안에 침묵이 내려앉았다. 앞 창문을 흘 끗 내다보니 플로이드의 차가 사라지고 없었고, 그렇다는 건 플로 이드가 사라졌다는 뜻이었다. 로럴은 플로이드의 사무실로 돌아가 천장을 멍하니 쳐다보았다. 내부의 깊숙한 곳 어딘가에 막혀 있던 소리가 터져 나왔다. 내 아이. 내 막내딸. 배낭을 멘 채로 영국의 숲 길에서 차에 치인 게 아니라 배 속에 아기를 가진 채로 노엘 도널리 의 집 지하실에 갇혀 있었다. 그곳에 얼마나 있었던 것일까? 어떤 취급을 받은 것일까? 어떻게 죽은 것일까? 어떻게 그 사실을 모를 수 있었을까? 엘리가 실종된 후 그 거리를 몇 번이나 지나갔던가? 그 집 앞을 몇 번이나 지나가고, 그 집 지하실 창밖에 있는 분홍색 벚꽃을 몇 번이나 봤던가? 딸이 그곳에 있는 줄 꿈에도 모른 채 그 앞을 몇 번이나 지나갔던가?

분노의 눈물이 터져 나왔고 로럴은 주먹에 멍이 들 때까지 플로 이드의 책상을 내리쳤다. 다시 소리를 지르려는 순간 뒤에서 플로 이드의 서재 문이 삐걱 열리는 소리가 들렸다. 문이 열리고 포피의 모습이 보였다. 포피는 로럴과 같이 쇼핑을 하러 간 날 H&M에서 산 저지 면과 시폰 원피스 차림이었다. 한 손으로 머리카락을 잡고, 다른 한 손에는 헤어밴드와 빗을 들고 있었다.

"포니테일을 하려고 했어요." 포피가 로럴 쪽으로 다가오며 말했다. "머리 꼭대기에 높이 묶으려고요. 그런데 원하는 것만큼 높게 묶을 수가 없어요. 자꾸 머리카락이 엉켜요."

로럴은 미소를 지으며 의자에서 일어섰다. "이리 와." 로럴은 포피 쪽으로 의자를 돌렸다. "여기 앉아. 내가 묶어줄게. 나도 높은 포니테일을 묶어본 지 아주 오래되긴 했지만."

포피가 의자에 앉아 로럴에게 헤어밴드와 빗을 건넸다. 로럴은 포피의 머리카락을 잡아 빗기 시작했다. 몸이 기억하고 있었다. 아침마다 몇 번이나 포니테일을 묶었던가? 아이의 머리카락을 빗겨주던 시절이 아예 끝난 게 아닌 모양이었다. 다시 엄마가 된 것 같았다. 가슴속에서 따뜻하고 섬세한 무언가가 꽃봉오리처럼 피어올랐다.

"아빠는 어디 있어요?" 포피가 물었다.

"아빠는 여기 없어." 로럴은 신중하게 대답했다. "갈 데가 있으시대."

포피가 고개를 끄덕였다. "어젯밤에 아빠가 저한테 한 말과 연관이 있는 거예요?"

"아빠가 어젯밤에 너한테 뭐라고 하셨어?"

"노엘은 제 엄마가 아니라고 했어요. 아줌마 딸이 제 엄마라고요." 포피가 고개를 홱 돌렸다. 눈이 빨갛고 부어 있었다. 침실에서 혼자 조용히 울고 있었던 모양이다. "그게 사실이에요? 아줌마가 우리 할머니예요?"

로럴은 아무 말 없이 침을 삼켰다. "그게 사실이었으면 좋겠니?"

포피가 다시 고개를 끄덕였다.

"사실이야. 네 엄마 이름은 엘리야. 내 딸이었지. 세상에서 가장 훌륭하고 완벽한 딸이었어. 그리고 포피, 넌 엘리와 똑 닮았고."

포피는 잠시 아무 말 없다가 로럴을 돌아보았다. 포피가 두려움이 가득한 커다란 눈으로 물었다. "죽었어요?"

로럴은 고개를 끄덕였다.

"우리 아빠도 죽었어요?"

"네 아빠……?"

"친아빠요."

"그러니까……."

"엘리와 아기를 만든 남자요. 절 키워주신 아빠 말고요."

"아빠가 말했어?"

"네, 말했어요. 아빠는 제 친아빠가 누군지 모른다고 했어요. 그건 아무도 모른대요. 아줌마도요."

로럴은 다시 포피의 머리카락으로 주의를 돌렸다. 최대한 머리를 높이 끌어올린 다음 고무 밴드로 세 번 동여맸다. "네 친아빠가 죽었는지 어쩐지는 나도 몰라. 앞으로도 모를 수 있어."

포피가 잠시 아무 말 하지 않다가 입을 열었다. "다 묶었어요?"

"응, 다 됐다."

포피가 의자에서 일어나 플로이드의 서재 바깥벽에 걸린 거울을 보러 나갔다. 거울에 비친 자신의 모습을 보며 손끝으로 머리카락을 만졌다. "제가 아줌마 딸이랑 닮았어요?"

"응. 똑 닮았어."

포피는 거울에 비친 자신의 모습을 유심히 바라보며 턱을 살짝 치켜 올렸다. "예뻤어요?"

"굉장히 예뻤지."

"해나만큼 예뻤어요?"

로럴은 자신도 모르게 '아, 해나보다 훨씬 예뻤다'고 대답하려다 마음을 다잡았다. "그래, 해나만큼 예뻤어."

포피는 이 대답에 만족한 눈치였다.

"크리스마스 파티 가는 거예요?"

"가고 싶니?"

"네. 제 가족을 만나고 싶어요. 진짜 가족을 만나고 싶어요."

"그렇다면 가야지."

"로럴 아줌마?"

"그래, 포피."

"아빠가 돌아올까요?"

"나도 모르겠다. 정말 모르겠어."

포피는 신발을 흘끗 내려다본 후 다시 로럴을 올려다보았다. 포피의 두 눈에는 눈물이 가득했고, 불안할 정도로 태연하던 태도는 사라지고 흐느끼기 시작했다. 어깨를 들썩거리면서 손으로 두 눈을 꾹 누른 채로.

로럴은 포피를 품에 꼭 끌어안고 정수리에 키스하며, 이 아이에 대한 사랑이 갑작스러운 여름날 폭풍처럼 쏟아지는 걸 느꼈다.

64

여권과 권총 모두 챙겼어. 작은 가방에 갈아입을 옷과 충전한 휴대폰도 챙겼어. 내 계획은 집에서 최대한 먼 곳으로 가서 내 머리를 날려버리거나 이 나라를 떠나는 거야. 때가 오면 어떻게 할지 결정할 수 있겠지. 지금 단계에서는 뭐가 더 나쁜지 모르겠어. 내 딸 마음을 아프게 한 것인지, 내 딸의 마음을 아프게 한 다음 내 남은 평생을 숨어 지내거나 감옥에서 지내는 것인지. B안에는 적어도 장례식이 포함되어 있지 않아.

그리고 마침내 당신이 저지른 끔찍한 짓을 정리했어, 노엘. 내가 말하는 동안(아니면 생각하거나 쓰거나, 뭐든 죽은 당신에게 이 이야기를 전하는 동안) 로럴은 손녀에게 새롭게 자신을 소개할 테고, 둘은 아름다운 벨사이즈 파크의 아름다운 저택에서 로맨틱 코미디 영화에 나올 법한 아름다운 크리스마스 식사를 즐기러 갈 거야. 노엘, 눈부시게 아름답고 빛나고 똑똑한 두 여자가 나란히 파티장에 들어가는 순간 모두의 입에서 감탄사가 절로 나오는 장면을 상상해봐. 상상해봐.

나도 그 모습을 볼 수 있으면 얼마나 좋을까.

하지만 나의 행복이 아닌 로럴의 행복을 선택하면서 그런 특권도 포기했어.

난 지금 런던을 떠나, 노엘. 서쪽으로 가는 모양이야. 그래, 슬라우가 보이는군. 그리고 난 기분이 좋아. 사실 기분이 끝내줘. 마침내 당신이라는 허물을 벗어버렸으니까.

조수석에 놓인 평범한 마트 쇼핑 비닐봉지 안에 든 권총을 만져. 권총의 단단한 선을 쓰다듬으며 플라스틱을 뚫고 나오는 금속의 차가움을 느끼고 있어. 권총의 총열을 내 입속 깊숙이 밀어 넣고 손가락으로 방아쇠를 당기는 모습을 상상해. 아직 날은 환하고 청명해. 나는 몇 시간 더 달려 하늘이 어둡고 나른한 콘월 지방 마을에 도착해 하룻밤 묵을 숙소를 찾거나 차에서 자는 내 모습을 상상해. 내일 잠에서 깨면 크리스마스일 거야. 크리스마스 때면 항상 그렇듯 세상은 침묵에 잠기고, 시끌벅적하고 활기찬 사람들은 수백만 개의 닫힌 문 안에 있겠지. 나는 어디로 가야 할까? 어디로 가야 할까? 크리스마스 다음 날에는? 그리고 그다음 날에는?

나는 깨끗하고 순수하고 죗값을 치르고 새로워진 기분이야. 나는 방금 내가 지금까지 하거나 앞으로 할 일 중에서 가장 훌륭한 일을 했어. 이 사건이 모든 신문의 지면을 장식할 때 내가 여기에 있고 싶을까? 정말로? 맙소사, 그들이 찾아낼 우리 둘의 끔찍한 사진들을 상상해봐. 우리에 비하면 프레드와 로즈 웨스트 부부(부부가 연쇄살인의 공범이었으며 10여 명의 여성과 자식들까지 성적으로 학대하고 살해했다)는 브란젤리나처럼 보이겠지.

글래스턴버리 언덕을 지났어. 태양이 내려가기 시작했고 하늘은 진줏빛 회색이야. 흐릿한 황금빛이 돌멩이에 부딪혀 빛나고 관광객 몇 명의 섬세한 실루엣이 보여. 나는 다음 교차로에서 M5 고속도로를 벗어나 글래스턴버리 언덕으로 돌아가. 도로 뒤쪽으로 들판이 펼쳐져 있어. 이곳에서 석양을 바라보니, 변해가는 빛에 줄어들었다 커졌다 하는 글래스턴버리의 돌멩이들 그림자가 보여. 나는 보니의 식탁에서 어른거리는 촛불의 불빛 속에서 환하게 웃음 짓는 로럴과 포피의 얼굴을 생각해. 그리고 영원히 불가분한 관계가 된 당신과 나를 생각해. 앞으로 몇 년간 우리 얼굴이 나란히 신문 1면을 장식할 테고, 여기에 남아 그것들을 보고 싶지 않아. 나는 포피를 생각해. 오늘 아침 그 애 침실에서 손을 잡고 진실을 말했을 때 포피의 용감한 얼굴, 감정을 삼키느라 꾹 다문 입, 그 어떤 아홉 살짜리 여자아이도 들어서는 안 되는 말들을 조용히 받아들이며 작게 끄덕이던 고개를. 포피는 나 없이 사는 법을 배우게 될 거야. 포피는 잘 살 거야. 워싱턴에 있는 내 부모님을 생각해. 입을 꾹 다문 채 둘 다 속으로 이렇게 생각하겠지. 그 애를 병원에 내버려둬야 했어. 그리고 지금, 크리스마스이브의 이 석양이, 지평선 너머로 이글거리는 붉은색과 황금색의 석양이 나의 마지막 석양이 될 거야. 지금이 나의 마지막 순간이야.

이걸로 괜찮아.

정말 괜찮아.

비닐봉지에 손을 넣고 권총을 꺼내.

65

8개월 후

테오와 해나가 나란히 손을 잡고 흰 장미와 안개꽃 덩굴 밑을 걸어갔다. 파스텔색의 색종이 조각들이 머리 위를 떠다녔고, 교회 종소리가 핀스버리 파크의 도심에 퍼져 나갔다. 새벽부터 하늘에 깔린 두꺼운 구름 사이로 잠시 태양이 고개를 내밀었다.

로럴은 포피의 손을 잡고, 갓 결혼한 딸이 교회 밖 거리에 나와 친구들과 하객들에게 인사하는 모습을 지켜보았다. 해나는 순백색 드레스 차림에 머리카락은 보석 장신구로 반짝거렸다. 딸애는 아름답게 빛났다. 옆에 선 해나의 남편은 잘생기고 듬직했으며 한 손으로 해나의 등을 부드럽게 잡고 있었고 얼굴에는 자부심이 가득했다.

해나가 테오의 짝이 될 줄 누가 상상이나 했을까? 그렇게 될 줄 누가 알았을까?

잠시 후 결혼 파티에 참석하기 위해 30명만이 낡은 빨간색 2층 버스에 올랐다. 포피는 로럴의 무릎에 앉아 교회에서 화동을 할 때 들고 들어갔던 꽃다발을 꼭 잡고 있었다. 버스가 앞으로 출발하는 순간 로럴은 포피의 허리를 감싸 안았다. 포피는 로럴을 마마라고 부른다. 할머니도 아니고, 엄마도 아니고, 로럴 아줌마도 아니고 마마. 포피가 선택한 호칭이다. 포피는 세상에서 가장 용감하고 대단한 아이다. 울어야 할 때는 울고, 반항해야 할 때는 반항한다. 아이는 매일 매 순간 플로이드를 그리워한다. 하지만 대부분의 경우 포피는 로럴과 로럴의 가족에게 빛이자 기쁨이자 태양이다. 기적과 같은 존재다.

버스 안은 활기가 가득하고 시끌벅적하다. 보니와 폴이 버스 앞자리에 나란히 앉았고, 보니의 거대한 모자가 버스 앞유리창을 완전히 가리고 있다. 그 뒤쪽으로 제이크와 블루가 앉았다. 블루는 가방 안에 든 작은 강아지를 무릎 위에 안고 있다. 강아지 이름은 미스터고, 다 커도 작은 토끼만 할 것이다. 블루와 제이크는 어젯밤 데번에서 도착한 이후로 그 강아지가 신생아인 것처럼 법석을 떤다.

로럴의 옆자리에는 세라-제이드가 앉았다. 세라-제이드는 해나와 테오를 모르지만 포피가 초대해도 되냐고 물었다. 포피도 이제 세라-제이드가 친언니가 아니란 사실을 알지만 세라-제이드 역시 가족의 일원이길 바란다. 은색 항공 재킷과 헐렁한 핑크색 원피스 차림의 세라-제이드는 언제나처럼 마르고 다른 세상 사람 같다. 톰이라는 수염 난 남자와 같이 왔는데 애인인지 아닌지 알 수 없었다. 그저 친구라고만 소개했으니까. 재키와 벨은 로럴의 맞은편에 앉았고 양쪽에 쌍둥이가 앉아 있다. 쌍둥이는 포피보다 겨우 두 살 많고, 로럴은 이제야 자신의 삶이 다시 한 번 가장 친한 친구들과 조화를 이룬다는 사실을 깨닫고 기뻤다.

로럴의 오른쪽에는 테오의 부모가 앉아 있다. 굿맨 씨는 꽤 나이가 들어 보이지만 베키 굿맨은 여전히 그 나이치고 말도 안 되게 젊어 보인다. 로럴은 베키의 턱 밑과 귀 뒤로 늘어진 살을 발견했지만 혼자만 알기로 한다.

그 외의 좌석에 앉은 해나의 학창 시절 친구들과 폴의 아버지, 불편한 구두를 신고 화장을 너무 많이 한 20대의 낯선 하객들을 바라본다. 어쩌면 테오의 친구들이거나 해나의 사무실 동료들인지도 모른다.

모든 결혼식이 그렇듯 이곳에 함께하지 못한 사람들도 있다. 유령들과 그림자들.

로럴의 엄마는 8개월 전에 마침내 돌아가셨지만 그전에 포피를 만났다.

포피의 손을 꼭 잡고 이렇게 말했다. "내가 아직 여기 남아 있는 이유가 있을 줄 알았어. 널 만나기 위해 남아 있었던 거야. 널 만나기 위해." 간호사가 그날 세 사람의 사진을 찍어주었다. 넷이면 더 좋았겠지만, 둘보다는 셋이 나았다. 그리고 일주일 후에 엄마가 돌아가셨다.

로럴의 형편없는 오빠도 오지 않았다. 1월에 엄마 장례식에 참석하느라 두바이에서 왔는데 1년에 두 번이나 움직이긴 힘들다고 했다.

그리고 물론 엘리도 이곳에 없다.

로럴은 포피에게 엘리의 모든 진실을 말하지 않았다. 엘리가 집을 나갔다가 차에 치여 숲속에 버려졌으며, 가출하고 차에 치이기 전 어느 시점에 아기를 낳았고, 노엘이 그 아기를 입양했다가 더 감당할 자신이 없자 플로이드에게 주었다고만 했다.

플로이드의 집 정원에 묻힌 시신에 대해서도 이야기하지 않았다. 화단 위에 커다란 비닐 텐트를 치고 헬리콥터가 그 위를 윙윙거리며 나는 며칠간, 포피의 짐을 작은 가방에 싸서 바넷에 있는 자기 아파트로 데려가 함께 지냈다. 플로이드는 포피의 아빠가 아니면서 아빠인 척했다는 죄책감에 시달리다 결국 스스로 목숨을 끊었다고 말해주었다. 포피는 눈물을 삼키며 의연한 자세로 고개를 끄덕였다. "난 그래도 괜찮았어요. 정말 좋은 아빠였으니까요. 정말로요. 죄책감 느낄 필요 없었어요. 죽을 필요는 없었어요."

"그래." 로럴은 포피의 뺨 위로 흘러내린 한 줄기 눈물을 엄지로 닦아주고, 포피를 품에 안고 흔들었다. "그래, 그럴 필요 없었어."

버스가 테오와 해나의 피로연이 열리는 운하 옆 식당 앞에 선다. 일행은 차례로 버스에서 내리며 스커트의 주름을 펴고 재킷의 단추를 다시 채우고 운하에서 불어오는 날카로운 바람에 머리 매무새를 만진다. 폴이 다가온다. "괜찮아?" 폴의 손이 로럴의 재킷 소매를 잡았다.

로럴은 고개를 끄덕인다. 괜찮다. 로럴의 삶은 모든 게 달라졌다. 이제 쉰다섯 살에 다시 엄마가 되었다. 아침마다 도시락을 싸고 다이어리에 아이의 학교 일정을 적는다. 하루에 두 번 학교에 가고, 인생의 매 순간마다 다른 사람을 우선 생각한다. 물론 엘리의 마지막 몇 달에 대해 알고 난 후로 트라우마에 시달리고 있다. 어떤 날 밤에는 눈을 감으면 소나무 합판을 댄 지하실에 갇혀서 아무도 보지 않을 창문을 절박하게 올려다보는 꿈을 꾼다. 하지만 그 악몽도 희미해지기 시작했다.

　딸도 죽고 엄마도 죽고, 남편은 어느 모로 보나 로럴 자신보다 훨씬 나은 여자와 살고 있다. 하지만 괜찮다. 로럴은 괜찮다. 정말로 괜찮다. 로럴에겐 해나가 있고, 제이크가 있고, 이제 포피와 테오도 있으니까. 플로이드가 죽은 이후로 세라-제이드와는 더 돈독한 사이가 되었다. 로럴은 포피를 위해, 또한 자신을 위해 세라-제이드를 자주 만난다. 세라-제이드를 보면 자신과 닮은 부분, 보듬어주어야 할 부분이 보인다.

　해나는 이제 테오와 함께 산다. 우드사이드 파크의 끔찍한 아파트는 세를 놓았고, 로럴은 더 이상 딸의 집을 청소할 필요가 없다. 두 사람의 관계는 완전히 바뀌었다. 둘은 친구가 됐다. 그리고 해나와 포피는 엘리의 실종이라는 공포가 낳은 최고의 선물이다. 포피는 해나를 영웅처럼 숭배하고 해나는 포피를 매우 아낀다. 떼어놓을 수 없는 친밀한 사이가 되었다.

　로럴은 자리로 가다 건너편에 있는 해나와 눈이 마주친다. 로럴이 미소를 짓자 해나가 윙크를 하며 키스를 보낸다. 눈부시게 아름다운 자신의 딸이.

　로럴은 그 키스를 손으로 잡아 가슴에 가져다 댄다.

에필로그

여자는 손에 종이 한 장을 움켜쥐고 여자 경찰관이 앉아 있는 유리 칸막이 안을 절박하게 바라보았다. 금방 다른 직원이 올 거라고 했지만 벌써 30분 가까이 지났고, 빨리 나가지 않으면 주차 딱지를 받고 차 트렁크에 실린 냉동 닭가슴살이 녹기 시작할 것이다.

"실례합니다." 여자는 잠시 후 경찰관에게 말했다. "정말 미안하지만 주차 시간이 다 돼서 가봐야 해요. 이것만 맡기고 가도 될까요?" 여자가 종이 한 장을 내밀었다.

경찰관은 여자를 올려다보더니 종이를 보았고, 다시 여자를 쳐다보았다. "네?" 경찰관은 그 여자를 처음 보거나 그 종이 이야기를 듣지 못한 것처럼 되물었다.

"이 편지요." 여자는 초조하지만 애써 티를 내지 않으려 애썼다. "적십자 중고 가게에서 산 책 속에서 찾은 편지요."

"네. 그렇군요. 이리 주세요."

여자는 경찰관에게 그 편지를 건네고 편지를 읽는 경찰관을 지켜본다. 경찰관의 무심하던 표정이 놀란 표정에서, 슬픈 표정, 그리고 충격을 받은 표정으로 바뀌었다. "죄송하지만 이걸 어디서 찾으셨다고요?"

"내가 말했잖아요." 여자의 인내심이 거의 한계에 다다랐다. "지난달에 스트라우드 그린 로드에 있는 적십자 중고 가게에서 책을 한 권 샀어요. 메이브 빈치 작가의 책이에요. 어젯밤에 그 책을 읽으려고 펼쳤는데 이 편지가 떨어졌어요. 그 여자애 편지 맞죠? 그 불쌍한 여자애요. 지하실에서 아기를 낳은 여자애 말이에요."

경찰관이 여자를 올려다보았다. 경찰관의 눈이 눈물에 젖어 있었다. "네, 맞아요."

두 여자의 눈이 편지로 향했고, 둘 다 아무 말 없이 함께 그 편지를 다시 읽었다. 작은 메모지 위에 다닥다닥 붙여 쓴 작은 글자들을 알아보려 눈을 찌푸린 채로.

이 편지를 발견하실 분에게,

제 이름은 엘리 맥이에요. 저는 열일곱 살입니다. 2005년 5월 26일에 노엘 도널리가 저를 자기 집에 데려가 약 1년 반 동안 지하실에 가뒀어요. 전 아기를 낳았습니다. 아기 아버지가 누구인지 모르고, 저는 아직 처녀인 게 분명해요. 아기 이름은 포피예요. 2006년 4월에 태어났어요. 포피가 지금 어디 있는지, 누가 그 애를 보살피고 있는지 모르겠지만 제발, 제발 그 애를 찾아주세요. 포피를 찾아서 보살펴주시고 포피에게 제가 사랑했다고 전해주세요. 저는 할 수 있는 데까지 포피를 보살폈고, 그 애는 세상에서 가장 예쁜 아기였다고 전해주세요. 그리고 제 가족에게 이 편지를 찾았다고 알려주세요. 제 엄마는 로럴 맥이고 아빠는 폴이고, 제이크라는 오빠와 해나라는 언니가 있어요. 제 가

족들에게 제가 미안하다고, 세상 누구보다 그들을 사랑한다고, 저한
테 일어난 일 때문에 슬퍼하지 말라고 전해주세요. 저는 용감하고 멋
지고 강하니까요.

엘리 맥 올림

감사의 말

이 책의 원고를 탈고한 것이 2016년 12월이었습니다. 원고를 처음부터 다시 읽어보았는데 이런 생각이 들더군요. 이건 뛰어나게 이상한 소설, 혹은 그냥 이상한 소설 둘 중 하나라고요. 더는 객관적으로 볼 수가 없어 일단 편집자에게 보냈습니다. 어떤 반응을 보일지 전혀 감히 잡히지 않았죠.

며칠 후에 편집자가 제게 만나자며, 급진적인 제안이 있다고 했습니다. 그제야 제 소설이 그냥 이상한 소설에 불과하다는 걸 알았습니다.

담당 편집자는 동료 편집자와 함께 어떻게 해야 이 이상한 소설을 바로잡을 수 있을까 수도 없이 토론했다더군요. 그러다 번쩍 아이디어가 떠올랐답니다. 담당 편집자의 제안은 정말 급진적이었습니다.

그 제안을 듣고 전 이렇게 말했죠. 네, 그럼요, 물론이에요. 대단한 방법이네요, 정말 대단해요. 고마워요!

지금도 다시 한번 셀리나 워커와 비올라 헤이든에게 감사 인사를 하고 싶습니다. 두 사람은 내 이상한 원고 뭉치를 읽으며 토론하고 생각하고, 또 토론하고 생각한 끝에 이 원고의 문제를 어떻게 해결해야 할지 정확히 알아낸 다음, 저에게 정확히 어떻게 해결해야 할지 말해주었습니다. 사람들은 작가가 작품에 대한 독점욕이 강하고, 작품에 무엇이 최선인지는 작가만이 안다고 생각할지 모릅니다. 하지만 분별력 있는 작가라면 그게 사실이 아니라는 걸 알죠. 때로 작가는 작품의 문제점을 가장 못 보고, 오히려 편집자가 그 문제점과 해결책을 한눈에 발견하기도 합니다. 그리고 이 책이 바로 그랬습니다. 두 편집자에게 다시 한번 고맙다고 말하고 싶습니다. 이루 말할 수 없이 고맙습니다.

388

애로 출판사의 모든 분께 감사의 인사를 전합니다. 수전 샌던, 제마 베어햄, 설레스트 워드베스트, 애슬랜 번, 그리고 영업팀 직원들 모두 고맙습니다.

이 책에 열정적인 반응을 보내준 제 에이전트 조니 겔러에게 고맙습니다. 작가로서 성장할 수 있도록 아낌없는 지원을 보내준 커티스 브라운의 모든 직원에게 감사의 말을 전합니다.

환상적인 미국 출판팀도 고맙습니다. 여러분의 사랑과 노력 덕에 제가 작가로서 탄탄하게 입지를 다질 수 있었어요. 주디스 커, 세라 캔틴, 애리얼 프레드먼, 리사 사이엄브러, 헤일리 위버에게 고맙습니다. 올해 꼭 만나기를 바랍니다!

그리고 제 미국 에이전트인 데보라 슈나이더에게도 감사의 말을 전합니다. 저를 위해 그토록 애를 써줬는데 지금까지 한 번도 만나보지 못했네요! 올여름에 만날 날을 손꼽아 기다리고 있을게요. 그때 만난다면 아주 오랫동안 꼭 안아줄 겁니다. 당신이 날 억지로 떼낼 때까지 떨어지지 않을 거예요!

해외의 모든 출판사에도 감사합니다. 전 세계의 뛰어난 출판팀 덕에 제 책이 번역되어 널리 읽힐 수 있게 됐습니다. 특히 스웨덴의 피아 프린츠 출판사는 제 책을 출간했을 뿐 아니라 저를 직접 초대해 저녁 식사도 대접해주시고 잘 시간을 훨씬 넘긴 늦은 시간까지 붙잡아두셨죠! 안나, 프리다, 크리스토퍼에게도 감사합니다. 다들 너무 좋은 분들이에요.

모든 서점 판매자분들과 사서들, 책 구매 담당자들, 그리고 제 책을 독자들에게 전달하는 데 도움을 주시는 모든 분께 감사합니다. 제 책을 읽고 서평과 책 사진을 올려주신 전 세계의 훌륭한 책 블로거분들에게도 감사합니다. 모두 사랑해요! 특히 페이스북의 전설적인 '더 북 클럽'의 트레이시 펜턴에게 감사의 말을 전하고 싶습니다. 당신은 독자와 작가 모두에게 소중한 존재예요.

제 사랑하는 가족과 친구들에게도 감사합니다. 훌륭한 가족과 친구가 많은 저는 복 받은 사람입니다. 그리고 보드에서 활동하는 모든 분께 특별히 감사의 말을 전합니다. 우리는 나이가 들수록 더 나아지네요!

옮긴이의 말

사랑하는 사람을 사건이나 사고로 잃으면 힘들더라도 시간이 지나면서 가슴에 묻을 수 있지만, 실종되어 생사를 알 수 없는 경우에는 하루하루가 지옥 같다고 한다. 이 소설의 주인공인 로럴 역시 마찬가지다. 유난히 아끼고 자랑스러워하던 열다섯 살인 막내딸 엘리가 어느 날 도서관에 공부를 하러 간다며 나갔다가 사라진 후, 로럴은 딸이 어딘가에 살아 있을 거라는 희망을 놓지 못한다. 고통스러운 나날을 보내며 실종된 딸의 소식을 기다리다가 결국 남편은 물론 남은 아이들과의 관계까지 소원해지고 만다.

이 소설은 크게 세 부분으로 이루어졌다. 1부에서는 엘리가 실종되던 시기와 10년이 지난 현재 로럴의 상황이 번갈아가며 나오고, 2부에서는 로럴이 플로이드라는 남자와 그의 딸 포피를 만난다. 3부부터는 여러 화자의 목소리로 번갈아 이야기가 진행된다. 이러한 전개 방식 덕에 엘리 실종 사건에 대한 비밀이 하나씩 밝혀지고 결국 사건의 전모가 드러나기까지 팽팽한 긴장감이 이어진다.

작가가 '감사의 말'에서도 언급했지만, 원래 이 책의 결말은 이렇지 않았다. 작가의 인터뷰 기사를 보면 2016년 12월에 탈고해 편집자에게 보낸 초고에서 등장인물 중 한 명은 살아 있지만, 편집자의 조언에 따라 원고를 수정했다고 한다. 이 어둡고 심란한 소설을 읽으며 그 인물이 살아 있기를 내심 바라지 않은 독자는 없을 것이다. 하지만 비록 무시무시하고 가슴 아픈 결말이긴 해도, 독자들에게 충격적인 여운을 남기기에는 최선의 선택이 아니었을까.

하지만 이 소설의 미덕은 장르 소설 특유의 자극적인 요소에만 치중하지 않았다는 점이다. 리사 주얼의 작품이 한국에 소개되는 것은 처음이지만 이미 영미권에서는 유명한 소설가로 십수 권의 소설을 썼으며, 그 소설들로 여러 상을 수상하고 아마존 영국과 미국, 영국 〈선데이타임즈〉와 미국 〈뉴욕타임스〉 베스트셀러에 오르기도 했다. 이 작가가 오랫동안 영미권을 포함해 여러 국가들의 수많은 독자들에게 사랑을 받은 것은 미스터리 및 스릴러 장르의 문법을 충실히 따르면서도, 섬세한 심리 묘사로 등장인물들에 깊이를 더하고 인간의 복잡한 내면을 드러내주기 때문이었을 것이다.

원은주

그때 내 딸이 사라졌다

초판 1쇄 인쇄 2020년 12월 15일
초판 1쇄 발행 2020년 12월 24일
지은이 리사 주얼
옮긴이 원은주
발행인 박효상
편집장 김 현
기획·편집 김준하 김설아 **교정교열** 나혁진
디자인 이연진 **표지·본문 디자인·조판** 허은정
마케팅 이태호 이전희
관리 김태옥

종이 월드페이퍼 **인쇄·제본** 현문자현 | **출판등록** 제10-1835호
펴낸 곳 사람in | **주소** 04034 서울시 마포구 양화로11길 14-10(서교동) 3F
전화 02) 338-3555(代) **팩스** 02) 338-3545 | **E-mail** saramin@netsgo.com
Homepage www.saramin.com
왼쪽주머니는 사람in의 임프린트입니다.
책값은 뒤표지에 있습니다.
파본은 바꾸어 드립니다.

ISBN 978-89-6049-877-8 03840